MAXIM LEO

Waidmannstod

Der erste Fall für Kommissar Voss

Kiepenheuer & Witsch

Die Handlung und die handelnden Personen dieses Buchs sind frei erfunden. Jede Ähnlichkeit mit toten oder lebenden Personen wären rein zufällig und nicht beabsichtigt.

Umschlaggestaltung: Rudolf Linn, Köln Umschlagmotiv:
© plainpicture/Millennium/Eric Montes
Gesetzt aus der Legacy
Satz: Felder KölnBerlin
Printed in Germany
ISBN 978-3-462-04834-6

Kontaktadresse nach EU-Produktsicherheitsverordnung:
produktsicherheit@kiwi-verlag.de

Das Buch

Die Luft ist kalt und dunstig. Das Licht der Herbstsonne bricht durch die Blätterkronen der mächtigen Buchen, als die Jagdhörner durch den Sternekorper Forst hallen. Kurz darauf wird ein toter Jäger gefunden, erlegt wie ein Tier.

Kommissar Voss ist mit 43 Jahren gerade in seine brandenburgische Heimat zurückgekehrt, zu seiner kranken Mutter, in das geduckte Elternhaus, in dem es nach geräucherter Zeit riecht. Er ist mit Sicherheit der einzige Kommissar, über dessen Bett ein Depeche-Mode-Poster hängt und der den Anruf zu einem Mordfall in seinem ehemaligen Kinderzimmer entgegennimmt.

Der Wald, in dem die Leiche gefunden wird, war früher sein Lieblingsort, hier hat Voss als Junge Vögel beobachtet und Höhlen gebaut. Und ausgerechnet hier muss er jetzt einen Mord aufklären. Der Tote besaß Teile des Waldes, die er an eine Windkraftfirma verpachten wollte, Feinde hatte er zuhauf – Windkraftgegner, Fledermausschützer und sogar den ehemals besten Freund. Die Spuren sind verwirrend. Zum Glück gibt es Maja, die polnische Pflegerin seiner Mutter, die Voss regelmäßig aus der Fassung bringt und ihm in entscheidenden Momenten die richtigen Fragen stellt. Doch dann wird der zweite Tote im Wald entdeckt, wieder waidmännisch hingerichtet; und das verändert alles. Nun jagen sie einen Serienmörder, Verdächtige tauchen unter, und Geschichten, die weit in die Vergangenheit reichen, rauben dem Kommissar den Schlaf.

Maxim Leo legt ein raffiniertes, hochspannendes Krimidebüt vor, das die zauberhafte Natur und die packende Geschichte der Mark Brandenburg ebenso in den Blick nimmt wie ihre Gegenwart.

Der Autor

Maxim Leo wurde 1970 in Ost-Berlin geboren, ist gelernter Chemielaborant, studierte Politikwissenschaften, wurde Journalist. Er arbeitet als Reporter bei der *Berliner Zeitung*, schreibt mit Jochen-Martin Gutsch Bestseller über sprechende Männer und außerdem Drehbücher für den »Tatort«. 2006 erhielt er den Theodor-Wolff-Preis. Für sein autobiographisches Buch »Haltet euer Herz bereit« wurde er 2011 mit dem Europäischen Buchpreis ausgezeichnet. Im Herbst 2016 erscheint »Auentod. Der zweite Fall für Kommissar Voss«. Maxim Leo lebt mit seiner Frau und zwei Kindern in Berlin.

KiWi

1442

SAMSTAG

Das fahle Licht der Herbstsonne bricht durch die Kronen der mächtigen Buchen, als die Jagdhörner durch den Sternekorper Forst hallen. Die Treiber, die vom Westen her den Wald durchkämmen, gehen los, unter ihren Stiefeln raschelt das Laub. Sie laufen zügig, aber nicht schnell, das Wild soll behutsam in Richtung der Jäger gedrängt werden. Die stehen rundherum auf Anhöhen postiert, von denen sie das Gelände gut überblicken können. Eiszeitrinnen trennen die Hügelketten und führen hinunter ins Brunnental. Wenn das Wild in die alten Flussbetten flüchtet, stehen unten weitere Schützen bereit. Die Jäger laden schweigend ihre Waffen. Nur das metallische Klicken der Büchsenschlösser ist zu hören.

Bald fällt an der Rosskuppe der erste Schuss, ein Reh überschlägt sich im feuchten Laub, bleibt schwer atmend liegen. Im Tiefen Grund wechselt ein Trupp Damwild über eine Schneise. Die Tiere tragen schon ihr dunkles Winterfell. Vorneweg läuft ein alter Hirsch mit prächtigem Schaufelgeweih, gefolgt von jüngeren Hirschen, Kälbern und Jungtieren. Der Althirsch wird über dem linken Lauf getroffen, prescht aber blutend weiter, bis er etwa hundert Meter entfernt zusammenbricht und von einem nahe stehenden Jäger den Fangschuss erhält. Erst jetzt gerät der Trupp in Panik, zwei Kälber versuchen nach den Seiten auszubrechen, schaffen es aber nicht die Böschung hoch und werden gestellt. Die Jungtiere bleiben verschont, aber statt zu flüchten, halten sie inne. So als wüssten sie nicht, wohin. Als warteten sie darauf, dass die Alten sich noch mal aufrappeln und sie in Sicherheit bringen. Endlich springen sie los und verschwinden im Dickicht. Am Silberrücken hetzt eine Rotte Wildschweine vorbei. Vom Hochsitz aus nimmt einer der Jäger die Bache ins Visier. Ein dreijähriger Keiler dreht um und entkommt. Die anderen Tiere flüchten in eine Schlammsenke, wo bereits die Jäger auf sie warten.

Der ganze Wald ist in Aufruhr geraten. Eichelhäher, Buchfinken, Singdrosseln, Kolkraben fliegen rastlos umher, stoßen Warnrufe aus, die untergehen im Gebell der Jagdhunde, im Krachen der Äste, im Geflatter der Blässhühner, im dumpfen Trab der flüchtenden Wildläufe, im Widerhall der Schüsse, im Wehklagen der getroffenen Tiere. Gegen Mittag geben die Jagdhörner das Signal zum Ende des Schießens. Die Jäger eilen herbei, sichten ihre Beute, machen sich daran, das Wild aufzubrechen. Sie arbeiten schnell, mit geübten Handbewegungen, die das Waidmesser durch das noch warme Fleisch fahren lassen. Ein Jäger packt oben an der Rosskuppe das Reh am Kopf, das am Morgen zur ersten Beute wurde, schneidet die Unterseite des Halses auf, zieht Luft- und Speiseröhre heraus und verknotet sie miteinander. Er öffnet vorsichtig die Bauchdecke, zieht mit einem Ruck die Innereien heraus. Er trennt die Beckenknochen auseinander und löst den Enddarm aus. Von den Innereien nimmt er die Leber und das Herz. Die Leber soll später zum Jagdessen gebraten werden, das Herz bekommen die Hunde. Plötzlich zerreißt ein Schuss die Stille, die Jäger halten inne.

Als hätte auch er diesen Schuss gehört, schreckt Hauptkommissar Daniel Voss aus dem Schlaf. Er blinzelt, schnappt nach Luft, gähnt und blickt verwundert um sich. Der Wecker zeigt halb eins. So lange hat Voss schon ewig nicht mehr geschlafen. Er sieht das Depeche-Mode-Poster an der Wand, das Modellflugzeug an der Decke, die Indianerhaube mit der abgeknickten roten Feder auf dem Fensterbrett. Er atmet den süßlichen, schweren Geruch ein, der wahrscheinlich vom Teppichboden kommt. Dann schließt er wieder die Augen. Wie er hierhergekommen ist? Tja, wenn er das so genau wüsste.

Es fing wohl damit an, dass er vor vier Monaten geweint hat. Das war ihm schon sehr lange nicht mehr passiert. Zum letzten Mal bei seiner Jugendweihe, als Tante Hannah aus Hamburg statt des versprochenen Stereorekorders dieses blöde Kofferradio mitgebracht hatte. Verzweifelt war er damals, weil er dachte, niemals mehr einen Stereorekorder aus dem Westen zu bekommen. Später gab es noch ein paar andere Momente in seinem Leben, in denen Weinen vermutlich angebracht gewesen wäre. Aber er konnte nicht. Es war, als gäbe es eine Sperre in seinem Gehirn, die ihn vor zu großer Traurigkeit schützte. Irgendwann dachte er, auch das Weinen sei letztlich eine Frage der Übung, und er habe es wohl verlernt.

Als seine Mutter anrief, um ihm vom Tod des Vaters zu berichten, da spürte er eine seltsame Wärme durch seinen Kopf ziehen. Wie ein Strom, der lange versiegt war und der sich nun mit ungeahnter Kraft seinen Weg bahnte. Voss war überrascht, als ihm die Tränen über das Gesicht liefen. So überrascht, dass es auch gleich wieder vorbei war. Er hat sich seinem Vater nie besonders nahe gefühlt, diesem stämmigen, schweigsamen Bauersmann aus Sternekorp.

Doch nun war der Alte tot, und Voss musste sich um so viele Dinge kümmern. Um die Mutter vor allem, die sich kaum noch alleine bewegen kann. Voss fuhr also von Stuttgart nach Sternekorp, mit Unruhe im Bauch. Zwei Wochen nahm er sich frei, um alles zu erledigen. Er engagierte Maja, eine Krankenschwester aus Polen, die bei der Arbeit einen hellblauen Nylonkittel trägt. Maja verstand sich prächtig mit der Mutter, das war gut.

Sie begruben den Vater im Schatten der Sternekorper Feldsteinkirche.

Kurze Zeit später schickte eine LKA-Kollegin in Stuttgart ihm die Stellenausschreibung zu. Gesucht wurde ein neuer Leiter der Mordkommission in Bad Freienwalde, nur zwanzig Minuten von Sternekorp entfernt. Die Kollegin meinte es sicherlich gut mit ihm, sie sagte, so könne er näher bei seiner Familie sein. Er löschte die Mail. Und fuhr dann ein paar Wochen später doch zum Vorstellungsgespräch nach Bad Freienwalde. Etwas zog an ihm, und er gab nach. Wie immer.

Voss hat sich oft gefragt, wie die anderen es schaffen, ihrem Leben eine Form zu geben. Er richtet sich meist in dem ein, was sich gerade so ergibt. Wenn er mal versucht hat, bewusst eine Entscheidung zu treffen, ist alles ganz furchtbar geworden. Er muss nur an die missglückte Verlobung mit Nicole denken oder an dieses seltsame Auto, das er sich gekauft hat. Irgendwann hat Voss gelernt, sich treiben zu lassen. Er folgt den Eingebungen, den stummen Kräften, die ihn mal hierhin und mal dorthin ziehen. Beruflich hat ihm das nie geschadet, beim Landeskriminalamt in Stuttgart rühmen sie seinen vortrefflichen Instinkt. Rein privat hat ihn diese Lebenstaktik allerdings zuweilen in ziemliche Katastrophen geführt.

Er weiß nicht, was diesmal an ihm gezerrt hat. Zwanzig Jahre ist es her, dass er Sternekorp, seine Familie und seine Freunde verlassen hat, um in Stuttgart an der Polizeiakademie zu studieren. Er ist dann dort geblieben, als er das Angebot vom LKA bekam. Voss liebt seine Arbeit, sie hält ihn wach und macht ihn sogar manchmal zufrieden. Er mag es, über andere Menschen nachzudenken, über ihre Abgründe, ihre Ängste, ihre Wut. Wenn Voss sich in die Seele eines Verdächtigen versenkt, bleibt von ihm selbst kaum etwas übrig. Er lebt dann wochenlang, monatelang in der Haut und in den Gedanken der anderen.

Als Kommissar kann er Entscheidungen treffen, mit Leuten umgehen. Erwachsen sein. Was immer das auch bedeuten mag. Wenn Voss über sich nachdenkt, dann sieht er keinen Mann, sondern einen Jungen vor sich. Einen Strich in der Landschaft, wie sein Vater immer sagte. Seine Schultern sind immer noch schmaler als sein Becken. Seine Haut ist hell, fast durchsichtig. Seine ganze Lebendigkeit scheint in den großen, dunklen Augen zu liegen. Diesen Augen, von denen Nicole einmal sagte, sie würden alles aufsaugen und selten etwas zu erkennen geben.

Das Haus der Familie in Sternekorp hat er nie gemocht. Es ist dunkel, verwinkelt, und wenn der Wind in den Schornstein drückt, riecht es nach geräucherter Zeit. Dorthin wollte Voss auf keinen Fall zurück. Er nahm sich ein Zimmer in Bad Freienwalde, im »Hotel Schwarzer Adler«, das vier Wochen nach seiner Ankunft wegen eines Schimmelpilzbefalls im Mauerwerk geschlossen werden musste. Im »Hotel am Markt« gab es darauf einen Kongress von Insolvenzanwälten, dem wahrscheinlich einzigen Berufszweig, dem es in Brandenburg glänzend geht. Das Hotel »Goldener Bär« macht erst wieder im Sommer auf. Maja, die polnische Krankenschwester, schlug vor, ihm für den Übergang seine alte Stube herzurichten. So lange, bis er etwas anderes gefunden habe. Deshalb liegt er nun hier, in den verwaschenen Laken seiner Jugend. Erstaunt, gerührt und ein wenig deprimiert. Der wahrscheinlich einzige Hauptkommissar des Landes, der in einem Kinderzimmer wohnt.

Das Klingeln des Telefons reißt ihn aus seinen Gedanken. Es ist Christian Neumann, sein Assistent. Neumanns Stimme überschlägt sich fast:

»Chef, es gibt einen Toten im Sternekorper Forst. Wissen Sie, wo das ist, oder soll ich Sie abholen?«

Voss schließt die Augen. »Warum müssen die Leute eigentlich immer am Wochenende sterben, Neumann?«

Neumanns Stimme wird noch aufgeregter. »Ich weiß es nicht. Ist mir auch noch gar nicht so aufgefallen. Ich bin in einer Viertelstunde bei Ihnen.«

Voss legt auf. Er weiß genau, was Neumann gerade für ein Gesicht gemacht hat. Wenn Neumann aufgeregt ist, sieht er aus wie ein besorgter Rabe. Das liegt vor allem an seiner großen Nase und den Knopfaugen, die er nervös zusammenzieht. Aber auch an den Panikfalten, die vom Nasensattel bis zu den Mundwinkeln reichen und Neumanns Riechorgan noch imposanter erscheinen lassen.

Hat Neumann ihn wirklich gerade gefragt, ob er weiß, wo der Sternekorper Forst liegt? Nur weil dieser Bremer Kapitänssohn seit zehn Jahren in Bad Freienwalde wohnt, hält er sich wohl schon für einen Einheimischen. Und ihn für einen Fremden. Dabei kennt wahrscheinlich kaum jemand diesen Wald so gut wie Voss. Schon als Kind ist er über die Anhöhen gelaufen, hat sich im weichen Laub die Abhänge hinunterrollen lassen. Auf einem der geschwungenen Hügelzüge war sein Räuber-Hauptquartier, in der Nähe einer umgestürzten Eiche, deren Stamm wie eine Festungsmauer den Blick auf die Höhle verbarg. Dort lagerte er auch seine geheimen Keks-Vorräte, die aber meistens von Ameisen gefressen wurden. Seit seinem Weggang ist er nicht mehr dort gewesen.

Der Geruch des feuchten Laubes, das milde Licht, die Feldsteinhügel, die das Eis vor Tausenden von Jahren zurückgelassen hat, das alles versetzt Voss in einen angenehmen Taumel, als er eine halbe Stunde später im Sternekorper Forst ankommt. Und ausgerechnet hier gibt es eine Leiche. Ausgerechnet hier steht jetzt der aufgeregte Neumann. Weiter hinten sieht er Frau Kaminski, die Chefin der Kriminaltechnik, und Marco Dibbersen, den Rechtsmediziner, der erfreulich wenig spricht. Voss wird nervös, wie immer, wenn er zum ersten Mal an einen Tatort kommt. Er muss dann immer daran denken, was ihm sein Ausbilder in Stuttgart gesagt hat: »In der ersten halben Stunde siehst du am meisten. Was aber auch bedeutet, dass du am meisten übersehen kannst.« Anfangs dachte Voss, diese Nervosität würde sich irgendwann legen. Aber es wird immer schlimmer.

Frau Kaminski, deren Vornamen niemand zu kennen scheint, weshalb sie von allen immer nur Frau Kaminski genannt wird, nickt ihm zu und zeigt wortlos auf eine gewaltige Esche, die in einer Senke steht. Sie begleitet ihn die paar Schritte hinüber, immer noch schweigend, so als würde sie spüren, wie wichtig es ihm ist, diesen ersten Eindruck möglichst ungestört aufzunehmen. Voss tut das gut, diese Ruhe. Er hat das Gefühl, dass Frau Kaminski in ihn hineinblicken kann, dass sie ihn versteht, obwohl sie sich erst seit Kurzem kennen. Dieses stille Verständnis war von dem Moment an da, als sie sich zum ersten Mal die Hand gaben und diese rundliche Frau mit den streng gezupften Augenbrauen ihm ein ermutigendes Lächeln spendierte.

Die Monate, die er jetzt hier ist, hat er genutzt, um sich einzuarbeiten, um anzukommen. Es gab zwei tödliche Autounfälle, drei Ertrunkene und einen Besoffenen, der in einer milden Sommernacht mit fast zwei Promille im Wald erfroren ist. Aber einen Mord gab es bisher nicht. Man hat ihn gewarnt, dass er nicht zu viel erwarten dürfe. Höchstens ein Fall pro Jahr, mehr passiere hier nicht. »Wo wenige Menschen leben, wird wenig getötet«, sagte der Polizeidirektor. Ende der Neunziger habe es sogar mal eine Zeit gegeben, in der drei ganze Jahre lang niemand auf unnatürliche Weise ums Leben gekommen sei. »Das ist schön für die Menschen, aber hart für die Mordkommission«, sagte der Polizeidirektor.

Voss geht um den Baum herum, bleibt stehen. Die Leiche eines Mannes in Jagduniform liegt da, auf Tannenzweige gebettet. Der Körper ruht auf der rechten Seite. Die Knie sind angewinkelt, die Hände mit einem Seil gefesselt und vorgestreckt. Im halb geöffneten Mund des Mannes steckt quer ein schmaler Tannenzweig. Auf der Uniformjacke ist um die linke Brusttasche herum ein großer Blutfleck zu sehen. Auch auf der Wunde liegt ein Tannenzweig. Die Augen des Mannes sind geöffnet und blicken starr, voller Angst. Dibbersen, der Rechtsmediziner, der nach Aussage der Kollegen mal DDR-Jugendmeister im Judo war, wiegt seinen mächtigen Oberkörper vor und zurück, was ziemlich lächerlich aussieht, aber seine Art zu sein scheint, mit schwierigen Situationen umzugehen: »Harro Probst, 64 Jahre alt, Gas-Wasser-Installateur aus Eberswalde. Er wurde wahrscheinlich niedergeschlagen und dann mit einem Schuss ins Herz getötet. Ob das hier passiert ist, müssen wir noch überprüfen.«

Voss überlegt, es sieht wie eine Hinrichtung aus. Eine Inszenierung, die wahrscheinlich etwas sagen soll. Irgendeine blöde Botschaft. Voss findet, dass die Leute zu viele skandinavische Krimis gucken. Wie sonst sollte jemand auf die Idee kommen, so etwas zu veranstalten? Die Krimis verändern die Verbrecher, nicht umgekehrt, davon ist er überzeugt.

»Ich will eine Liste mit allen Jägern und allen Waffen haben. Neumann, Sie klingeln ein paar Kollegen aus dem Wochenende und befragen sämtliche Teilnehmer der Jagd. Keiner geht ohne Vernehmung nach Hause«, sagt Voss.

»Die Jäger sind an der Hubertus-Hütte«, erwidert Neumann. »Wissen Sie, wo das ist?«

Voss überlegt, ob er Neumann sagen soll, wie sehr ihn seine Fragen nerven, aber das ist jetzt nicht der Moment. Er wird ihm das später noch mal in Ruhe erklären. Voss marschiert los, quer durch den Wald, in die Richtung, in der sich in seiner Erinnerung die Hütte der Sternekorper Jäger befindet. Er lässt sich Zeit, versucht, den Zauber des Waldes, der ihn eben so belebt hat, wiederzufinden. Aber es funktioniert nicht. Aus dem

Abenteuer-Wald seiner Kindheit ist ein trauriger Arbeitsplatz geworden. Missmutig stapft Voss durch das Laub.

Schon von Weitem hört er die Stimmen der Jäger. Der Geruch von gegrilltem Fleisch steigt ihm in die Nase und erinnert ihn daran, dass er noch nichts gegessen hat. Das kommt davon, wenn man bis mittags schläft. Die Hütte ist aus rohen Baumstämmen gezimmert und steht an einer Lichtung, die zugleich die Kreuzung zwischen dem Sternekorper Forstweg und dem Harnebecker Rundwanderweg ist. Hier wurden auch früher schon die großen Jagdfeste gefeiert. Vor der Hütte sind lange Tische und Bänke aufgebaut, über einer Feuerstelle hängt ein dampfender Suppenkessel, daneben brät das Fleisch. Als Voss die Lichtung betritt, verstummen die Gespräche, und alle Augen sind auf ihn gerichtet. Sie wissen also schon Bescheid. Ein paar der Jäger kennt er. Den alten Selbmann zum Beispiel mit seinem Rauhaardackel. Und Borkenfeld, der auch, wenn er nicht auf der Jagd ist, am liebsten Tarnkleidung trägt. Mike Fischer, der mit ihm in einer Klasse war, hätte er fast nicht erkannt. Sein weiches, rundes Gesicht ist von einem Vollbart eingerahmt, der ihn erstaunlich erwachsen erscheinen lässt. Voss fühlt sich auf einmal unwohl. Es ist das erste Mal, dass er es bei seiner Arbeit mit Leuten zu tun hat, die er privat kennt. Seine ganze Sicherheit, die ihm seine Rolle als Kommissar normalerweise verleiht, ist verschwunden. Er steht auf dieser Lichtung unter den prüfenden Blicken der Dorfleute und ist wieder der kleine Voss, wie sie ihn immer genannt haben.

Zum Glück scheinen die anderen mehr Respekt vor ihm zu haben, als er gerade vor sich selbst. Wen Voss auch anblickt, der schlägt die Augen nieder. Er macht eine etwas ungelenke Bewegung mit dem Arm, die man vielleicht als Gruß oder auch nur als Beruhigung verstehen könnte, und geht zu der Strecke, wo auf Tannenzweigen ausgelegt die geschossenen Tiere nach Art und Größe aufgereiht liegen. In der ersten Reihe das Rotwild, beginnend mit den stärksten Hirschen, gefolgt von den Rotwildkälbern. In der zweiten Reihe das Damwild, in der dritten das Schwarzwild und in der vierten das Rehwild. Dann folgen die Füchse, mit nach oben gebogenen Schwänzen, und später die Hasen und Kaninchen. In der Schule musste Voss die Reihenfolge der Stücke auf einer Wildstrecke auswendig lernen. Das gehörte für einen Dorfjungen zur Allgemeinbildung. Außerdem war Herr Düssmann, sein Klassenlehrer, Jäger.

Voss fand die Jagd schon immer seltsam. Was reizt die Menschen daran, Tiere totzuschießen? Dass gejagt werden muss, damit das Wild nicht überhandnimmt und Wälder und Felder zerstört, das kann er ja verstehen. Aber wie kann man Freude daran haben? Wie kann man es gar zu etwas Ehrwürdigem verklären? Was ist so toll daran, wehrlosen Geschöpfen mit überlegener Waffentechnik den Garaus zu machen? Und dann diese Zurschaustellung der Tierkadaver, die mit aufgeschlitzten Bäuchen auf dem Tannengrün liegen! Angeblich soll diese Zeremonie ja den Respekt vor der getöteten Kreatur ausdrücken. Aber Voss findet es eher beklemmend, wie die Kadaver hier zum letzten Appell antreten müssen, liebevoll aufgereiht von ihren Bezwingern.

Er tritt näher heran und sieht, dass den männlichen Tieren Tannenzweige ins Maul gelegt wurden. Dabei fällt ihm ein, dass er mal bei Herrn Düssmann in die Ecke musste, weil er sich einfach nicht merken konnte, dass Hirsche kein Maul haben, sondern einen Äser. »Bei Wildschweinen sagt man Gebrech und bei Füchsen Fang. Wann merkst du dir das endlich, Voss?«, hat Düssmann damals vor der ganzen Klasse geschrien. Es kann sein, dass dieser Vorfall seine Haltung zur Jagd ein klein wenig mitgeprägt hat.

Die erlegten Tiere liegen auf der rechten Seite, die Schusswunden sind mit Tannenzweigen bedeckt. Beim männlichen Wild weist das gebrochene Ende des Zweiges zum Kopf. Alles ist genau wie bei dem Toten drüben an der Esche. Sogar die

Körperhaltung stimmt überein. Die angewinkelten Beine des toten Mannes und seine vorgestreckten Arme lassen ihn wie ein flüchtendes Tier erscheinen. Der Mörder hat sich wirklich Mühe gegeben. Er wusste genau, wie er die Leiche präsentieren wollte. Er muss solche Wildstrecken oft gesehen haben, sich mit den Jagdbräuchen bestens auskennen. Normalerweise, denkt Voss, versuchen Mörder, überhaupt keine Spuren zu hinterlassen, unsichtbar zu bleiben. Hier drängt sich einer nach vorne, will etwas sagen, womöglich seine Tat erklären.

Mittlerweile steht er nicht mehr allein an der Strecke. Um ihn herum sammeln sich die Jäger. Am Kopf der Strecke stehen der alte Selbmann und zwei andere, die wahrscheinlich zur Jagdleitung gehören. Die drei Männer setzen ihre Hörner an. Wehmütig und stolz klingt ihre Melodie, eine seltsame Mischung der Gefühle, die wahrscheinlich das emotionale Dilemma des Jägers ausdrücken soll, der über seine Beute triumphiert, um den Preis, ihr Leben auszulöschen. Voss ist erstaunt, wie sehr ihn diese Musik berührt. Diese hohen, tanzenden Töne, die immer tiefer in der Traurigkeit versinken. Er sieht die Tränen in den Augen der Jäger.

Der alte Selbmann setzt zu einer Rede an. »Liebe Jagdfreunde, die meisten von euch haben es schon gehört, einer unserer Kameraden ist tot. Ihr kennt Harro Probst seit vielen Jahren. Ihr wisst, was für ein feiner Jäger er ist. Wir wissen nicht, was heute passiert ist. Ob Harro bei einem Unfall starb oder absichtlich getötet wurde. Die Polizei ermittelt schon.« In diesem Moment wandert der Blick des alten Selbmann zu Voss. Sie sehen sich kurz an, dann setzt er seine Rede fort: »Wir, seine Jagdfreunde, können heute nur noch eins für unseren Harro tun. Wir können seiner, wie es Brauch ist, gedenken. Wir blasen jetzt das große Halali. Und ich bitte alle, die ihre Hörner dabeihaben, es mitzutun.« Nun setzen mindestens zehn der Männer ihre Instrumente an. Kraftvoll und klagend schallt die Totenmesse über die Lichtung.

Als die Musik verklungen ist und die Jäger auseinanderlaufen, hat Voss seine ersten Entscheidungen getroffen. Mittlerweile sind auch Neumann, zwei weitere Kollegen der Mordkommission aus Bad Freienwalde und drei Schutzpolizisten aus Wriezen an der Jagdhütte eingetroffen. Voss nimmt sie alle zur Seite. »Ich will, dass diese Wildstrecke hier sofort abgesperrt wird. Sobald Frau Kaminski mit dem Fundort fertig ist, soll sie mit ihren Leuten hierherkommen. Ich muss wissen, ob die Tannenzweige, die wir bei Harro Probst gefunden haben, von denselben Bäumen stammen wie diese hier. Ich will wissen, wo die Bäume stehen. Außerdem müssen wir klären, ob die Zweige möglicherweise von derselben Person abgebrochen wurden.«

Neumann schaut Voss fragend an. »Wie kann man denn so was rausbekommen?«

»Jeder Mensch hat seine eigene Art, einen Zweig abzubrechen. Vielleicht finden wir Muster, irgendwas Vergleichbares.«

Neumann sieht immer noch skeptisch aus. Dieser Typ geht Voss heute wahnsinnig auf die Nerven. Aber er hat jetzt keine Zeit, sich aufzuregen. Sie müssen so schnell wie möglich vorankommen. Spuren im Wald zu sichern, das weiß Voss, ist eine der schwierigsten Sachen überhaupt. Es gibt Wind und Regen und alle möglichen Tiere, die Leichen anfressen. Außerdem leben auf dieser Welt leider jede Menge Pilzsucher und Spaziergänger, die überall herumtrampeln.

»Frau Kaminski soll sich Verstärkung holen. Die Schusswunden an der Leiche von Harro Probst müssen mit den Wunden der Tiere verglichen werden. Vielleicht wurde ja die gleiche Munition verwendet. Bis Sonnenuntergang müssen wir fertig sein.« Voss überlegt kurz, ob er etwas vergessen hat. »Wenn Sie die Jäger befragen, muss auch geklärt werden, wer welches Tier geschossen hat. Neumann, Sie machen einen Plan von der Wildstrecke, auf dem alles eingetragen wird.« Er weiß, dass er den Kollegen gerade sehr viel Arbeit aufbürdet, aber es geht nicht anders.

Aus den Augenwinkeln sieht er seinen Schulkumpel Mike Fischer, der sich schon die ganze Zeit in seiner Nähe herumdrückt. Voss geht auf ihn zu und gibt ihm die Hand.

»Mann, Vossi, dass du jetzt hier bist, ist ja ...« Mike Fischer stockt, hebt die Arme, sucht nach Worten. Eigentlich wie immer. Sie waren als Schüler nicht besonders eng befreundet, aber sie haben sich irgendwie verstanden. Sie konnten zum Beispiel angeln gehen und zwei, drei Stunden am See sitzen, ohne das Gefühl zu haben, jetzt gleich unbedingt etwas sagen zu müssen. Das fand Voss schon damals angenehm. Außerdem war es Mike Fischer, der ihm gezeigt hat, wie Schweine es miteinander treiben. Das war im Stall von Mikes Vater, wo zum Beginn des Winters der Zuchteber Harry in einem abgetrennten Koben mit ausgewählten Sauen zusammenkam. Einen ganzen Nachmittag lang sahen sie Harry bei der Arbeit zu. Das war für Voss damals sehr beeindruckend, zumal ihm Mike Fischer erklärte, dass die Sache bei den Menschen recht ähnlich ablaufe.

Das Erstaunliche an Schulkumpels ist, dass sie einem sofort wieder vertraut sind, denkt Voss. Egal, wie lange man sie nicht gesehen hat. Egal, was man zwischendurch so gemacht hat. Das erklärt wohl auch, warum er sogar Mike Fischers Ellenbogen ergreift, um ihn sogleich wieder loszulassen, von der eigenen Gefühlsaufwallung überrascht.

»Hallo Mike, ich wusste gar nicht, dass du jagst«, sagt Voss und ärgert sich sofort, dass ihm nichts Besseres zur Begrüßung eingefallen ist.

»Na ja, so viel kann man hier nicht machen«, sagt Mike Fischer.

»Tja, das stimmt. Ich musste gerade an Düssmann denken.«

»Du meinst Tschüss-Mann-Düssmann.«

Voss lächelt. Ja, genau so haben sie ihren Klassenlehrer immer genannt. Am liebsten würde er jetzt weiter mit Mike Fischer in alten Erinnerungen schwelgen.

»Kanntest du Harro Probst?«, fragt Voss stattdessen.

Mike Fischers Gesicht verdüstert sich.

»Klar, wie alle hier.«

»Hatte er Feinde?«

»Kann man so sagen. Die ganzen Windkraftgegner ...«

»Was hat Probst mit den Windkraftgegnern zu tun?«

»Mann, Voss, ist ja wie früher, du weißt echt gar nichts! Harro Probst war der Besitzer dieses Waldes hier. Hat er, glaube ich, kurz nach der Wende gekauft. Vor einem Jahr wurden neue Gebiete ausgewiesen, in denen Windräder gebaut werden dürfen. Und der Wald von Harro Probst gehörte dazu. Probst hat einen Pachtvertrag mit so einer Windkraftfirma unterzeichnet. Die wollen hier fünf Windräder bauen. 250 Meter hoch, 100 Meter höher als der Kölner Dom. Kannst du dir das vorstellen?«

»Diese Windräder sollen in den Wald gesetzt werden?«

»Ja, für jede Anlage müssten zehn Hektar Wald gerodet werden. Das alles hier soll abgeholzt werden. Ist scheiße, aber ist so.«

»Das ist ja furchtbar«, entfährt es Voss. »Ich meine, ist das alles wirklich schon entschieden?«

»Was ich so gehört habe, sollte Harro Probst für jede Anlage 40.000 Euro jährlich als Pachtgebühr erhalten. Er hätte nie wieder arbeiten müssen, verstehst du, Voss, nie wieder arbeiten. Nur noch Geld zählen, jagen und angeln. Der Harro wollte seine Firma verkaufen, für den war das hier entschieden.«

»Und die Jäger? Ich meine, ihr jagt doch hier seit ewigen Zeiten ...«

»Klar, ist blöd.« Mike Fischer stockt, überlegt. »Ist kompliziert, weil Harro ja auch Jäger war, da hält man auch ein bisschen zusammen. Vor allem, wenn diese ganzen Ökos und Tierschützer durchdrehen. Ich meine, die Leute, die hier drum herum wohnen, die kann ich verstehen. Solche Windräder sind ewig weit zu hören und zu sehen. Vor drei Monaten wurde Harros Auto im Wald angezündet, na ja, das fand er dann auch nicht mehr so lustig.«

Voss hört zu, macht sich Notizen. Wahrscheinlich war er schon weg, als die Wälder damals verkauft wurden. Er findet es erstaunlich, dass man einen Wald einfach so besitzen kann. Ob das seine ostdeutsche Erziehung ist, die ihn so etwas denken lässt? Sein Kommunisten-Gen, wie Nicole mal gesagt hat? Seltsam ist auch, dass im Namen der Klima- und Weltrettung dieser wunderschöne Wald zerstört werden soll.

»Weißt du, wo Harro Probst während der Jagd stand?«

»Wie immer in der Senke, bei der großen Esche. Normalerweise hätte noch Thiessen bei ihm sein sollen. Aber Thiessen ist krank.«

»Das heißt, jeder Jagdteilnehmer wusste, wo Harro Probst zu finden sein würde, und dass er allein war?«

Mike Fischer nickt.

»Wahrscheinlich hätte auch jeder andere unbemerkt dorthin gelangen können, oder?«

»Klar, es gibt bei einer Treibjagd keine Einlasskontrollen«, sagt Mike Fischer.

Sie reden noch ein bisschen, dann verabschiedet sich Voss. Er schlägt vor, mal zusammen ein Bier trinken zu gehen. Mike Fischer zuckt mit den Schultern, was hier in der Gegend durchaus als Zeichen der Zustimmung gewertet werden kann.

Auf der Bundesstraße 158 staut sich der Verkehr Richtung Osten. Alle wollen nach Polen, wie an jedem Samstagnachmittag. Am schlimmsten ist es am ersten Wochenende im Monat, wenn die Hartz-IV-Gelder gerade ausgezahlt wurden und die Brandenburger zum Billig-Biertrinken, Billig-Tanken und Billig-Zigarettenholen über die Grenze fahren. Voss hat das wie immer vergessen, so steht er nun nahe Bad Freienwalde in der

Autoschlange und kommt erst eine halbe Stunde später als geplant in Wölsingsdorf an. Das Haus der Familie Probst liegt am Ende der gepflasterten Dorfstraße, dahinter beginnen die Wiesen und Felder. Frau Probst kniet im Vorgarten ihres Hauses in einem Beet, als Voss eintrifft. Er bittet sie ins Haus, da scheint sie es schon zu ahnen.

Es gibt nicht viele Dinge, die Voss an seinem Beruf stören, aber das Übermitteln von Todesnachrichten gehört auf jeden Fall dazu. Menschen gegenüberzustehen, ihnen in die Augen zu blicken und mit einem einzigen Satz ihr Leben zu verdunkeln, daran kann man sich nicht gewöhnen. Er hat mal an einer Schulung auf der Polizeiakademie teilgenommen. Ein Psychologe sollte den angehenden Kommissaren beibringen, die Angehörigen, aber auch sich selbst in solchen Situationen emotional zu schützen. Aber letztlich musste sogar der Psychologe zugeben, dass man eigentlich nicht viel machen kann. Ein Mensch stirbt, und irgendjemand muss es dem nächsten Angehörigen sagen. Egal, welche Tricks man kennt, es wird nicht leichter.

Zuerst steht Frau Probst nur ganz ruhig da, mit fragenden, staunenden Augen. Dann beginnt sie zu schluchzen. Voss steht neben ihr, berührt mit seiner Hand ihren Oberarm. Sie zieht ihn an sich, fällt in seine Arme. Er zuckt zusammen, weil er Berührungen mit fremden Menschen nur schwer erträgt. Aber er schafft das, streichelt sogar ein wenig ihren bebenden Rücken. Nach langen Sekunden löst sie sich von ihm, wendet das verweinte Gesicht ab, atmet tief durch. Voss ist erstaunt, wie schön sie ist. Frau Probst hat ein feines, zart geschnittenes Gesicht, das ihr etwas Vornehmes, Besonderes verleiht. Sie sieht nicht aus wie eine Frau vom Land, eher wie eine Zugereiste, die hier aus irgendwelchen Gründen hängen geblieben ist. Und sie ist bedeutend älter als Harro Probst, so viel ist sicher. Mindestens zehn Jahre älter. Das passiert so selten, dass es einem gleich auffällt, denkt Voss. Sie stehen in einer großen, perfekt geputzten und aufgeräumten Wohnküche. Frau Probst schaltet die Kaffeemaschine an, holt Tassen aus dem Schrank, versucht, sich mit gewohnten Handgriffen zu beruhigen.

»War es ein Unfall?«, fragt sie.

»Nein, Ihr Mann wurde wahrscheinlich ermordet.«

»Aber ...«

Erneut geht ein Zittern durch ihren Körper, sie setzt sich an den Küchentisch, stützt den Kopf in die Hände, atmet mehrmals tief durch.

»Wir gehen im Moment davon aus, dass Ihr Mann während der Treibjagd erst niedergeschlagen und dann erschossen wurde. Mehr wissen wir noch nicht.«

»Kein Wunder, Sie wissen ja auch nicht, wer Harros Auto angezündet hat. Oder wer vor zwei Wochen die Scheiben hier vorne am Wintergarten eingeworfen hat.«

»Haben Sie einen Verdacht?«

Frau Probst macht eine wegwerfende Handbewegung, so als hätte es wenig Sinn, überhaupt noch darüber zu reden.

»Ich habe Harro gesagt, er soll das mit diesen blöden Windrädern sein lassen. Was nutzt uns das ganze Geld, wenn uns alle dafür hassen? Aber er wollte nicht auf mich hören, hat gesagt, da müssten wir jetzt durch. Und wenn die Windräder erst mal dastehen, dann finden sich die Leute schon damit ab.«

Sie holt ein Taschentuch aus ihrem Gartenkittel, wischt die Tränen ab.

»Hatte er selbst einen Verdacht?«, fragt Voss.

»Es gibt so viele Leute, die sich gegen ihn gestellt haben. Angefangen mit unseren Nachbarn, dann die Leute, die an dem Wald wohnen, in dem die Windräder aufgestellt werden sollen. Sogar der Bürgermeister hat einen bösen Brief geschrieben, dabei war das rechtlich alles in Ordnung, was der Harro machen wollte. Letzte Woche war dann noch so ein Fledermaus-Schützer hier, der wollte mit Harro sprechen, hat ihn aber gar nicht zu Wort kommen lassen. Der war wie besessen, sprang rum wie Rumpelstilzchen, hätte sich am liebsten auf Harro gestürzt.«

»Wie hieß dieser Fledermaus-Schützer?«

»Keine Ahnung, der wohnt in Sternekorp, in dem alten Stall oben an der Kälberweide. Und gebebt hat der vor Wut, als Harro ihn rausgeschmissen hat.«

»Was heißt rausgeschmissen?«

»Na, Harro hat ihn am Kragen gepackt und zum Gartenzaun gebracht. War nur so eine halbe Portion. Ich fand es trotzdem nicht richtig, dass Harro ihn so hart angefasst hat. Aber auf mich hat er ja nicht gehört.«

»Auf wen hat ihr Mann denn gehört? Hatte er enge Freunde?«

»Nicht, dass ich wüsste. Er stand ziemlich alleine da. Deswegen habe ich auch nicht verstanden, warum er das mit diesen blöden Windrädern nicht einfach sein lässt.«

Voss' Handy klingelt. Es ist Neumann, die Befragungen im Wald laufen noch, aber den Jägern ist aufgefallen, dass Jürgen Stibbe nicht mehr da ist. Noch am Morgen hat Stibbe mit den anderen auf der Anhöhe gestanden und auf das Wild gewartet. »Seltsamerweise kann sich niemand erinnern, wann er verschwunden ist«, sagt Neumann.

»Ich fahre sofort zu ihm. Was wissen Sie über diesen Stibbe?«

»Offenbar wollte Harro Probst hier im Wald Windräder aufstellen lassen.«

»Ja, das weiß ich.«

»Ach so.«

Neumann klingt beleidigt.

»Neumann! Was wissen Sie über Stibbe?«

»Er ist einer der engagiertesten Windkraftgegner im ganzen Dorf, weil sein Hof nur ein paar Hundert Meter von dem Bereich entfernt liegt, in dem die Windräder gebaut werden sollen. Er wohnt im alten Vorwerk, wissen Sie, wo das ist?«

»Herr Neumann, nehmen Sie bitte zur Kenntnis, dass ich hier geboren wurde! Und aufgewachsen bin! Ich kenne den Sternekorper Forst, ich kenne das Vorwerk, ich kenne hier alles, haben Sie das jetzt verstanden?«

Voss legt auf. So ist das jedes Mal. Vor allem dann, wenn er sich eigentlich gerade Mühe geben will, nett zu sein. Dieses Nettsein kostet ihn einfach zu viel Kraft. Jetzt muss er sich wieder bei Neumann entschuldigen. Das heißt, er muss sich wieder Mühe geben, was unweigerlich zur nächsten Entgleisung führen wird. Wie schön war die Zeit in Stuttgart, als er selbst noch einen Chef hatte – und keiner war.

Voss, der zum Telefonieren nach draußen gegangen ist, schaut durch die gläserne Terrassentür in die Küche. Frau Probst sitzt am Küchentisch mit leeren, stumpfen Augen. Sie blickt ins Nichts, streichelt mit der linken Hand die Tischkante, so als wollte sie sich selbst ein wenig Trost verschaffen. Voss geht wieder hinein und verabschiedet sich von ihr, sie blickt ihn kaum an.

Oben an der Straße, die zum alten Vorwerk führt, steigt Voss aus dem Auto und blickt über das Feld hinüber zum Sternekorper Forst. Er versucht sich vorzustellen, wie es aussehen würde, wenn dort irgendwann diese Windräder stünden. 250 Meter, höher als der Kölner Dom, hat Mike Fischer gesagt. Ein großer Baum ist 20, vielleicht 30 Meter hoch. Das wären dann also zehn Bäume übereinander, und das in einer Gegend, in der eigentlich nichts besonders hoch ist. Brandenburg ist flach gewelltes Land, der höchste Punkt ist der Hagelberg im Hohen Fläming. 201 Meter hoch liegt dieser brandenburgische Gipfel, dreimal hat Voss ihn unfreiwillig bei Schulausflügen erklommen. Es gibt ein Foto von ihm, oben am Gipfelkreuz. Jedes brandenburgische Schulkind hat so ein Foto.

Je flacher das Land, desto größer der Bergstolz, denkt Voss. Es könnte sein, dass der Hagelberg durch die ständigen Schulausflüge schon ganz abgelaufen ist und gar nicht mehr so mächtig in den Himmel ragt, wie immer behauptet wird. Auf jeden Fall aber, und da ist sich Voss sicher, wäre es respektlos, hier irgendwelche Türme aufzustellen, die noch höher sind.

Er steigt wieder ins Auto und fährt den geschwungenen Feldweg zum Vorwerk hinunter. Rechts vom Weg, an einem Weiher, stehen zwei Graureiher. Voss muss sich zwingen, jetzt nicht anzuhalten. Graureiher gehören zu seinen Lieblingsvögeln. Er gelangt an eine Scheune, die quer zum Feldweg steht. Wie die meisten Häuser hier in der Gegend ist sie aus unbehauenen Feldsteinen gebaut, die mit flachen Steinsplittern verkeilt wurden. Die Fenster und Türen sind mit roten Backsteinstürzen eingefasst, das Dach ist aus Wellasbest. Das Scheunentor steht offen, Voss sieht einen kräftigen Mann in blauer Arbeitsmontur an einem alten Traktor schrauben.

»Herr Stibbe?«, ruft Voss, seine Stimme hallt in der Scheune wider wie in einem Kirchenschiff. Der Mann schaut kurz hoch und arbeitet dann einfach weiter. Voss geht näher heran.

»Ich bin Hauptkommissar Voss, darf ich Sie kurz stören?«

»Machen Sie doch schon.«

»Herr Stibbe, Sie waren heute bei der Treibjagd im Sternekorper Forst dabei und sind dann plötzlich verschwunden. Dürfte ich wissen, warum?«

»Ich hatte hier zu tun.«

»Haben Sie mitbekommen, dass Harro Probst tot ist?«

Stibbe hält inne, steht auf und wischt sich die Hände an einem Tuch ab. »Ja, habe ich gehört.« Stibbe vermeidet es, Voss anzublicken, er hält den Kopf leicht gesenkt, sein Blick wandert unruhig hin und her.

»Wo waren Sie während der Jagd?«

»Auf dem Ansitz am Tiefen Grund.«

»Wie weit ist der Tiefe Grund von der Stelle entfernt, an der Harro Probst gefunden wurde?«

»Ich weiß nicht, wo Harro gefunden wurde. Ich bin gleich nach dem Abblasen weg.«

»Harro Probst wurde da gefunden, wo er auch während der Jagd gestanden hat, an der großen Esche in der Senke, die zum Brunnentalweg führt.«

»Ja, da stand er immer.«

»Herr Stibbe, es wäre schön, wenn das, was wir hier gerade tun, sich etwas mehr in Richtung eines Gesprächs entwickeln könnte. Erzählen Sie mir bitte ausführlich, was Sie während der Jagd getan haben und welchen Weg Sie wann genommen haben, um wieder nach Hause zu kommen.«

Stibbe blickt ihn zum ersten Mal direkt an. Er wirkt nicht ungehalten, eher erstaunt. »Um halb zehn war ich am Ansitz, dann ging die Jagd los. Gegen halb elf wechselt Rotwild, aber ich komme nicht zum Schuss. Zehn Minuten später habe ich eine Bache, schieße, aber sie flüchtet getroffen ins Dickicht. Halbe Stunde später zwei Ricken, eine habe ich erwischt. Ich bin dann zur Nachsuche wegen der Bache, habe sie aber nicht gefunden. Die Ricke habe ich an den Ansitz gebunden, habe Olli Günther eine SMS geschickt, der am Eschenpfad saß, und bin los. Hinten an der Kiefernschonung lang bis zur Feldkante und dann hier rüber.« Stibbe wird während des Sprechens immer leiser. Er sieht erschöpft aus, als hätte er schon lange nicht mehr so viel am Stück geredet.

»Hat irgendjemand Sie auf dem Weg nach Hause gesehen?«

»Nein.«

Die Antwort kommt schnell und bestimmt. Stibbe versucht nicht, sich zu erklären, sagt kein Wort zu viel. Er klingt überzeugend, findet Voss.

»Sie kämpfen gegen die Windräder, die drüben im Wald gebaut werden sollen.«

»Weil die alles kaputt machen.«

»Was machen die denn kaputt?«

»Vor zwei Jahren haben meine Frau und ich einen Kredit aufgenommen, um die Ferienwohnungen im Schweinestall auszubauen. Alle haben gesagt, das läuft. Die Berliner wollen Landleben und Ruhe. Wir kennen einen Architekten, der hat das alles so auf ursprünglich gemacht. Einmal die Woche kommt eine Bio-Kräutertante aus Frankenfelde her, das finden die Berliner toll. Wir hatten sogar an Pferde gedacht, ist ja Platz genug. Wenn jetzt aber da drüben die Windräder hinkommen, dann können wir das alles vergessen. Wer will denn den ganzen Tag das Heulen dieser blöden Propeller hören?«

»Haben Sie mit Harro Probst darüber gesprochen?«

»Seit er von dem Geld wusste, das er da verdienen kann, konnte man mit Harro nicht mehr reden. Es ist ihm auch scheißegal gewesen, was die anderen von ihm denken. Die Jäger, die Anwohner, die Leute aus Harnebeck. Der war gierig, hat gesagt, das sei die Chance seines Lebens. Dass er den anderen damit ihr Leben versaut, hat ihn nicht interessiert!«

»Ich brauche mal Ihr Gewehr.«

»Ach, Sie denken, ich habe den Harro erschossen?«

»Herr Stibbe, ich muss sicher sein, dass Sie nicht der Mörder sind. Deshalb werde ich Ihr Gewehr mitnehmen und überprüfen lassen.«

Sie gehen schweigend über den Hof, am umgebauten Schweinestall vorbei, der mit seiner rustikal verfugten Backsteinfassade, den dunkelblauen Fensterläden und dem roten Tonziegeldach wirklich genau der romantischen Vorstellung vom Landhaus entspricht, die Leute aus der Stadt so haben. Das Haus von Jürgen Stibbe dagegen, das etwas zurückversetzt steht, ist glatt verputzt, hat Fensterbänke aus falschem Marmor, Fenster mit weißen Plastikrahmen und aufgeklebten Goldsprossen und eine Satellitenschüssel am Giebel. So träumt der Bauer davon, ein Städter zu sein, und der Städter will unbedingt ein Bauer werden, denkt Voss. Aber wahrscheinlich muss das so sein. Die Leute haben immer die größte Sehnsucht nach den Dingen, die sie nicht kennen. Sie malen sich ein schönes Bild vom anderen Leben.

Voss sieht das auch in Sternekorp, wo die Berliner ein Haus nach dem anderen kaufen und schnuckelig zurechtmachen. Die Schicki-Bauern werden sie von den Sternekorpern heimlich genannt. Wenn die Schicki-Bauern ihre Häuser fertig gebaut haben, wenn jeder Holzbalken freigelegt und schön gebeizt ist, die historischen Zinkwannen mit Sonnenblumen bepflanzt sind, die im Garten gefundenen alten Wagenräder an der Hauswand hängen und der Gemüsegarten samt ökologisch korrekter Nacktschnecken-Falle installiert ist, dann freuen sie sich und sind mächtig stolz auf das echte Landleben, das sie hier am Wochenende führen. Die Männer kaufen sich einen alten Deutz-Traktor, die Frauen kochen Konfitüre ein. Die Schicki-Bauern haben dann irgendwann das Gefühl, extrem ursprünglich zu sein und ganz doll in dieses Dorf zu gehören. Und die Sternekorper, die finden das lustig. Weil sie wissen, dass so ein Bauernleben nur für diejenigen romantisch ist, die nie eines führen mussten.

Jürgen Stibbe kommt aus dem Haus, übergibt Voss schweigend sein Gewehr und sieht dabei sehr beleidigt aus. Er wirkt auf Voss nicht wie ein Mann, der mit so großem Aufwand jemanden ermordet. Aber das muss nichts heißen. Genauso wenig, wie es etwas bedeuten muss, dass er kein Alibi hat. Voss hat in all den Jahren, in denen er nun schon Verdächtige befragt, die Erfahrung gemacht, dass es eher die Unschuldigen sind, die bei der Klärung einer sorgfältig geplanten Tat kein Alibi vorweisen können. Der Täter hat immer eine Geschichte parat, und meistens ist diese Geschichte sogar richtig gut.

Voss steigt in den hellblauen Fiat Punto, den er zum Dienstantritt in Bad Freienwalde bekommen hat. Der Polizeidirektor hat ihm gleich am ersten Tag »einen richtigen Wagen« versprochen und ihm dabei entschuldigend die Hand auf die Schulter gelegt, was Voss zusammenzucken ließ, wobei er den Inhalt seiner Kaffeetasse über den hellen Anzug des Herrn Polizeidirektor schüttete. Womöglich ist das der Grund, warum er immer noch keinen richtigen Wagen hat. Ansonsten sind die Kollegen ganz nett. Die meisten im Präsidium halten ihn für einen Westler, weil er aus Stuttgart kommt und gleich Chef der Mordkommission geworden ist. Das hat ihm seine Sekretärin, Frau Mölders, gesagt. Und dann hat sie ihn besorgt angeguckt, so als erwartete sie eine Erklärung. Oder eine Beruhigung. Aber Voss hat erst mal gar nichts erwidert. Was hätte er auch sagen sollen? Er hat diese Frage lange nicht mehr gehört. Ostler oder Westler? In Stuttgart interessiert das niemanden. Hier scheint es immer noch wichtig zu sein.

Voss fragt sich, wann das endlich vorbei sein wird, mit diesen dämlichen Vorstellungen, die die Leute voneinander haben. In Stuttgart hat ihn mal ein Kollege gefragt, ob es eigentlich stimme, dass es in Brandenburg fast nur noch Neonazis gebe, die mit tiefergelegten Autos gegen Bäume fahren. »Ja klar«, hat Voss da gesagt, »genau so ist es.« Am liebsten hätte er diesem Kollegen eine Geschichte von stark tätowierten Nazis erzählt, die in verfallenen Geisterdörfern leben und Sex mit Wölfen haben, weil sämtliche Frauen unter 85 Jahren längst in den Westen gegangen sind. Voss' Erfahrung ist, dass die Westler so ziemlich alles glauben, was man ihnen erzählt. Es muss nur mit den Vorstellungen übereinstimmen, die sie ohnehin schon haben.

Er startet den Wagen und fährt los. Während der Fahrt versucht er, Frau Kaminski zu erreichen. Er will wissen, wie weit sie mit der Sicherung der Spuren sind. Aber es gibt kein Netz. Das ist etwas nervig hier in der Gegend, man lebt im Grunde in einem riesigen Funkloch, und das nur eine Stunde vom Berliner Stadtzentrum entfernt. Die Schicki-Bauern finden auch das unglaublich entzückend. Wegen der Entschleunigung und der Stille und den schönen Brettspielen, die man mit den Kindern am Wochenende machen kann, in der Zeit, in der man sonst im Internet hängt. Für alle anderen ist es einfach nur anstrengend.

Voss parkt den hellblauen Fiat Punto am Waldrand und geht zur Jagdhütte hoch. Er hat das Gefühl, sein erster Besuch hier sei schon ewig her. Das geht ihm immer so, wenn Ermittlungen beginnen, wenn viele Eindrücke in wenigen Stunden auf ihn einprasseln. Die Sonne ist fast verschwunden, kalte Feuchtigkeit steigt vom Boden auf, das Laub fällt in Klumpen von den Schuhen. Schon von Weitem sieht Voss einen Lastwagen und ein weißes Zelt auf der Lichtung. Frau Kaminski steht an der Laderampe des Lastwagens. Sie sieht müde aus und wirkt trotzdem hoch konzentriert. Voss fühlt sich sofort besser. Er spürt, dass er sich auf diese Frau verlassen kann. Dass sie die Sachen im Griff hat, ohne große Worte darum zu machen. Nichts ist schlimmer, denkt Voss, als Kollegen zu haben, für die man mitdenken muss. So gesehen hat er wirklich Glück mit seinem Job, weil auch Neumann ein richtig guter Polizist zu sein scheint. Wenn er nur nicht so nerven würde. Trotzdem nimmt Voss sich vor, netter zu ihm zu sein.

»Hallo Chef«, sagt Frau Kaminski, »wir bringen jetzt die Wildkadaver ins Kühlhaus, wir hatten nicht die Zeit, die hier zu untersuchen. Über die Wildstrecke haben wir das Zelt gebaut, na ja, der Wald hat leider kein Dach.«

»Wissen Sie schon etwas wegen der Zweige oder der Schussspuren?«

»Nein, wir haben jetzt erst mal nur gesichert. In dieser Jahreszeit gibt es im Wald große Temperaturunterschiede zwischen

Tag und Nacht. Das bedeutet Nebel und Tau. Das kann Blutspuren zerstören, sogar Faserreste können sich auflösen. Unten am Tatort sind wir so weit fertig, die Leiche ist in der Pathologie. Aber auch da kann ich frühestens übermorgen etwas sagen.«

»Gute Arbeit, Frau Kaminski, wir sprechen uns morgen. Wo ist denn Neumann?«

»Wahrscheinlich im Präsidium, er hat ein paar von den Jägern dorthin mitgenommen, als es hier zu ungemütlich wurde.«

Voss ist erleichtert, er hatte vorgehabt, sich so schnell wie möglich bei ihm wegen des Telefonats vorhin zu entschuldigen. Aber das geht ja nun nicht, tja, kann man nichts machen. Neumann scheint jedenfalls immer noch eingeschnappt zu sein, sonst hätte er ihn zwischendurch schon angerufen. Voss überlegt, wie er weiter vorgehen soll. Schon vorhin hat er daran gedacht, mal zu Förster Engelhardt nach Harnebeck zu fahren. Förster Engelhardt hat ihn schon als Kind in den Wald mitgenommen, hat ihm alles erklärt. Engelhardt hat ihm auch die schönsten Stellen gezeigt. Den Moosgürtel am großen Stein, die Birkeninsel und den Hochstand in der eng bepflanzten Kiefernschonung, die er den »Zauberwald« nannte. Damals hat Voss mit der Vogelbeobachtung angefangen. Es gab den Roten Milan, der seinen Horst in der Astgabel einer toten Kiefer hatte. Und das Kranichpaar, das vor dem Moosgürtel auf der Wiese nistete. Wenn Voss mit dem alten Engelhardt durch den Wald lief, dann spürte er eine nie empfundene Ruhe und Geborgenheit. Es war so, als wäre die Welt außerhalb des Waldes verschwunden.

Das Forsthaus steht ein wenig außerhalb von Harnebeck, vor allem aber ist es tiefer gelegen, mindestens 100 Meter, schätzt Voss. Ein schmaler Waldweg führt in Serpentinen vom Dorf hinunter ins Tal. Der Weg quert die Bahntrasse, auf der früher die Züge nach Seefeld fuhren. Voss bremst, eine Fahrrad-Draisine, die von rüstigen Frührentnern in Goretex-Jacken gesteuert wird, holpert über die verrosteten Schienen. Das sind die touristischen Attraktionen in Brandenburg. Diese Orte, an denen früher noch geschafft wurde. In Eberswalde gibt es ein ehemaliges Fabrikgelände, das heute ein Familienpark ist, in Strausberg kann man auf einem alten Militärflugplatz Skateboard fahren. Die riesigen Gruben des Lausitzer Steinkohletagebaus sind mit Wasser geflutet und sollen demnächst eine Seenkette bilden. Wo früher mal gearbeitet wurde, kann man sich heute nur noch erholen, denkt Voss. Brandenburg ist ein arbeitsloses Wellness-Land geworden.

Unten im Tal ist es dunkel, feucht und auch ein wenig kühler als oben im Dorf. Das Forsthaus sieht aus wie immer. Die grünen Fensterläden, das Hirschgeweih am Giebel, der Holzhaufen auf dem Hof, der Zwinger mit den beiden Langhaardackeln am Eingang. Engelhardt erkennt ihn zuerst gar nicht. Er braucht etwas Zeit, um sich an den Jungen zu erinnern, mit dem er früher umhergepirscht ist.

»Aha, Hauptkommissar Voss, na das ist ja ein Ding«, sagt er dann.

Das Alter hat Engelhardt schmaler werden lassen, aber sehr verändert hat er sich nicht. Es mag daran liegen, dass Engelhardt Voss schon immer alt erschienen ist. Dieser kompakte, kräftige Mann mit dem schlohweißen Haarkranz, dem weichen Kinn und dem hart gerollten R, das er aus seiner schlesischen Heimat mitgebracht hat. Eine Stunde später, nachdem sie im Forsthaus schon zwei Mirabellenschnäpse getrunken haben, sagt der alte Förster einen Satz, den Voss nicht mehr vergessen wird: »Weißt du, Daniel, der Wald ist nicht mehr zum Staunen da.«

Zwischendurch spricht Engelhardt noch von ein paar anderen Sachen. Von den Holzpreisen zum Beispiel, die in den letzten Jahren stark gestiegen seien, weshalb einige Waldbesitzer nun ihre Flächen radikal roden. »Weil sie nur an heute denken, weil sie gierig sind. Weißt du, Daniel, vor 250 Jahren war die Mark Brandenburg kahl, alle Bäume waren abgeholzt und verbrannt. Weil die Menschen nicht wussten, wie man einen Wald gleichzeitig nutzen und erhalten kann. Weil sie auch gierig und ganz schön dumm waren. Die preußischen Gutsbesitzer haben dann gelernt, wie es geht. Die haben die Wälder hier aufgeforstet. Die großen, schönen Bäume, die wir heute sehen, sind alle damals gepflanzt worden. Von Männern, die wussten, dass sie selbst die Ernte nicht erleben werden. Sie haben das Land von Generation zu Generation weitergegeben. Sie haben den Reichtum für ihre Enkel und Urenkel geschaffen. 200 Jahre braucht eine Eiche, bis sie geschlagen werden kann. Eine Buche braucht 130 Jahre. Nadelbäume nur 50. Die Bäume müssen im richtigen Abstand, im richtigen Verhältnis, an den richtigen Stellen gepflanzt werden.«

Voss sitzt da, lauscht der ruhigen, tiefen Stimme des alten Försters. Er könnte stundenlang so sitzen. Auf einmal ist alles genau wie früher, wenn er nach einem Waldspaziergang noch eine Tasse heißen Kakao von Engelhardt serviert bekam. Wenn sie es sich gemütlich machten. Er hört die Buchenscheite im Kamin knacken, er spürt die Wärme, die ihm wohlig in die Knochen kriecht, er riecht den Duft der getrockneten Pfefferminze, die in Bündeln über dem Kamin hängt. Voss hat sich manchmal gefragt, warum sich der alte Förster immer so um ihn gekümmert hat. Vielleicht lag es daran, dass Engelhardt keine Kinder hat. Und Voss gerne einen Vater gehabt hätte, der mit ihm durch den Wald zieht.

»In der DDR wurde es übrigens genauso gemacht«, fährt Engelhardt mit seiner Erzählung fort. »Nach dem Krieg holzten die Leute ab, was sie konnten, dann kam die Bodenreform, und der Wald wurde in Parzellen aufgeteilt, damit auch jeder was abbekam. Später, als jeder in die LPG musste, kam alles wieder zusammen. Und da haben wir es sogar noch besser gemacht als die Preußen. Am Ende der DDR hatten wir 40 Festmeter Holz mehr pro Hektar als am Anfang. Und zwar nicht, weil die DDR so reich war, sondern weil sie es sich im Gegenteil überhaupt nicht leisten konnte, unwirtschaftlich mit ihren Wäldern umzugehen.«

»Da waren wir also preußischer als die Preußen. War eben doch nicht alles schlecht, oder?«, fragt Voss lächelnd. Aber der alte Engelhardt versteht die Ironie nicht. Und zum Lachen ist ihm offenbar erst recht nicht zumute.

»Seit der Wende, mein Junge, ist die Tradition in Gefahr. Der märkische Wald ist jetzt unter Tausenden Besitzern aufgeteilt, und jeder sieht nur seine eigenen Bäume. Und seinen eigenen Profit. Es gibt zum Beispiel ein Gesetz, das es verbietet, mehr als zwei Hektar große Flächen kahl zu schlagen. Und weißt du, was die machen, Daniel? Sie roden die zwei Hektar, lassen drei Baumreihen stehen und roden weiter. Manche unserer Wälder sehen von oben wie Schachbretter aus. Und die Behörden können nichts dagegen tun. Das Privateigentum ist heilig, verstehst du?«

Engelhardt ist jetzt richtig wütend. Er sitzt auf der Kante seines breiten Lehnsessels, fuchtelt mit den Armen, malt die Grenzen der gerodeten Wälder in die Luft. Seine Stimme wird immer höher vor Aufregung, sein Gesicht läuft rot an. Christel, seine Frau, kommt aus der Küche. »Na, nun reg' dich mal nicht so auf, mein Alter, der Wald ist doch noch da. Und er wird immer da sein, egal, was passiert.«

»Ja, aber er wird kleiner, Christel. Immer kleiner. Und teurer. Erinnerst du dich an die beiden Männer, die neulich hier waren? Die mit den Anzügen?« Engelhardt wendet sich wieder Daniel zu. »Das muss ich dir erzählen. Die kamen hier mit einem dicken Auto an und wollten, dass ich sie berate, weil sie für so einen Finanzfonds arbeiten, der brandenburgische Waldflächen kauft. Ich habe gefragt, warum sie nun unbedingt unsere Wälder hier haben wollen, und die haben mir gesagt, es sei ganz einfach: Die Wälder wachsen, sie überdauern jede Finanzkrise und jeden Weltkrieg und haben seit Jahrhunderten nie an Wert verloren. Die versuchen, uns den Wald abzuschwatzen, und die kommen von allen Seiten. Die Windkraft-Mafia, die Holz-Auktionisten, die Finanzmanager. Alle wittern hier das große Geschäft.«

Voss hört schweigend zu. So hat er den Wald noch nie gesehen. Ihm war nicht klar, dass sich unter diesen Baumkronen, zwischen diesen Hügeln und Lichtungen, die Geschichte dieses Landes abgelagert hat. Dass jede Änderung der Besitzverhältnisse auch diesen Wald verändert hat. Dass dieser Sternekorper Forst im Grunde wie ein riesiges Freiluftmuseum ist, in dem man durch die Jahrhunderte reisen kann. In dem der Wandel der Gesellschaft abzulesen ist. Dabei kennt er das doch alles, die mittelalterlichen Feldsteinkreise, die preußischen Gemarkungszeichen, die im Waldboden verrosteten Wehrmachtshelme, die verwitterten Panzerunterstände der NVA. Und nun also den Schachbrett-Wald und die Windradschneisen. Jede Zeit hinterlässt ihre Spuren.

Aber die Spuren, findet Voss, die werden immer hässlicher. Jetzt haben die Finanzkrise und die Energiewende sogar schon die Birkeninsel und den Zauberwald erreicht. Es sieht so aus, als gäbe es fast nichts mehr auf der Welt, das einfach nur da ist und auch so dableiben kann. Alles ist in irgendwelche komplizierten, globalen Prozesse eingebunden, die kein Mensch mehr versteht, aber deren Auswirkungen dann doch für jeden spürbar werden. Es klingt seltsam, denkt Voss, aber ohne die Klimaerwärmung würde der Gas- und Wasserinstallateur Harro Probst aus Eberswalde jetzt vielleicht noch leben. Weil ohne das Schmelzen der Polkappen wohl niemand auf die Idee gekommen wäre, diese blöden Windräder in das flache Brandenburger Land zu stellen. Und Harro Probst gar nicht erst in Versuchung geraten wäre, den Sternekorper Forst zu opfern, um ein vermögender Frührentner zu werden.

Auf einmal spürt Voss seinen Magen, der ihn schmerzhaft daran erinnert, dass er immer noch nichts gegessen hat. Der Mirabellenschnaps von Förster Engelhardt, der seinen Kopf so angenehm warm und weich gemacht hat, liegt ihm nun brennend im Leib, und er verabschiedet sich, um möglichst schnell nach Hause zu kommen. Engelhardt schenkt ihm eine topografische Karte vom Sternekorper Forst. »Eine genauere Karte wirst du nicht finden, vielleicht hilft sie dir«, sagt er.

Voss' kleines Auto holpert über den dunklen Waldweg, das Licht der Scheinwerfer tanzt in den Bäumen, und er ist froh, in einer Gegend zu sein, in der Alkoholkontrollen nur sehr sporadisch stattfinden. Nach vier Kilometern in tiefster Finsternis erreicht er die Dorfstraße von Sternekorp, an der sechs Laternen leuchten, was ihm nun fast ein wenig übertrieben erscheint.

Das Haus der Eltern steht direkt an der Straße, wie fast alle Häuser in Sternekorp. Da es auf ihrer Straßenseite keinen Fußweg gibt, ist die Fahrspur gerade mal zwei Meter von der Hauswand entfernt. Wenn schwere Lastwagen vorbeifahren, springen die Gläser im Küchenschrank in die Höhe. Voss hat den Vater mal gefragt, warum sie das Haus nicht weiter hinten gebaut haben. Es war doch Platz da, der Garten hinter dem Haus endet erst am Feldrand, mindestens 100 Meter von der Straße entfernt. Der Vater sagte, das Haus sei schon da gewesen, als er hier ankam. Und dass sie froh gewesen seien, überhaupt etwas zu haben. Und dass es zu der Zeit, als dieses Haus gebaut wurde, noch gar keine Lastwagen gegeben habe, wahrscheinlich noch nicht mal Autos, nur ein paar Pferdekutschen, wenn überhaupt. Die Eltern waren zu geizig, um das Haus nach der Wende zu verputzen, wie es die meisten im Dorf getan haben. So ist die Feldsteinfassade geblieben, und das Haus sieht aus wie eines von den Schicki-Bauern. Mittlerweile findet Voss das ganz gut. Früher hat er sich dafür geschämt, er sah den anderen beim Renovieren zu, und nur bei ihnen daheim blieb alles, wie es war.

Im Haus brennt Licht, was Voss noch immer merkwürdig erscheint. Er muss sich noch daran gewöhnen, mit anderen Menschen unter einem Dach zu wohnen. Das heißt, am liebsten würde er sich gar nicht erst daran gewöhnen, weil er ja hier so schnell wie möglich rauswill. An diesem Wochenende soll er eine Maklerin treffen und zwei Wohnungen in Bad Freienwalde besichtigen, aber daraus wird ja nun nichts. Sobald dieser Fall abgeschlossen ist, wird er auf Wohnungssuche gehen. Bis dahin muss er es eben noch aushalten. Als Voss die Haustür öffnet, weht ihm der Geruch von Bratkartoffeln entgegen. Die Tür, die zum Zimmer der Mutter führt, ist nur angelehnt. Das Licht ist aus, also schläft sie wohl schon. Er geht in die Küche, wo Maja am Herd steht.

»Ich habe im Radio von dem seltsamen Toten im Wald gehört«, sagt sie und wischt die Hände an der Schürze ab.

Auf dem Küchentisch mit der abgewetzten Wachstuchdecke steht ein leerer Teller, daneben eine Flasche Bier. Voss setzt sich auf den Stuhl, sieht Maja beim Kochen zu und spürt die Spannung langsam aus sich entweichen. »Was will denn der Mörder sagen?«, fragt Maja irgendwann, ohne vom Herd aufzusehen. Sie hat eine helle, ein wenig klagende Stimme. Ihr weicher polnischer Akzent klingt beruhigend. Voss ist überrascht, er hätte nicht gedacht, dass sie sich für seine Arbeit interessiert. Und dass sie genau diese Frage stellt. Die Frage, die ihn selbst am meisten beschäftigt. »Ich weiß es nicht«, antwortet er schließlich. Maja tut die Bratkartoffeln auf.

SONNTAG

Kurz nach acht klingelt Voss' Handy. Es liegt auf dem Nachttisch, etwa 20 Zentimeter von seinem Kopf entfernt, der allerdings unter einem großen Daunenkissen begraben ist, weshalb Voss eine Weile braucht, bis er das Klingeln überhaupt hört. Als er endlich aufwacht, ist das Handy verstummt. Voss lässt sich Zeit, er weiß, dass er schlechte Laune bekommt, wenn er morgens zu schnell aufsteht. Mit dem Schlafen ist es wie mit dem Tiefseetauchen, hat er Nicole mal erklärt. Man darf nicht zu schnell aus der Dunkelheit ans Tageslicht zurückkehren. Man muss sehr langsam nach oben gleiten. Seit er in Sternekorp ist, dauert das Auftauchen allerdings noch viel länger als sonst. Sein Schlaf hier ist fast komatös. Ob das am Teppichboden liegt? Vielleicht ist da irgendein Gift drin, das ihn betäubt?

Er greift nach dem Handy, sieht Frau Kaminskis Nummer und drückt auf Rückruf. Frau Kaminskis Stimme klingt beunruhigt: »Chef, das Zelt, mit dem wir die Wildstrecke gesichert haben, ist abgebrannt.« Jetzt ist Voss wach.

»Was heißt abgebrannt?«

»Ich bin gerade angekommen. So, wie es aussieht, hat hier jemand in der Nacht Benzin reingekippt und alles abgefackelt. Es ist nichts mehr da, nur noch Asche.«

»Verdammt! Ich komme sofort. Rufen Sie Neumann an. Wir treffen uns in 30 Minuten im Wald.«

Als Voss auf der Lichtung vor der Jagdhütte ankommt, ist Frau Kaminski gerade dabei, einige verkohlte Zweige in Klarsichtbeutel zu stecken. Vom Zelt ist nur noch das rußgeschwärzte Gestänge übrig. Voss nähert sich vorsichtig. Wenn der Täter heute Nacht noch mal hier war, hat er vielleicht Fußspuren hinterlassen. Er sieht Frau Kaminski fragend an, aber die schüttelt den Kopf. »Keine neuen Spuren, und die Zweige sind wahrscheinlich nicht mehr zu gebrauchen.«

»Das heißt, dass wir auf der richtigen Fährte waren«, sagt Voss. »Es gibt offenbar einen Zusammenhang zwischen dem Tatort und der Wildstrecke, den wir nicht entdecken sollen. Der Täter ist ein großes Risiko eingegangen. Jemand hätte das Feuer sehen können.«

»Der scheint genau zu wissen, was er tut. Um das hier alles abzufackeln, hat er mindestens 30 Liter Benzin gebraucht, eher mehr. Vielleicht ist er mit dem Auto gekommen, aber es gibt keine Reifenabdrücke. Und selbst wenn er zu Fuß das Benzin hergeschleppt hat, wie konnte er in der Dunkelheit seine Spuren beseitigen? Der Boden ist nass und weich, er wird ja nicht geflogen sein.«

»Na ja, ganz so perfekt ist er dann wohl doch nicht. Sonst hätte er nicht noch mal herkommen müssen. Er hat etwas übersehen, das wir nicht finden sollten. Was gab es außer den Tannenzweigen in dem Zelt, Frau Kaminski?«

»Blutspuren vom Wild, sonst nichts.«

Voss betrachtet die verbrannte Erde, die sich als schwarzes Rechteck auf dem Waldboden abzeichnet. Wovor hatte der Täter Angst? Selbst wenn es ihnen gelungen wäre, nachzuweisen, dass die Zweige vom Tatort und von der Wildstrecke von denselben Bäumen stammen, hätte das doch nur den Verdacht erhärtet, dass einer der Jäger der Mörder ist, denkt Voss. Zu der Zeit, als Harro Probst unten an der Esche erschossen wurde, waren laut Jagdleitung 34 Jäger im Wald. Und selbst wenn sie es geschafft hätten, anhand der Bruchstellen an den Zweigen die Zahl der Verdächtigen weiter einzuschränken, wäre doch nie ein einzelner Verdächtiger übrig geblieben. In jedem Fall war das Risiko, durch das Feuer entdeckt zu werden, größer, als in Ruhe abzuwarten. Außerdem sind sie doch nur der Spur gefolgt, die der Täter selbst gelegt hat. Ohne die aufwendige Inszenierung der Leiche wären sie nie auf die Idee gekommen, die Wildstrecke zu untersuchen. Voss läuft zur Waldkante, seine Gedanken irren ziellos umher. An einer Stelle, etwas weiter vom Weg entfernt, entdeckt er Hufabdrücke in der Erde.

»Haben Sie das hier gesehen, Frau Kaminski?«

Frau Kaminski eilt herbei, bleibt stehen. »Na ja, ein Pferd.«

»Haben Sie die Spuren gestern schon gesehen?«

»Nein, aber so großflächig haben wir den Boden auch nicht untersucht. Außerdem sehen diese Spuren frisch aus.«

»Von heute Nacht?«

»Kann schon sein. Ich werde mir das näher anschauen.«

»Tun Sie das, und falls es nötig ist, weil Sie länger brauchen, postieren wir hier nächste Nacht zwei Kollegen, um die Spuren zu bewachen.«

Da kommt Neumann keuchend auf die Lichtung gelaufen. Seine sonst immer so ordentlich gekämmten Haare kleben ihm an der Stirn, seine sonst immer so blank geputzten Schuhe sind mit Erde verkrustet, sogar die grüne Wachsjacke mit dem Karomuster im Innenfutter, die er mal während eines England-Aufenthaltes für viel Geld gekauft hat, wie er Voss bereits mehrmals erzählt hat, ist durch Lehmspritzer verunstaltet.

»Neumann, was ist denn mit Ihnen passiert?«, fragt Voss.

»Entschuldigung, es hat etwas länger gedauert.«

Voss nickt ihm beruhigend zu. Er findet sich dabei ziemlich souverän, aber wenn er ehrlich ist, hofft er eigentlich nur, dass damit die immer noch fällige Entschuldigung nicht mehr ganz so notwendig ist.

»Erzählen Sie mal von den Befragungen gestern.«

»Ach, dieser Wald, Chef, das ist das reinste Schlangennest. Überall Streit, böses Blut. Die Jäger verdächtigen sich gegenseitig, in fremden Revieren zu wildern, geschützte Tiere zu schießen, heimlich Fleisch zu verkaufen. Letztes Jahr gab es sogar eine Schießerei zwischen zwei Jägern, die sich gegenseitig an der Reviergrenze aufgelauert haben.«

»Interessant, vielleicht ist das eine Frage des Charakters. Wer Jäger wird, will ein Revier verteidigen.«

»Nun ja, unter den Forstleuten scheint die Freundschaft nicht viel größer zu sein. Die Förster vom Landesamt führen Prozesse gegen die privaten Forstverwalter. Holzdiebe fahren mit Tiefladern in die Wälder und räumen die vorgeschnittenen Stämme ab.«

»Gibt es irgendwas Konkretes?«, fragt Voss, der bereits ein wenig unruhig wird. »Irgendetwas, das direkt mit Harro Probst zu tun hat?«

Neumann nickt und kann sich ein Lächeln nicht verkneifen. Voss versteht, dass jetzt etwas kommt, worauf Neumann stolz ist und wofür er ihn nach Möglichkeit loben sollte.

»Ja, ich glaube, wir haben da was. Einer der Jäger erzählte von einer Frau, die Johanna Krieger heißt, in Eschersbach wohnt und deren Mann und zwei Kinder vor vier Jahren bei der Explosion einer Gasleitung gestorben sind. Die Gasleitungen waren von der Firma Probst verlegt worden.«

»Passt diese Johanna Krieger in unser Täterprofil?«

»Sie ist Jägerin. 47 Jahre alt, arbeitet als Berufsschullehrerin. Seit dem Tod ihrer Familie hat sie nicht mehr an der Jagd teilgenommen. Die anderen Jäger sagen, sie hatte einen solchen Hass auf Harro Probst, dass sie ihm nicht bewaffnet begegnen wollte.«

»Trägt denn Probst irgendeine Schuld am Tod ihrer Familie?«

»Das Unglück geschah kurz nachdem die Firma von Harro Probst die neuen Gasleitungen verlegt hatte. Vieles deutete damals darauf hin, dass die Firma geschlampt hat. Aber seltsamerweise gingen wichtige Beweisstücke verloren, bevor der Strafprozess gegen Probst begann, sodass dieser aus Mangel an Beweisen freigesprochen werden musste. Probst tat so, als hätte er mit diesem schrecklichen Unglück nichts zu tun, obwohl sogar der Richter in dem Verfahren bedauerte, den vermutlich schuldigen Angeklagten so davonkommen zu lassen.«

»Gute Arbeit«, sagt Voss. Neumann strahlt über das ganze Gesicht. »Kriegen Sie mal bitte raus, wie der Mann heißt, der in Sternekorp in einem alten Stall an der Kälberweide wohnt. Offenbar interessiert er sich für Fledermäuse. Ich will mit ihm sprechen.«

»Was ist denn mit dem?«

»Erzähle ich Ihnen später. Und denken Sie an den Plan der Wildstrecke. Ich will so schnell wie möglich wissen, welches Tier wo lag und von wem es geschossen wurde.«

Neumanns Strahlen verschwindet so schnell, wie es gekommen ist.

Frau Kaminski winkt Voss zu sich. Er geht rüber zu ihr an den Waldrand. Mit einer Pinzette greift sie feuchtes Laub und legt es zur Seite. »Die Pferdespuren gehen weiter, vielleicht hat der Täter sie absichtlich mit Laub bedeckt«, sagt sie.

»Gar nicht so einfach in der Dunkelheit.«

»Er war in der Morgendämmerung hier. Man sieht das an den Laubblättern, von denen manche an der Unterseite mit Tau bedeckt sind. Das heißt, diese Blätter wurden gewendet, nachdem der Morgentau sich schon auf ihnen abgesetzt hatte.«

»Und wenn es nur der Wind war, der die Blätter aufgewirbelt hat?«

»Und sie zufällig genau über die Spuren gelegt hat?«

»Frau Kaminski, das klingt gut. Der Täter macht Fehler. Wenn Sie Unterstützung brauchen, rufen Sie mich an.«

Die Landstraße, die zum Haus von Johanna Krieger führt, geht in einen Feldweg über, der irgendwann so schlammig wird, dass Voss' Auto stecken zu bleiben droht. Er stellt den Wagen am Wegesrand ab und geht zu Fuß weiter. Über den Wiesen steht der Nebel, zwei Kolkraben fliegen über ihn hinweg. Er hört einen Buchfinken, eine Misteldrossel, und hinten am Waldrand gurren ein paar Ringeltauben. Voss bleibt stehen und schließt die Augen. »Wer die Vögel kennt, braucht keine Augen mehr«, hat Förster Engelhardt gesagt. Wenn sie früher zusammen unterwegs waren, haben sie manchmal ein Spiel gespielt: Engelhardt hat Voss die Augen verbunden, ihn an die Hand genommen und irgendwo hingeführt. Voss musste dann anhand der Vogelrufe erraten, von welchen Pflanzen oder Bäumen er umgeben war. Das funktionierte, weil jeder Vogel seine strengen Gewohnheiten hat und sich nur dort einnistet, wo alle für ihn lebenswichtigen Dinge vorhanden sind. Ist zum Beispiel ein Braunkehlchen zu hören, dann befindet man sich mit Sicherheit in einer offenen Wiesenlandschaft, in der nicht weit entfernt Wiesenkerbel, Disteln und Mädelsüß wachsen. Ist es ein Schlagschwirl, der ruft, so wird ein kleiner See oder Bach in der Nähe sein, der Boden wird eine Krautschicht haben, und es wird ringsherum niedrige Bäume zum Ausruhen geben.

Voss liebt es, mit geschlossenen Augen dazustehen und die Welt mit den Ohren wahrzunehmen. Im Frühjahr, wenn die Vögel am besten zu hören sind, ist er fast jedes Wochenende von Stuttgart auf die Schwäbische Alb rausgefahren und hat nach Rohrdommeln, Wachtelkönigen und Kleinen Hufeisennasen gelauscht. Nicole sagte dann immer, diese Viecher würden ihn mehr interessieren als die Menschen. Sie hatte wahrscheinlich mit seinem Widerspruch gerechnet, aber eigentlich hatte sie recht.

Jetzt ist von den Vögeln nicht mehr viel zu hören, die meisten sind auch schon in den Süden geflogen und kommen erst im nächsten Frühjahr zurück. Wenn Voss ehrlich ist, waren die Vögel nicht ganz unwichtig bei der Entscheidung, hierher zurückzukommen. Unter Ornithologen gilt die Mark Brandenburg als eine der interessantesten Gegenden überhaupt. Aber das alles wird Voss hier niemandem erzählen. Alleinstehende Männer, die sich für Braunkehlchen interessieren, gelten gemeinhin als wunderlich. Und Voss kann das sogar verstehen, weil viele der Ornithologen, die er kennt, nun wirklich nicht die einfachsten Zeitgenossen sind. In Stuttgart haben sich die Kollegen gerne über ihn lustig gemacht. Ihr Lieblingswitz war: »Der Voss ist bei den Frauen beliebt, der kennt sich mit Vögeln aus.« Na ja, auf dem Niveau lief das ab. Voss seufzt; es ist für einen Mann überhaupt kein Problem, Angler oder Jäger zu sein. Aber einer, der sich für Vögel interessiert?

Am Ende des Feldwegs steht ein Vierseitenhof. An der Frontseite, zu den Feldern hingewandt, befindet sich eine Scheune, die zu beiden Seiten von Ställen eingerahmt ist. Gegenüber der Scheune liegt etwas erhöht das Bauernhaus. Wobei die Bereiche für Mensch und Tier früher gar nicht so scharf getrennt waren. Da wohnten die Mägde über dem Stall, da standen die Hühner in der Küche. Je ärmer der Hof war, desto weniger Platz blieb den Menschen. Und die märkischen Höfe waren fast alle arm, wie die ganze Gegend, daran hat sich über die Jahrhunderte nichts geändert. Der Märker, denkt Voss, hat kein Geld, keine Leichtigkeit, keine Eleganz. Dafür steht er mit beiden Beinen fest auf der Erde und verfügt über einen großen Vorrat an Skepsis, eigentlich allem gegenüber. Skepsis ist gut, findet Voss. Skeptiker machen weniger Fehler. Manchmal allerdings machen sie auch gar nichts, weil ihre Begeisterung zu schnell vom Zweifel aufgefressen wird.

Voss' Deutschlehrer in Bad Freienwalde hat mal ein Gedicht über die Märker geschrieben. An die genauen Verszeilen kann sich Voss nicht erinnern, aber es ging um den Witz, um den Humor, der einem rauen Leben auf kargem Boden entspringt. Das Gedicht hieß »Der Hunger treibt's rein«, was hier in der Gegend eine beliebte Antwort auf die Frage ist, wie eine Mahlzeit geschmeckt hat. Das ist dann übrigens als Kompliment gemeint, weil es den Leuten hier noch immer vor allem darum geht, satt zu werden. Obwohl ja schon lange keiner mehr hungern muss. Diese nüchterne, raue Art ist auch in ihm selbst tief verankert, hat Voss festgestellt. Wie die meisten Märker ist er scheu, aber gutartig. Der Märker spricht nicht viel, das Verhältnis zwischen zwei Menschen gilt als umso vertrauter, je länger man miteinander schweigen kann. Viele Ehen kommen in diesen Breiten recht wortlos zustande und gehen auch recht wortlos wieder auseinander. Die bloße Erwähnung einer Freundschaft oder einer guten Nachbarschaft gilt hier als maßlos übertrieben und im Grunde verdächtig. Wenn aber einer dem Nachbarn schweigend eine Kiste frisch gezogener Kartoffeln vor die Tür stellt, dann ist die Verbindung ideal.

Als Voss auf den Hof kommt, sieht er zwei Frauen in blauen Wattejacken und Gummistiefeln, die in einem offenen Stall die Kühe melken. »Johanna ist oben auf der Koppel«, sagt eine der Frauen. Voss geht einen von Pferdehufen ausgetretenen Pfad entlang, der durch geschwungene Wiesen führt. Das Gras ist bis kurz über der Erde abgefressen, nur das Unkraut steht noch in hohen, grünen Büscheln. Die Pferde sind wählerischer als die Menschen hier, denkt Voss. Da treibt der Hunger längst nicht alles rein.

Johanna Krieger steht auf der Koppel und führt einen braunen Hengst an der Longe. Sie hat kurze schwarze Haare, einen kleinen Glitzerstein im rechten Nasenflügel und trägt eine taillierte Reitjacke aus schwarzem Wildleder, eng anliegende schwarze Reithosen und schwarze Stiefel. Der Hengst trabt im Kreis um sie herum, sie dreht sich mit dem Pferd. In ihrem Gesicht paaren sich Ernst, Konzentration und größte Freude. Sie ist eine schöne Frau, denkt Voss, und gleichzeitig macht sie ihm Angst, diese schwarze Witwe. Wobei er zugeben muss, dass ihm die meisten Frauen erst einmal Angst machen. Vor allem die, die ihm nachstellen, die ihn süß finden, weil er angeblich so ein zarter, schüchterner Knabe geblieben ist. Mit Nicole war es anders, sie hat sich still an ihn geklammert, ließ ihn einfach nicht verschwinden. Und als sie irgendwann nicht mehr konnte, hat sie ihn angeschrien, ob er denn nie ein richtiger Mann werden wolle. Tja, gute Frage, denkt Voss.

Johanna Krieger hat ihn offenbar bemerkt, lässt das Pferd anhalten und kommt auf ihn zu. Ihr Blick ist spöttisch, wobei Voss nicht klar ist, ob das mit seiner Erscheinung zu tun hat oder ob sie immer so guckt. Er stellt sich vor, berichtet kurz von dem Mordfall, in dem er ermittelt. Sie bleibt völlig ruhig. Ihre graugrünen Augen verlieren nichts von ihrer spöttischen Sicherheit. Meistens sind es die Augen, die einen Menschen verraten. Es ist schwer und bedarf langer Übung, den eigenen Augen die Reflexe auszutreiben, sie ruhig erscheinen zu lassen, wenn man eigentlich aufgeregt ist, weiß Voss. Auch die Färbung des Halses kann verräterisch sein. Johanna Kriegers Hals bleibt hell und ohne jegliche Veränderung.

»Warum kommen Sie zu mir?«, fragt sie und blickt ihn herausfordernd an. »Meinen Sie, ich hätte mir so lange Zeit gelassen, diesen Kerl umzubringen, wenn ich das wirklich gewollt hätte?«

Voss ist überrascht von ihrer Direktheit.

»Es gehört zur Routine, alle Personen, die einen Grund haben könnten, Harro Probst umzubringen, zu befragen. Und Sie hätten einen Grund«, sagt er.

»Sogar einen ziemlich guten Grund, finde ich. Oder haben Sie etwa jemanden, der noch verdächtiger ist als ich?«

»Ach, wissen Sie, wir fangen gerade erst an ...«

»Das heißt, ich bin Ihre Hauptverdächtige, wie spannend!«

Voss versteht nicht, was die Frau will. Warum sie hier so eine Show abzieht. Er nimmt sich vor, ruhig zu bleiben, vielleicht beruhigt sie sich dann auch.

»Es wäre möglich, dass Sie damit nicht klargekommen sind, dass Ihre Familie tot ist und der Mann, der in Ihren Augen schuldig ist, frei herumläuft«, sagt er.

»Wissen Sie, es stimmt, ich fand es unerträglich, dass dieser Typ einfach so weiterleben darf. Und ich muss zugeben, dass ich gestern zusammen mit meinen Freundinnen ein Fläschchen geöffnet habe, um auf den Tod von Harro Probst zu trinken. Aber ich glaube, das ist nicht strafbar, oder, Herr Kommissar?«

»Nein, das ist es nicht.«

»Haben Sie Familie, Herr Kommissar Voss?«

Die Frage trifft ihn völlig unvorbereitet. Er spürt, dass er rot wird, bis runter zum Kehlkopf. »Nun ja, ich habe eine Mutter«, stammelt er schließlich und würde sich im selben Augenblick am liebsten ohrfeigen für diese dämliche Antwort.

»Ach, Sie haben eine Mutter. Nun, ich würde sagen, das geht den meisten Menschen in Ihrem Alter so. Wohnen Sie noch bei ihr?«

Der Spott in Johanna Kriegers Augen ist nun in offene Belustigung umgeschlagen. Voss weiß nicht, was er sagen soll. Diese Frau macht ihn fertig. Er kommt sich vor, als würde er jetzt anstelle des Hengstes von Johanna Krieger an der Longe geführt.

»Ich glaube, meine persönliche Lebenssituation sollte nicht das Thema unseres Gesprächs sein«, würgt er schließlich hervor.

»Das wäre aber schade, Herr Kommissar, weil ich Ihre persönliche Lebenssituation eigentlich viel interessanter finde als diesen Mordfall. Sie wohnen also noch bei Ihrer Mutter?«

»Nein, das heißt doch. Ach, lassen wir das, ich bin hier, um etwas über Sie zu erfahren. Falls sich herausstellt, dass Sie unschuldig sind, können wir uns gerne irgendwann treffen und ausführlich über meine Beziehung zu meiner Mutter reden.«

Langsam wird Voss wieder sicherer. Er traut sich sogar, ihr in die Augen zu schauen. Er bemerkt, wie sehr Johanna Krieger es genießt, ihn ein wenig über die Koppel zu treiben.

»Gut, also, was wollen Sie wissen, Herr Kommissar?«

»Zum Beispiel, wo Sie gestern um die Mittagszeit waren.«

»Hier auf der Koppel. Ich habe mit Max ein paar Übungen gemacht, so bis 13 Uhr, würde ich sagen, dann habe ich Mittag gegessen.«

»Kann das jemand bestätigen?«

»Nun, Max kann nicht sprechen, und meine Freundinnen waren vormittags in der Mosterei und sind erst später zurückgekommen. Also nein, niemand kann das bestätigen.«

»Kam hier vielleicht im Laufe des Vormittags jemand vorbei? Hat Sie jemand gesehen, womöglich aus der Ferne, im Vorbeifahren?«

»Herr Voss, hier fährt niemand vorbei. Sie haben doch gesehen, wie schlecht der Weg ist. Sie selbst haben Ihr Auto stehen lassen. Apropos, haben Sie die Wagenfarbe selbst ausgesucht?«

»Wie haben Sie mich gesehen?«

»Ich habe Sie von der Feldkante aus beobachtet. Es kommt schließlich nicht oft vor, dass man hier sonntags um zehn einen Mann mit einem Frauenauto sieht, der mit geschlossenen Augen auf dem Acker steht.«

»Ich habe den Vögeln zugehört, aber auch das geht Sie nun wirklich nichts an. Ich halte fest: Sie haben kein Alibi für den Zeitpunkt des Mordes. Wie sieht es aus mit heute früh, sechs Uhr? Wo waren Sie da?«

»In meinem Bett. Auch das kann niemand bezeugen, weil meine Freundinnen und ich getrennt schlafen, falls Sie das interessiert.«

»Wie viele Pferde haben Sie, Frau Krieger?«

»Drei. Max, den Sie hier sehen, und die zwei anderen, die man gerade nicht sieht, weil sie hinter der Weidenkuppe stehen.«

»Okay, ich werde jetzt unsere Kriminaltechnik anrufen und jemanden herkommen lassen, der von Ihren Pferden Hufabdrücke nimmt. Sind Sie damit einverstanden?«

Johanna Krieger fängt an zu lachen. »Entschuldigung, aber Sie sind wirklich lustig, Kommissar Voss. Ich meine, dass man Fingerabdrücke von Verdächtigen nimmt, davon habe ich schon gehört. Aber Hufabdrücke von Pferden?«

»Sie müssen das nicht verstehen. Ich wollte Sie nur fragen, ob Sie einverstanden sind.«

»Meinetwegen. Kann ich solange mit Max weitermachen?«

»Selbstverständlich.«

Johanna Krieger geht zurück zu ihrem Pferd. Voss ruft Frau Kaminski an und bittet sie, einen ihrer Leute herzuschicken. Dann setzt er sich an den Koppelzaun und schaut Johanna Krieger zu. Erst jetzt merkt er, dass sein Rücken nass geschwitzt ist. Er atmet tief durch und ertappt sich bei dem Wunsch, dass die Abdrücke der Pferde von Johanna Krieger nicht mit den Spuren an der Wildstrecke übereinstimmen mögen. Er will diese Frau nicht noch mal vernehmen. Er holt sein Handy hervor und ruft Neumann an, der ihm bereits zwei Nachrichten hinterlassen hat. Neumann ist schon wieder ganz atemlos.

»Gut, dass Sie anrufen. Die Kollegen, die gerade die Büroräume von Harro Probst untersuchen, haben in seinem Computer Mails gefunden, die darauf hinweisen, also, die zumindest den Verdacht nahelegen, was natürlich noch gar nichts heißen muss …«

»Neumann, kommen Sie zum Punkt.«

»Es sieht so aus, als hätte Probst eine Geliebte gehabt. Sie wohnt in Bad Freienwalde in der Brunnengasse 17 und heißt Yvonne Lehmann.«

»Geht aus den Mails hervor, seit wann sich die beiden kennen?«

»Das weiß ich nicht.«

»Okay, ich fahre jetzt zu dieser Frau, auch wenn ich heute eigentlich keine Frauen mehr befragen sollte ...«

»Wie meinen Sie das, Chef?«

»Ach, schon gut.«

Bad Freienwalde ist, wie der Name schon verrät, eine Bäderstadt. Früher war sie so etwas wie das mondäne Zentrum der Mark Brandenburg, was allerdings nicht viel heißt, weil es hier in der Gegend in dieser Hinsicht keine große Konkurrenz gab. Die Leute reisten wegen des eisenhaltigen Quellwassers herbei. Sie kamen meist aus der näheren Umgebung, logierten für ein paar Tage in einem der Hotels und durften sich ein wenig wie englische Adlige fühlen, bevor sie gestärkt auf ihre märkischen Landgüter zurückkehrten. Als Voss zwölf war und von den Schulärzten als für sein Alter zu schmächtig befunden wurde, bekam er eine Kur verschrieben, die hauptsächlich darin bestand, mehrmals täglich das gute Eisenwasser zu trinken. Das Bergwasser, wie die Leute in Freienwalde sagen, was Voss schon als Kind lustig fand, weil die sanften Erhebungen, die diese Stadt umschließen und irgendwie auch zu behüten scheinen, eigentlich mehr Hügel als Berge sind. Doch machen sie bis heute den Reiz dieser Stadt aus. An den Hängen und auf den Hügelrücken stehen die alten Villen, die oft als Wochenend- und Ruhesitze betuchter Berliner gebaut wurden. Es war also damals nicht viel anders als heute. Nur dass die Berliner zu Kaiserzeiten keine Schicki-Bauern sein wollten, sondern eher die Schlösser der Aristokratie im Auge hatten und ihre bürgerlichen Behausungen mit allen möglichen Türmen und Zinnen verzierten.

Die Brunnengasse liegt in der Nähe des Kurbades und der Schwimmhalle, in die Voss manchmal am Wochenende geht. Als er in die Gasse einbiegt, klingelt sein Telefon. Es ist der Kollege, der die Mails entdeckt hat. Voss erfährt, dass die Geliebte von Harro Probst 34 Jahre alt ist und als Verkäuferin in einer Fleischerei arbeitet. Die beiden scheinen sich seit zwei Jahren regelmäßig gesehen zu haben. Viel mehr geht aus den Mails, die offenbar vor allem der Organisation der heimlichen Treffen dienten, nicht hervor. Voss fragt sich, ob es eigentlich auch nur einen einzigen verheirateten Mann gibt, der es ohne eine zeitweilige Geliebte durchs Leben schafft. Ob das eine nicht mit dem anderen auf fast natürliche Weise verbunden ist. Diese Fragen interessieren Voss wirklich, er stellt sie nicht, um sich moralisch zu entrüsten. Der einzige Grund, warum er selbst nie eine heimliche Geliebte hatte, ist, dass er es überhaupt nur ein Mal geschafft hat, ganz offiziell mit einer Frau zusammen zu sein. Viereinhalb Monate lang war er mit Nicole sogar verlobt, wenn man den Urlaub in Bad Kreuznach mitrechnet. Diese Zeit war so anstrengend für ihn, dass er sich rein kräftemäßig überhaupt keine Geliebte hätte leisten können.

Er klingelt in der Brunnengasse 17, es öffnet eine Frau, die nicht so aussieht, wie er sich eine heimliche Geliebte vorgestellt hat. Yvonne Lehmann ist recht groß und kräftig gebaut. Ihre Haare sind in zwei verschiedenen Tönen gefärbt. Sie trägt den Pony und das Deckhaar pink, während sie sich an den Seiten für Platinblond entschieden hat. Vor 20 Jahren wäre so eine Frisur ein klares Bekenntnis zum Punk gewesen, denkt Voss, heute hat es nichts mehr zu bedeuten. Im *Kaufland* in Bad Freienwalde sitzen an zehn von fünfzehn Kassen Frauen mit solchen Frisuren. Manche tragen sogar noch gewagtere Farbkombinationen. Das heißt, denkt Voss, die gleiche Frisur kann zu einer Zeit die Zugehörigkeit zu einer aufsässigen Minderheit ausdrücken und zu einer anderen Zeit den zweifelhaften Geschmack einer Mehrheit. Das eigentlich Erstaunliche allerdings ist der Vergleich mit Frau Probst. Von der Erscheinung und vom Alter her ist diese Yvonne Lehmann das, was man einen radikalen Gegenentwurf nennen könnte. Aber womöglich ist genau das der Grund, warum sich Männer Geliebte zulegen.

Yvonne Lehmann bittet ihn herein, sie gehen in ein kleines Wohnzimmer, das mit Plüschtieren, Kissen und Kuscheldecken vollgestopft ist. Wie ein kleines Vogelnest, denkt Voss. Yvonne Lehmann schaut ihn fragend an, Voss muss sich kurz aus seinen einrichtungs- und haarphilosophischen Erwägungen befreien, die Gedanken ordnen. Es entsteht eine Pause, die immer länger wird.

»Kommen Sie wegen Harro?«, fragt sie schließlich.

»Ja. Sie kannten ihn, nehme ich an.«

Yvonne Lehmann fängt an zu schluchzen. Voss beschließt, dieses Mal völlig regungslos stehen zu bleiben. Aber es nutzt nichts, nur wenige Momente später muss er erneut beruhigend einen zuckenden Frauenrücken streicheln. Dabei fällt ihm auf, dass er jetzt schon besser damit klarkommt. Und dass Yvonne Lehmann das gleiche Parfum trägt wie Frau Probst.

Yvonne Lehmann trinkt zwei Wodka, setzt sich auf die Kante ihres Sofas und nickt entschieden mehrmals mit dem Kopf, was wohl heißen soll, dass sie nun für ein Gespräch bereit ist. Voss versucht, die Sache behutsam anzugehen.

»Wie gut kannten Sie denn Herrn Probst?«

»Wir wollten heiraten. Harro hat nur noch auf das Geld von dieser Windfirma gewartet, dann wären wir zusammen weggegangen, wahrscheinlich in die Türkei, ans Meer.«

»Frau Lehmann, Sie wissen, dass Harro Probst bereits verheiratet war?«

»Na ja, das mit seiner Frau hätte er natürlich vorher geregelt.

Harro hat gesagt, sie kriegt das Haus und die Firma und wir fangen zusammen ganz neu an. In der Türkei hätten wir eine Villa haben können, mit Pool und allem Drum und Dran, wir hätten nie wieder arbeiten müssen, verstehen Sie?«

»Ja, das verstehe ich. Wer wusste noch von ihren Plänen?«

»Keiner, der Harro hat gesagt, ich soll das für mich behalten.«

»Wusste seine Frau Bescheid?«

»Er wollte es ihr erst sagen, wenn das mit dem Geld klar ist. Wenn die Verträge unterschrieben sind. Das dauert ja jetzt schon zwei Jahre. Es dauert, aber dann wird alles gut, hat Harro immer gesagt.«

Yvonne Lehmann fängt erneut an zu schluchzen. Voss wartet, bis sie sich wieder ein wenig beruhigt hat.

»Ich weiß, ich klinge gerade wie eine dumme Trine«, sagt sie. »Aber das war mehr als nur ein Traum, wir wollten wirklich auswandern. Warten Sie mal, ich zeige Ihnen was.«

Sie geht ins Nebenzimmer, holt einen Ordner mit Papieren aus dem Schrank. Ein Blatt, das mit rotem Siegelwachs beklebt ist, legt sie vor ihn auf den Tisch.

»Das ist die Kaufurkunde für das Grundstück in Antalya. Wir sind beide als Besitzer eingetragen, schauen Sie hier.«

Voss sieht sich den Vertrag an, da stehen wirklich beide Namen. Die Kaufsumme für das Grundstück mit Seeblick beträgt 60.000 Euro.

»Hat Harro Probst irgendjemandem von Ihrem Vorhaben erzählt?«, fragt er.

Sie schüttelt stumm den Kopf. »Harro hat niemandem vertraut, außer mir. Und selbst mir hat er, glaube ich, nicht alles erzählt.«

»Was hat er Ihnen denn verschwiegen?«

»Ach, ich weiß es nicht. Er hatte immer irgendwelche Geheimnisse.«

»Was für Geheimnisse?«

»Ich habe da nicht weiter nachgefragt, aber er hatte eine Zeit lang immer so ganz verschlammte Schuhe, und das fand ich nicht gut wegen meines Teppichbodens.«

»Wissen Sie denn, wo der Schlamm an seinen Schuhen herkam?«

»Ich glaube, er hat sich heimlich mit irgendwelchen Leuten getroffen. Und weil das mit mir ja auch heimlich war, hat er das eben am selben Tag erledigt.«

»Wie praktisch. Wann war das?«

»Das ist schon länger her, mindestens ein Jahr.«

»Mit diesen Windrädern hat sich Harro Probst viele Feinde gemacht. Wie ist er damit klargekommen?«

»Das war schwer für ihn. Er hat schlimme Magenprobleme gehabt, konnte gar nichts mehr essen. Alle haben gesagt, er soll aufhören, er soll die Verträge nicht unterschreiben. Auch seine Frau hat das gesagt, die hat nicht zu ihm gehalten, so wie ich.«

»Wer waren seine schlimmsten Gegner?«

»Na, der Stibbe vom Vorwerk, obwohl der mit dem Harro früher befreundet war. Die waren richtig gute Kumpels. Neulich war der Stibbe beim Harro in der Firma und hat ihn bedroht. Er hat gesagt, er macht den Harro fertig, wenn der das durchzieht mit den Windrädern. Und der Harro war ja schon ganz schwach, weil er kaum noch gegessen hat. Und der Stibbe ist ja so ein Kerl. Der hat Harro am Hals gegriffen und geschüttelt. Und zwei Tage später brannte Harros Auto.«

»Wie haben Sie sich eigentlich kennengelernt?«

Zum ersten Mal huscht ein Lächeln über Yvonne Lehmanns Gesicht. »Harro kam oft zum zweiten Frühstück in die Fleischerei. Er hat immer sechs Scheiben Bierschinken genommen, und dann hat er draußen auf der Straße Brötchen aufgebrochen, hat den Bierschinken in die Brötchen gesteckt und gegessen. Das hat mir leidgetan, dass der Harro noch nicht mal belegte Brote hatte. Und einmal, als er ins Geschäft kam, habe ich ihm fertig geschmierte Brötchen hingelegt. Na ja, so fing das an.«

»Wie oft haben Sie sich gesehen?«

»Jeden Donnerstag von 18 bis 23 Uhr. Seiner Frau hat Harro gesagt, dass er auf der Jagd ist. Ich hatte Angst, dass die sich irgendwann wundert, dass der Harro donnerstags nie was schießt. Aber das hat die gar nicht mitbekommen. Hat sich ja eh nicht so gekümmert. War ja auch viel zu alt für ihn.«

Diese Frau tut Voss leid. Und Frau Probst tut ihm auch leid. Ob Harro Probst wusste, wie treu diese Yvonne Lehmann zu ihm stand, wie viel ihr diese Donnerstagabende bedeuteten?

»Frau Lehmann, wo waren Sie gestern, um die Mittagszeit?«

Sie überlegt kurz. »Ich war hier, habe meine Wäsche gemacht. Die ganzen Kittel für die Fleischerei, wissen Sie. Früher, bei *Kaufland*, habe ich jeden Tag einen frischen Kittel bekommen, aber jetzt in dem Laden muss ich alles selber waschen. Na ja, Hauptsache Arbeit, hat Harro immer gesagt.«

»Wo hängen Sie Ihre Wäsche auf?«

»Im Badezimmer, soll ich es Ihnen zeigen?«

Sie gehen ins Bad. Ein Wäscheständer ist mit weißen Kitteln behängt. Voss befühlt den Stoff. Die Kittel sind fast trocken, nur am Kragen und an den Bündchen, wo der Stoff doppelt liegt, ist noch Restfeuchte. Voss nickt Yvonne Lehmann zu und geht zur Tür. Sie läuft hinter ihm her, und als er sich zum Abschied umdreht, sieht er ein Flehen in ihren Augen. So als hätte er die Macht, noch etwas an ihrem Schicksal zu ändern. Als gäbe es eine Chance, dass alles wieder gut wird.

Auf der Fahrt zu Probsts Ehefrau muss Voss kurz durchatmen. Er hält am Rand der Landstraße an, die von Freienwalde nach Wölsingsdorf führt, stellt sein Auto ab und spaziert über die Wiese. Die kalte, frische Luft tut ihm gut. Ein Schwarm Wildgänse zieht über ihn hinweg, ihre Flügel peitschen die Luft. Wenn die Wildgänse ziehen, ist der Winter nicht mehr fern. Voss findet, die Vögel machen es besser als die Menschen, sie fliegen einfach los, wenn es woanders schöner ist. Wie Yvonne Lehmann mit ihrem Harro losfliegen wollte. Einfach weg, vor einer Villa am Pool liegen, nie mehr weiße Kittel waschen müssen.

Voss notiert ein paar Stichpunkte in seinem blauen Vokabelheft, das er immer bei sich trägt. Er wendet immer noch die Methode an, die Michelsen ihm in Stuttgart beigebracht hat. Jede Seite des Heftes hat in der Mitte eine rote, vertikale Linie. In der linken Spalte notiert Voss wichtige Informationen, in der rechten Spalte steht, welche Ermittlungen sich daraus ergeben. Letztlich ist dieses Heft aber mehr eine Beruhigung als eine wirkliche Hilfe. Voss schreibt viel, nachschlagen tut er fast nie. Und wenn er doch mal was nachschauen will, versteht er meist kein Wort.

So kompliziert ist die Lage ja auch nicht. Es gibt eine Geliebte und eine Ehefrau, die beide überzeugend bestürzt waren von Harro Probsts Tod. Yvonne Lehmann hatte keinen Grund, Probst umzubringen, es sei denn, Probst hatte sich doch dafür entschieden, bei seiner Frau zu bleiben. Das wäre allerdings ein schwerer Schlag für Yvonne Lehmann gewesen, die so lange darauf gewartet hatte, eine Frau für die ganze Woche zu werden. Oder hat Probsts Ehefrau von der jugendlichen Liebschaft ihres Mannes gewusst und seine Flucht in die Sonne verhindern wollen? Voss blickt den Wildgänsen hinterher. Wenn er doch fliegen könnte.

Frau Probst arbeitet wie am Tag zuvor in ihren Beeten, als Voss ankommt. Er fragt sich, was sie da eigentlich die ganze Zeit macht. Es wächst doch gerade gar nichts. Dann fällt ihm ein, dass sein Vater ja auch immer im Garten war, egal zu welcher Jahreszeit. Wahrscheinlich bereitet sie die Erde für den Winter vor. Oder sie versucht sich irgendwie abzulenken. Das Haus, in dem sie von nun an alleine leben wird, ist ein großzügiger, heller Flachbau, der ebenerdig in den Garten übergeht. Durch die großen Panoramafenster kann man vom Wohnzimmer aus nach drei Seiten ins Grüne blicken. Voss setzt sich in die ebenfalls großzügig dimensionierte Sofalandschaft und versinkt augenblicklich in den Polstern. Frau Probst bringt Tee und ein Glas mit Quittensirup, den sie offenbar selbst gemacht hat. Sie setzt sich aufrecht hin und sieht ihn erwartungsvoll an, wie eine Schülerin vor der mündlichen Prüfung.

»Frau Probst, ist Ihnen vielleicht noch etwas eingefallen, das uns helfen könnte? Irgendetwas, das Sie nach dem Schock gestern womöglich vergessen haben?«

»Meinen Sie etwas Bestimmtes?«

Voss zögert, soll er jetzt gleich zum heikelsten Punkt kommen? Besser, er wartet damit noch. Er will diese Frau erst besser kennenlernen, und es könnte sein, dass sie sich völlig verschließt, wenn das Gespräch auf die Geliebte ihres Mannes kommt.

»Wie ist eigentlich Ihre finanzielle Lage nach dem Tod Ihres Mannes?«

»Harro hat bei uns das Geld verdient, ich habe damals aufgehört zu arbeiten, als die Kinder kamen. Und als die Kinder dann aus dem Haus waren, war es zu spät, noch mal was anzufangen. Ich habe ein halbes Jahr lang bei Harro in der Firma gearbeitet, habe mich um die Rechnungen und den Papierkram gekümmert. Aber das hat dem Harro nicht gefallen. Er sagte, es sei nicht gut, wenn wir uns nun auch noch den ganzen Tag in der Firma sehen. Und ich glaube, da hatte er recht.«

»Hat denn das Geld, das Ihr Mann verdiente, für die Familie gereicht?«

»Na ja, es hat immer gerade so gereicht. Große Sprünge konnten wir nicht machen. Und das Haus hat ja auch gekostet, obwohl Harro da viel selbst gemacht hat. Zum Glück stehen die

Kinder schon lange auf eigenen Beinen, haben Arbeit. In Ihrer Heimat, Herr Kommissar.«

»In Sternekorp?«

»Nein, in Baden-Württemberg. Der Junge arbeitet bei einer Karosseriefirma, und meine Tochter ist Kosmetikerin. Leider sind sie so weit weg, aber so ist das eben.«

Voss überlegt, ob er jetzt irgendwas über seine Heimat sagen soll, aber er belässt es bei einem müden Nicken. »Hatte Ihr Mann eine Lebensversicherung oder sonstige Werte, die an Sie übergehen?«

»Nicht, dass ich wüsste. Aber ich habe auch noch nicht alles gesichtet. Ich werde eine Witwenrente kriegen, nicht viel. Ich werde die Firma verkaufen, das wird vielleicht noch ein bisschen was bringen.«

»Was passiert denn jetzt mit dem Windpark im Sternekorper Forst?« Voss hat diese Frage ein wenig zu hastig gestellt; er hofft, dass Frau Probst nicht merkt, wie wichtig sie ihm ist.

»Ich muss erst mal sehen, wie da die Lage ist. Ich glaube, es ist noch nichts unterschrieben. Und wenn das stimmt, dann blase ich das alles ab. Wegen dieser blöden Windräder ist Harro jetzt tot, da kann ich doch nicht weitermachen, als wäre nichts passiert.«

Voss nickt und ist erleichtert. Der Zauberwald und die Birkeninsel könnten also noch gerettet werden. Sofort versucht er sich frei zu machen von diesen Gedanken, die nichts mit der Aufklärung seines Falls zu tun haben.

»Stimmt es, dass Ihr Mann eine Zeit lang mit Jürgen Stibbe befreundet war?«

»Ja, die waren früher unzertrennlich. Als Harro und ich geheiratet haben, hat der Jürgen fast bei uns gewohnt. Ich dachte sogar irgendwann, ich werde meinen Mann nie für mich alleine haben. Das hat sich dann aber auseinandergelebt.«

»Was ist passiert?«

»Sie hatten nicht mehr so viele Gemeinsamkeiten. Harro war

mit seiner Firma erfolgreich, bei Jürgen hat nie so richtig was geklappt. Und dann gab es mal vor fünf oder sechs Jahren einen Streit, aber ich habe nie erfahren, worum es da ging. Keiner von den beiden wollte darüber reden.«

»Wussten Sie, dass Stibbe in der Firma Ihres Mannes war und ihn bedroht hat?«

»Nein, das hat er mir nicht erzählt.«

»Eine ganz andere Sache, Frau Probst, es tut mir leid, dass ich Ihnen diese Frage stellen muss: Wussten Sie, dass Ihr Mann eine Geliebte hatte?«

Frau Probst zuckt kurz zusammen, beginnt, nervös die Hände zu kneten. »Gewusst habe ich es nicht.«

»Aber geahnt?«

»Na ja, er war manchmal so anders. Mal ungewöhnlich nett, mal ungewöhnlich schlecht gelaunt. Wobei das Nettsein mir mehr aufgefallen ist, muss ich sagen. Er war dann so, als schwebte er auf einer kleinen Wolke, wie am Anfang, als wir uns kennengelernt haben. Ich fand das schön, und gleichzeitig hat es mir Angst gemacht, weil es nicht normal war.«

»Haben Sie ihn darauf angesprochen?«

»Nein. Ich wollte das gar nicht wissen. So konnte ich mir wenigstens noch sagen, dass ich mich wahrscheinlich irre. Wenn man es weiß, muss man was tun, reagieren.« Sie stockt, überlegt. »Ich wollte, dass alles so bleibt.«

»Sagt Ihnen der Name Yvonne Lehmann etwas?«

Wieder zuckt sie kurz zusammen und wendet den Kopf ab.

»Ist sie das?«

»Sie sagt, Ihr Mann wollte sie heiraten und mit ihr in die Türkei gehen, sobald der Vertrag mit der Windfirma unterschrieben ist.«

Frau Probst hält den Kopf immer noch zur Seite geneigt. Ihr Kinn bebt, ihre Hände zittern.

»Entschuldigung, aber das ist gerade zu viel für mich«, bringt sie unter Tränen hervor.

»Vielleicht machen wir eine Pause.«

»Nein, fragen Sie weiter, je schneller wir fertig sind, desto besser.«

Voss atmet tief durch, er spürt, wie ihn die Trauer dieser Frau mitnimmt. Wie die Verzweiflung auf ihn überspringt.

»Okay, Frau Probst, schildern Sie mir bitte den Morgen vor der Treibjagd.«

Sie wischt mit einem Taschentuch die Tränen ab. »Harro ist früh aufgestanden. Als ich um neun aufgewacht bin, war er längst weg.«

»Hat er gefrühstückt?«

»Ja, nehme ich an.«

»Ich hörte, er hätte in letzter Zeit Magenprobleme gehabt.«

»Das stimmt, aber morgens hat er immer gegessen. Meist zwei Brötchen mit Konfitüre. Er hat dann noch mal angerufen, so gegen zehn. Er hatte sein Abschussbuch vergessen und wollte wissen, ob es im Arbeitszimmer liegt.«

»Und war es da?«

»Ja, ich habe das Buch aus dem Arbeitszimmer geholt, aber als ich es ihm sagen wollte, war er schon nicht mehr am Telefon. Ich habe versucht, ihn zurückzurufen, aber es war besetzt.«

Voss fällt ein, dass sie bei Probst gar kein Handy gefunden haben. »Das war das letzte Gespräch, das Sie mit Ihrem Mann geführt haben?«

Frau Probst nickt, schließt die Augen, ihre Lippen beben, und Voss ermahnt sich, seine Fragen sensibler zu stellen.

»Was haben Sie dann bis zum Mittag getan?«

»Ich war vorne in den Blumenbeeten und habe die Erde gelockert.«

»Hat Sie irgendjemand gesehen?«

»Die Nachbarin, Frau Schmied, die kam mit der Schubkarre vorbei, aber ich weiß nicht, um wie viel Uhr das war.«

Voss bittet Frau Probst, ihm die Papiere ihres Mannes zu zeigen. Sie gehen hinüber ins Arbeitszimmer, ein kleiner, dunkler Raum neben der Garage. Voss setzt sich an Probsts Schreibtisch, der fast die ganze Breite des Raumes ausfüllt. Frau Probst lässt ihn allein. Er sieht alle Schubfächer durch, aber die Windpark-Papiere sind nicht zu finden. Wahrscheinlich hat Probst sie in der Firma, denkt Voss, dann werden die Kollegen sie finden. Er stößt auf einen schwarzen Ordner, in dem Kaufverträge abgeheftet sind. Probst hat über die Jahre etliche Waldflächen gekauft. In Leisenberg, in Schönsdorf und in Krampe. Voss findet auch den Kaufvertrag über die Flächen im Sternekorper Forst. Es sind insgesamt 18 Hektar, erworben am 27. Januar 1991. Kaufpreis 26.000 DM. Allerdings ist Probst nicht als einziger Käufer eingetragen. Es gibt noch jemanden, der die Urkunde unterschrieben hat: Jürgen Stibbe.

Wie kann das sein? Warum kämpft Stibbe gegen den Bau von Windrädern, wenn ihm doch selbst der Grund und Boden mitgehört? Voss blättert weiter. Der letzte Kaufvertrag, der in dem schwarzen Ordner abgeheftet ist, wurde im Februar 2011 geschlossen. Der Vertrag sieht vor, dass Stibbe seinen Anteil an den Flächen im Sternekorper Forst an Probst überträgt. Kaufpreis 20.000 Euro. Da hat Stibbe also einen ordentlichen Gewinn gemacht. Doch nur wenige Monate später muss die Entscheidung der Behörden gefallen sein, genau diese Flächen zum Windeignungsgebiet zu erklären. Das heißt, die Flächen waren auf einen Schlag ein Vermögen wert. Voss lehnt sich in dem Stuhl zurück und überlegt. Hat Probst vor allen anderen von der Entscheidung gewusst? Hat er Stibbe reingelegt?

Er wählt Frau Kaminskis Nummer, es dauert eine Weile, ehe sie abnimmt.

»Frau Kaminski, haben Sie schon die Waffe von Jürgen Stibbe überprüft?«

»Das Kaliber könnte hinkommen. Aber Genaueres kann ich noch nicht sagen, Chef, ich arbeite jetzt hier mit vier Leuten, aber wir müssen erst mal alle Spuren sicherstellen, dann können wir auswerten. Und es sind viele Spuren, das wissen Sie ja ...«

»Ich weiß, Frau Kaminski, das war auch gar kein Vorwurf. Kümmern Sie sich bitte zuerst um die Waffe von Stibbe. Was ist mit den Hufabdrücken der Pferde von Frau Krieger?«

»Chef, ich habe doch gesagt, wir sind noch am Sichern. Wir arbeiten so schnell wie möglich, morgen weiß ich mehr.«

Draußen wird es langsam dunkel. Voss sitzt an Harro Probsts wuchtigem Schreibtisch im Schein einer Leselampe, und plötzlich spürt er eine Müdigkeit, die sich nicht mehr vertreiben lässt. Er schließt die Augen, seine Gedanken werden leicht und tanzen davon.

Voss weiß nicht, wie lange sein Kopf auf Harro Probsts Besitzurkunden gelegen hat. Nachdem Frau Probst ihn offenbar mehrmals an der Schulter rütteln musste, bis er endlich aufgewacht ist, sieht er einen feuchten Fleck auf dem Kaufvertrag. Jetzt sabbere ich schon Beweismittel voll, denkt Voss, der noch zu benommen ist, um sich peinlich berührt zu fühlen.

»Herr Voss, es ist jemand am Telefon für Sie, ein Herr Neumann«, sagt Frau Probst und betrachtet ihn erstaunt und irgendwie auch fürsorglich.

»Entschuldigung, ich muss eingeschlafen sein«, sagt Voss und rappelt sich auf.

»Soll ich schnell einen Kaffee machen?«, fragt Frau Probst.

»Das wäre fantastisch«, brummt Voss, schaut auf sein Handy, das hier offenbar keinen Empfang hat, und wankt der Tür entgegen, die zur Diele führt.

Neumann redet sehr viel und sehr schnell. Voss braucht ein wenig Zeit, um sich auf seine Worte zu konzentrieren. »Wir sind jetzt fertig mit den Zeugenbefragungen. Alle Jäger sagen, sie hätten während der Treibjagd ihre Plätze nicht verlassen, weil das verboten und außerdem sehr gefährlich sei. Sie haben weder Harro Probst gesehen, noch jemanden, der nicht an seinem Platz war. Alle berichten übereinstimmend von einem Schuss, der etwa eine Viertelstunde nach Jagdende zu hören war und der wahrscheinlich auf Harro Probst abgefeuert wurde. Bis auf Jürgen Stibbe, den Sie ja selbst vernommen haben, haben alle mindestens einen Zeugen, der im Moment des Schusses bei ihnen war.«

»Haben Sie den Plan von der Strecke gemacht, Neumann?«

»Liegt bereits auf Ihrem Schreibtisch.« Voss spürt Neumanns zufriedenes Grinsen sogar durch das Telefon.

»Wenn das hier so weitergeht, werde ich meinen Schreibtisch in den nächsten Tagen wohl nicht zu Gesicht bekommen. Können Sie mir den Plan nach Hause bringen lassen?«

Neumann zögert. »Okay, Chef.«

»Ach, Neumann.«

»Ja?«

»Gute Arbeit! Ich weiß, es ist im Moment für alle sehr hart. Wir haben gerade das ganze Wochenende durchgearbeitet, und es wird wohl erst mal nicht besser werden. Ich schätze es sehr, dass ich mich auf Sie verlassen kann.« Voss hört sich selbst beim Sprechen zu. Er kann es nicht fassen, was er da für eine Sülze redet. Aber Chefs müssen nun mal so sprechen, beruhigt er sich. Sie müssen die Truppen ermutigen.

»Oh, danke, aber das ist doch selbstverständlich«, flötet Neumann durchs Telefon. Voss legt grußlos auf, neben ihm steht Frau Probst mit einer Tasse Kaffee in der Hand. Erst jetzt begreift Voss, wie peinlich es ist, auf dem Schreibtisch eines Mordopfers einzuschlafen. Er überlegt, ob er noch etwas dazu sagen soll, aber er weiß nicht recht, was.

Als Voss zur Tür geht, sieht er in einem Regal am Eingang Gläser mit Quittengelee stehen. Seine Mutter hat auch immer Quitten eingekocht, die von einem Baum an der Dorfstraße kamen. Die Gläser von Frau Probst sind bauchig, mit einem hellblauen Etikett beklebt, das mit runden, ordentlichen Mädchenbuchstaben beschriftet ist. Frau Probst sieht seinen Blick und reicht ihm wortlos ein Glas. Voss murmelt ein Dankeschön und tritt hinaus in die feuchte Abendluft. Irgendwo muss gerade jemand Zweige verbrennen, der Geruch des Rauches mischt sich in den Nebel, der über den Wiesen steht.

In Sternekorp parkt Voss sein Auto auf dem kleinen Parkplatz vor dem Gemeindehaus. Als er über die Straße gehen will, trifft er Corinna. Er erkennt sie sofort wieder, und sie ihn auch. Corinna Baumann war eine Klasse über ihm, sieben Jahre lang sind sie jeden Morgen zusammen mit dem Bus nach Bad Freienwalde zur Schule gefahren. Sie war ein kräftiges, freches Mädchen, das ihm sogar mal geholfen hat, als Nordmeyer und Elders ihn verprügeln wollten. Dann ging Voss zum Abitur auf die EOS, und Corinna machte eine Lehre in der LPG Pflanzenproduktion. Später, als er schon weg war, soll sie irgendeinen Unfall gehabt haben, hat die Mutter mal erzählt. Voss sieht, dass sie ein Hörgerät trägt. Corinna lächelt.

»Hallo Vossi, ich habe schon gehört, dass du wieder da bist.«

»Wohnst du noch in Sternekorp?«, fragt er.

»Nein, mein Verlobter und ich haben eine Imkerei im Oderbruch. Wir kommen nicht oft hierher, die Bienen halten uns auf Trab, aber komm uns doch mal besuchen.«

»Du bist also verlobt und Imkerin, na, das sind ja Neuigkeiten.«

»Und du? Herr Hauptkommissar?«

»Na ja, einen Beruf habe ich, das mit dem Verloben ging leider schief.«

»Und das, obwohl ich dir damals das Küssen beigebracht habe.«

Voss wird rot. Die Sache mit dem Küssen hatte er völlig vergessen. Aber jetzt fällt es ihm wieder ein. Es war an einem dunklen Winternachmittag, sie waren mit dem Schulbus in Sternekorp angekommen. Auf dem Nachhauseweg erzählte Corinnna von einem Jungen aus Freienwalde, der versucht habe, mit ihr zu knutschen, und sich dabei offenbar recht ungeschickt angestellt hatte. Voss fragte, worauf man denn so achten müsse beim Knutschen. Und ehe er sich versah, spürte er Corinnas warmen Mund auf seinem, und eine Zunge bahnte sich den Weg durch seine Lippen. Voss war erschrocken und fasziniert zugleich. Aber bevor er etwas tun konnte, riss sich Corinna von ihm los, lachte laut und rief, jetzt wisse er, wie Knutschen gehe. Sie haben dann nie mehr über diesen Vorfall gesprochen, diese kleine Lektion hat Voss den Kontakt mit den Mädchen später auch nicht wirklich einfacher gemacht. Aber es ist passiert, und das ist wahrscheinlich das Allerwichtigste an der Geschichte.

Corinna steigt in einen schweren Pick-up, der am Straßenrand geparkt steht. Am Steuer sitzt ein bärtiger Mann, der Voss misstrauisch betrachtet. Wahrscheinlich ist das ihr Verlobter, denkt Voss. Corinna wäre es sogar zuzutrauen, dass sie ihm mal von der Knutsch-Sache erzählt hat. Der Pick-up fährt dröhnend davon. Voss bleibt noch eine Weile stehen und denkt, dass seine Kindheit hier im Dorf vielleicht doch gar nicht so schlecht gewesen ist.

Die Mutter ist noch wach, als er nach Hause kommt. Schmal und zerbrechlich liegt sie in dem wuchtigen Bauernbett und streckt ihm die Hand entgegen. Vor der Krankheit war sie eine zähe, fröhliche Bauersfrau, die bei Wind und Wetter über den Hof rannte, auf dem Feld kräftig mitanpackte und am liebsten große Traktoren fuhr. Voss kann sich nicht erinnern, sie als Kind auch nur ein einziges Mal krank oder schwach gesehen zu haben. Außerdem hatte sie meist gute Laune und brachte sogar manchmal ihren Mann zum Lachen, was nun wirklich nicht einfach war. Vor drei Jahren ging es dann los mit dieser Krankheit, und aus der drallen Bäuerin wurde innerhalb kurzer Zeit ein schmächtiges Mütterchen. Ihre rot geäderten, vollen Wangen fielen in blassen Falten zusammen, und weil die Zähne nicht mehr im Kiefer halten wollten, war irgendwann das ganze vertraute Gesicht verrutscht. Nur die Stimme ist noch da. Diese klare Mutterstimme, die schon früher stark genug war, um von allen auf dem Hof gehört zu werden.

Voss setzt sich zu ihr aufs Bett und fragt, wie ihr Tag war. »Ach, ich bin mit dem Traktor rüber zu Wondraschews und habe uns ein paar Rüben geholt«, sagt sie. Voss guckt erstaunt, und die Mutter kichert. »Was soll ich schon gemacht haben, Junge? Ich habe im Bett gelegen und die Balken an der Decke gezählt. Im Radio haben sie von dem Toten im Wald erzählt. Das ist doch die Sache, mit der du gerade zu tun hast, oder?« Voss nickt, er hat jetzt keine Lust, über den Fall zu sprechen. Andererseits weiß er auch nicht, worüber er sonst mit seiner Mutter sprechen soll. Sie haben keine Übung darin, weil sie nie viel miteinander geredet haben in der Familie. Es gab immer irgendwas zu tun. Und selbst wenn sie beim Essen alle beieinandersaßen, ging es meist nur um ganz praktische Dinge. Richtige Unterhaltungen, die über die Sorgen des Tages hinausgingen, hat es in der Familie Voss kaum gegeben.

Einmal vielleicht, als Voss einen Aufsatz über sich und sein Leben schreiben sollte. In dem Aufsatz sollte es auch um die Herkunft der Eltern gehen. Von der Mutter wusste er, dass sie aus Bad Freienwalde kam, dass sie »eine Apothekertochter mit Abitur« war, wie sie manchmal scherzhaft sagte. Sie las sogar richtig dicke Bücher und die Zeitung, aber studieren durfte sie nicht, weil das damals den Arbeiter- und Bauernkindern vorbehalten war. Deshalb hat sie als Pflanzerin in der LPG gearbeitet und wurde später die erste Mähdrescher-Fahrerin im Kreis Freienwalde. »Und Vater, wo kommst du her?«, hat Voss damals gefragt. Die Eltern sahen sich dann so seltsam an, und es war klar, dass es wohl nicht einfach war, diese Frage zu beantworten. »Ich komme aus Schlesien, mein Junge«, sagte der Vater schließlich, und seine Stimme klang schwermütig und fremd. Voss weiß noch, wie er damals von seinem Heft hochsah, in das er gerade »Schlesien« geschrieben hatte, und der Vater ihn mit Tränen in den Augen anschaute.

Weil dem Vater erst mal die Kehle zugeschnürt blieb, erzählte die Mutter, wie es damals war, als der 17-jährige Walter Voss gegen Ende des Krieges mit seiner Familie aus Schlesien hatte fliehen müssen. Wie sie losgezogen waren, mit der Stute Bertha, einem Leiterwagen und zwei Ponys. Wie der Großvater Voss seinen Sohn Walter und dessen Schwester an die Hand nahm und sagte: »So, Kinder, schaut's euch noch einmal um, hier habt ihr mal gewohnt.« Wie der kleine Walter nach einem Luftangriff seine Eltern und seine Schwester nicht mehr wiederfand, wie er sich alleine durchschlagen musste und im Juni 1945 bis auf die Knochen abgemagert in Sternekorp ankam. »Was ist mit deinen Eltern und deiner Schwester passiert, Papa?«, hat Voss gefragt, und der Vater, der sich gerade wieder ein wenig gefangen hatte, hielt die Hände vor das Gesicht und verließ die Stube.

Die Mutter aber erzählte flüsternd weiter. Der Vater habe seine Familie nie wiedergesehen, sagte sie. Man wisse nicht, ob sie tot seien oder ganz woanders lebten. Walter fand Aufnahme bei den Konewskis, einer Sternekorper Bauernfamilie. Dort war er mehr als ein Stallknecht, aber doch auch weniger als ein Sohn. »Und dann lernte dein Vater mich kennen«, hat seine Mutter noch gesagt, »und alles wurde gut.«

Sie haben später nicht mehr über diese Geschichte gesprochen, aber von diesem Tag an sah Voss seinen Vater mit anderen Augen. Er begann zu ahnen, dass dieser fleißige, stille Mann, der immer so weit weg war, wahrscheinlich gar nicht anders sein konnte.

Voss schreckt aus seinen Gedanken hoch. Die Mutter scheint eingeschlafen zu sein. Ihr wachsfarbenes Gesicht wirkt selbst im Schlaf noch beschäftigt und angespannt. Er würde gerne mit ihr reden über diese ganzen Geschichten. Er spürt, dass es ihm helfen würde, und dass er sich beeilen muss, weil auch sie bald nicht mehr da sein wird. Als er die Nachttischlampe ausmachen will, öffnet die Mutter plötzlich die Augen.

»Daniel, du musst dich um den Garten kümmern«, sagt sie.

»Aber das ist doch Papas Garten.«

»Jetzt nicht mehr.«

Er drückt seiner Mutter die Hand und geht aus dem Zimmer. Er hört Maja telefonieren. Sie spricht Polnisch, was ihrer Stimme einen anderen Klang verleiht. Das ist Voss schon öfter aufgefallen, dass Menschen anders klingen, wenn sie ihre Muttersprache sprechen. Sie scheinen dann mehr bei sich zu sein. Majas Stimme klingt bestimmter. Voss versucht an der Melodie ihrer Sätze zu erkennen, worum es gerade geht, mit wem sie sprechen könnte. Es scheint ihr wichtig zu sein, sie spricht langsam, geduldig, mit viel Wärme in der Stimme, so als erklärte sie einem Kind etwas, das man nicht so leicht erklären kann. Er hat sie nie gefragt, wie es um ihre familiären Verhältnisse steht, ob sie zum Beispiel Mutter ist. Voss schätzt, dass sie Ende 20 ist, genauer ging das aus ihren Bewerbungsunterlagen nicht hervor. Trotzdem wirkt sie älter, erfahrener, so als hätte sie schon eine Menge erlebt. Voss will gerade in die Küche gehen, als sein Handy klingelt. Maja bricht ihr Gespräch mitten im Satz ab und legt auf.

Voss nimmt den Anruf entgegen, es ist sein Schulkumpel Mike Fischer. Er sagt, dass er am Nachmittag im Sternekorper Forst gewesen sei, um eine bei der Treibjagd angeschossene Sau zu suchen. Dabei habe er einen Mann gesehen, der in der Kiefernschonung den Boden absuchte. »Das war aber kein Pilzsammler, der hatte einen Spaten dabei, der wollte irgendwas vergraben oder wieder ausgraben. Seltsamer Typ, sage ich dir. Als ich näher kam, ist er aufgesprungen und weggerannt. Aber ich habe ihn erkannt, das war dieser Fledermaus-Freak, der in

Sternekorp in dem alten Stall oben an der Kälberweide wohnt.« Voss weiß sofort, von wem Mike spricht. Das muss derselbe Mann sein, von dem ihm Frau Probst schon erzählt hat.

»Mike, kannst du mir die Stelle zeigen, an der du den Mann gesehen hast?«

»Klar, ich bring dich morgen früh hin.«

»Nein, jetzt.«

»Okay, Vossi, aber nur, weil du es bist. Ich bring' eine Lampe mit.«

Er läuft zügig, fast lautlos, wie ein Jäger auf der Pirsch. Der Mond ist von Wolken verhangen, es herrscht tiefe Dunkelheit. Voss bemüht sich, dicht an seinem Schulkumpel dranzubleiben. Zwischendurch bleiben sie kurz stehen, Voss lauscht in die Stille. Wobei er immer wieder überrascht ist, wie laut so ein vermeintlich stiller, nächtlicher Wald doch eigentlich ist. Der Wind lässt die Bäume knarren und das Laub knistern, Fledermäuse flattern über ihre Köpfe hinweg, ein Kauz markiert ahnungsvoll rufend sein Revier. Voss hat das Gefühl, der Wald sei sogar noch unruhiger als am Tage, aber wahrscheinlich ist das nur eine Täuschung. Er hat mal gelesen, die fünf menschlichen Sinne würden sich gegenseitig ausbalancieren. Wenn das Auge nichts sieht, hören die Ohren umso mehr. Nach etwa zehn Minuten sind sie an der Kiefernschonung angekommen, Mike macht seine Taschenlampe an, lässt den Lichtstrahl über die Bäume gleiten und betritt die Schonung.

»Bist du sicher, dass wir hier richtig sind?«, fragt Voss.

»Vossi, du warst zwar besser in der Schule, aber im Wald, da weiß ich, wo es langgeht. Außerdem haben wir Jäger unsere kleinen Tricks.«

Mike zeigt auf eine weit ausladende Kiefer, an der ein armlanger, abgebrochener Ast hängt, von dem im unteren Teil die

Zweige entfernt wurden. Das, sagt Fischer, sei ein Bruchzeichen, mit dem die Jäger Orte im Wald markieren, um sie auch in der Dunkelheit wiederzufinden. Er läuft los, die Lampe auf den Waldboden gerichtet. Nach etwa zehn Metern liegt ein abgebrochener Kiefernzweig am Boden. Das sei ein Leitbruch, erklärt Fischer, er weise mit der Spitze in die Richtung, in die man gehen müsse. Nach weiteren zehn Metern steckt ein angebrochener Kiefernzweig in der Erde. »Genau hier hat der Fledermaus-Typ gesessen«, sagt Fischer. Er lässt den Lichtkegel über den Boden streifen, vorsichtig gehen sie im Kreis herum. Es ist nichts zu sehen, keine Grabspuren, keine aufgewühlten Stellen, nur trockene Kiefernnadeln, die aussehen wie verrostete Haarspangen. Voss sieht einen vertrockneten Grasballen. »Was ist das?«, murmelt er und hebt ihn auf.

»Das ist ein Vogelnest, Vossi.«

»Ja, das sehe ich auch. Aber wenn ich mich nicht irre, ist das ein Nest eines Wachtelkönigs. Und die leben nicht in Kiefernschonungen, sondern in Auenlandschaften, manchmal auf Wiesen, aber jedenfalls im offenen Gelände. Hier, schau, das sind Grashalme, hier ist Wiesenkerbel. Dieses Nest wurde hierhergebracht.«

»Sieh mal an, Vossi, du kennst dich ja aus. Bist du etwa immer noch so ein Vogel-Freak wie früher?«

Voss überhört Mike Fischers Bemerkung. Er überlegt. Wachtelkönige sind extrem selten, wenn er sich nicht irrt, stehen sie sogar auf der Roten Liste der vom Aussterben bedrohten Arten. Wenn das Nest eines vom Aussterben bedrohten Tieres in einem Wald gefunden wird, in dem Windräder gebaut werden sollen, dann könnte dieser Fund alles verhindern. Ganze Autobahnprojekte und ICE-Trassen sind schon gescheitert, weil Großtrappen oder Kleine Hufeisennasen in der Gegend ihre Nistplätze hatten. Hat der Fledermaus-Mann dieses Nest hergebracht? Und wenn ja, warum gerade hierher, in diese enge Schonung, in der es nie jemand gefunden hätte? Und selbst wenn es entdeckt worden wäre, hätte doch jeder halbwegs Fachkundige sofort gewusst, dass hier jemand zu betrügen versucht.

Voss hat einen Campingspaten mitgebracht, mit dem er die Erde rund um die Stelle aufgräbt, an der er das Nest gefunden hat. Aber da ist nichts. Voss gräbt weiter, Mike steht daneben und raucht. Irgendwann machen sie sich auf den Heimweg.

Sie fahren zurück nach Sternekorp, Mike Fischer erinnert ihn daran, wie sie damals zusammen mit Thomas Köhler in den Keller der Willkes eingebrochen sind und die Flasche mit dem selbst gemachten Eierlikör geklaut haben. »Weißt du noch, Vossi, wir waren so besoffen, dass wir nicht mehr durch das Kellerfenster rausgefunden haben. Thomas Köhler hat dann vom alten Willke auf die Fresse bekommen. Aber Köhler hat ja immer auf die Fresse bekommen.« Voss kann sich an nichts mehr erinnern, was vielleicht am Eierlikör lag, aber er lässt sich nichts anmerken und lacht an den richtigen Stellen.

Es ist seltsam, jetzt hier mit Mike Fischer durch die Nacht zu fahren, mit diesem Jungen aus einer anderen Zeit, die er eigentlich für vergangen hielt. Aber was heißt schon vergangen? Selbst wenn sich sehr viel verändert in einem Land, selbst wenn ein ganzes Land verschwindet, dann bleibt doch immer noch jede Menge übrig. Die Bäume zum Beispiel, sind das jetzt West-Bäume? Von Preußen gepflanzt, in der DDR gewachsen, in der Bundesrepublik Deutschland geschlagen. Und seine Mutter und Mike Fischer und er selbst? Was sind sie denn jetzt? Manche hier sagen, sie seien Brandenburger, aber als Voss klein war, hat kein Mensch von Brandenburg geredet, nur alte Leute sprachen manchmal davon. Voss wurde im Bezirk Frankfurt/Oder geboren, so hieß das damals. Brandenburg war früher mal, und kam dann später wieder. Zwischen früher und später, in der ostdeutschen Zwischenzeit also, kamen Menschen auf die Welt, die sich nun an irgendetwas halten müssen. Die etwas suchen, das sich vertraut anfühlt. Mike Fischer kichert, er ist gerade bei der Geschichte, als sie Herrn Düssmann die Kröte in die Schreibtischschublade gesetzt haben.

»Sag mal, Mike, was sagst du eigentlich, wenn dich jemand fragt, woher du kommst?«

»Na, aus Sternekorp.«

»Ich meine, wenn du jemanden triffst, der von weiter her ist, der sich hier nicht auskennt.«

»Solche Leute treffe ich nicht.«

Mike Fischer hält an der Dorfstraße in Sternekorp. Voss steigt aus, steht noch eine Weile am Straßenrand und betrachtet sein dunkles, buckeliges Elternhaus. Auf einmal hört er ein Geräusch vom Hof. Er öffnet das Hoftor und sieht einen Schatten, der hinter der Garage verschwindet. Das war kein Tier, da ist er sicher. Mit vorsichtigen Schritten umrundet Voss die Garage. Er bemüht sich, möglichst geräuschlos zu laufen, so wie Mike Fischer gerade im Wald. Aber er kann das nicht so gut, bleibt mit der Jacke an einem wilden Rosenbusch hängen. Die stacheligen Zweige schaben über den Jackenstoff. Er bleibt stehen und lauscht, er hört sein Blut in den Ohren rauschen. Da rennt jemand hinter der Garage los, Voss rennt hinterher. Er sieht die Silhouette eines großen, kräftigen Mannes, der durch den Garten zur Feldkante läuft. »Bleiben Sie stehen!«, ruft er, aber der Mann reagiert nicht, springt mit einem Satz über den Zaun und ist verschwunden.

Voss steht da, mit pochendem Herzen und zerrissener Jacke. Es hat keinen Sinn, dem Mann zu folgen, den holt er nicht mehr ein in dieser Finsternis. Und mit seiner Kondition. Voss muss daran denken, was der Polizeiarzt in Stuttgart vor einem Jahr zu ihm gesagt hat: »Machen Sie sich weniger Gedanken und mehr Sport.« Beides ist ihm bisher nicht gelungen.

Er geht zu der Stelle, an der gerade der Mann über den Zaun gesprungen ist. Es ist die einzige Stelle, die niedrig genug ist, um problemlos darübersteigen zu können. Das heißt, der Mann kannte sich aus, er wusste, wo er hinlaufen musste. Wer war das? Ein Einbrecher? Oder hat der Besuch dieses Mannes mit dem Fall zu tun? Von der Antwort auf diese Frage hängt ab, ob er jetzt sofort Frau Kaminski herbeiruft, um die Fußabdrücke auf dem Feld zu sichern und die Spur mit Hunden verfolgen zu lassen. Ein ziemlicher Einsatz wäre das, wegen eines Mannes, der nur mal über seinen Zaun gesprungen ist. Voss beschließt, ins Bett zu gehen.

MONTAG

Der alte Stall oben an der Kälberweide ist ein sorgsam renovierter Backsteinbau. Die Fassade ist makellos verfugt, die weißen Holzfenster blitzen in der Morgensonne, und der Rasen rundherum würde jeden Golfplatzwart neidisch machen. Der Fledermaus-Mann scheint ein ziemlicher Pedant zu sein, denkt Voss. Er läutet eine Bronzeglocke, die über dem Eingang hängt, ein tiefer, nachschwingender Ton erfüllt die Luft. Es dauert eine Weile, bis die Tür aufgeht und ein schmaler Mann mit grauem Kinnbart erscheint. Der Mann hat eng stehende Augen, die offenbar daran gewöhnt sind, nichts Gutes in der Welt zu finden. Als er Voss erblickt, legt er angewidert den Kopf zur Seite, als betrachtete er ein störendes Insekt oder eine besonders große Nacktschnecke, die es gewagt hat, bis zu seinem Anwesen vorzukriechen. Voss grüßt und stellt sich vor, versucht besonders nett zu sein, was ihm selbst reichlich übertrieben erscheint angesichts der demonstrativen Griesgrämigeit dieses Mannes, der noch immer kein Wort gesagt hat, aber so wirkt, als könnte er jeden Moment die Tür wieder zuschlagen. Voss weiß bereits, dass der Mann Martin Bensheim heißt, 62 Jahre alt ist und früher als Architekt gearbeitet hat. Laut Melderegister wohnt er seit drei Jahren in Sternekorp und hatte seinen Wohnsitz davor in der Uckermark, ganz im Norden von Brandenburg. Voss fragt, ob er hereinkommen kann, Bensheim schlägt die Tür zu.

Okay, denkt Voss, dann werde ich mich jetzt erst mal hier

draußen umschauen. Er läuft um den Stall herum und kommt an einen Schuppen, dessen Tür offen steht. Im Schuppen befindet sich ein Apparat, der aussieht wie ein russischer Weltraumsatellit. Mehrere Parabolantennen sind auf einer Scheibe befestigt, die wiederum auf einem Stativ steht, das mit mindestens einem Dutzend Messinstrumenten verbunden ist. Voss versucht, die Scheibe mit der Hand zu drehen, da hört er hinter sich eine Stimme: »Wenn Sie noch mal meine Apparatur berühren, sind Sie tot.« Voss blickt sich erstaunt um und sieht Bensheim mit einer Art Fernbedienung in der Hand dastehen.

»Wollen Sie mir drohen, Herr Bensheim?«

»Verstehen Sie es, wie Sie wollen. In der Steuerungseinheit, die Sie gerade betatscht haben, fließen normalerweise 20.000 Volt.«

»Was ist das für ein Gerät?«

»Ich glaube nicht, dass Sie das auch nur annähernd verstehen würden.«

Seltsamerweise spürt Voss überhaupt keinen Ärger. Dieser Bensheim fasziniert ihn, er ist so konsequent verstockt, dass Voss sich eines gewissen Respekts nicht erwehren kann. »Sie können es ja möglichst einfach erklären. So auf dem Niveau eines Leiters der Mordkommission, wenn Sie sich intellektuell überhaupt so klein machen können«, erwidert Voss lächelnd.

Nun scheint wiederum Bensheim perplex zu sein. »Es handelt sich um eine Apparatur zur Messung des Infraschalls. Das sind Geräusche, die vom menschlichen Ohr nicht bewusst wahrgenommen werden können, aber trotzdem dramatisch auf den gesamten Organismus wirken.«

»Warum messen Sie so was?«

»Weil Windräder Infraschall produzieren und Menschen unheilbar krank machen. Ich selbst leide seit sieben Jahren an dieser Krankheit.« Während Bensheim spricht, starren seine kleinen Augen ins Nichts, als spräche er eigentlich mit sich selbst.

»Was ist denn das für eine Krankheit?«

»Ich habe lange in der Uckermark gewohnt. In der Nähe meines Hauses wurden vier Windräder aufgestellt, und nach etwa einem halben Jahr hatte ich einen Hörsturz, der chronisch wurde. Die Ärzte haben das nicht ernst genommen und wollten mir Psychopharmaka verschreiben, weil sie dachten, ich bilde mir das alles nur ein. Dann fand ich heraus, dass die Fledermäuse in der Gegend starben, weil der Infraschall wie eine Luftdruckwelle ist, die die Tiere innerlich zerreißt.«

»Sie meinen, nur Sie und die Fledermäuse können diesen Infraschall wahrnehmen?«

»Nein, alle Menschen leiden unter Infraschall, die Frage ist nur, wie schnell sich die Schäden im Körper bemerkbar machen. Der Beweis ist, dass meine Symptome sofort besser wurden, als ich von der Uckermark wegzog und hierherkam. Und jetzt wollen die mich endgültig fertigmachen.«

»Wer will Sie fertigmachen?«

»Na, die Windradbetreiber. Es ist doch kein Zufall, dass jetzt ausgerechnet hier, wo ich mein neues Haus habe, wieder Windräder gebaut werden sollen. Ich meine, ich bin aus Berlin weggegangen, um Ruhe zu finden, und kämpfe seitdem gegen die Unruhe. Sie können sich vielleicht vorstellen, wie frustrierend das ist. Diese neuen Windräder würden mich umbringen.«

Voss muss Mike Fischer recht geben, dieser Mann ist wirklich ein ziemlicher Freak. Aber Bensheim tut ihm auch leid, er hat selten jemanden gesehen, der so verbittert und enttäuscht wirkt. Gedankenverloren lässt Voss seine Hand über eines der Messinstrumente gleiten, die vor ihm auf einem Tisch stehen. Da packt Bensheim ihn plötzlich von hinten mit beiden Händen am Hals und lässt nicht mehr los. Voss bekommt keine Luft mehr, taumelt zur Seite, versucht sich loszumachen. Aber dieses drahtige Männlein hängt unerbittlich an ihm dran, lässt sich nicht abschütteln. Voss spürt die harten, langen Finger an seiner Kehle, er hört Bensheim herumzetern, dass Voss ein Agent der Windrad-Verbrecher sei, der geschickt wurde, um seine Anlage zu zerstören. Bensheims Hände drücken noch stärker zu, Voss spürt, wie seine Kräfte schwinden, die Bilder vor seinen Augen verschwimmen. Mit letzter Kraft zieht er seine Waffe aus dem Holster, entsichert und schießt in die Luft. Da lässt Bensheim endlich von ihm ab.

Voss ringt nach Luft, dreht sich um, hält die Pistole auf Bensheim gerichtet. Dieser Typ hätte ihn beinahe umgebracht! Dieser Fledermaus-Spinner! Es war leichtsinnig von ihm, so jemandem den Rücken zuzudrehen. Ach was, dämlich war es, unsagbar dämlich! Aber zumindest weiß Voss jetzt, dass dieser Mann zu allem fähig ist, wenn er sich bedroht oder auch nur bedrängt fühlt. Bensheim selbst steht ganz ruhig da, die Augen neugierig auf ihn gerichtet.

Voss führt ihn mit vorgehaltener Pistole zu seinem Wagen. Bensheim muss sich an das Auto stellen, mit gespreizten Beinen und den Händen auf dem Autodach. Mittlerweile sind ein paar Nachbarn herbeigeeilt, offenbar vom Schuss alarmiert. Sie stehen staunend um das Auto herum. Es ist wie in einem amerikanischen Film, denkt Voss. Nur dass die Cops in Miami keinen hellblauen Fiat Punto fahren.

Voss holt die Handschellen aus dem Kofferraum und fesselt Bensheim an den Gartenzaun. Er bittet die Nachbarn, in ihre Häuser zurückzugehen, und wählt Frau Kaminskis Nummer, obwohl er eigentlich Neumann anrufen müsste. Aber er kann jetzt nicht mit Neumann reden. Frau Kaminskis Stimme beruhigt ihn. Sie versteht sofort, worum es geht, und eine Viertelstunde später steht sie neben ihm und gießt aus einer Thermoskanne heißen Tee in eine Tasse. Zwei Streifenpolizisten führen Bensheim ab, der noch immer schweigend und mit großem

Interesse die vielen fremden Menschen mustert, so als wüsste er gar nicht, was hier gerade passiert ist.

Die Polizeidirektion in Bad Freienwalde ist in einem ehemaligen sowjetischen Kasernengebäude untergebracht. Eine hohe Mauer mit Wachtürmen und Stacheldraht umgab früher das gesamte Gelände, und die Freienwalder Bürger erzählten sich viele Geschichten darüber, was hinter dieser Mauer so alles passierte. Hauptsächlich waren es schreckliche Geschichten, die von gequälten Soldaten handelten, oder von Wodkagelagen, die im Kalaschnikowfeuer endeten. Je weniger die Freienwalder Bürger wussten, desto mehr wurde erzählt. Wegen dieser ganzen Geschichten war es nach der Wende nicht einfach, Mieter zu finden, die in den komplett umgebauten und frisch renovierten Kasernengebäuden wohnen wollten. Erst als die Polizei dort einzog, wuchs das Vertrauen, dass dieser Ort nun wirklich ein anderer geworden war.

Voss hat ein Büro im dritten Stock, das immer noch fast genauso unbenutzt aussieht wie an dem Tag, als er hier angekommen ist. Das liegt vor allem daran, dass er Büros generell nicht mag. Er ist lieber unterwegs, als hinter einem Schreibtisch zu sitzen. Und diese ganzen Sitzungen und Besprechungen, die allen das Gefühl geben, etwas Sinnvolles zu tun, sind ihm ein Gräuel. Weder sitzt er gerne noch empfindet er das Bedürfnis, sich ständig mit anderen zu besprechen. Er weiß mittlerweile, dass das ein Problem ist, weil Polizeiarbeit nun mal auch mit Kommunikation zu tun hat. Vor allem dann, wenn man Leiter einer Mordkommission ist. Aber Voss' Problembewusstsein ist eher theoretischer Natur. Er hatte deshalb in seinen ersten Dienstwochen schon verschiedene Gespräche mit dem Polizeidirektor, der ihn ermahnte, die Kollegen besser in die Arbeit einzubinden. Der Polizeidirektor hat sogar damit gedroht, Voss und seine Leute zu einem Teambuilding-Seminar nach Potsdam zu schicken. Da würden sie dann vermutlich mit nacktem Oberkörper Bäume schlagen und ein Floß bauen. Wie bei dem Teambuilding-Seminar vor fünf Jahren in Stuttgart, bei dem sich zwei Kollegen mit dem Beil so stark verletzten, dass sie für mehrere Wochen ausfielen, weshalb dieses verdammte Floß auch nie fertig geworden ist.

In Voss' Büro steht ein in Plastikfolie verpacktes Feldbett, um das er bereits an seinem ersten Arbeitstag hier in Bad Freienwalde gebeten hat, was den Polizeidirektor wohl kurzzeitig daran zweifeln ließ, ob er den richtigen Mann eingestellt hat. Das heißt, zunächst hat der Polizeidirektor ihm anerkennend zugenickt, weil er offensichtlich dachte, Voss wolle, wenn die Lage es erfordere, wie ein Soldat neben seinem Schreibtisch nächtigen. Aber dann hat Voss ihm erklärt, er sei bekennender Mittagsschläfer. Dies sei nicht als Zeichen von Faulheit, sondern von Effizienz zu verstehen. »Wer kurz zwischendurch schläft, kann besser lange arbeiten«, hat Voss noch hinzugefügt. Nun, so richtig hat das den Polizeidirektor wohl nicht überzeugt, aber Voss kennt das. Er hat die Erfahrung gemacht, dass die Welt sich in zwei Lager teilen lässt: in die Menschen, die den 15-Minuten-Schlaf um die Mittagszeit beherrschen und schätzen – und diejenigen, die das nicht tun. Zwischen diesen beiden Lagern ist ein vernünftiger Austausch zu diesem Thema kaum möglich. Obwohl fast alle ihm immer wieder versichern, wie gesund und vernünftig es doch im Grunde sei, was er da tue, so bleibt doch ein von tiefer Skepsis geprägtes Unverständnis bei den Nicht-Mittagsschläfern bestehen.

Nun sitzt Voss also in seinem Büro an seinem leeren Schreibtisch, sein Hals tut weh von Bensheims Fingern, und alle paar Minuten kommen Kollegen vorbei und nicken ihm aufmunternd zu, weil die Geschichte vom Würge-Männchen, das ihn beinahe ins Jenseits befördert hätte, natürlich die Runde gemacht hat. Sie sind wirklich nett hier zu ihm, da kann man gar nichts sagen. Aber Voss ist es trotzdem unangenehm, bemitleidet zu werden. Zumal dann, wenn er sich aus eigener Blödheit in so eine Situation gebracht hat. Mit Kritik kann er umgehen, aber nicht mit Mitleid. Das ist ihm zu privat. Dieser ganze Fall dringt ja schon erstaunlich weit in sein Privatleben vor. Da sind die vielen Leute, die er noch von früher kennt. Da ist der Mann, der gestern Abend in seinem Garten lauerte. Und jetzt die Sache mit Bensheim. Voss zieht es vor, den Menschen aus einiger Distanz bei ihrem Tun zuzuschauen. Er mag das Analytische, das Puzzlespiel der Fakten. Sich selbst hält er da am liebsten raus.

Neumann steckt den Kopf herein. »Wir wären dann so weit, Bensheim ist im Vernehmungsraum. Sind Sie sicher, Chef, dass Sie das jetzt machen wollen?«

Voss steht auf und geht wortlos an Neumann vorbei. Klar, er weiß, Neumann meint es gut mit ihm. Trotzdem könnte er auch manchmal einfach nur die Klappe halten. »Sie lassen mich bitte allein mit ihm, noch mal wird er mich ja nicht anspringen.«

Bensheim sitzt mit durchgedrücktem Rücken auf dem grauen Plastikstuhl, vor dem grauen Tisch. Grau schüchtert ein, haben die Polizeipsychologen letztes Jahr herausgefunden. Deshalb ist jetzt in allen Vernehmungsräumen in Brandenburg dieses Mobiliar zu sehen. Bei Bensheim scheint der Trick mit der Farbe allerdings nicht zu funktionieren, er wirkt völlig unverändert. Voss nimmt auf der anderen Seite des Tisches Platz. Normalerweise würde er nicht daran glauben, dass jemand wie Bensheim der Mörder von Harro Probst ist. Es passt eigentlich nicht. Bensheim ist vielleicht im Affekt gefährlich, aber der Mord an Probst war keine Affekt-Tat. Das war alles sorgsam vorbereitet. Andererseits hätte Voss auch nicht geglaubt, dass dieser Mann ihn so brutal und aus dem Nichts angreifen würde. Womöglich ist Bensheim viel gefährlicher, als er denkt. Voss hat sich vorgenommen, diesen Vorfall in der Garage möglichst weit von sich fernzuhalten. Er darf das jetzt nicht persönlich nehmen, sonst wird es keine gute Vernehmung. Nebenan im Beobachtungsraum sitzen Neumann und der Polizeidirektor. Sie sollen sehen, dass er die Sache im Griff hat.

»So, Herr Bensheim, ich hoffe, Sie haben sich wieder ein wenig beruhigt. Passiert Ihnen das eigentlich oft, dass Sie so ausrasten?«

Bensheim schweigt.

Voss versteht, dass er diesen Mann knallhart aus der Reserve locken muss, er muss sein Schweigen brechen.

»Wie war das mit Harro Probst im Wald, was hat Sie da wütend gemacht?«

Bensheim schweigt weiter.

»Herr Bensheim, Sie werden nach dieser Vernehmung einem Richter vorgeführt, der darüber entscheidet, ob Sie wegen eines tätlichen Angriffs auf einen Polizisten sofort in Untersuchungshaft kommen. Falls Sie hier weiter stumm bleiben, wird das Ihre Lage nicht verbessern.«

Zum ersten Mal regt sich etwas in Bensheims Gesicht. Seine Augen wandern nervös umher, die Selbstsicherheit scheint verschwunden zu sein. Er räuspert sich, wippt nervös mit dem rechten Bein. »Ich habe mit dem Tod von Harro Probst nichts zu tun.«

»Aha, aber letzte Woche waren Sie doch bei ihm zu Hause und waren offenbar sehr aufgebracht. Harro Probst hat Sie dann mit Gewalt vor die Tür gesetzt. War das der Grund, warum Sie sich an ihm gerächt haben?«

»Ich war bei ihm, um einen letzten Versuch zu machen, ihn von seinem Wahnsinn abzuhalten.«

»Ein letzter Versuch, bevor Sie zu anderen Mitteln gegriffen haben.«

»Hören Sie, Herr Kommissar, es tut mir leid, was vorhin passiert ist. Ich habe völlig die Kontrolle verloren, das passiert mir normalerweise nicht.«

»Letzte Woche ist es Ihnen aber passiert. Es gibt Zeugen, die aussagen, Sie hätten wie besessen gewirkt und sich fast auf Harro Probst gestürzt. Das Einzige, was Sie davon abhielt, war wohl, dass Harro Probst wesentlich kräftiger war als ich und Ihnen nicht den Rücken zugedreht hat.«

»Es war so niederschmetternd, mit diesem Menschen zu reden. Es ging ihm nur ums Geld, alles andere war nebensächlich, auch die Gesundheit anderer.«

»Sie haben mir gesagt, diese neuen Windräder würden Sie umbringen. Harro Probst hat also Ihr Leben bedroht. Sie waren bei ihm, haben einen letzten Versuch unternommen, wie Sie es gerade formulierten, und als das alles nichts gebracht hat, trafen Sie die Entscheidung, ihn umzubringen. Er oder Sie, darum ging es doch?«

Bensheim knetet seine Hände, seine Augen zucken, er atmet schwer. Voss entspannt sich. Normalerweise führt er Vernehmungen nicht so forsch, zumal mit einem Mann, von dessen Täterschaft er gar nicht überzeugt ist. Aber in diesem Fall scheint Druck das einzige Mittel zu sein, um diesen verstockten Typen zum Reden zu bringen.

»Was war das für ein Gefühl, als Sie Harro Probst niedergeschlagen haben und er hilflos vor Ihnen lag?«

»Ich habe ihn nicht niedergeschlagen. Ich habe noch nie einen Menschen niedergeschlagen!«

»Ach so, stimmt, Sie erwürgen die Leute ja lieber.«

Voss lehnt sich in seinem Stuhl zurück, betrachtet Bensheim.

»Ich kann nicht mehr«, sagt Bensheim plötzlich.

»Gestehen Sie endlich den Mord, und wir hören sofort auf. Wo hatten Sie eigentlich das Gewehr her?«

»Ich habe kein Gewehr.«

»Die Kollegen, die vor einer Stunde Ihr Haus durchsuchten,

haben aber ein Gewehr gefunden. Sogar das Kaliber scheint übereinzustimmen.«

»Aber ich habe es doch gar nicht mehr ...« Bensheim bemerkt im selben Augenblick seinen Fehler, wird rot und senkt betroffen den Blick. Voss hat hoch gepokert, weil bisher weder Bensheims Haus durchsucht werden konnte, noch eine Waffe sichergestellt wurde. Aber es hat geklappt, nur das zählt am Ende. Er blickt kurz zum verspiegelten Fenster hinüber, hinter dem Neumann und der Polizeidirektor sitzen.

»Also, wo ist die Waffe?«

»Ich habe sie gestern Nachmittag im Sternekorper Forst vergraben. Mir war klar, dass Sie mich als verdächtig ansehen werden. Das Gewehr ist ein Andenken an meinen Vater, er war Jäger, aber ich habe es nie benutzt.«

Das Triumphgefühl, das Voss gerade noch durchzogen hat, wird schwächer. Was soll das denn jetzt?

»Herr Bensheim, Sie waren gestern Nachmittag in der Kiefernschonung im Sternekorper Forst. Sie wurden dort von einem Jäger überrascht und sind weggerannt. Ich habe mir die Stelle bereits angesehen, es gibt keine Grabspuren. Dafür lag dort aber das Nest eines Wachtelkönigs, das Sie offenbar dorthin gebracht haben.«

Wieder senkt Bensheim beschämt den Kopf. »Ich wollte das Nest am Waldrand ablegen. Ich wusste, dass in ein paar Tagen eine Begehung von Experten stattfindet, die den Vogelbestand in der Windzone überprüfen sollen. Ich habe gehofft, dass die das Nest finden. Der Wachtelkönig ist vom Aussterben bedroht, das hätte alles noch mal infrage stellen können.«

»Und warum lag das Nest dann in der Kiefernschonung?«

»Weil mich dieser Jäger überrascht hat. Ich bin weggerannt, und das Nest ist mir aus der Hand gefallen. Die Flinte ist an einer anderen Stelle vergraben.«

Voss schüttelt entnervt den Kopf. »Wir werden nachher zusammen in den Wald fahren. Sie werden Handschellen tragen und von mehreren Beamten begleitet. Sie haben also keine Chance zu fliehen. Wir werden die Waffe ausgraben und untersuchen. Mindestens so lange bleiben Sie in Haft.«

Zwei Polizisten führen Bensheim ab, Voss bleibt noch eine Weile sitzen. Wenn der Mann lügt, ist er spätestens übermorgen durch mit dem Fall.

Der Sezierraum der Rechtsmedizin befindet sich im zweiten Untergeschoss des alten Kasernengebäudes. Es ist kalt hier unten, und es riecht nach Tod. Im Schein der Neonröhren liegen auf langen Metalltischen die geöffneten Tierkadaver. In der Mitte des Raumes steht ein fahrbarer Obduktionstisch mit der Leiche von Harro Probst. Es ist seltsam und auch ein wenig makaber, den toten Jäger im Kreise der erlegten Tiere zu erblicken. So als hätten sich hier alle noch mal wiedergefunden, die am Tag der Hubertusjagd ihr Leben verloren. Dibbersen und seine Leute stehen in Wattejacken und Gummischürzen an den Tischen, an der Decke hängen zwei Musikboxen, aus denen gerade ein Song von Pur durch die verweste Kellerluft wabert, weil das Dibbersens Lieblingsgruppe ist. »Ich hab' geweint vor Glück«, raunt der Sänger, und Dibbersen wiegt verträumt den Kopf im Rhythmus der Musik, während er mit dem Skalpell geschickt den Schusskanal am Vorderlauf einer Bache öffnet.

Als er Voss, Neumann und Frau Kaminski erblickt, macht Dibbersen schnell die Musik aus. »Hallo, das ist ja eine richtige Abordnung, wir sind fast fertig.«

»Mit allen Tieren?«, fragt Voss.

»Wir haben uns natürlich nur die Tiere genauer angeschaut, in denen noch Projektile zu finden sind. Die Tiere mit Durchschusswunden bringen uns nichts, weil die Wunde an sich keine ballistische Spezifik aufweist.«

»Dibbersen, Sie müssen es so erklären, dass ich es auch verstehen kann.«

»Okay, Entschuldigung. Also, es ist so, dass wir glücklicherweise in der Leiche von Harro Probst ein Projektil gefunden haben, das vorbildlich in der Brustwirbelsäule steckte und sogar noch ziemlich gut zu bestimmen war, was bei Jagdmunition nicht immer der Fall ist. Um herauszubekommen, ob eines der Tiere mit derselben Waffe erschossen wurde, müssen wir auch im Wild Projektile finden. Die können wir dann mit dem aus der Leiche vergleichen.«

Frau Kaminski lächelt Dibbersen an: »Ich finde, du erklärst meine Arbeit sehr gut. Ich habe übrigens schon die ersten Abgleiche gemacht, bisher gab es noch keinen Treffer.«

Voss spürt, wie Ungeduld in ihm aufsteigt: »Bis wann sind Sie denn durch mit diesen ganzen Untersuchungen? Das hält mich unglaublich auf.«

Wieder lächelt Frau Kaminski. »Wir führen hier gerade mal eben eine der größten ballistischen Untersuchungen durch, die es in diesem Bundesland je gegeben hat. Sämtliche sichergestellten Jagdwaffen müssen überprüft werden. Aber das wird dauern, wir haben 92 Waffen, weil die meisten Jäger ja nicht nur ein Gewehr besitzen.«

»Dann hätten wir uns die Untersuchung der Tiere doch sparen können, wenn wir die Waffen sowieso untersuchen?«, fragt Voss.

»Nein«, sagt Dibbersen. »Weil es ja sein kann, dass einer der Jäger die Tatwaffe verschwinden ließ. Die haben jede Menge nicht registrierte Waffen, das könnten wir nie überprüfen. Wenn dieser Jäger allerdings vorher auf der Jagd etwas geschossen hat, dann können wir ihn über den direkten Projektilvergleich identifizieren.«

»Vorausgesetzt, wir können nachweisen, welches Tier von wem geschossen wurde, was mithilfe meines Plans von der Strecke glücklicherweise möglich sein wird«, sagt Neumann, der sichtlich froh ist, auch mal zu Wort zu kommen. »Ich habe mir von jedem einzelnen Jäger schriftlich bestätigen lassen, wo genau seine Beute auf der Strecke lag.« Neumann blickt zufrieden in die Runde, als hätte er gerade mit einem Schlag das Hungerproblem Schwarzafrikas gelöst.

»Und Dibbersen, was ist mit Probsts Leiche, gibt es da was Neues?«, fragt Voss.

»Ja, das ist interessant. Probst hat zunächst einen kräftigen Schlag auf den Hinterkopf bekommen, der keine schweren Verletzungen nach sich zog, ihn aber bewusstlos machte. Dann hat der Täter offenbar gewartet, bis Probst wieder zu sich kam, und hat ihn mit einem Schuss aus größter Nähe getötet.«

»Wie viel Zeit ist zwischen dem Schlag und dem Schuss vergangen?«

»Kann ich nicht sagen, ich weiß nur, dass Probst bei Bewusstsein war, als der Schuss auf ihn abgefeuert wurde.«

»Vielleicht hat der Täter so lange gebraucht, um die Tannenzweige auszulegen und alles vorzubereiten«, sagt Frau Kaminski.

»Oder er wollte unbedingt, dass Probst sieht, wer ihn tötet, und weiß, warum er stirbt«, überlegt Voss. »Womöglich wollte er ihm auch die Angst vor dem Schuss nicht ersparen. Nur töten reichte ihm nicht, er wollte ihn leiden lassen.«

»Und er ist ein Risiko eingegangen«, sagt Dibbersen. »Weil er Probst erst nach dem Schuss in die Position legen konnte, in der wir ihn gefunden haben.«

»Das hat Zeit gekostet«, sagt Neumann. »In dieser Zeit hätte durchaus schon jemand am Tatort sein können. Der nächste Jäger stand nur 300 Meter entfernt. Ich frage mich sowieso die ganze Zeit, warum der Täter Probst nicht während der Treibjagd erschossen hat, da wäre doch der Schuss gar nicht aufgefallen.«

»Die Antwort könnte sein«, sagt Voss, »dass der Täter während der Jagd eben noch woanders stehen musste und dort nicht wegkonnte. Das würde auf einen der Jäger deuten. Neumann, Sie sagten, alle Jäger außer Jürgen Stibbe und dem alten Selbmann wurden von anderen Jägern gesehen, als der Schuss auf Probst abgefeuert wurde. Decken die sich alle gegenseitig, oder stimmt das?«

»Wir haben die Aussagen der Jäger hin und her und über Kreuz überprüft«, sagt Neumann. »Es gab dabei nicht eine einzige sich widersprechende Aussage, alle Alibis wurden von allen Seiten bestätigt.«

Voss lacht auf: »Das allein ist ja schon wieder verdächtig. Keiner irrt sich, niemand widerspricht, alle bestätigen sich gegenseitig alles?«

»Das kam uns anfangs auch seltsam vor, aber dann habe ich begriffen, wie gut organisiert und eingespielt diese Jäger sind. Da weiß jeder genau, wo der andere steht und wer was gemacht hat. Im Moment des Schusses waren die meisten Jäger beim Ausweiden des Wildes, dafür haben sie Aufhängevorrichtungen, die man eigentlich nur zu zweit bedienen kann. Schon deshalb war kaum einer der Jäger alleine.«

»Und wenn wir es mit zwei Tätern zu tun haben?« Voss überlegt und hat auf einmal eine Idee, die ihn frösteln lässt: »Das klingt jetzt sehr unwahrscheinlich, aber wäre es nicht auch möglich, dass alle Jäger mitgemacht haben? Dass diese ganze Jagd nur ein Ablenkungsmanöver für einen kollektiv geplanten Mord an dem Mann war, der ihren Wald vernichten wollte. Ihren Wald, in dem seit Jahrzehnten die Hubertusjagd stattfindet.«

Die anderen bleiben stumm. Diese Möglichkeit wäre in der Tat die Schauerlichste von allen, weil man es auf einmal mit 34 Mördern oder zumindest Mordgehilfen zu tun hätte. Neumann schüttelt stumm den Kopf. Auch Voss wird immer unwohler, je länger er über ein solches Szenario nachsinnt. »Okay, es gibt ja noch ein paar andere, im Moment sehr viel wahrscheinlichere Möglichkeiten. Sobald Bensheim dem Haftrichter vorgeführt wurde, graben wir seine Waffe aus. Frau Kaminski, wie lange dauert es, bis wir da Gewissheit haben?«

»Wenn wir Bensheims Waffe heute noch im Labor haben, wissen wir morgen Bescheid.«

»Was ist eigentlich mit dem Jagdgewehr von Jürgen Stibbe?«

»Die Waffe stammt aus Polen und funktioniert nicht mit der Munition, mit der Probst erschossen wurde. Aber im Waffenregister ist vermerkt, dass bis vor zehn Jahren noch eine Doppelflinte auf seinen Namen zugelassen war. Stibbe hat im Mai 2003 angegeben, dieses Gewehr verkauft zu haben, er hat allerdings nie einen Beleg über den Verkauf geliefert, wie es gesetzlich vorgeschrieben ist. Das heißt, wir wissen nicht, wo diese Waffe jetzt ist. Vielleicht hat Stibbe sie ja heimlich behalten.«

»Gut, das überprüfen wir. Dann lassen Sie uns jetzt noch mal den Rest durchgehen. An Verdächtigen haben wir ja wirklich keinen Mangel. Was ist mit den Pferden von Frau Krieger, passen die Hufabdrücke zu den Spuren auf der Lichtung?«

»Schwer zu sagen, weil die Hufe der drei Pferde nicht beschlagen sind. Frau Krieger reitet die Tiere ausschließlich auf Feldern und im Wald. Ohne Hufeisen kann man einen Abdruck nicht zweifelsfrei zuordnen, weil Pferdehufe weder von der Größe noch von der Form her so stark variieren wie zum Beispiel Menschenfüße, die man ja auch ohne Schuhe recht problemlos identifizieren kann.«

»Waren denn die Spuren am Waldrand auch von nicht beschlagenen Pferdehufen?«

»Ja, davon gehe ich aus«, sagt Frau Kaminski. »Leider hat das nicht viel zu bedeuten, weil viele Pferdehalter hier in der Gegend auf Hufeisen verzichten, auch aus finanziellen Gründen.«

Voss wird unruhig. Sie haben jede Menge Spuren, aber nichts, was sie wirklich weiterbringt. Frau Kaminski scheint seine Unruhe zu bemerken.

»Tut mir leid, Chef, dass ich hier immer die Spielverderberin sein muss. Aber eine interessante Sache habe ich noch: Die Zweige, die unter Probsts Leiche lagen, stammen von einer Blautanne, die allerdings nicht in der Nähe des Tatorts steht. Wir haben alle Blautannen im Umkreis von 400 Metern untersucht, das waren nur zehn Stück, weil in diesem Wald ja vor allem Buchen stehen. An keiner der Tannen wurden Zweige abgebrochen. Es wurden auch kürzlich keine Bäume in diesem Bereich gefällt.«

»Und die Zweige, die für die Wildstrecke verwendet wurden?«

»Die stammen nach Aussage der Jäger ebenfalls von einer Blautanne, die allerdings auf dem Grundstück des Jagdleiters, einem Herrn Selbmann, steht. Wir haben uns den Baum angesehen, das scheint zu stimmen.«

»Die Zweige vom Tatort und von der Wildstrecke könnten also vom selben Baum stammen?«

»Ja, ich habe Proben der Zweige an das Forstwirtschaftliche Institut in Eberswalde geschickt. Die können mithilfe genetischer Analysen bestimmen, ob ein Zweig von einem bestimmten Baum stammt.«

»Ist das so eine Art Vaterschaftstest für Blautannen?«

»Ja, so was Ähnliches«, sagt Frau Kaminski lachend. Die anderen lachen mit. Neumann, Dibbersen und Frau Kaminski stehen in diesem kalten, neonbeleuchteten Leichenraum und können plötzlich gar nicht mehr aufhören zu kichern und zu prusten. Nur Voss selbst steht etwas geniert dabei. Klar, es war sein Witz, aber eigentlich war es gar nicht als Witz gemeint. Ich bin mal wieder unfreiwillig komisch, denkt er. Aber gleichzeitig freut er sich auch, weil er zum ersten Mal das Gefühl hat, dass sie wirklich eine Truppe werden könnten. Ein Team, wie der Polizeidirektor sagen würde.

Am späten Nachmittag fährt ein blauer Kastenwagen mit hoher Geschwindigkeit von Bad Freienwalde kommend auf der B 158 Richtung Banzfelde. Im hinteren Teil des Wagens sitzt zwischen zwei bewaffneten Justizbeamten der Untersuchungshäftling Martin Bensheim. Er trägt Handschellen und scheint seit dem Morgen noch etwas mehr in sich zusammengesunken zu sein. Der Kastenwagen verlässt in Banzfelde die Bundesstraße Richtung Sternekorp und erreicht nach weiteren zehn Minuten den kleinen Parkplatz am Sternekorper Forst. Dort wartet Voss schon ungeduldig, weil das Licht bereits schwächer wird und er unbedingt heute noch die Waffe finden will. Schweigend machen sich die Männer auf den Weg, als Voss' Handy klingelt. Zuerst versteht Voss wegen des schlechten Netzes nicht, wer ihn da anruft. Dann erkennt er Majas Stimme. »Deine Mutter ist im Krankenhaus, komm' schnell!«, ruft sie mit ihrer hellen, klagenden Stimme, dann ist die Verbindung unterbrochen. Ihm fällt auf, dass Maja ihn gerade geduzt hat.

Voss bleibt erschrocken stehen. Die zwei Beamten und Bensheim bleiben ebenfalls stehen und sehen ihn fragend an. Voss überlegt, er ist gerade an einem wichtigen Punkt seiner Ermittlungen angelangt, er kann jetzt nicht weg. Andererseits scheint es seiner Mutter sehr schlecht zu gehen. Noch nie hat er sich aus privaten Gründen am helllichten Tag von Ermittlungen entfernt. Gut, er hat bislang kaum ein Privatleben geführt, das ihn von irgendetwas hätte abhalten können. Was macht man in solchen Situationen? Am liebsten hätte er wieder Frau Kaminski angerufen, wie heute Morgen, als sie ihn mit ihrem Fenchel-Eukalyptus-Tee gerettet hat. Aber er kann jetzt nicht jedes Mal Frau Kaminski anrufen, wenn er nicht weiterweiß. Also ruft er Neumann an. Es dauert ewig, bis der endlich abnimmt.

»Neumann, ich habe gerade einen Hinweis erhalten und muss dringend zu einer Zeugenbefragung nach Bad Freienwalde. Können Sie schnell herkommen und Bensheim in den Wald begleiten?«

»Klar, Chef, ich bin sofort da! Was für einen Hinweis haben Sie denn bekommen?«

»Erkläre ich Ihnen später. Beeilen Sie sich, Neumann.«

Auf dem Weg nach Bad Freienwalde wird Voss von düsteren Gedanken überfallen. Was ist, wenn die Mutter im Sterben liegt? Voss versucht, den Gedanken abzuschütteln. Was soll denn das? So kennt er sich ja gar nicht, er hat sich doch nie irgendwelche Sorgen gemacht. Klar, er war ja auch weit weg. So weit weg, dass die Gedanken nicht mehr bis Sternekorp reichten, von den Gefühlen ganz zu schweigen. Was ist, wenn er auf einmal keine Eltern mehr hat? Voss spürt einen Druck in seinem Oberkörper, der sich wie eine kalte Welle in seinen Bauch zu ergießen scheint. Seine Hände verkrampfen am Lenkrad, er macht eine Vollbremsung, der Wagen hält schlingernd am Straßenrand. Voss atmet schwer. Was ist denn los mit ihm, verdammt noch mal?

In dem langen, blank gebohnerten Krankenhausgang sieht er Maja auf einem Stuhl sitzen. Sie springt auf und läuft auf ihn zu. »Ich komme zu spät«, schießt es Voss durch den Kopf. Maja sieht ihn an, nimmt seine Hand und sagt: »Alles gut, deine Mutter ist nur schwach.« Einige Sekunden lang stehen sie so da, bis Voss begreift, was Maja gesagt hat. Alles gut, deine Mutter ist nur schwach. Er zieht seine Hand weg, zu schnell vielleicht. Sie senkt den Kopf, er will etwas sagen, aber eine Tür geht auf und eine Krankenschwester bittet sie ins Zimmer. Die Mutter liegt im Bett am Fenster. »Daniel, die sagen, ich soll hier übernachten, aber ich will nach Hause«, krächzt sie. Voss setzt sich auf die Bettkante, Maja ist wieder nach draußen gegangen. »Du siehst blass aus, Junge«, sagt die Mutter. »Na ja, viel zu tun«, murmelt Voss. Sein Handy klingelt, er drückt den Anruf weg.

Es ist dunkel draußen, als er zusammen mit Maja das Krankenhaus verlässt. Sie steigen ins Auto und fahren los, Voss ruft Neumann über die Freisprechanlage an, diesmal ist er sofort dran.

»Neumann, wie ist die Lage?«

»Gut, dass Sie anrufen. Bensheim hat die Waffe nicht gefunden.«

»Wie meinen Sie das?«

»Wir waren in der Kiefernschonung, von der Sie erzählt hatten. Anfangs lief Bensheim zielstrebig voran, so als wüsste er genau, wo er hinwill. Aber irgendwann habe ich gemerkt, dass wir im Kreis laufen. Ich habe ihn darauf hingewiesen, und er musste zugeben, dass er keine Ahnung hat, wo er ist. Wir haben dann noch einen zweiten Versuch gestartet, sind einen anderen Weg gegangen, wieder nichts.«

»Legt der uns rein, weil er weiß, dass die Waffe ihn überführt, oder findet er sie wirklich nicht mehr? Was meinen Sie, Neumann?«

»Tja, das ist genau die Frage, die ich mir auch die ganze Zeit stelle. Ich werde ehrlich gesagt nicht schlau aus diesem Typen.«

»Ohne Waffe haben wir nur einen verräterischen Versprecher während der Vernehmung.«

»Chef, ich denke, die Waffe liegt dort in der Kiefernschonung, warum war Bensheim sonst im Wald?«

»Richtig, Neumann. Wir schicken morgen eine Einsatzhundertschaft durch den Wald. Die sollen alles durchkämmen. Veranlassen Sie das bitte noch heute Abend.«

»Okay, und wie verlief Ihre Zeugenbefragung?«

»Anders als ich dachte, Neumann. Ganz anders als ich dachte.«

Voss steuert den Wagen die kurvige Landstraße entlang, die nach Sternekorp führt. Zwei Rehe wechseln im Scheinwerferlicht über den Asphalt, sie bleiben am Straßenrand stehen, blicken in das gleißende Licht und verschwinden in der Nacht. Voss bremst ab und fährt langsam weiter. Er blickt zu Maja, die den Kopf zurückgelegt hat. Wahrscheinlich ist sie eingeschlafen. Er betrachtet sie mit kurzen Seitenblicken, ihre blasse Haut schimmert in der Dunkelheit, zwei Haarsträhnen fallen über ihre Wange, ihr kleines, rundes Kinn ragt nach oben und gibt den Blick auf ihren schmalen Hals frei. Plötzlich wendet sie sich ihm zu und sagt: »Was ist Bensheim für ein Mensch?« Voss ist überrascht, überlegt kurz, was er sagen soll, und erzählt Maja schließlich von diesem zornigen, kleinen Mann, der ihn heute Morgen beinahe erwürgt hätte. Er erzählt von der Vernehmung, von den eng stehenden Augen, mit denen Bensheim die Welt betrachtet. Irgendwann hält Voss inne und fragt sich, warum er das eigentlich alles erzählt. Das sind vertrauliche Informationen aus einer gerade laufenden Ermittlung. Er darf das gar nicht weitergeben.

Maja schaut ihn die ganze Zeit an, neugierig, wachsam. »Aber warum hat Bensheim die Waffe im selben Wald versteckt, in dem der Mord passiert ist? Ist doch seltsam, oder?«, sagt sie. Voss überlegt, sie hat recht, es ist merkwürdig, ausgerechnet an den Ort eines Verbrechens zu gehen, um eine Waffe verschwinden zu lassen.

Das Haus in Sternekorp erscheint Voss an diesem Abend noch ruhiger und leerer als sonst. Es ist seltsam, ganz ohne Eltern hier zu sein. Früher hat er immer die Tür verriegelt und Minka, seine Katze, zu sich ins Bett geholt, damit er die unheimlichen Stunden überstehen konnte, bis die Eltern endlich wieder da waren. Er geht in die Küche, Maja hat Linsensuppe gekocht, die sie nun aufwärmt. Dann sitzen sie zusammen an dem Küchentisch mit der abgewetzten Wachstuchdecke, schweigend, wie ein Ehepaar, das sich nichts mehr zu sagen hat. Dabei würde Voss gerne etwas sagen, er weiß nur nicht, was. Das Klappern der Suppenlöffel hallt durch den Raum. Maja isst langsam, fast bedächtig und scheint sich nicht im Mindesten an der Stille zu stören.

»Sag mal«, beginnt Voss zögerlich, »in welchem Teil von Polen lebt eigentlich deine Familie?«

Maja lässt den Suppenlöffel sinken, sie sieht ihn an, fast ein wenig vorwurfsvoll, so als hätte er die schöne Stimmung kaputt gemacht.

»In Poznan, die meisten jedenfalls.«

»Erzähl' mal, was machen deine Eltern?«

Maja setzt sich gerade hin, verschränkt ihre Arme vor dem Bauch. Sie scheint genervt zu sein.

»Es ist Feierabend, Herr Kommissar, keine Fragen mehr.«

»Aber ich wollte doch nur etwas mehr über dich erfahren.«

Maja steht vom Tisch auf, holt den Suppentopf, füllt ihre Teller erneut und sagt:

»Ich denke, der Mörder ist traurig. Und jetzt will er sprechen von seiner Traurigkeit.«

»Wie meinst du das?«, fragt Voss.

»Im Radio habe ich gehört, dass der Mann im Wald wie ein Tier getötet wurde. Es muss etwas Schlimmes passiert sein.«

Voss überlegt, ob er ihr von der Leiche und den Tierkörpern erzählen soll, von Stibbe und den Grundstücksgeschäften mit Probst. Von Frau Krieger und ihren seltsamen Fragen. Er müsste verrückt sein, das hier alles auszuplaudern. Er hat schon viel zu viel erzählt. Maja sitzt da, ihre großen, hellen Augen auf ihn gerichtet, hoch konzentriert, ohne jede Regung. Irgendwann steht sie auf. »Wenn du nichts erzählst, gehe ich ins Bett. Bis morgen.« Sie steigt die knarrende Treppe zu ihrem Zimmer hoch, er bleibt sitzen, lässt seine Hände über das Wachstuch gleiten. »Es muss etwas Schlimmes passiert sein«, hallt es in seinem Kopf nach. Er hätte jetzt gern eine Katze.

DIENSTAG

Die Polizisten stehen in einer langen Reihe auf dem Waldweg, der die Kiefernschonung nach Westen begrenzt. 120 Beamte sind an diesem Morgen im Einsatz. Neumann hat ihnen gerade noch mal erklärt, wonach gesucht wird: ein etwa ein Meter langes, spatenbreites Stück nackter, festgetretener Erde. Um die Stelle herum sollen vertrocknete Kiefernnadeln liegen. Die Waffe liegt etwa einen halben Meter unter der Erde, so hat es Bensheim beschrieben, der heute nicht mit im Wald dabei ist, weil er in puncto Orientierung ohnehin keine Hilfe ist. Die Polizisten marschieren los, langsam, etwa zwei Meter voneinander entfernt. Sie müssen die Stelle entdecken, bevor sie drüberlaufen, hat Neumann ihnen eingeschärft, weil sie sonst womöglich selbst die Spuren verwischen. Voss steht auf einem der Hochsitze und blickt den Polizisten nach, die langsam zwischen den Bäumen verschwinden. Es sieht aus wie eine Treibjagd, denkt er. Nur dass sie nicht nach Tieren jagen, sondern nach einem alten Gewehr, das einem jähzornigen Mann gehört, der sich den Fledermäusen näher als den Menschen fühlt. Die Kanzel des Hochsitzes befindet sich etwa auf der Höhe der Baumkronen. Dort, wo sich die Polizisten zwischen den Stämmen hindurchzwängen, beginnen die schmalen Bäume zu schwanken. Von hier oben wirkt es so, als zöge eine La-Ola-Welle durch den Wald.

Schon nach fünf Minuten kommt über Funk die erste Meldung. Voss und Neumann eilen zu der angegebenen Stelle.

Zwei Polizisten graben, aber sie finden nichts. Falscher Alarm, die Suche geht weiter. Nach einer halben Stunde wird neben einer Baumwurzel erneut gegraben, weil dort die Erde irgendwie glatt gestampft aussieht, wie ein Gruppenführer meldet. Aber es ist wieder nichts. Mehr als vier Stunden dauert die ganze Aktion, aber das Gewehr wird nicht gefunden. Voss geht enttäuscht zum Parkplatz zurück. Nichts als verlorene Kraft und Zeit, sie kommen einfach nicht weiter. Er schickt Neumann zu Bensheim ins Untersuchungsgefängnis. »Fühlen Sie diesem Mann auf den Zahn, Neumann, setzen Sie ihn unter Druck. Ich will wissen, was der wirklich im Wald gemacht hat und wo die Waffe ist.« Neumann eilt davon, Voss läuft noch ein bisschen am Waldrand entlang. Er muss nachdenken.

Jürgen Stibbe steht in der Scheune am alten Vorwerk und schraubt an seinem Traktor, genau wie beim ersten Mal, als Voss ihn hier besucht hat. Wahrscheinlich macht er gar nichts anderes mehr, denkt Voss, der an das große Tor gelehnt steht. Stibbe hat ihn noch nicht bemerkt, was Voss ganz recht ist. So kann er ihm ein bisschen zusehen. Stibbe hantiert mit einem Schraubenschlüssel im Motorraum, er arbeitet ruhig, ohne Hast, scheint den Kontakt mit der Maschine zu genießen. Am Traktor schrauben war für die Männer des Dorfes schon immer eine beliebte Tätigkeit. Es ist eine Möglichkeit, der Frau, der Familie und eigentlich der ganzen Welt zu entkommen. Der Traktor ist ein treuer Gefährte, er kann Baumstubben aus der Erde ziehen und Brennholz aus dem Wald herbeischleppen. Er duftet angenehm nach Diesel und Motoröl. Er stellt keine Fragen. Ein Mann ohne Traktor gilt in dieser Gegend als alleinstehend. Man kann ja auf vieles verzichten, aber einen Traktor sollte man haben, hat Hoppenstädt, der am Feuerwehrschuppen wohnt, Voss kurz nach seiner Rückkehr nach Sternekorp eingeschärft. Hoppenstädt hätte auch ein passendes Maschinchen für Voss gehabt. Einen Porsche, zwei Zylinder, rot lackierte Motorhaube, Baujahr 1958, mit Hydraulik. Genau das Richtige für einen Heimkehrer. Voss hat Hoppenstädt gesagt, er würde sich melden – und gehofft, dass die Sache möglichst schnell in Vergessenheit gerät.

Stibbe dreht sich plötzlich um und schaut ihn erschrocken an.

»Was machen Sie denn schon wieder hier?«

»Es gibt da ein paar Sachen, die ich mit Ihnen besprechen muss. Sie haben mir beispielsweise nicht erzählt, dass Sie mit Harro Probst befreundet waren.«

»Ist ja auch vorbei.«

»Wie kam es dazu, dass Ihre Freundschaft sich zerschlagen hat?«

»Passiert eben.«

»Herr Stibbe, es ist jetzt wie beim letzten Mal. Ich würde gern ein Gespräch mit Ihnen führen, Sie erinnern sich, das hat doch eigentlich am Ende ganz gut geklappt.«

Stibbe schaut so, als müsste er sich wirklich erst einmal erinnern, wie das eigentlich funktioniert, so ein Gespräch. Der Mann spricht hier tagelang nur das Nötigste, und dann komme ich und erwarte sofort lange Ausführungen, denkt Voss. Er nimmt sich vor, etwas nachsichtiger zu sein, und nickt Stibbe aufmunternd zu.

»Harro und ich kannten uns aus der Lehre, wir haben beide in Eberswalde Gas-Wasser-Installateur gelernt. Wir waren auch zusammen bei der Armee. Na ja, da haben wir eben viel Zeit miteinander verbracht.«

»Und später, was haben Sie so gemacht, wenn Sie zusammen waren?«

Stibbe guckt ihn fragend an. »Ich weiß jetzt nicht, was Sie meinen ...«

»Ich meine, woran konnte man merken, dass Sie Freunde sind? Was haben Sie zusammen unternommen? Welche gemeinsamen Interessen hatten Sie?«

»Ach so, na, wir haben geangelt und waren zusammen jagen. Und manchmal haben wir hier am Traktor gearbeitet. Oder wir haben im Sommer gegrillt, zusammen mit den Frauen.«

»Und dann ist etwas passiert, was Ihre Freundschaft beendet hat.«

»Harro war sehr beschäftigt mit seinem Betrieb, und ich hatte hier alle Hände voll zu tun, da kann man eben nicht mehr so oft durch die Gegend ziehen.«

»Aber es gab doch auch einen Streit zwischen Ihnen beiden, vor fünf oder sechs Jahren, worum ging es?«

Stibbe ist anzusehen, wie extrem seltsam er es findet, mit einem Fremden über so persönliche Dinge zu reden. Schließlich scheint er sich einen Ruck zu geben. »Ich habe gesehen, wie der Harro sich an meine Tochter rangemacht hat.«

»Was genau hat er gemacht?«

Stibbe senkt seinen Blick. »Er hat sie befummelt, beim Erntedankfest hinterm Festzelt.«

»Wann war das?«

»Vor fünf Jahren, Melanie war gerade 16 geworden. Ich habe das mitgekriegt damals, irgendwas kam mir komisch vor, und ich habe Melanie gesucht, und dann stand sie da mit dem Harro, der sie überall betatscht hat. Und sie hat sich nicht getraut, ihn wegzustoßen ...« Stibbe stockt, atmet mehrmals tief ein und aus. »Den Blick von Melanie werde ich nie vergessen. Sie hat mich kommen sehen, sie war froh, dass ich da war, und gleichzeitig hat sie sich so geschämt.« Stibbe stockt erneut, er dreht sich zu seinem Traktor um, schlägt mit der flachen Hand auf die Verkleidung und bleibt stumm. Voss lässt ihm Zeit.

»Und was ist dann passiert?«, fragt er nach einer Weile.

»Ich habe ihn mir gegriffen, und er hat auf die Fresse gekriegt. Ein paar Leute haben ihn später weggetragen, aber er hat nie verraten, dass ich es war.«

»Und die Geschichte mit Melanie, hat die jemand erfahren?«

»Niemand, und das ist auch gut so. Sie war ganz verschreckt, aber sie hat sich schnell wieder gefangen.«

»Weiß Ihre Frau davon?«

Stibbe schüttelt den Kopf. »Die hätte das ausgeplaudert, Sie wissen doch, wie Frauen sind, die können nichts für sich behalten.«

»Ganz im Gegensatz zu Ihnen, Herr Stibbe. Anfang der 90er-Jahre haben Sie zusammen mit Probst die Flächen im Sternekorper Forst gekauft, auf denen jetzt die Windräder gebaut werden sollen. Hätten Sie mir vielleicht erzählen sollen.«

»Ich habe das damals nur gemacht, weil der Harro mir dazu geraten hat. Der hatte ein Näschen für solche Sachen. Ich hatte ein bisschen Geld geerbt, das habe ich da reingegeben.«

»Und vor zwei Jahren haben Sie ihm Ihren Anteil verkauft. Wie kam es dazu?«

»Meine Frau und ich hatten einen Kredit beantragt, um die Ferienwohnungen hier auf dem Hof auszubauen. Aber die Bank wollte uns nichts geben, weil wir nicht genug Sicherheiten hatten. Ich weiß nicht, wie Harro von unseren Problemen erfahren hat, aber jedenfalls kam er dann zu uns und schlug vor, uns den Wald abzukaufen. Sogar mit Gewinn, wie er sagte. Das Schwein!«

»Wahrscheinlich waren Sie erst mal froh über das Angebot?«

»Ich war sehr froh, weil ich den Wald gar nicht brauchte und Harro einen Preis vorschlug, der weit über dem lag, was ich damals bezahlt hatte. Harro deutete dann mehr oder weniger an, dass das für ihn auch so eine Art Wiedergutmachung sei, wegen der Geschichte mit Melanie.«

»Also hatten Sie das Gefühl, er täte Ihnen einen Gefallen?«

»Na klar, ich war sogar bereit, alles zu vergessen und wieder mit ihm angeln zu gehen.«

Voss muss ein Lächeln unterdrücken. Er erinnert sich an einen Streit mit seinem Kumpel Mike Fischer, weshalb sie sich zwei Wochen lang aus dem Weg gingen. Dann aber, eines Tages, trafen sie sich zufällig an derselben Angelstelle am Sternekorper See wieder. Sie saßen lange schweigend am Ufer. Irgendwann sagte Mike Fischer: »Beißen heute nicht, die Biester.« Und beide wussten, dass ihr Streit damit beendet war. Eigentlich ist es gar nicht so schlecht, denkt Voss, wie hier in der Gegend mit Konflikten umgegangen wird. Man muss nicht immer alles haarklein auseinandernehmen und bereden. Es genügt doch, wenn alle Beteiligten wissen, dass es nun wieder gut ist.

»Was haben Sie gedacht, als Sie erfahren haben, dass die Waldfläche im Sternekorper Forst zum Windgebiet erklärt wurde?«, fragt er nun.

»Na ja, das war drei Monate nach dem Verkauf, und mir war klar, dass Harro einen Tipp bekommen hatte. Irgendjemand muss ihm das gesteckt haben. Und der Hammer war ja, dass Harro genau wusste, was ich hier vorhabe, mit den Ferienwohnungen. Und er wusste auch, dass seine blöden Windräder das alles kaputt machen.«

»Das heißt, er hat Sie doppelt und dreifach betrogen. Er hat Ihnen die Flächen abgeschwatzt, hat Ihnen vorgemacht, er bereue die Sache mit Ihrer Tochter, und war bereit, Ihren Ruin in Kauf zu nehmen. Eigentlich genügend Gründe, um jemanden umzubringen.«

»Nein!« Stibbe schüttelt energisch den Kopf. »Wissen Sie, ich habe da wirklich dran gedacht. Vielleicht hätte ich es auch irgendwann gemacht. Er hätte es verdient, so viel ist sicher.«

»Was haben Sie mit der Doppelflinte gemacht, die Sie angeblich vor zehn Jahren verkauft haben?«

»Ich habe sie wirklich verkauft, dem Meichsner in Ollershof.«

»Sie haben der zuständigen Jagdbehörde nie einen Beleg über den Verkauf geliefert, wie es eigentlich vorgeschrieben ist.«

»Dann habe ich das vergessen, aber Sie können ja den Meichsner fragen, der wohnt, wenn Sie nach Ollershof reinkommen, im zweiten Haus links.«

Voss sieht Stibbe an, ihre Blicke begegnen sich kurz. Stibbes Augen sind ohne Angst, sie wirken eher trotzig. Was für eine wunderbar schlüssige Geschichte, um einen Mord zu erklären, denkt Voss. Stibbe hat kein Alibi, dafür jede Menge Motive. Er war in der Nähe des Tatorts, und der Verbleib einer seiner Waffen ist ungeklärt. Aber seltsamerweise ist Voss nun noch viel weniger davon überzeugt, dass Stibbe der Täter ist, obwohl der jetzt um so vieles verdächtiger erscheint. Voss kann es nicht erklären, nicht mal sich selbst, es ist ein Gefühl, womöglich das Ergebnis seiner Erfahrung im Umgang mit Verdächtigen. Dieser Mann gibt sich nicht die geringste Mühe, unverdächtig zu erscheinen. Es scheint ihm egal zu sein. Oder ist Stibbe so dämlich und kapiert nicht mal, in welcher Lage er sich nun befindet?

Der alte Förster Engelhardt wirkt nicht besonders überrascht, als Voss so ganz unangemeldet vor seiner Tür steht.

»Daniel, 20 Jahre haben wir uns gar nicht gesehen, und jetzt schon zum zweiten Mal in einer Woche, komm' rein«, sagt er erfreut.

»Das war eine spontane Idee, es gehen mir so ein paar Fragen im Kopf herum, auf die ich keine Antwort finde.«

»Na, da bist du bei mir genau richtig. Frag' mal meine Frau, Antworten auf schwierige Fragen sind meine Spezialität.«

Bevor sie sich zur Unterhaltung an den Ofen setzen, kocht

Engelhardt wie immer einen heißen Kakao. Später wird er auch wieder seinen Mirabellenschnaps anbieten, was Voss aber diesmal ablehnt, weil er sich daran erinnert, wie es ihm beim letzten Mal erging.

»Es geht um die Jäger«, beginnt Voss schließlich das Gespräch. »Ich würde sie gern besser verstehen. Du bist ja auch einer.«

»Ich bin ein alter Jäger, Daniel. Ein alter Jäger, der selbst nichts mehr versteht.«

»Aber du kennst die Leute, du kanntest auch Harro Probst.«

»Der war ein guter Jäger, ein echter Waidmann, so wie er sein soll.«

»Das ist doch eine verschworene Gemeinschaft, mit eigenen Gesetzen, einer eigenen Sprache. Jäger sind diszipliniert, geduldig, gut organisiert. Sie haben Waffen und sind es gewohnt zu töten.«

»Worauf willst du hinaus, Daniel?«

Voss überlegt, wie er es sagen kann, ohne den Alten zu verletzen. Er will ja nicht die Jäger in Verruf bringen.

»Na ja, erklär' mir doch mal, warum du Jäger bist.«

»Mein Junge, du stellst Fragen.« Engelhardt denkt nach. »Das Wichtigste ist, glaube ich, der Kontakt mit der Natur. Ein Jäger kennt den Wald, die Pflanzen, die Tiere. Er weiß, wie dieser Wald funktioniert, wie die Dinge zusammenhängen. Ein guter Jäger beobachtet viel und handelt recht wenig. Aber was er tut, das hilft, um die Pflanzen und die Tiere zu schützen. Wir töten die schwachen und kranken Tiere, die alten. Wir bewahren die starken, guten Stücke.«

»Ihr entscheidet, wer leben darf«, sagt Voss.

»Ja, aber wir greifen nur ein, wenn das Gleichgewicht durcheinandergeraten ist. Wenn das Rehwild so zahlreich wird, dass es die jungen Bäume wegfrisst. Wenn das Schwarzwild die Felder zerstört, wenn ein alter Hirsch in Rage die jungen Hirsche verletzt.«

»Welche Rolle spielt das Töten?«

»Das ist das Unwichtigste von allem. Natürlich spielt es eine Rolle, wir haben diesen Jagdinstinkt, wir wollen Beute machen. Aber wer nur deshalb Jäger ist, der ist gar kein richtiger Jäger.«

»Und wenn das Gleichgewicht durcheinandergerät, weil ein Mensch es zerstört? Weil dieser Mensch möglicherweise den Wald abholzen lassen will, in dem schon so lange gejagt wird?«

Engelhardt blickt ihn mit traurigen Augen an. Jetzt versteht er, worauf Voss hinauswill. Er schüttelt den Kopf.

»Das ist ausgeschlossen, Daniel. Vergiss es. Niemals würden Jäger zusammen einen Menschen jagen, das ist undenkbar.« Engelhardts Kehlkopf zittert, er breitet seine Arme beschwörend aus, so als wollte er Voss' Gedanken aufhalten, ihnen Einhalt gebieten, bevor sie sich weiter ausbreiten können.

»Es ist heute sogar noch unwahrscheinlicher«, sagt er mit fast tonloser Stimme. »Die Jagdgemeinschaft, wie wir sie früher kannten, gibt es doch gar nicht mehr.«

»Das Kollektiv ...«

»Nein, das hat damit nichts zu tun. Weißt du, in der DDR haben die Jäger wirklich zusammen gejagt, die Reviere richteten sich nicht nach den Besitzgrenzen, sondern nach den Einstandsgebieten der Tiere. Das war alles anders als heute. Das Geld bringt die Jäger auseinander, sie sind jetzt Konkurrenten.«

»Und das war früher wirklich anders?«, fragt Voss ungläubig.

»Na klar, es war egal, wer wie viel geschossen hat. Am Ende kam das alles in einen Topf. Und glaub' mir, Daniel, wer auf der Kanzel sitzt und an das Geld denkt, der ist ein anderer Jäger.«

Engelhardt steht auf, stellt sich vor Voss hin, legt die linke Hand aufs Herz und deklamiert: »Das, was ein rechter Jäger ist, der hat auch seine Zeichen. Er senkt das Gewehr vor manchem

Wild, wenn auch er könnt's erreichen.« Dann lacht der alte Jäger.

Als Voss geht, begleitet ihn Engelhardt bis vor die Tür und drückt ihm lange die Hand. »Mach' keinen Fehler, mein Junge«, sagt er, dann dreht er sich langsam um.

Schon als Voss die Diele des Elternhauses betritt, hört er die Mutter schallend lachen. Das ging aber schnell mit der Entlassung aus dem Krankenhaus, denkt Voss. Und offenbar hat sie schon wieder beste Laune. Wann hat er dieses Lachen zuletzt gehört? Das muss schon lange her sein. Dieses kräftige, befreite, übermütige, zum Ende hin leicht wiehernde Lachen, das seinen Vater zuweilen den Kopf schütteln ließ und an guten Tagen zu der Bemerkung führte: »Ich glaube, wir haben ein Pferd im Haus.« Das Lachen kommt aus dem Wohnzimmer, wo die Mutter zusammen mit Maja vor einer großen Kiste sitzt, in der alte Fotos aufbewahrt werden. Gerade hält die Mutter ein Foto in der Hand, auf dem zwei Pferdefuhrwerke und ein Traktor mit Anhänger zu sehen sind, die im Korso durch Sternekorp fahren.

»Schau' hier, Daniel, das war der letzte Umzug zum Erntedankfest, 1974, danach gab es keine Umzüge mehr. Da vorne, auf dem ersten Anhänger, das ist dein Vater, und die herrliche Erntekönigin daneben, das ist deine Mutter.«

Voss betrachtet die braun angelaufene Aufnahme, die Gesichter sind kaum zu erkennen. Aber das Lachen im Gesicht seines Vaters, das ist trotzdem zu sehen. Ein seltenes Dokument.

»Da hat der alte Hendrick vom dritten Wagen mit einem hölzernen Rechen der Magrit in den Po gepickt, ich bin damals fast vom Wagen gefallen vor Lachen, kannst du dir das vorstellen, Daniel?«

»Ich kann mich nur noch an die Feste nach der Wende erinnern«, sagt Voss.

»Ja, da kam das alles wieder, die ganzen Traditionen. Schade, wirklich, dass wir das zwischendurch so lange nicht gemacht haben.«

»Waren die Feste verboten?«, fragt Maja.

»Nein, das glaube ich nicht, aber es gab so viele Umzüge und Demonstrationen, da ist das Erntefest wahrscheinlich vergessen worden.«

»Bei uns gab es die Erntefeste die ganze Zeit, das war fast so wichtig wie Weihnachten«, sagt Maja.

»Warum hattet ihr denn Erntefeste in der Stadt?«, fragt Voss.

Maja sieht ihn erstaunt an. »Ach du, du bist ein schlimmer Kommissar, du willst ständig alles verstehen, und du fragst die Leute aus.«

Sie wirkt nicht wirklich ärgerlich, eher ein bisschen genervt. Majas Hand tastet nach dem Sofakissen, das neben ihr liegt. Sie hebt das Kissen in die Luft und wirft es Voss an den Kopf. Der weiß erst mal gar nicht, wie ihm geschieht. Diese Maja ist so unglaublich distanzlos, denkt er. Das ärgert ihn und gleichzeitig gefällt es ihm auch. Voss schnappt sich ein anderes Sofakissen und schleudert es in Majas Richtung, die springt kreischend auf, greift sich das Kissen und schleudert es zurück. Die Mutter sitzt in der Mitte und sieht den beiden zu, bevor sie, zum zweiten Mal an diesem Abend, ihr wieherndes Lachen anstimmt.

MITTWOCH

Um 9.17 Uhr geht in der Notrufzentrale der Polizei in Bad Freienwalde der Anruf eines 62 Jahre alten Rentners aus Falkenberg ein, der im Sternekorper Forst einen Toten männlichen Geschlechts entdeckt hat. Der Anrufer, der auf der Suche nach Steinpilzen war, beschreibt den Ort im Wald und gibt an, die Leiche sei von Tannenzweigen umgeben. Außerdem habe sie keine Augen mehr und es fehlten Teile der linken Schulter. Zehn Minuten später klingelt Voss' Handy.

Auf dem Weg zum Wald versucht Voss mühsam, seine Gedanken im Zaum zu halten. Alles vermischt sich: der Schock wegen des zweiten, offenbar schwer entstellten Toten, die Konsequenzen, die das für seine bisherigen Ermittlungsergebnisse hat, und die Angst davor, dass ihm jetzt alles um die Ohren fliegt. Voss versucht sich zu sammeln, er weiß, wie wichtig es ist, seine ganze Aufmerksamkeit auf den Tatort zu richten, den er gleich sehen wird. Er braucht jetzt einen offenen, unbelasteten Blick. Er muss sich frei machen von allem, was er bisher gesehen hat. Weil er sonst nur das bemerken wird, was er schon zu kennen meint. Auf dem Parkplatz am Sternekorper Forst stehen zwei Funkwagen, ein Einsatzfahrzeug vom Kriminaldauerdienst, zwei VW-Transporter von der Spurensicherung und die Autos von Frau Kaminski und Neumann.

Voss geht so schnell er kann, er hört nur seinen Atem und

seine Schritte auf dem Pflaster des alten Forstwegs. Er hätte nicht gedacht, dass er jetzt fast jeden Tag hier in den Sternekorper Forst zur Arbeit gehen würde. Am Tag zuvor hat ein ordentlicher Wind geweht, weshalb die großen Buchen nur noch wenige Blätter in den Kronen tragen. Dafür ist der Boden am Rande des Forstwegs nun mit einer noch dickeren Blätterschicht bedeckt. Wenn sie mit der Klasse im Wald unterwegs waren, haben sie manchmal Laubschlachten veranstaltet, haben sich gegenseitig mit Blättern überhäuft, bis nichts mehr von ihnen zu sehen war. Voss erinnert sich an diese Momente, wenn er regungslos unter dem erdig duftenden Laub lag, die Augen geschlossen, und die Furcht im Bauch kitzelte, er könnte den Weg zurück zum Tageslicht nicht finden. Er würde sich gern mal wieder ins Laub eingraben, aber Erwachsene tun so was ja nicht.

Auf der Höhe einer vom Wind umgestoßenen Kiefer zweigt rechts ein moosbewachsener Pfad ab. Wenn man geradeaus den Forstweg weitergehen würde, käme man zur Sternekorper Jagdhütte. Der Pfad führt hinunter in eine Senke. Hier hat der Wind nicht Blätter, sondern trockene Kiefernnadeln von den Bäumen geblasen, die nun wie ein hellbrauner Teppich am Boden liegen. Die Stelle, die ihm Neumann gerade am Telefon beschrieben hat, befindet sich nur ein paar Hundert Meter von der Esche entfernt, an der Probst vier Tage zuvor gefunden wurde.

Der Tote liegt auf einer kleinen Lichtung in der Nähe eines Brombeergebüsches. Der Waldboden hat an dieser Stelle ein dickes Moospolster, das sich wie ein grüner Schwamm ausbreitet. Alles ist genau wie bei der ersten Leiche: Der Tote liegt auf der rechten Seite, auf gebrochenen Tannenzweigen. Die Knie sind angewinkelt, die gefesselten Arme vorgestreckt, ein Tannenzweig steckt quer im Mund. Das Einschussloch befindet sich in der Mitte der Brust und ist ebenfalls mit einem Tannenbruch bedeckt. Das Gesicht des Toten ist diesmal arg zugerichtet, die Augäpfel wurden offenbar herausgepickt, auf der Stirn klaffen zwei Löcher.

»Krähen«, sagt Dibbersen, der in einem weißen Overall neben dem Toten steht. »Die sind scharf auf das Eiweiß in den Augen. Sobald ein Tier oder ein Mensch irgendwo stirbt, sind die da.«

Voss' Blick fällt auf die zerfetzte Schulter des Toten, ein Teil des Oberarms ist bis auf den Knochen verschwunden, im Nacken ist eine tiefe Bisswunde zu sehen.

»Fuchs«, sagt Dibbersen. »Der muss gestört worden sein, sonst hätte er nicht so viel übrig gelassen.«

»Und sonst?«, fragt Voss.

»Das Opfer heißt Hubert von Feldenkirchen, den Namen kennen Sie wahrscheinlich. Er ist 65 Jahre alt, Landrat und Chef des märkischen Bauernverbandes.«

Voss zuckt zusammen. Natürlich kennt er Hubert von Feldenkirchen. Jeder in der Gegend kennt ihn. Aber niemals hätte er gedacht, dass dieser furchtbar entstellte Leichnam, der hier vor ihnen liegt, etwas mit dem würdigen und gediegenen Herrn Landrat zu tun haben könnte. Dibbersen scheint Voss' Gedanken zu erraten:

»Tja, die Tiere machen keinen Unterschied zwischen einem feinen Herrn und einem Wildschwein. Die holen sich, was sie brauchen. Und schnell ist so ein wichtiger Mann nur noch ein Klumpen Fleisch.«

Voss blickt Dibbersen verwundert an. Der Mann kann ja richtig philosophisch werden, hätte er ihm gar nicht zugetraut. Dibbersen selbst scheint auch erstaunt zu sein. Wohl weniger über seine Reflexionen, sondern eher darüber, dass er sie so offen ausgesprochen hat.

»Der Täter scheint derselbe wie bei Harro Probst zu sein«, sagt er jetzt. »Die Vorgehensweise dürfte identisch gewesen sein: mit einem stumpfen Gegenstand niedergeschlagen, dann Schuss ins Herz. Todeszeitpunkt weiß ich noch nicht, aber länger als sechs Stunden liegt er noch nicht hier.«

»Ist es dieselbe Waffe?«

»Kann ich jetzt noch nicht sagen, wir sind ja auch gerade erst angekommen.«

»Was hatte der Landrat heute Nacht hier im Wald zu suchen?«

»Es könnte sein, dass der Täter die Leiche zunächst an einem anderen Ort niedergeschlagen hat und dann hierhergebracht hat, das müssen wir noch überprüfen.«

Neumann kommt hinzu, er vermeidet es, die Leiche anzublicken, sein Gesicht verrät, wie verstört er ist.

»Kannten Sie den Toten?«, fragt Voss.

»Nicht persönlich, aber ich habe schon so viel über ihn gehört, dass ich fast das Gefühl habe, ich hätte ihn gekannt.«

Voss geht es ähnlich. Er hat Hubert von Feldenkirchen nur ein paarmal gesehen, gesprochen hat er nie mit ihm. Die Leute im Dorf nannten ihn den Grafen, was wohl ursprünglich ironisch gemeint war, aber dann doch meist recht ehrfurchtsvoll klang. Seiner Familie hat hier früher in der Gegend viel Land gehört. Die Güter reichten bis hinüber nach Prautzel und Schönermark. Nach dem Krieg wurden sie von den Sowjets enteignet. Hubert von Feldenkirchen war, soweit Voss weiß, der Einzige aus der Familie, der nach dem Mauerfall zurück nach Brandenburg gekommen ist. Er hat Felder und Wälder zurückgekauft, noch mal neu angefangen.

Voss steht in Gedanken versunken vor der Leiche. Der zweite Tote verändert alles, er hat es jetzt mit einem Serienmörder zu tun. Das heißt, es geht alles von vorne los. Wer von den Verdächtigen ist denn noch verdächtig? Martin Bensheim bestimmt nicht, der hat die Nacht im Untersuchungsgefängnis verbracht. Johanna Krieger hatte allen Grund, Harro Probst zu hassen, aber es ist fraglich, ob sie Hubert von Feldenkirchen je begegnet ist. Und was ist mit Probsts Ehefrau und seiner Geliebten? Kannten die das zweite Opfer? Und Stibbe? Der muss beide gekannt haben, weil sie zusammen jagen waren. Voss fühlt sich ausgepumpt, leer. Es ist, als müsste er einen Marathon noch mal neu starten, nachdem er schon die Hälfte gelaufen ist.

Im Präsidium spürt Voss sofort, dass die Stimmung sich verändert hat. Aus einer gemächlichen Brandenburger Dienststelle ist eine hektische Krisenzentrale geworden. Ein Serienmörder, ein toter Landrat und eine Mordkommission, die wieder bei null anfängt, das genügt, um den Puls in die Höhe zu treiben. Lauter fremde Leute laufen über die Gänge. Der Polizeidirektor eilt auf ihn zu. »Voss, das Innenministerium wollte dem LKA den Fall übertragen. Aber ich habe für Sie gekämpft, Sie leiten weiter die Ermittlungen.« Der Polizeidirektor will beide Hände auf seine Schulter legen, aber Voss gelingt es, sich wegzuducken. »Das LKA schickt zwei Kollegen zur Verstärkung«, ruft der Polizeidirektor. »Sie sagen ja gar nichts.«

Er ist froh, als er endlich allein in seinem Büro sitzt. Voss ist überzeugt davon, dass mehr Polizisten nicht unbedingt bessere Arbeit leisten. Meist dient die Verstärkung vor allem der Beruhigung der Polizeidirektoren. Aber wie soll es jetzt weitergehen? Eben noch hat er sich in der Fülle der Spuren verloren gefühlt, auf einmal löst sich alles auf. Man kann es allerdings auch positiv sehen, denkt Voss, weil die Sache klarer wird. Bei einem einzigen Toten franst eine Ermittlung leicht nach allen Seiten aus, weil alles möglich ist. Eifersucht, Gier, Rache, Verrat, kein Motiv kann von vornherein ausgeschlossen werden. Bringt ein Täter aber zwei Menschen um, dann zielt er meistens auf etwas ab, das die beiden verbindet. Es sei denn, das Ritual, das Tötungsmuster, steht im Vordergrund. Aber so wirkt das hier alles nicht. Voss hat eher den Eindruck, als imitiere da jemand ein Ritual. Die wichtigste Frage lautet jetzt:

Welche Verbindung gibt es zwischen Probst und von Feldenkirchen?

Es klopft, Neumann schaut durch den Türspalt. Voss winkt ihn herein. »Der Innenminister hat den Polizeidirektor gerade noch mal angerufen, die wollen jetzt wissen, was wir vorhaben.« Die roten Flecken auf Neumanns Wangen verraten, dass sein Erregungszustand schon wieder recht hoch ist. Seltsamerweise gibt es für Voss nichts Entspannenderes als die Nervosität anderer Menschen. Sobald um ihn herum die Spannung steigt, gelangt er in einen Zustand tiefster Ruhe. Er weiß selbst nicht, ob das eine Trotzreaktion ist oder ein Beleg für seine mangelnde Empathie. Auf jeden Fall aber ist es wahnsinnig praktisch, weil in seinem Beruf eigentlich immer irgendjemand Aufregung verbreitet. »Tja, was haben wir denn vor?«, fragt Voss und beobachtet, wie sich die Flecken auf Neumanns Wangen zu einer roten Fläche ausweiten.

»Nun, Probst und von Feldenkirchen sind Waldbesitzer. Wir sollten prüfen, ob von Feldenkirchen auch Flächen besitzt, auf denen er Windräder errichten wollte«, sagt Neumann.

»Ja, sehr gut. Und noch eine andere Sache müssen wir uns ansehen: Als ich bei Probst war, habe ich verschiedene Verträge über den Ankauf von Waldflächen gefunden. Ich wollte ohnehin überprüfen, ob auch auf diesen Flächen etwas gebaut werden soll. Machen Sie das bitte, Neumann, ich spreche mit der Familie.«

Als Neumann rausgeht, stößt er fast mit dem Polizeidirektor zusammen. Der kommt herein, schließt die Tür, stellt sich vor den Schreibtisch und setzt ein bedeutsames Gesicht auf. »Eine Sache sollten Sie wissen, Voss, aber das muss absolut vertraulich behandelt werden: Der Landrat war ein Freund des Ministerpräsidenten. Das heißt, wir werden von höchster Stelle beobachtet, und wir sollten möglichst keinen Fehler machen.« Voss nickt. Er will etwas sagen, das Sicherheit und Zuversicht ausdrückt. Aber er spürt, dass er auf einmal selbst aufgeregt ist.

Er nickt erneut und lässt seinen Oberkörper mitschwingen, so als könnte er damit das Nicken noch verstärken. Offensichtlich wirkt das Oberkörperschwingen aber nicht zuversichtlich. Vielleicht wirkt es sogar völlig bescheuert. Jedenfalls sieht sich der Polizeidirektor veranlasst, sich über den Schreibtisch zu beugen und ihm mit seiner behaarten Hand aufmunternd auf die Schulter zu schlagen, was die Sache für Voss nicht leichter macht.

Das alte Gutsverwalterhaus, in dem Hubert von Feldenkirchen mit seiner Familie gelebt hat, steht im Schlosspark von Sternekorp. Es hat eine mit weißem Stuck verzierte, ockerfarbene Fassade, die an den Seitengiebeln mit Rosenbüschen bewachsen ist. Vor dem Eingang stehen zu jeder Seite zwei weiße Säulen, die dem eher schlichten Gebäude wohl etwas Mondänes geben sollen. Das Schloss der Familie, das weiter vorn an der Straße stand, ist im Krieg abgebrannt. Man kann die Ausmaße des ehemaligen gräflichen Wohnsitzes an den beiden Torhäusern erahnen, die das Schloss einst flankierten. Auch der Park mit seinen geschwungenen Wegen, den alten Platanen und dem künstlichen See, in dessen Mitte früher eine Wasserfontäne in den Himmel schoss, erinnert an vergangene Größe. In diesem riesigen Park wirkt das Gutshaus ziemlich verloren, trotz der weißen Säulen vor dem Eingang.

Der Park ist eigentlich das Zentrum von Sternekorp, weil er genau in der Mitte des Dorfes liegt. Früher fanden hier die Kinderfeste und die Osterfeuer statt. Seit der Graf wieder da ist, brennt das Osterfeuer am Feuerwehrteich, und Kinder gibt es in Sternekorp mittlerweile sowieso keine mehr. Man sieht auch nur selten jemanden unter den Platanen spazieren, obwohl der Park der Gemeinde gehört und öffentlich ist. Aber letztlich überwiegt wohl das Gefühl, sich auf fremdem Terrain zu bewegen, sobald man zwischen den beiden Torhäusern durchgeht. So ist auch Voss zumute, als er dem breiten Kiesweg hinauf zum Gutshaus folgt. Er bleibt kurz stehen, dreht sich um und versucht sich vorzustellen, wie es früher hier ausgesehen haben muss.

Die Leute im Dorf sagen, die Russen hätten das Schloss angezündet, als sie von den Seelower Höhen kamen und durch Sternekorp zogen, um Berlin zu erobern. Aber so genau weiß das eigentlich niemand, weil das Dorf leer war, als die Russen kamen. Alle Sternekorper waren geflüchtet, außer dem Großbauern Kuckisch, der versteckte sich in seinem Kartoffelkeller, was offenbar keine gute Idee war. Als die Sternekorper nach zehn Tagen ins Dorf zurückkamen, sahen sie den Großbauern Kuckisch tot vor seiner Kellertür liegen – und die Kartoffeln waren weg. Wobei längst nicht alle Sternekorper zurückkamen, viele sind gleich weiter nach Westen gezogen. Dafür drängten dann die Flüchtlinge aus dem Osten über die Oder nach, wie Voss' Vater, der in Sternekorp blieb, weil der Krieg hier schon zu Ende war. Bald lebten mehr Flüchtlinge als Alteingesessene im Dorf. Sie holten die Steine und die Balken aus der Schlossruine und bauten damit neue Häuser. Nach ein paar Monaten war das Schloss verschwunden, und an der Straße nach Frankenfelde standen ein paar Bauernkaten mehr. So begann in Sternekorp der Sozialismus.

So ähnlich wurde es dann auch mit dem Boden gemacht. Wer wollte, der bekam bei der Reform ein Stück vom Junkerland geschenkt. In der Küche der Familie Voss hing lange eine Urkunde in einem Rahmen aus braunem Eschenholz. Auf dieser Urkunde stand, dass dem Bauern Walter Voss ein Grundstück mit der Größe von 8,34 Hektar rechtskräftig zum persönlich vererbbaren Eigentum übergeben worden sei. »Das ist der Unterschied, Daniel«, hatte der Vater manchmal gesagt, wenn sie beim Essen saßen und sein Blick auf die Urkunde fiel. Voss hatte zwar nicht genau gewusst, was der Vater damit meinte, aber es war klar, dass es wichtig war. Erst später begriff Voss, wie viel dem Vater, der so früh Heimat und Familie verlor, dieses Stück Land bedeutet haben muss.

Auch deshalb fand Voss es nicht gut, als kurz nach dem Mauerfall die Grafenfamilie in Gestalt ihres Sprosses Hubert auf einmal wieder da war. Obwohl Hubert von Feldenkirchen ganz anders war, als Voss sich einen Grafen vorgestellt hatte. Er trug Jeans und Turnschuhe und sagte, er sei in Bayern als Bauernjunge groß geworden und wolle hier die Chance ergreifen, als einfacher Landwirt auf den Äckern seiner Vorfahren zu wirtschaften. Trotzdem blieb Voss damals misstrauisch. Er hatte so viel Schlechtes von diesen Grafen gehört. Von den Junkern, die den armen Bauern das Leben schwer gemacht haben. Als sie in der fünften Klasse im Geschichtsunterricht die Bodenreform durchnahmen, ist der Klassenlehrer Düssmann mit ihnen zum Gutshaus marschiert. Vor dem Eingang gab es damals noch keine Säulen, dafür hing dort ein rotes Plakat, auf dem in weißen Buchstaben »LPG Friedrich Engels« stand. Der Lehrer hat auf das Plakat gezeigt und ihnen von der dunklen Zeit erzählt, die in Sternekorp herrschte, bevor der Sozialismus die Menschen zu Licht, Freude und Gerechtigkeit führte. Das mit dem Licht und der Freude hat Voss schon damals etwas übertrieben gefunden. Aber dass einer einzigen Familie nicht alles Land allein gehören darf, das fand er richtig.

Voss ist noch nie im Gutshaus gewesen. Er passiert die weißen Säulen und steht vor einer hohen, weiß lackierten Tür, die weder Klinke noch Klingel hat, nur einen blank polierten Messingknauf. Voss klopft, aber die Tür schluckt den Aufprall seiner Fingerknöchel. Er dreht an dem Messingknauf, der sich bewegen lässt. Voss stemmt sich gegen die Tür, in diesem Moment gibt das Schloss nach, und er fällt beinahe zu Boden. Eine schmale, ernste Frau im dunklen Kleid kommt auf ihn zugeeilt.

Sie schaut ihn fassungslos an. »Frau von Feldenkirchen, mein Beileid«, murmelt Voss.

»Sie können sich glücklich schätzen, dass die Gräfin bei Ihrem Einbruch nicht anwesend war«, sagt die Frau im dunklen Kleid, die ihre grauen Haare in einem Dutt trägt.

»Oh Verzeihung, ich bin Hauptkommissar Voss, können Sie der Frau Gräfin bitte sagen, dass ich sie sprechen möchte?« Er steht in der geräumigen Eingangshalle und kommt sich vor wie ein verirrtes Bäuerlein. Es fehlt nur noch, dass er sich die Mütze vom Kopf reißt und eine Verbeugung macht. Die Frau im dunklen Kleid nickt stumm und bedeutet Voss, ihr zu folgen. Er geht durch die hohen Räume, sieht den Stuck und das Blattgold an den Decken. Er fragt sich, ob man seiner Herkunft überhaupt entkommen kann. Ob man nicht immer der bleibt, der man einmal war. Hubert von Feldenkirchen wurde in Bayern als Bauernjunge groß und war doch wieder Graf, als er die alte Scholle hier betrat. Und er, Daniel Voss, in Stuttgart zum höheren Staatsdienst ausgebildet, ist wieder der Sohn eines schlesischen Bauernflüchtlings, sobald er versucht, die Tür eines Herrenhauses zu öffnen.

Die Frau im dunklen Kleid führt Voss durch das Jagdzimmer, in dem allerhand Trophäen hängen, manche sogar noch aus der alten Grafen-Zeit, wie man an den verschnörkelten Messingplatten sehen kann, auf denen die Jahreszahlen eingraviert sind. Auf einem Foto, das in der Mitte des Raumes hängt, ist Hubert von Feldenkirchen zu sehen, wie er in Jagduniform lachend neben einem toten Hirsch steht. Neben dem Jagdzimmer befindet sich der Wintergarten, von dem aus man einen schönen Blick in den Park hat. »Warten Sie hier«, sagt die Frau. »Und noch eins: Die Gräfin wurde bereits vom Herrn Ministerpräsidenten über das Ableben des Grafen informiert, verschonen Sie sie bitte mit Details, sie ist noch sehr angeschlagen.« Voss ertappt sich dabei, wie er erneut in ein untertäniges Ganzkörper-Nicken verfällt, wie vorhin beim Polizeidirektor. Was soll dieses dämliche Rumgezappel, kann er nicht wenigstens etwas Würde bewahren?

Wenig später erscheint die Gräfin im Wintergarten. Voss hat es sich gerade in einem Ohrensessel bequem gemacht. Er springt auf, wirft beinahe den Beistelltisch um, der neben dem Sessel steht, und bittet etwas zu laut, wie er selbst findet, sein herzliches Beileid anzunehmen. Die Gräfin, eine energische Dame mit einem feinen, blassen Gesicht, nickt müde, lässt sich in dem gegenüberstehenden Sessel nieder und schaut ihn aus roten, geschwollenen Augen an.

»Frau von Feldenkirchen, es tut mir leid, dass ich Sie jetzt mit Fragen traktieren muss, aber es ist wichtig, dass wir so schnell wie möglich ein paar Sachen klären.«

Die Gräfin nickt erneut.

»Wann haben Sie Ihren Mann zuletzt gesehen?«

»Gestern Abend gegen zehn, vor dem Zubettgehen.« Sie stockt kurz. »Wir haben getrennte Schlafzimmer.«

»Wollte Ihr Mann noch mal weg?«

»Nein, ich dachte, dass er auch ins Bett geht.«

»Haben Sie eine Idee, wo er hingegangen sein könnte?«

»Die einzige Erklärung wäre eine Sauenjagd. Aber erstens hätte er mir davon erzählt und zweitens war die gestrige Nacht bewölkt, es gab also kein Mondlicht.«

»Es kann natürlich sein, dass er hier zu Hause überwältigt und dann in den Wald gebracht wurde. Das halte ich aber für unwahrscheinlich. An welchen Ort würde sich Ihr Mann begeben, wenn er zum Beispiel mal in Ruhe für sich sein wollte?«

Die Gräfin sieht ihn ratlos an. »Ich verstehe nicht ganz, was Sie meinen. Sein Lieblingsort war die Jagdkanzel am Buchenhorst. Aber wie gesagt, gestern war kein Jagdwetter.«

»Vielleicht wollte er gar nicht jagen, sondern nur etwas nachdenken. Ist Ihnen in den letzten Tagen etwas aufgefallen an Ihrem Mann? War er anders als sonst?«

»Er war nervös, ziemlich gereizt. Aber das war nicht ungewöhnlich, er hatte gerade viel im Amt zu tun, da gab es wohl auch ein paar Probleme.«

»Wie Sie sicher wissen, wurde am Samstag Harro Probst tot aufgefunden. Im selben Wald wie Ihr Mann. Wie gut kannten sich Ihr Mann und Harro Probst?«

»Sie haben zusammen gejagt. Hubert hat Herrn Probst manchmal mit zum Buchenhorst genommen, das heißt, er muss ihn gemocht haben.«

»Hatten die beiden sonst irgendwelche gemeinsamen Projekte? Haben sie Geschäfte zusammen gemacht?«

Die Gräfin wird aufmerksamer, sieht Voss an, überlegt. »Sie meinen, es gibt da jemanden, der erst Harro Probst und dann meinen Mann getötet hat? Weil die beiden etwas verbindet?«

Voss nickt. »Womöglich etwas, das so bedeutend war, dass jemand bereit war, deswegen zwei Menschen umzubringen«, sagt er und betrachtet die Gräfin, die nun gar nicht mehr müde wirkt, die sogar einen Teil ihrer Traurigkeit vergessen zu haben scheint. Ihre geschwollenen Augen, die auf einmal etwas sehr Bestimmtes in sich tragen, sind immer noch auf Voss gerichtet, aber blicken eigentlich durch ihn hindurch. Voss spürt, diese Frau ist es gewohnt, schnell und präzise zu denken und sofort Entscheidungen zu treffen. Offenbar hat sie sich gerade dafür entschieden, mit ihm zusammenzuarbeiten.

»Mir fällt im Moment nichts ein, was Sie weiterbringen könnte«, sagt die Gräfin schließlich. »Aber mein Mann war ein verschlossener, äußerst misstrauischer Mensch. Er hat alles nur mit sich abgemacht. Es ist also durchaus möglich, dass es wichtige Dinge in seinem Leben gab, von denen ich nicht die geringste Ahnung habe.«

Es ist erstaunlich, denkt Voss, wie ehrlich und distanziert diese Frau ihren gerade verstorbenen Mann beschreibt. Und sie ist offenbar noch nicht fertig.

»Hubert war von dem Gefühl beherrscht, das Recht und sogar die Pflicht zu haben, die Dinge selbst in die Hand zu nehmen. Es war für ihn schwer, eine andere Macht zu akzeptieren, nicht weil ihm die Macht an sich wichtig war, aber weil er davon überzeugt war, es besser zu wissen. Das können wir bürgerlichen Menschen nicht verstehen.«

»Sie meinen, es hat mit seiner Abstammung zu tun, dass er gedacht hat, nur er wüsste, wo es langgeht?«, fragt Voss ungläubig.

»Ich glaube, er hat nicht immer so gedacht. Bevor wir vor 23 Jahren hier ankamen, war er ein einfacher bayerischer Landwirt. Aber dann ist er durch die Dörfer gefahren, hat die Kirchen und Scheunen und Gutshäuser gesehen, die von der Familie gebaut wurden. Er ist durch die Wälder gelaufen, die von seinem Großvater gepflanzt wurden. Er hat die 200 Jahre alten Marksteine an den Feldern gesehen, die mit ›vF‹ gezeichnet sind. Hubert dachte damals wirklich, er könnte hier als normaler Landwirt tätig sein. Aber dann hat ihn seine Geschichte eingeholt. Wer den Namen von Feldenkirchen trägt und hierherkommt, der muss die Geschichte entweder mittragen oder wieder gehen.«

»Es klingt so«, sagt Voss zögernd, »als ob Sie hier den Mann verloren hätten, den Sie in Bayern geheiratet haben.«

»Das haben Sie sehr schön gesagt, junger Mann. Und ich erzähle Ihnen das alles nur, damit Sie wissen, dass ich diesen Graf Hubert von Feldenkirchen irgendwann selbst nicht mehr kannte.«

»Gibt es noch andere aus der Familie, die nach dem Mauerfall hierher zurückgekommen sind?«

»Nein, Hubert ist der Einzige. Das hat die Sache für ihn auch so schwer gemacht. Nehmen Sie zum Beispiel die Familie von Streckenstein, die ja früher noch einflussreicher und bedeutender war als die von Hubert. Von denen sind zwei Brüder zurückgekommen. Ich kenne nur den einen, Christoph von Streckenstein, der wohnt drüben in Bollenberg, handelt mit

Holz. Bei dem habe ich nicht das Gefühl, dass der unter seiner Familie leidet.«

Voss lässt sich daraufhin das Arbeitszimmer des Grafen zeigen. Er bittet darum, am nächsten Tag noch mal herkommen zu dürfen, um die Papiere im Arbeitszimmer durchzusehen. Die Gräfin nickt. Sie sieht jetzt wieder erschöpft aus.

Auf dem Rückweg durch den Park kommt Voss an einer Kapelle vorbei, die wie das Gutshaus eine ockerfarbene Fassade hat und von einem kuppelförmigen Zinkdach überwölbt wird. Voss ist diese Kapelle bisher nie aufgefallen, was daran liegen kann, dass sie ganz in der Ecke des Parks steht, eingezwängt zwischen der Gutshofmauer und ein paar wild gewachsenen Fliederbüschen. Die Tür der Kapelle ist nicht verschlossen, er betritt den schummrigen Raum, in dem es nach Weihrauch und Staub riecht. In den Wänden sind die Grabplatten der von Feldenkirchens eingelassen, verziert mit dem Familienwappen, das einen brandenburgischen Adler zeigt, der von Weizenähren umrahmt ist. Eine Grabplatte ist besonders auffällig, sie ist aus dunklem Eichenholz, mit geschnitzten Rändern und Gold verziert. Die Inschrift lautet: »Dem hochwürdigen und hochwohlgeborenen Herrn Hans Georg von Feldenkirchen«. Todesdatum 1704. Voss versteht jetzt noch besser, was die Gräfin vorhin sagen wollte. Die schweren Grabplatten haben es in sich, das Gewicht der Geschichte.

Als Voss gerade die Kapelle verlassen will, sieht er eine weiße Marmorplatte, die links neben der Tür eingelassen ist. Darunter steht eine Vase mit frisch geschnittenen Astern. Es sind die einzigen Blumen in dieser Kapelle. »Hans und Jakob 1988« steht auf der Marmorplatte. Sind das die Kinder von Hubert von Feldenkirchen und seiner Frau? Die Gräfin hat nichts von Kindern erzählt. Voss setzt sich auf einen Holzschemel, riecht den Weihrauch und den Staub und muss an seinen Vater denken.

Voss geht über den breiten Kiesweg zurück ins Dorf. Das Haus der Eltern scheint ihm jetzt noch geduckter dazustehen. Er geht zur Mutter ins Zimmer, sie sieht schon wieder viel besser aus. An ihrem Bett sitzt Maja.

»Gut, dass du kommst, Daniel«, sagt die Mutter, »wir sprechen gerade über dich.«

Die beiden Frauen lachen.

»Ich habe Maja erzählt, wie du zum ersten Mal beim Zahnarzt in Freienwalde warst und den Mund nicht aufmachen wolltest. Die haben alles versucht, sogar einen Lutscher haben sie dir versprochen, aber du wolltest nicht, standest da mit zusammengepressten Lippen.«

Voss kann sich an die Geschichte nicht erinnern, außerdem ist es ihm peinlich, dass Maja solche Kinder-Anekdoten von ihm hört.

»Du siehst gut aus, Mutter«, sagt er.

»Ja, es geht mir auch gut. Sag mal Daniel, hast du dir schon den Garten angeschaut?«

Ihre Stimme hat auf einmal diesen Ton, so wie früher, wenn er sein Zimmer nicht aufgeräumt hat.

»Noch nicht, Mutter.« Auch das, denkt Voss, ist wohl eher der verlegene Satz eines Kindes als die Antwort eines Kriminalhauptkommissars.

»Daniel, der Garten muss vor dem Winter umgegraben werden, dann muss eine dünne Laubschicht auf die Beete, damit der Frost nicht in die Erde kommt.«

»Ich helfe dir, geteiltes Leid, halbes Leid«, sagt Maja und lächelt ihn an. Voss wird rot, er weiß nicht, warum; die Mutter nickt ihm freudig zu.

Er zieht die gelben Gummistiefel an, die er sonst nur trägt, wenn er zur Vogelbeobachtung geht. Der Garten ist in einem traurigen Zustand, was natürlich auch am November liegt. Die Gemüsebeete sind von Brennnesseln und Klebekraut überwuchert, das welk herumliegt. In den Blumenbeeten, in denen nur noch braune Strünke stehen, haben sich die Wühlmäuse zu schaffen gemacht. Auf den Wegen, die der Vater mit Feldsteinen begrenzt hat, blüht wilder Thymian. Dieser Garten war zu jeder Jahreszeit vorbildlich gepflegt, als der Vater noch Kraft hatte, sich um alles zu kümmern. Hinten rechts hatte er seine Kartoffeln, den Porree und den Mangold, davor die Karotten, die Zwiebeln, die Radieschen. Zwischen den Gemüsereihen hat der Vater immer Ringelblumen gepflanzt, weil das angeblich die Schnecken abhält. Solange Voss denken kann, hat er den Vater in diesem Garten rackern gesehen. Auf allen vieren hockte der Alte in der Erdfurche, Gummischützer an den Knien, die er sich aus alten Autoreifen zurechtgeschnitten hatte. Der Garten war wahrscheinlich das Liebste, was der Vater hatte. Wenn er von der LPG nach Hause kam, zog er noch im Flur seine blauen Arbeitshosen an und verschwand bis zum Abendessen.

Manchmal musste Voss helfen, was er nur widerwillig tat, weil er nicht verstand, warum sie nicht die Kartoffeln aus dem *Konsum* essen konnten. Außerdem mochte Voss es nicht, wenn Sand unter seine Fingernägel kam. Vor allem aber war dieser Garten das Reich seines Vaters, in dem alles genau so gemacht werden musste, wie der Alte es wollte. Schon deshalb erscheint es Voss seltsam, nun selbst hier zu stehen, die gelben Gummistiefel aus Naturkautschuk in der lehmigen Erde. Hinten am Feld steht ein kleines Gewächshaus, Voss öffnet die Tür, ein fauliger Geruch strömt ihm entgegen. Offenbar hat nach dem Tod des Vaters niemand die Tomaten geerntet, die nun schwarz und verschimmelt am Boden liegen. Die Tomatenpflanzen sind mit groben Hanfschnüren an einem Kantholz festgebunden, das wiederum mit einem Seil am Dach befestigt ist. Das hat sich alles der Alte ausgedacht, denkt Voss, und plötzlich fehlt er ihm.

Voss lässt die Hand über das Hanfseil gleiten, und es durchzuckt ihn. Irgendetwas ist ihm gerade aufgefallen, aber was?

Das passiert ihm hin und wieder, dass seine Augen etwas sehen, dass sein Hirn etwas registriert und er dann trotzdem noch eine Weile braucht, bis er versteht, worum es geht. Er lässt erneut die Hand über das Seil gleiten, weil es ja diese Bewegung war, die etwas in ihm ausgelöst hat. Dann weiß er, was es ist: Der Knoten, mit dem das Kantholz am Dach befestigt ist, ähnelt den Knoten, mit denen Probst und von Feldenkirchen an den Händen gefesselt wurden. Voss kennt die wichtigsten Schifferknoten, die hat ihm sein Vater beigebracht, der zwar nicht zur See gefahren ist, aber wohl oft davon geträumt hat. Diesen Knoten hier allerdings, den kann er erst mal nicht einordnen.

Je länger Voss über die Knoten nachdenkt, desto fester ist er davon überzeugt, dass sie wichtig sein könnten. Er weiß, dass er das jetzt sofort klären muss, weil er sonst keine Ruhe finden wird. Also steigt er in seiner Gartenmontur ins Auto. Als er gerade losfahren will, sieht er Maja, die in den Filzstiefeln seiner Mutter in den Garten kommt. Voss steigt noch mal aus.

»Maja, ich muss dringend ins Präsidium.«

»Was ist los?«

»Ach, das ist kompliziert, ich habe gerade im Gewächshaus etwas entdeckt. Vielleicht irre ich mich aber auch.«

»Was hast du entdeckt?«

»Einen seltsamen Knoten.«

»Das klingt spannend, darf ich mitkommen?«

Voss ist überrascht. »Ich kann dich doch nicht einfach so mit ins Präsidium nehmen. Das geht nicht.«

»Schade, ich kenne mich nämlich aus mit Knoten.«

»Wirklich?«

»Nein. Aber ich würde trotzdem gerne mitkommen.«

Maja lächelt ihn an, jetzt muss auch Voss lächeln. Maja kommt ihm manchmal vor wie ein Kind, das immer genau das tut, wozu es gerade Lust hat. Das ist irritierend, aber es fasziniert ihn auch. Sie denkt nicht lange nach, sagt, was ihr durch den Kopf geht, macht einfach. Dieser Mut scheint ansteckend zu sein. Auf einmal hat auch er das Gefühl, er könne eigentlich tun, was er wolle. Außerdem will er nicht als Spielverderber dastehen. Um diese Zeit ist sowieso keiner mehr im Präsidium, denkt Voss.

»Steig' ein«, sagt er schließlich, und es ist schon das zweite Mal innerhalb einer halben Stunde, dass etwas in ihm schlauer zu sein scheint als er selbst.

Der Haupteingang zur Polizeidirektion ist verschlossen, nur in der Wache vorne an der Ecke brennt noch Licht, der Rest des Gebäudes liegt in friedlicher Feierabend-Dunkelheit. Voss schließt die Tür auf und geht mit Maja durch den langen Gang, ihre Stiefel quietschen auf dem glatten Linoleum, und als Voss sich umsieht, bemerkt er eine Spur aus feuchter, lehmiger Erde, die sich hinter ihnen den Gang entlangzieht. »Die Putzfrauen werden uns umbringen«, sagt er. Maja sieht die Lehmstücke auf dem blank geputzten Boden und fängt an zu lachen. Es ist ein helles, befreites Lachen, das den Gang erfüllt und so ansteckend ist, dass auch Voss nicht mehr anders kann, als in das Lachen einzustimmen. Wobei er sich, vielleicht aus mangelnder Lach-Erfahrung, verschluckt und husten muss und gleichzeitig weiterprustet. Er blickt in Majas Gesicht, das so ausgelassen und mädchenhaft wirkt. Ihm fällt auf, dass sie grüne Augen hat und eine kleine Narbe neben dem rechten Mundwinkel. Ihm fällt auf, dass er sie eigentlich nie so richtig angeguckt hat. Für einen Moment fühlt sich Voss leicht, fast schwerelos.

Sie gehen in sein Büro, Voss legt die Fotos von den Tatorten nebeneinander auf den Schreibtisch und betrachtet die beiden Toten, die sich zu ähneln scheinen, was wohl vor allem daran liegt, dass der Mörder beide in die gleiche, seltsam hilflose Position gebracht hat. Zwei stolze Männer, denen der Stolz ausgetrieben wurde. Die Knoten, mit denen die vorgestreckten

Handgelenke der Männer fixiert sind, sehen auf den ersten Blick simpel aus, erweisen sich aber bei näherer Betrachtung als recht kompliziert. Das Seil scheint über drei Schlaufen befestigt zu sein, die irgendwie ineinandergreifen. Ganz ohne Zweifel wurden Probst und von Feldenkirchen vom selben Täter gefesselt.

»Solche Knoten macht einer, der daran gewöhnt ist, Knoten zu machen«, sagt Maja.

Voss schaut sie fragend an.

»Ich meine, der Mörder hat nicht nachgedacht, als er die Knoten gemacht hat. Sonst hätte er einen anderen gemacht, einen einfachen, den jeder macht. Der ihn nicht verrät.«

»Du meinst, er hat diesen Knoten instinktiv gemacht, es ist sein Knoten, den er eben immer macht?«

»Genau. Der Mörder hat sicher schon oft in seinem Leben ein Seil verknotet. Vielleicht gehört das zu seinem Beruf«, sagt Maja und geht nachdenklich in Voss' Büro auf und ab, wobei aus den schweren Sohlen der mütterlichen Filzstiefel die Lehmerde rieselt.

DONNERSTAG

Am nächsten Morgen klingelt um kurz vor neun das Telefon. Voss ist gerade dabei, ein Buch seines Vaters über maritime Knotentechnik zu studieren. Am Apparat ist die Maklerin, die von Voss beauftragt wurde, ihm eine Wohnung in Bad Freienwalde zu besorgen. »Herr Voss, ich habe da was für Sie: eine schöne, sonnige Dreizimmerwohnung in der Nähe vom Markt. Die Straße ist verkehrsberuhigt, also kaum Autolärm. Die Wohnung ist frisch renoviert, hat eine neue Einbauküche, und der Mietpreis ist ein kleines Wunder ...« Voss hört der Frau kaum zu. Sie hat so eine unerträglich gut gelaunte Verkaufsstimme, die ihn lethargisch werden lässt.

»Wissen Sie, ich habe gerade keine Zeit«, sagt er.

»Ich weiß, Herr Voss, der Serienmörder hält Sie auf Trab, habe ich doch alles in der Zeitung gelesen. Schreckliche Geschichte, stimmt es, dass er seinen Opfern Tiernamen gegeben hat?«

»Ähm, eigentlich nicht, aber ich würde vorschlagen, ich rufe Sie an, sobald der Fall abgeschlossen ist.«

»Dann ist die schöne Wohnung hier aber weg, Herr Voss, überlegen Sie sich das gut. So was kommt uns nicht jeden Tag ins Haus geflattert. Gute Verkehrsanbindung, viele Einkaufsmöglichkeiten. Horchen Sie mal in sich rein. Sie können mich ja später noch mal anrufen.«

Nachdem Voss aufgelegt hat, horcht er wirklich in sich rein, und seltsamerweise ist da gar nichts mehr. Vor einer Woche noch hätte er diese Wohung wahrscheinlich sofort genommen, aber jetzt gerade will er eigentlich nirgendwohin.

Wenig später ruft Neumann an. Er platzt sofort los:

»Chef, Volltreffer, Harro Probst hat in den letzten zehn Jahren Waldflächen in Leisenberg, in Schönsdorf, in Krampe und in Falkenberg gekauft. Meist etwa ein Jahr nach dem Kauf wurden die Flächen von der Landesregierung zum Windeignungsgebiet erklärt. Zum Teil wurden dort bereits Windräder aufgestellt.«

»Das heißt, Harro Probst war schon vor seinem Tod ein vermögender Mann.«

»Ja, weil er es irgendwie geschafft hat, herauszubekommen, wo die nächsten Windparks eingerichtet werden.«

»Was ist mit von Feldenkirchen?«

»Dem gehört mittlerweile halb Brandenburg. Fast jedes Jahr hat er Flächen dazugekauft, ausschließlich die Wälder, die früher mal seiner Familie gehört haben. Aber keine einzige Fläche ist für einen Windpark vorgesehen.«

»Vielleicht haben Probst und von Feldenkirchen zusammengearbeitet. Welche Rolle spielt so ein Landrat bei der Einrichtung von Windparks, Neumann?«

»Weiß ich nicht, Chef, kann ich aber rausbekommen.«

»Nein, das mache ich. Sie haben etwas Wichtigeres zu tun. Ich brauche so schnell wie möglich eine Liste mit allen Windparks, die in der Region in den letzten zwanzig Jahren eingerichtet wurden. Und dann überprüfen Sie, Fläche für Fläche, ob es Eigentümerwechsel gab. Überprüfen Sie auch noch mal Probsts Konten. Ich will wissen, wo das Geld geblieben ist.«

»Aber Chef, da sitze ich noch zu Weihnachten dran.«

»Wir kriegen als Verstärkung zwei Kollegen vom LKA, die sollen Ihnen helfen.«

»Und warum müssen wir gleich die ganze Region überprüfen? Was soll das bringen?«

»Es kann sein, dass Probst noch woanders Flächen gekauft

hat. Es kann auch sein, dass es noch weitere Personen gibt, die ebenfalls gut informiert immer die richtigen Flächen gekauft haben.«

»Sie denken an ein Netzwerk, an organisierte Kriminalität?«

»Ich denke, dass es irgendeinen Grund geben muss, zwei Männer auf so ungewöhnliche Weise umzubringen. Und ich will vermeiden, dass es noch mehr Tote gibt.«

»Halten Sie das für möglich?«

»Ich weiß es nicht, Neumann, deshalb müssen wir ja die Zusammenhänge verstehen. Wir haben es womöglich mit Korruption zu tun. Die Frage ist, ob Probst allein gearbeitet hat oder ob es wirklich ein Netz gibt. Stellen Sie sich die Geldsummen vor, die in so einem Netz fließen würden. Und dann stellen Sie sich vor, dass irgendeiner in diesem Netz sich aus irgendeinem Grund betrogen fühlt. Und schon haben Sie ein Motiv.«

Nachdem Voss aufgelegt hat, muss er an Stibbe denken. Dem gehörte eine der Waldflächen, und er wurde von Probst betrogen. Ging der Betrug vielleicht noch weiter, gab es noch andere Flächen, die mal Stibbe gehörten? Waren Stibbe und Probst Partner in dunklen Geschäften und haben sich später getrennt? Sie müssen endlich herausfinden, wo Stibbes Doppelflinte geblieben ist.

Eine Stunde später kommt Voss ins Präsidium und läuft den langen Gang hinunter, der längst wieder blank geputzt ist. Er bleibt kurz an der Stelle stehen, an der er in dieser Nacht vor Lachen fast umgefallen wäre. Er geht lächelnd weiter und begegnet dem Polizeidirektor, der mit besorgter Miene auf ihn zukommt.

»Voss, Sie scheinen ja bester Laune zu sein, ich hoffe, es hat damit zu tun, dass die Ermittlungen so gut laufen.«

»Es hat auf jeden Fall mit den Ermittlungen zu tun«, sagt Voss. »Wir haben interessante Spuren, wir kommen voran und können die Verstärkung vom LKA gut gebrauchen. Sind die beiden Leute eigentlich schon da?«

»Ja, die sind schon bei Neumann. Stimmt es, dass Sie von organisierter Kriminalität ausgehen?«

Mit einem Schlag ist Voss' gute Laune verschwunden. Warum kann Neumann nicht einfach mal die Klappe halten? Wahrscheinlich hat er sich vor dem Polizeidirektor wichtiggemacht. Dabei ist es gerade in dieser Phase der Ermittlungen entscheidend, erst mal zu recherchieren und dann zu reden.

»Das ist nur eine Möglichkeit von vielen. Wir dürfen natürlich nichts unbeachtet lassen, das werden Sie verstehen, Herr Polizeidirektor.«

»Ja sicher, Voss, aber vergessen Sie bitte nicht, was ich Ihnen in Ihrem Büro gesagt habe.« Der Polizeidirektor sieht sich vorsichtig um. Dann fährt er mit gesenkter Stimme fort: »Ich habe dreimal am Tag die Staatskanzlei in Potsdam am Telefon, die ständig von mir wissen will, was wir hier machen. Wenn die erfahren, dass wir Hubert von Feldenkirchen mit organisierter Kriminalität in Verbindung bringen, dann ...« Der Polizeidirektor wird noch blasser, er reibt aufgeregt die Hände und schüttelt den Kopf wie ein Wackeldackel.

»Herr Polizeidirektor, erstens gehe ich davon aus, dass Sie der Staatskanzlei keine Ermittlungsinterna mitteilen. Zweitens liegt momentan nichts Belastendes gegen Hubert von Feldenkirchen vor. Es wäre also fahrlässig, ihn jetzt schon mit irgendetwas in Verbindung zu bringen.«

Der Polizeidirektor atmet auf, entspannt sich etwas, lässt sogar Voss' Unverschämtheiten passieren und will schon wieder eine Hand auf Voss' Schulter legen, was der verhindert, indem er beide Arme wie zu seinem Ausrufezeichen in die Luft reißt, weil er noch etwas anderes sagen will:

»Sollten allerdings, Herr Polizeidirektor, Spuren erkennbar

werden, die einen Korruptionsverdacht ergeben, dann werden wir ohne Rücksicht auf das Ansehen der Person unsere Arbeit machen, was, denke ich, auch in Ihrem Sinne ist.«

Und noch bevor der Polizeidirektor etwas erwidern kann, ist Voss davongeeilt.

Frau Kaminski hat ihr Labor im Erdgeschoss. Als Voss hereinkommt, läuft gerade eine Zentrifuge, die ein unangenehm hohes Geräusch erzeugt. Ein merkwürdiger Geruch erfüllt den Raum, wie eine Mischung aus verwestem Fleisch und verbrannter Zuckerwatte. Außerdem ist es ziemlich warm hier, was wahrscheinlich an den Bunsenbrennern liegt, mit denen einer von Frau Kaminskis Mitarbeitern gerade eine rote Flüssigkeit in einem Glaskolben erhitzt. Voss ist gerne hier unten, auch wenn er nichts von dem versteht, was die Techniker machen. Sie überraschen ihn mit ihren immer neuen Möglichkeiten. Es ist zwar nicht wie im Fernsehen, wo die Fälle nur noch von gut aussehenden Frauen in eng geschnittenen Overalls am Elektronenmikroskop gelöst werden, aber diese ganze Technik ist ohne Zweifel wichtiger geworden.

Frau Kaminski hat ihn noch nicht bemerkt, sie trägt Ohrenschützer, eine Atemschutzmaske und hantiert mit einer riesigen Glaspipette unter einem Abzug. Als Voss sich neben sie stellt, erschrickt sie, packt ihn am Arm und zieht ihn in einen Nebenraum. Sie scheint mit ihm zu schimpfen, was sich unter der Maske anhört, als würde ein Taucher ein Lied singen. Es dauert, bis sie ihre Gummihandschuhe, die Ohrenschützer und die Maske abgelegt hat. Ja, sie ist wirklich wütend. »Warum habe ich gerade eine Schutzmaske getragen, was meinen Sie?« Voss will etwas antworten, aber sie lässt ihn gar nicht erst zu Wort kommen. »Ja, richtig, weil ich mit einer gefährlichen Substanz arbeite, weshalb es ziemlich bescheuert ist, sich ohne

Maske neben mich zu stellen, oder?« Voss senkt betreten den Kopf, er weiß, es ist jetzt am besten, gar nichts zu sagen. Wenn Frau Kaminski sauer ist, dann ist sie sauer. Und meistens hat sie sogar recht.

»Also, worum geht es?«, fragt Frau Kaminski.

»Wissen Sie schon, ob von Feldenkirchen mit derselben Waffe wie Probst erschossen wurde?«

»Nein, weil wir kein Projektil haben. Es war ein Durchschuss, aber an der Stelle, an der von Feldenkirchen lag, haben wir nichts gefunden. Der Winkel des Schusskanals deutet darauf hin, dass von Feldenkirchen lag, als er erschossen wurde. Wir haben den Waldboden weiträumig abgesucht, da war nichts.«

»Das heißt, er wurde woanders erschossen?«

»Ja, wir haben auch ein paar Zeugen gefunden, die vermutlich am wirklichen Tatort waren, aber die können leider nicht sprechen.«

»Was für Zeugen?«

»Schmeißfliegen, Ameisen.« Frau Kaminski guckt bewusst stoisch vor sich hin, sie scheint immer noch sauer zu sein.

»Frau Kaminski, ich weiß, es war blöd, dass ich eben so in Ihr Labor geplatzt bin, aber bitte lassen Sie die Strafbehandlung jetzt enden.«

Ein kaum wahrnehmbarer Freudenschimmer huscht über Frau Kaminskis Gesicht.

»Wenn eine Leiche im Wald liegt, kommen Schmeißfliegen und beginnen schon etwa 15 Minuten nach Todeseintritt, ihre Eier abzulegen. Meistens im Gehör- oder Nasengang. Am Entwicklungsstand der Larven kann man später ziemlich genau den Todeszeitpunkt bestimmen. Noch schneller sind die Ameisen, die jeden Körper, ob tot oder lebendig, innerhalb von Minuten besiedeln. Dibbersen hat drei Ameisen in von Feldenkirchens Luftröhre gefunden. Wie wir mittlerweile wissen, handelt es sich um Glänzendschwarze Holzameisen. Der Experte, der die Bestimmung durchgeführt hat, schließt aus, dass diese Ameisenart ihr Revier am Fundort der Leiche hat.«

»Wie kann er das denn ausschließen?«

»Das geht nur bei Leichenfunden im Wald. In unserem Fall haben wir einen stark vermoosten Boden rund um die Leiche herum. Offenbar lebt die Glänzendschwarze Holzameise nicht auf solchem Boden. Sie hat ihre Nester in hohlen Baumstämmen und ernährt sich fast ausschließlich vom Honigtau der Blattläuse, sie lebt also im Baum oder in Baumnähe. Unsere Leiche aber lag auf einer Lichtung.«

»Das ist sehr beeindruckend, Frau Kaminski. Aber bitte beruhigen Sie mich und sagen Sie mir, dass Sie auch nicht wissen, was der Honigtau der Blattläuse ist.«

»Aber Chef, das ist Basiswissen, hatten Sie das nicht in Ihrem Studium in Stuttgart?«

»Nein, hatten wir nicht.«

Frau Kaminski lacht. »Wir auch nicht.«

Voss weiß jetzt, dass sie ihm vergeben hat. Er lächelt ein bisschen und tut so, als hätte er gewusst, dass sie ihn nur reinlegen wollte. Honigtau, was für ein schöner Name für ein Grundnahrungsmittel.

»Suchen Sie mal am Buchenhorst, Frau Kaminski. Das ist am Waldrand, auf der anderen Seite vom Sternekorper Forst. Da muss eine Jagdkanzel stehen. Frau von Feldenkirchen sagt, das sei der Lieblingsplatz ihres Mannes gewesen. Vielleicht wusste das der Täter auch.«

»Wir klären das sofort, ich hoffe, der Ameisenexperte hat Zeit.«

Frau Kaminski geht zu einem der Labortische hinüber, auf dem in kleinen Plastiktüten verpackt Tannenzweige liegen. »Wir haben das Untersuchungsergebnis für die Tannenzweige bekommen, die unter Probsts Leiche lagen. Die sind nicht vom selben Baum wie die Zweige an der Wildstrecke. Die Leute vom Forstwirtschaftlichen Institut sagen, die Zweige seien wahrscheinlich schon vor mehreren Wochen geschnitten worden.«

»Der Täter hat das alles also wirklich schon sehr lange geplant«, sagt Voss. »Noch eins, Frau Kaminski, sehen Sie sich bitte noch mal die Knoten an, mit denen beiden Opfern die Hände gefesselt wurden. Ich wüsste gern, was das für ein Knoten ist und wer üblicherweise solche Knoten macht.«

Im Landratsamt in Seelow sitzt Herr Kacmarek in einem Raum ohne Fenster. Das heißt, eigentlich ist es gar kein richtiger Raum, eher ein Durchgang zwischen zwei Räumen. Linker Hand befindet sich das Sekretariat, in dem Frau Schontowski und Fräulein Radunski ihre Arbeitsplätze haben. Rechter Hand liegt das Büro des Landrats von Märkisch-Oderland, das vermutlich größte Arbeitszimmer Brandenburgs, in dem man ohne Probleme eine 18-Loch-Minigolfanlage unterbringen könnte. Herr Kacmareks Schreibtisch steht etwas zurückversetzt, sodass man bequem vom Sekretariat ins Büro des Landrats gehen kann. Wollte Herr Kacmarek allerdings mal von seinem Schreibtisch aufstehen, dann wäre das wohl nicht ganz so einfach, obwohl er nicht dick ist und auch sonst zu keiner körperlichen Übertreibung neigt. Als der Landrat noch lebte, war die Tür rechter Hand meistens geschlossen, wird Herr Kacmarek später sagen, weshalb er nur von der linken Seite Licht bekam. Seit gestern nun steht auch die zweite Tür offen und gibt den Blick frei in ein verlassenes Reich, das mit angorabraunem Teppichboden ausgelegt ist.

Herr Kacmarek war der persönliche Referent des Landrats Hubert von Feldenkirchen. Er ist so um die vierzig und trägt einen schlecht sitzenden, grauen Anzug. Als Voss ihm die Hand gibt, erhebt er sich von seinem Sitz, soweit das platzmäßig möglich ist. Seine Hand ist weich und auch ein wenig feucht.

Frau Radunski bringt Voss einen Stuhl, den sie vor Herrn Kacmareks Schreibtisch stellt, sodass der Durchgang zum Büro des Landrats blockiert wird, was allerdings unter den gegebenen Umständen niemanden zu stören scheint.

»Herr Kacmarek«, beginnt Voss, »Sie haben den Landrat in den vergangenen Tagen wahrscheinlich öfter gesehen als seine Frau. Ist Ihnen etwas an ihm aufgefallen?«

Herr Kacmarek überlegt. »Ja, schon, der Herr Landrat war nervös, angespannt würde ich sagen. Er hat viel Zeit allein in seinem Büro verbracht. Er hat nicht telefoniert und auch mit mir hat er kaum gesprochen.«

»Woran hat er gearbeitet?«

»Ich weiß es ehrlich gesagt nicht. Vorgestern hatte ich den Eindruck, dass er gar nichts macht. Ich habe noch nicht mal das Klappern seiner Tastatur gehört, es war einfach nur still.«

»Haben Sie eine Erklärung dafür?«

»Wir haben gerade jede Menge zu tun, in seinem Posteingang haben sich die Mappen gestapelt. Vorgestern Nachmittag hatte ich ihn auf eine wichtige Terminsache hingewiesen, und er hat mich gebeten, das zu erledigen. Er hat sogar blanko ein paar Briefbögen unterschrieben, damit ich in seinem Namen handeln kann. Das war überhaupt nicht seine Art. Normalerweise hat er alles drei Mal kontrolliert. Ich weiß nicht, warum er so war.«

»Und die Tage davor?«

Herr Kacmarek überlegt, diesmal dauert es länger. Dann scheint ihm etwas einzufallen: »Vor drei Tagen bekam er Besuch von einem Mann, den ich nicht kannte, was ungewöhnlich ist, weil ich normalerweise alle Leute kenne, mit denen er Kontakt hat. Ich dachte mir, dass es vielleicht ein Freund ist.«

»Haben Sie zufällig mitbekommen, worüber die beiden gesprochen haben?«

»Nein, sie sprachen sehr leise.«

»Das heißt, Sie haben schon hingehört?«

»Das lässt sich hier nicht vermeiden, die Wände sind dünn, man hört praktisch alles.«

»Haben die beiden geflüstert?«

»Das vielleicht nicht, aber sie wollten offensichtlich nicht gehört werden.«

»Gibt es irgendjemanden hier, der wissen könnte, wer dieser Mann war? Die Sekretärin vielleicht?«

»Nein. Aber ich könnte ihn beschreiben.«

Erstaunlicher Typ, dieser Herr Kacmarek, denkt Voss. Ungewöhnlich kooperativ und mitteilungsbedürftig. Normalerweise machen doch diese Referenten erst mal dicht, sagen gar nichts. Der hier würde augenscheinlich alles preisgeben, was er wusste.

»Was war denn der Graf von Feldenkirchen für ein Chef, Herr Kacmarek?«

»Tja, was soll ich sagen. Über Tote soll man ja nicht schlecht sprechen. Aber es gibt sicherlich angenehmere Chefs.«

»Was war denn so unangenehm an ihm?«

»Das ist schwer zu beschreiben. Er war immer recht freundlich, nein, höflich trifft es wohl eher. Man hat nie ein lautes Wort von ihm gehört. Gleichzeitig hatte er etwas Unnahbares, er wollte alles bestimmen, er wusste alles, und er war sehr ungeduldig, wenn andere seine Erwartungen nicht gleich erfüllten.«

»Er war eben ein Graf.«

»Ja, das war er, durch und durch. Wobei das für ihn auch bedeutete, sich für alles verantwortlich zu fühlen. Für jeden da zu sein. Letzte Woche zum Beispiel ist der Sohn von Frau Schontowski, der Sekretärin, von einer Mauer gefallen. Er hat das mitbekommen, hat sich ins Auto gesetzt und ist mit dem Sohn ins Krankenhaus gefahren.«

»Das ist doch aber sehr nett von ihm.«

»Sicher, aber seine Hilfsbereitschaft, sein Verantwortungsgefühl beruhten auf der Annahme, dass nur er allein in der Lage sei, das Richtige zu tun. Für alle anderen um ihn herum konnte das sehr bedrückend sein. Und man konnte noch nicht mal etwas dagegen sagen, weil er ja so viel Gutes tat.«

»Herr Kacmarek, wer entscheidet in diesem Landkreis darüber, wo Windräder aufgestellt werden?«

Kacmarek scheint irritiert zu sein über den abrupten Themenwechsel. Voss spürt, dass dieser persönliche Referent noch viel mehr Persönliches zu sagen hätte über seinen toten Chef, der ihn offenbar mit herrischer Güte quälte. Aber Kacmarek ist es gewohnt zu gehorchen. Er schaltet um, seine eben noch von aufflammender Wut belebten Gesichtszüge finden zur gewohnten Sachlichkeit zurück.

»Ja, das Verfahren ist kompliziert, weil es so konzipiert ist, dass es eben keine einzelnen Personen gibt, die darüber entscheiden können. Die Regionale Planungsgemeinschaft erstellt einen Entwurf, der von der Regionalversammlung verabschiedet wird. Die fertige Satzung wird dann von der Landesplanungsabteilung Berlin-Brandenburg auf Ministerialebene beschlossen.«

»Das hört sich wirklich kompliziert an. Ich frage mal anders: Welche Rolle spielt der Landrat in diesem Verfahren?«

»Der Landrat sitzt in der Regionalversammlung. Dort hat er Stimmrecht, aber er ist nur einer von vielen. Entscheidender ist sein Vorschlagsrecht. Da ein Landrat seinen Landkreis in der Regel am besten kennt, kann er davon ausgehen, gehört zu werden.«

»Und er erfährt, nehme ich an, recht früh, welche Flächen in Windgebiete umgewandelt werden sollen?«

»Ja, weil er ja auch sicherzustellen hat, dass es keine rechtlichen Vorbehalte gibt. Unter uns gesagt ist es so, dass in dieser Regionalversammlung fast ausschließlich Leute sitzen, die keine Ahnung haben, was sie da eigentlich tun. Vor allem die

Kreistagsdelegierten sind froh, wenn der Landrat ihnen etwas vorschlägt. Das geht dann meistens auch durch.«

»Hatten Sie, Herr Kacmarek, zuweilen den Eindruck, dass Hubert von Feldenkirchen seinen Einfluss in einer Weise gebrauchte, die Ihnen unangemessen erschien?«

»Sie meinen, ob er korrupt war?« Kacmarek schaut ihn herausfordernd an.

»War er das denn?«, fragt Voss.

»Ehrlich gesagt, kann ich mir das nicht vorstellen, das wäre gegen seine Prinzipien gewesen. Und die waren ihm sehr wichtig. Er hat immer gesagt, dass erst die Prinzipien dem Menschen Würde geben.«

Voss beginnt zu verstehen, wie anstrengend dieser Graf gewesen sein muss. Voller Güte und voller Prinzipien.

»Allerdings würde ich es auch nicht ausschließen«, fährt Herr Kacmarek fort. Er sagt es ohne Eifer, ohne Emotion. Es ist ein kühler, kleiner Hinweis, ein in vollem Bewusstsein abgeschossener Pfeil. »Fragen Sie doch mal die Frau Professor Mauersberger, sie ist die Vorstandschefin der Voltatrans, die hier die meisten Windräder baut. Wenn jemand sich mit unangemessener Einflussnahme auskennt, dann sie. Und bitte erwähnen Sie meinen Namen nicht.«

Voss verabschiedet sich wenig später, Herr Kacmarek schaut ihn traurig an. Ganz so, als verliere er einen Verbündeten oder zumindest doch einen Menschen, der ihn für kurze Zeit verstanden hat.

Voss nimmt die Straße, die zur Oder führt. Als er Seelow verlässt, sieht er auf der Höhenkette den riesigen sowjetischen Bronzesoldaten stehen, der mit seiner Maschinenpistole im Anschlag in die Weite schaut. Am 1. September, dem Friedenstag, sind sie fast jedes Jahr mit der Klasse dorthin gewandert.

Düssmann hat dann erzählt, von der entscheidenden Schlacht auf den Seelower Höhen im April 1945, als die Sowjetarmee die Oder überquerte und die deutsche Wehrmacht sich zum letzten Gefecht aufbäumte. Düssmann sagte, die Seelower Höhen seien voller Blut gewesen, und diesem Blut seien sie, die Thälmannpioniere der Dorfschule Sternekorp, verpflichtet. Einmal hat Voss zu Hause seiner Mutter von dem Blut erzählt, er hat sie gefragt, ob die Tücher der Thälmannpioniere deshalb so rot seien. Sie hat müde genickt und nichts gesagt, wie meistens, wenn es um solche Dinge ging.

Die Straße führt ins Oderbruch, dem platten Land, das zwischen den Höhenzügen des Barnimplateaus und der polnischen Grenze liegt. Über das Autotelefon ruft Voss Neumann an. Der wirkt ein wenig müde, was Voss wesentlich sympathischer ist als dessen chronische Aufgeregtheit.

»Neumann, ich fahre jetzt zu Voltatrans in der Nähe von Eberswalde. Bitte kündigen Sie Frau Professor Mauersberger, der Chefin dort, meinen Besuch an. Wie kommen Sie voran?«

»Es geht, die Kollegen vom LKA unterstützen uns. Das Innenministerium überlegt übrigens, ob nicht eine Sonderkommission eingesetzt werden sollte. Hat Sie der Polizeidirektor noch nicht angerufen?«

»Keine Ahnung. Neumann, rufen Sie mich an, sobald Sie mit dieser Mauersberger gesprochen haben. Und ansonsten konzentrieren wir uns auf unsere Arbeit. Die Jungs vom Innenministerium haben Zeit, über Sonderkommissionen nachzudenken, weil sie sonst nichts zu tun haben. Aber wir suchen einen Mörder.«

»Da fällt mir ein«, sagt Neumann, »wir haben noch wie gewünscht überprüft, wo Johanna Krieger in der Nacht von Dienstag auf Mittwoch war, Sie wissen schon, die Reiterin.«

»Die schwarze Witwe.«

»Nennt man sie so?«

»Nein, Neumann, entschuldigen Sie, fahren Sie fort.«

»Also, jedenfalls ist sie seit Dienstag in einem Reitcamp auf Rügen, es gibt sogar einen Zeugen, der bestätigt, dass sie die ganze Nacht da war.«

»Aha«, sagt Voss, »ein nächtlicher Zeuge also, na gut, vermutlich eine Verdächtige weniger.« Voss spürt einen kaum zu erklärenden Ärger, als wäre er eifersüchtig. Was für ein absurder Gedanke!

»Stibbe haben wir leider nicht angetroffen, da müssen wir noch mal hin«, sagt Neumann.

»Gut. Schicken Sie doch bitte einen Funkwagen nach Ollershof. Stibbe hat angeblich seine Flinte an einen Herrn Meichsner verkauft, der dort wohnt. Ich will wissen, ob das alles korrekt gelaufen ist.«

»Wird gemacht, Chef.«

Voss durchquert die fruchtbare Ebene, blickt hinauf in die brandenburgischen Berge und versteht zum ersten Mal, was mit dem Namen Oderbruch gemeint sein könnte. An manchen Stellen fällt das Höhenland wie eine Steilküste ab, so als hätte wirklich jemand die Berge gebrochen, um ohne jeden Übergang ein flaches Weideland zu schaffen. Voss kommt durch Dörfer, in denen herausgeputzte Fachwerkhäuser und alte Mühlen stehen, die schon lange kein Wasser mehr haben, weil Friedrich II. einst mit Deichen und Dämmen das Oderbruch trockenlegte und so zum ersten Mal eine Provinz im Frieden eroberte, wie Düssmann ihnen immer und immer wieder erklärt hat.

Das Telefon klingelt, Neumann sagt, die Chefin der Voltatrans sei erst wieder in zwei Stunden in ihrer Firma. »Ich habe übrigens gehört, dass die Abteilung für Wirtschaftskriminalität im LKA sich gerade für die Voltatrans interessiert. Es geht, glaube ich, um Schmiergelder für einen Staatssekretär in Potsdam, vielleicht kann Ihnen das helfen.«

»Danke, Neumann, gut gemacht. Ach so, noch eine Sache, bitte reden Sie nur das Nötigste mit dem Polizeidirektor über unsere Ermittlungen, das macht es sonst nur noch komplizierter. Kein Wort über den Grafen und irgendeinen Korruptionsverdacht.«

»Ist in Ordnung, Chef.«

Voss legt auf und denkt, dass er ja jetzt noch ein bisschen Zeit hat. Er spürt plötzlich, wie müde er schon wieder ist. Voss fährt in einen Waldweg, der von der Straße abzweigt, stellt den Wecker in seinem Handy, dreht die Sitzlehne zurück und ist schon kurz darauf eingeschlafen.

Noch bevor Voss von seinem Handy geweckt werden kann, klopft es an die Scheibe der Fahrertür. Er öffnet widerwillig die Augen und sieht das Gesicht seiner Schulfreundin Corinna. Er kurbelt die Scheibe herunter.

»Na, Kommissar Voss, bei der Arbeit?«, fragt Corinna und lächelt ihn schelmisch an.

»Nur eine kleine Pause«, sagt Voss beschämt, streckt sich und schüttelt den Schlaf aus seinen Gliedern. »Aber was machst du denn hier?«

»Ich wohne hier ganz in der Nähe, und als ich im Vorbeifahren ein hellblaues Frauenauto im Wald gesehen habe, dachte ich, das kann nur der Vossi sein.«

»Ich war gerade in Seelow. Seid ihr da auch immer mit der Klasse hingelaufen, zu dem sowjetischen Soldaten mit der Maschinenpistole?«

»Kann sein, weiß ich nicht mehr. Aber interessant, was die Polizei so für Sachen macht. Sowjetische Soldaten besuchen, Nickerchen im Auto halten. Was machst du am Nachmittag, kleiner Zoobesuch?«, fragt sie grinsend.

Im Grunde, denkt Voss, hat sich Corinna gar nicht verändert.

Sie ist genauso schnell und frech wie immer. Und wie immer fällt ihm keine Antwort ein, kann er nur dasitzen wie ein Depp und blöd zurückgrinsen.

»Aber wenn du schon mal hier bist«, sagt Corinna, »dann musst du jetzt mitkommen und einen Tee bei uns trinken, fahr' mir einfach hinterher.«

Voss will protestieren und sagen, dass er eigentlich gar keine Zeit hat. Aber da steigt Corinna auch schon in ihren Pick-up und fährt schwungvoll los. Von der Landstraße biegt sie in einen von Dornenhecken bewachsenen Feldweg ein, der zu einem noch schmaleren, gemächlich ansteigenden Weg führt, was in dieser planen Landschaft schon auffällig ist. Sie fahren rechts um eine kleine Bergkuppe herum, überqueren einen Bach. Von zwei Pferdekoppeln umrahmt steht ein baufälliges Fachwerkhaus neben einer zerfallenen Scheune.

Corinna parkt den Pick-up neben dem Haus, Voss stellt seinen Wagen daneben. Gegenüber vom Haus stehen Bienenkästen in mehreren Etagen aufgestapelt. »Die haben gerade ihre Winterruhe begonnen«, sagt Corinna. Sie zieht eine Schublade aus einem der Bienenkästen und füllt etwas Flüssigkeit hinein. »Wir müssen zufüttern, sonst schaffen sie es nicht.« Voss fragt, was ein Imkerpaar denn so tut, wenn die Bienen Winterruhe halten. »Na wir machen auch Winterruhe«, sagt Corinna und lacht. Der bärtige Mann, den Voss neulich im Auto gesehen hat, öffnet die Tür. »Das ist Michael«, sagt Corinna. »Und das ist Vossi, den habe ich im Wald aufgegabelt.« Und Voss sagt: »Ich muss auch gleich weiter, habe eigentlich gar keine Zeit.«

Zum Tee gibt es Imkerhonig. Voss muss verschiedene Honigsorten testen, die Corinna ihm auf frischen Weißbrotstückchen anbietet. Es gibt Waldhonig, Rapshonig, Blütenhonig, Akazienhonig. Voss schmeckt kaum einen Unterschied, außerdem hat er richtig Hunger und schlingt die Brotstücke viel zu schnell hinunter. Aber er gibt sich Mühe und sagt, wie unglaublich facettenreich doch der Honiggeschmack sei.

»Ach, unglaublich facettenreich, ja?«, äfft Corinna ihn nach. »Vossi, mach dich mal locker, du kannst hier ganz normal reden, wir sind unter uns.«

Diese Bemerkung verspannt Voss eher noch etwas mehr. Michael sitzt die ganze Zeit wortlos in seinem Sessel. Vielleicht ist er wirklich eifersüchtig auf ihn. Das gibt es ja, dass Männer große Probleme damit haben, wenn ihre Frauen Freunde aus der Vergangenheit anschleppen, selbst wenn sie mit diesen Freunden nie etwas hatten. Voss fragt Michael, wie die Imkersaison denn so war. Michael antwortet knapp, er wirkt fast eingeschüchtert. Wahrscheinlich ist es auch das Leben hier draußen, denkt Voss. Die Bienen und das flache Land, da wird man schnell mal ein wenig einsilbig.

»Und was hast du nun wirklich in Seelow gemacht?«, fragt Corinna.

»Ich war wegen des ermordeten Landrats da«, sagt Voss. »Ihr habt vielleicht schon davon gehört, oder hat man hier draußen gar keinen Radioempfang?«

»Doch, doch«, sagt Corinna.

»Ja, schlimme Geschichte, kanntest du den Grafen?«

»Nicht persönlich«, sagt Corinna.

Sie springt plötzlich auf, geht zum Küchenschrank und überreicht ihm ein Glas Waldhonig.

»Hier, Vossi, du musst auch ein bisschen was Gutes essen, siehst ja aus wie ein Strich in der Landschaft.«

Voss nickt: »Hat mein Vater auch immer gesagt, hat sich aber nie geändert, egal, was ich gegessen habe.«

Als Voss wieder im Auto sitzt, fragt er sich, ob die beiden wohl glücklich miteinander sind. Dieser Michael scheint kein einfacher Zeitgenosse zu sein, er wirkt so ernsthaft und verspannt, ganz anders als die lebhafte Corinna. Aber vielleicht sollte er auch aufhören, ständig alles zu beobachten und einzuordnen, was um ihn herum passiert. Er kann das gar nicht mehr abstellen. Nicole hat ihm mal gesagt, dass sie sich wie eine Verdächtige vorkomme, wenn sie mit ihm zusammen sei. »Du siehst mich nicht an, du beobachtest mich«, hat sie gesagt. Das war wie immer übertrieben. Und wie immer wahr.

Auf dem Weg nach Eberswalde kommt Voss an etlichen Windmühlen-Wäldern vorbei, die triumphierend über die sachten märkischen Hügel ragen und alles andere klein und nichtig erscheinen lassen. Kantige Windmühlenflügel peitschen über der weichen Landschaft. Alleebäume, Kirchtürme, Strommasten, alles schrumpft angesichts des in der Höhe rotierenden Stahls. Es hat etwas Erhabenes und gleichzeitig Beängstigendes, denkt Voss, je nachdem, was man von diesen Apparaten hält.

Die Voltatrans-Zentrale ist ein ovaler Bau aus Holz und Glas, der auf stählernen Stelzen zwischen Kuhweiden und Roggenfeldern in der märkischen Landschaft steht. Es sieht wie ein Raumschiff aus, das gerade gelandet ist. Dieser Eindruck verstärkt sich, wenn man das Stelzen-Haus betritt und die Wartungsingenieure in ihren blauen Overalls erblickt, die zu Dutzenden in einem halbrunden Atrium vor ihren Monitoren sitzen. In der Mitte des Raumes hängt ein Bildschirm, auf dem eine Karte von Brandenburg zu sehen ist, in der grüne, gelbe und rote Punkte wie ein bunter Sternenhimmel leuchten. Katharina Mauersberger, die Voss durch ihr Unternehmen führt, erklärt mit gedämpfter Stimme, was draußen, auf den Windfeldern, gerade so passiert. Im Moment ziehe ein Sturm durch den Norden von Brandenburg, raunt sie. Man könne das an den Leuchten sehen, die von Grün auf Gelb und schließlich auf Rot wechseln, je nachdem, wie schnell sich die einzelnen Windanlagen drehen. Katharina Mauersberger ist Ende 50, hat ein rosiges, offenes Gesicht und eine praktische Kurzhaarfrisur. Sie wirkt sportlich, wahrscheinlich joggt sie jeden Tag, denkt Voss. Sie trägt einen erdfarbenen Goretex-Pullover, ein paar ausgewaschene Levi's 501 und Sandalen mit hellbraunen Wollstrümpfen. »Jetzt gerade könnten wir ganz Brandenburg und weite Teile von Berlin komplett mit Strom versorgen«, sagt Mauersberger. Sie tippt auf einer Tastatur herum, und auf dem großen Bildschirm beginnen die Zahlen zu tanzen. Katharina Mauersberger spricht von Auslastungsparametern, Bodenprofilen und Rotorblattneigungen.

Voss versteht kein Wort, aber er nickt, zieht von Zeit zu Zeit anerkennend die Augenbrauen nach oben, so wie er das zuweilen tut, wenn seine Mutter über den Kronenschnitt bei sechsjährigen Apfelbäumen referiert. Was Voss versteht, ist, dass Katharina Mauersberger die meisten und die größten Windräder von allen hat, wahrscheinlich seit Langem Multimillionärin ist und ihr windiges Reich von einem Raumschiff aus leitet, das aus irgendeinem Grund in der Nähe von Eberswalde gelandet ist. Aus den spitzen Bemerkungen, die sie von Zeit zu Zeit in ihr Referat einbaut, entnimmt Voss, dass sie es nicht sonderlich schätzt, dafür bestaunt zu werden, es als Frau in der Energiebranche so weit nach oben geschafft zu haben. Scheint ein wichtiges Thema für sie zu sein, denkt Voss, vielleicht kleidet sie sich deshalb wie ein Mann.

»Sie mögen das hier alles nicht so besonders, oder?«, sagt Mauersberger irgendwann. Voss schrickt zusammen, weil er gerade in Gedanken ganz woanders war.

»Wissen Sie, Frau Mauersberger, ich mag diese Landschaft hier. Sie ist nicht spektakulär, ganz im Gegenteil. Sie ist eher schlicht und gerade deshalb vielleicht so beruhigend. Ich fühle mich wohl, wenn ich in dieser Landschaft bin, die schon so war, als ich noch klein war. Und ich finde, diese Windräder verändern das alles, sie zerstören die Proportionen. Vor allem aber verändern sie mein Gefühl.« Voss ist es, als hörte er sich selbst beim Sprechen zu, er wundert sich, was da alles aus ihm herausdrängt. Hat er dieser Wind-Millionärin gerade von seinen Gefühlen erzählt?

Katharina Mauersberger nickt bedächtig, setzt ein mildes Lächeln auf und gibt ihrer Stimme einen warmen Klang. So, als hätte sie gerade ein bockiges Kind vor sich, das noch nicht besonders viel von der Welt versteht. »Mein lieber Kommissar Voss, ich verstehe, was Sie meinen. Sie sprechen, glaube ich, von Heimat. Und wer will schon, dass seine Heimat verändert wird? Es soll immer alles genauso bleiben, wie es war, nicht wahr? Allerdings war es in der Geschichte stets so, dass der Mensch sich die Landschaft schuf, die er zum Leben brauchte. Erst wurden die Bäume radikal gerodet, um Ackerflächen zu gewinnen, dann wurde wieder aufgeforstet, um Holz zu gewinnen. Jetzt werden Windräder gebaut, um Strom zu gewinnen. Es gibt nicht *die* Landschaft, Herr Kommissar, sondern nur das, was die Bewohner zu ihrem Zwecke daraus machen.«

Sie hat während des Redens die Arme vor dem Bauch verschränkt, sie spricht langsam, lässt ihre klugen Sätze genüsslich über die Zunge gleiten. Voss nervt die süffisante Überlegenheit dieser Frau. Wahrscheinlich hat sie das alles schon Dutzende Male erzählt, es gehört zu ihrem Repertoire. Dann setzt Katharina Mauersberger zum Finale an. Sie strafft ihren Körper, reckt das Kinn in die Höhe und sagt: »Wir haben gar keine Wahl. Es geht darum, eine Klimakatastrophe abzuwenden. Es geht darum, zu überleben.«

Diese Frau weiß, dass ihr da keiner widersprechen kann, denkt Voss. Sie ist die Gute. Was kann man machen gegen Kapitalisten, die nebenbei die Menschheit retten? Was ist die Schönheit einer Landschaft gegen die Existenz der ganzen Welt?

»Frau Mauersberger, wenn ich das richtig verstanden habe, geht so mancher Retter des Universums nicht gerade zimperlich vor. Sie kennen die Fälle der gekauften Bürgermeister, der bestochenen Gutachter, Sie wissen von den großzügigen Spenden der Windfirmen an die Gemeinden, die Flächen zur Verfügung stellen. Ich nehme an, Sie spenden selbst auch.«

Mauersbergers Gesicht verschließt sich augenblicklich im gedimmten Licht des Kontrollraums. »Es stimmt, wir investieren in eine Gegend, die nicht gerade privilegiert ist. Wissen Sie, vor dem Untergang der DDR haben in Brandenburg 60 Menschen auf einem Quadratkilometer gearbeitet, heute sind es nur noch 17. Das Land ist flach und leer, ideal für Windräder. Mit unseren Spenden steigern wir die Akzeptanz und die Glaubwürdigkeit unserer Arbeit bei denen, die noch hier sind. Aber das hat nichts mit Bestechung zu tun.«

»Es interessiert mich gar nicht, was Sie oder Ihre Firma so machen. Ich habe einen Mordfall aufzuklären, deshalb muss ich wissen, welche Rolle Hubert von Feldenkirchen in diesem ganzen Spiel hatte.«

»Woher soll ich das wissen? Meinen Sie, der hochmögende Graf von Feldenkirchen wäre zu mir gekommen und hätte mir von seinen dunklen Geheimnissen erzählt, falls er welche hatte?«

»Das vielleicht nicht, aber ich bin mir sicher, dass Sie wissen, wie es so zugeht im Windgeschäft. Ich bin mir selbstverständlich im Klaren darüber, dass Sie und Ihre Firma mit solchen Dingen überhaupt nichts zu tun haben. Ich frage Sie sozusagen als hintergründige Kennerin der Verhältnisse.«

Katharina Mauersberger lächelt. »Aber was soll ich sagen, wenn ich nichts weiß?«

»Nun, das wäre schade, sehr schade, Frau Mauersberger. Ich dachte gerade an diese unschöne Geschichte mit dem Staatssekretär in Potsdam. Ich hatte mich gefragt, ob man Sie aus dieser Sache nicht irgendwie raushalten könnte. Aber wenn Sie nun so gar nichts, so überhaupt nichts wissen, was mir helfen könnte ...«

Katharina Mauersbergers überlegenes Lächeln ist mit einem

Schlag verschwunden. Sie fixiert Voss wütend, ihr rosiges Gesicht ist blass geworden. Voss dankt Neumann innerlich für den Tipp, offenbar hat er diese Öko-Kapitalistin genau an der richtigen Stelle getroffen. Sie gibt Voss ein Zeichen, ihm in ihr Büro zu folgen. Sie schließt die Tür, stellt sich vor ihn hin und sagt mit mühsam gezügelter Stimme:

»Was ich Ihnen jetzt sage, habe ich Ihnen nie gesagt, und ich weiß noch nicht mal, ob es stimmt. Es ist nur das, was ich so gehört habe, was man sich erzählt.«

Voss nickt ihr aufmunternd zu, eine kleine, diebische Freude steigt in ihm auf.

»Ziehen Sie sich aus«, sagt Katharina Mauersberger.

»Wie bitte?«

»Herr Kommissar, wenn ich jetzt die Hosen runterlassen soll, dann Sie auch. Ich muss sicher sein, dass Sie kein Mikrofon am Körper tragen.«

Voss schüttelt den Kopf. Er kann sich doch nicht vor dieser Frau ausziehen. Ausgeschlossen! Am Ende lässt sie ihn noch stehen und läuft lachend davon. Andererseits wirkt diese Mauersberger gerade nicht so, als wäre sie zu Scherzen aufgelegt. Sie scheint es wirklich ernst zu meinen.

»Sie meinen hier, in Ihrem Büro?«

»Ja, nun stellen Sie sich nicht so an. Uns stört hier niemand.«

»Das kommt nicht infrage. Und wie kommen Sie darauf, dass ich ein Mikrofon tragen könnte?«

»Weil Sie nicht der Erste wären, der versucht, mich reinzulegen. Nun machen Sie schon, und glauben Sie mir, das macht mir ebenso wenig Freude wie Ihnen.«

»Das haben Sie aber nett gesagt.«

Voss gibt sich einen Ruck, tritt einen Schritt zurück und beginnt widerwillig abzulegen. Zuerst die Jacke, dann das Pistolenhalfter, die Hose. Dann das Hemd. Schließlich steht er in Unterhosen und Strümpfen vor Katharina Mauersberger.

Sie gibt ihm schließlich ein Zeichen, sich wieder anzuziehen.

»So, jetzt bin ich gespannt, was Sie mir zu sagen haben. Nach diesem ungewöhnlichen Vorspiel«, sagt Voss, als er wieder voll bekleidet vor ihr steht. Sie bittet ihn, in einer Sitzecke Platz zu nehmen. »Whisky, auf den Schreck?« Voss nickt, Katharina Mauersberger holt eine Flasche eines 30 Jahre alten, bernsteinfarbenen Single Malt aus einer schwarz lackierten Kommode. Sie prosten sich zu, Mauersberger grinst, aber Voss ist immer noch sauer. Der Whisky brennt angenehm im Hals und schwappt wie eine warme, rauchige Welle durch seinen Körper.

»Also, Kommissar Voss, ich werde Ihnen eine Geschichte erzählen, die von einem Mann handelt, der mit Mitte 40 – also etwa in Ihrem Alter – entdeckt hat, wer er wirklich ist. Es ist gewissermaßen die Geschichte einer Verwandlung. Sie müssen wissen, dass dieser Mann keine Ahnung hatte, warum er eigentlich hierhergekommen ist. Es war so, als würde er von einer Kraft geführt, die ihm selbst bis dahin verborgen war. Ich habe diesen Mann kennengelernt, kurz nachdem er in Sternekorp ankam. Kurz darauf müssen Sie dann wohl weggegangen sein.«

Voss, der sich gerade etwas entspannt hatte, horcht auf. Offenbar hat sich Katharina Mauersberger über ihn informiert. Wer weiß, was sie sonst noch alles erfahren hat. Die Frau ist ihm unheimlich.

»Dieser Mann, der bis dahin recht unspektakulär auf dem bayerischen Land gelebt hat, kommt also in die Mark Brandenburg und wird ein anderer. Nicht weil er selbst ein anderer werden wollte, sondern weil er sich auf einmal als Teil einer langen Kette begreift. Als Teil einer Familie, die ihm bis dahin weitgehend unbekannt war. Entscheidend aber ist, dass die Menschen, die hier leben, ihn von Anfang an als Grafen sehen. Sie wollen, dass er diese Rolle spielt, sie machen es ihm leicht. Weil der LPG-Vorsitzende und der Parteisekretär und der Bürgermeister nicht mehr da sind. Weil sie wieder einen brauchen, der sagt, wo es langgeht. Zuerst wehrt er sich noch, will nicht in diese Rolle schlüpfen, aber irgendwann gefällt es ihm auch. Er beginnt, sich wichtig und auch ein wenig mächtig zu fühlen. Er übernimmt Funktionen, Ämter, Verantwortung. Er residiert im alten Schlosspark im Herrenhaus, er gibt Champagner-Empfänge, er tritt in die Fußstapfen seiner Vorfahren. Aber ihm fehlen die Mittel, weil er ja rein ökonomisch gesehen ein Bauer geblieben ist. Und weil auch ein brandenburgischer Landrat nicht so üppig verdient.«

»Und da beginnt er, nach Wegen zu suchen, seine Mittel etwas aufzubessern?«, fragt Voss, dem die Geschichte ein wenig lang wird.

»Nun ja, was bleibt ihm übrig? Es beginnt recht harmlos: Er gibt hier einen Tipp, dort einen Hinweis. Manch einer zeigt sich erkenntlich, ohne von ihm darum gebeten worden zu sein.«

»Aber er begreift, dass man mehr daraus machen kann«, murmelt Voss.

»Das begreift er in der Tat erstaunlich schnell. Er beginnt, Informationen und kleinere Dienstleistungen zu verkaufen. Es geht um alle möglichen Sachen: Betriebsgenehmigungen, öffentliche Auftragsausschreibungen, Gewerbegebietsausweisungen. Aber die Sache wird ihm zu heiß, weil immer mehr Leute von seinen Praktiken erfahren. Also beschließt er, es ganz neu anzugehen.«

»Er schickt andere vor, die für ihn die Geschäfte abwickeln.«

»Ganz genau. Er gewinnt Partner, die sich um die praktische Umsetzung kümmern. Das ist auch die Zeit, in der die ersten Betriebsgenehmigungen für Windkraftanlagen erteilt werden. Ihm ist sofort klar, welche Möglichkeiten sich da ergeben. Der Staat garantiert den Betreibern 20 Jahre lang hohe Einnahmen, die Unternehmen zahlen Gewerbesteuer an die Gemeinden. Er sorgt dafür, dass seine Partner die richtigen Flächen kaufen, und anschließend werden die Pachteinnahmen geteilt.«

»Und alle sind zufrieden. Sie wissen nicht zufällig, wer seine Partner sind?«

»Wie sollte ich, Herr Kommissar? Sie wissen doch, ich hatte mit diesen ganzen Dingen nie etwas zu tun.«

»Gehörte Harro Probst dazu?«

»Kann sein. Folgen Sie dem Geld, das führt immer zum Ziel.«

»Wo haben die sich getroffen? Ich nehme an, am Telefon wurden diese Geschäfte nicht besprochen?«

»Herr Kommissar, jetzt sagen Sie mir erst mal, wie weit Ihre Kollegen im LKA bei ihren Ermittlungen gegen mich sind.«

»Woher wollen Sie denn wissen, dass es Ermittlungen gibt?«

»Wie Sie wohl schon bemerkt haben, weiß ich eine ganze Menge. Was ich Ihnen bisher erzählt habe, sind keine großen Geheimnisse. Diese Geschichten kennen einige. Und sie haben auch keine Brisanz mehr, weil der Graf ja tot ist. Wenn ich Ihnen allerdings noch weiter helfen soll, dann müssen Sie mir auch helfen.«

»So wie es im Moment aussieht, werden meine Mordfälle demnächst auch die Staatsanwältin interessieren, die sich in Potsdam um Wirtschaftskriminalität kümmert. Ich werde mit ihr sprechen und ihr sagen, wie sehr Sie mir geholfen haben. Ich denke, das kann Ihnen dann auch helfen, aber versprechen kann ich nichts.«

»Ich mag Sie, Kommissar Voss. Andere Kollegen von Ihnen hätten jetzt auf die Kacke gehauen und mir sonst was erzählt, Sie sagen die Dinge so, wie sie sind. Das gefällt mir. Deswegen noch ein Hinweis, aber das habe ich wirklich nur aus zweiter Hand: Der Graf hatte große Angst davor, erwischt zu werden. Er hat mit seinen Partnern weder telefoniert noch gemailt. Sie haben sich irgendein Signal gegeben, wenn ein Treffen notwendig war. Es soll eine Hütte im Wald gegeben haben, einen Treffpunkt.«

Voss fallen die dreckigen Schuhe ein, von denen Yvonne Lehmann ihm erzählt hat. Also haben sich Probst und von Feldenkirchen womöglich heimlich im Wald getroffen, um dort ihre illegalen Geschäfte zu besprechen. Der Landrat besaß die Informationen, Probst kaufte die Flächen. Und dann musste irgendetwas passiert sein, das die ganze Sache aus dem Ruder laufen ließ. Jemand ist ihnen auf die Schliche gekommen, vielleicht Jürgen Stibbe. Aber warum hätte Stibbe die beiden auf so spektakuläre Weise umgebracht? Und weshalb hätte er nach dem Tod von Probst als Einziger die Jagd früher verlassen? Es ist doch unlogisch, dass einer so minutiös eine Hinrichtung plant und dann so ungeschickt die Aufmerksamkeit auf sich zieht, denkt Voss.

Voss verabschiedet sich von Katharina Mauersberger. Er steigt in sein Auto und sieht im Rückspiegel das Stelzen-Raumschiff im Nachmittagsnebel verschwinden. Auf der Fahrt zum Vorwerk ruft er Neumann an.

»Was ist mit Stibbes Waffe?«

»Ich habe noch keine Rückmeldung von den Kollegen, ich kümmere mich.«

»Machen Sie schnell!«

Die alte Feldsteinscheune, in der Stibbes Traktor steht, ist verschlossen. Voss geht zum Wohnhaus hinüber, klingelt. Stibbes Frau öffnet die Tür. Sie sieht an ihm vorbei, als wäre er gar nicht da. Ihr Blick ist leer, ihr ganzes Gesicht ist ohne jeden Ausdruck.

»Frau Stibbe, geht es Ihnen gut?«

»Ja«, sagt sie, Voss riecht eine starke Alkoholfahne.

»Ich suche Ihren Mann.«

»Der ist bei der Traktoren-Messe in Dresden.«

»Seit wann?«

»Er ist vorgestern Abend los, die brauchten da dringend einen, der sich mit den ollen Deutz-Maschinen auskennt.«

Voss fährt nach Hause. Es ist seltsam, denkt er, je mehr er über die Hintergründe dieses Falls erfährt, desto schneller gehen ihm die Verdächtigen verloren. Wenn das mit der Traktoren-Messe stimmt, kann er Stibbe vergessen. Es sei denn, er irrt sich, und die beiden Opfer wurden gar nicht vom selben Täter ermordet. Voss weiß, wie unwahrscheinlich das ist. Schon die Knoten deuten darauf hin, dass es derselbe Täter war. Andererseits haben mehrere Jäger den ermordeten Harro Probst im Wald liegen sehen. Ein Nachahmer ist nicht völlig auszuschließen. Voss fällt ein, dass Neumann vorhin gar nichts über die Alibis von Frau Probst und der heimlichen Geliebten, Yvonne Lehmann, gesagt hat. Auch wenn er selbst diese beiden Frauen für eher harmlos hält. Sein Kopf schmerzt, vielleicht ist das der Whisky, oder die vielen Fragen.

Im Garten hinter dem elterlichen Haus steht Maja in dicken Filzstiefeln und mit einem Spaten in den Händen, den sie schräg in den schweren, lehmigen Boden rammt. Sie arbeitet konzentriert und mit einer Kraft, die Voss ihr gar nicht zugetraut hätte. Er beobachtet sie vom Küchenfenster aus. Mit der viel zu weiten Wattejacke, die sie irgendwo gefunden haben muss, und mit dem grünen Kopftuch, das sie wahrscheinlich von der Mutter hat, sieht sie aus wie ein Mädchen, das sich als Bäuerin verkleidet hat. Ihre Wangen sind gerötet, ihr Atem dampft. Sie ist so unkompliziert, denkt Voss – und es scheint ihm in diesem Moment das Schönste zu sein, was man über eine Frau sagen kann.

Er zieht seine Gummistiefel an und geht zu ihr in den Garten. »Maja, das ist meine Aufgabe«, ruft er. Sie blickt hoch und sagt, ein Kommissar könne doch gar kein Bauer sein. »Du hast ja nie Zeit, weil du immer Mörder jagen musst, aber die Erde wartet nicht.« Das könnte ein Satz von seinem Vater sein: »Aber die Erde wartet nicht.« Warum eigentlich nicht? Man kann sie doch warten lassen, die blöde Erde, denkt Voss. Gemüse gibt es auch bei Fechtners oder bei Willekes zu kaufen, die machen nichts anderes den ganzen Tag, als sich um die Erde zu kümmern. Aber es zählt eben nur das eigene Gemüse, das haben sie sich hier früher so angewöhnt. Jeder hat in seinem Garten angepflanzt, vor allem Gurken, weil die in Berlin so begehrt waren. Auch Kopfsalat und Radieschen gingen gut. Zweimal die Woche kam ein Lastwagen vorbei und holte die Ernte ab. Dafür bekamen sie gutes Geld, und die Berliner hatten ein bisschen Grünzeug. »Mit unserer Privatwirtschaft halten wir den Sozialismus am Leben«, sagte der Vater manchmal.

So war es auch mit den Eiern, mit den Gänsen, Hühnern und Enten. Die staatlichen Aufkäufer kamen und bezahlten den Leuten mehr Geld, als die Viecher später im Laden kosteten. Die Läden in Berlin durften nicht leer sein, darum ging es. Vor Weihnachten lief das größte Geschäft in Sternekorp, mit Gänsen, Blautannen und Rehrücken. Voss erinnert sich, dass etliche Bauern und Jäger im Dorf mehr mit ihrem Privathandel verdienten, als sie Lohn in der LPG bekamen. Die Schweine haben sie mit Brot gefüttert, weil das in der Kaufhalle so billig war. Dafür ging ein Schwein für 500 Mark weg. Sogar Tabak haben sie in Sternekorp angebaut, als der Staat kein Geld mehr für den Importtabak hatte. Je schlechter es dem ganzen Land ging, desto besser liefen die Geschäfte in den Dörfern. Der alte Willeke hat neulich mal gesagt, dass er traurig gewesen sei, als die DDR unterging. »Nicht wegen der roten Schweine, aber wegen unserer Schweine.«

Tja, wegen dieser ganzen Geschichten muss ich jetzt hier immer noch über die Erde kriechen, denkt Voss. Vielleicht sollte er der Mutter mal sagen, dass die Berliner ihre Gurken mittlerweile aus Holland bekommen. Aber wahrscheinlich wäre ihr das egal. »Wer auf dem Land lebt, der muss es auch bestellen«, pflegt sie zu sagen.

Maja reißt Voss aus seinen Gedanken. »Daniel, wir müssen den Boden glätten, aber ich habe nichts gefunden im Schuppen. Bei mir zu Hause haben wir ein Walze, die man ziehen kann.« Voss überlegt, es gibt eine Stahltonne, die an der Hauswand steht, in der das Regenwasser aufgefangen wird. Er schraubt den verrosteten Deckel auf die Tonne, legt sie auf die Seite, um sie zu den umgegrabenen Beeten zu rollen. Aber sie ist zu schwer. Maja stellt sich neben ihn, sie stemmen sich zusammen gegen die Tonne, die langsam zu rollen beginnt. »Es funktioniert«, ruft Maja. Die Tonne rollt immer schneller. Voss rutscht in der glitschigen Erde weg, fällt bäuchlings auf die Tonne, die ihn mitreißt und nach vorne wirft, wie ein launiges Pferd sich eines ungeschickten Reiters entledigt. Voss landet der Länge nach im Lehmmatsch, bevor die Tonne ihn von hinten rammt. Maja kommt herbeigesprungen, beugt sich über ihn, sieht besorgt aus. Voss lacht. Er spürt seinen Schweiß, die feuchte Erde, das Herz, das ihm bis zum Hals schlägt, und den Fuß, der unter der Tonne eingeklemmt ist. Er hat sich lange nicht so gut gefühlt.

Doch plötzlich erstarrt er, weil er sieht, wie sich der Sanddornstrauch, der ganz hinten im Garten an der Feldkante steht, bewegt. Er kann nichts Genaues erkennen, weil es bereits dunkel wird. Vielleicht ist es ein Tier? Voss muss an den Mann denken, der neulich über den Zaun geflüchtet ist. Er gibt Maja ein Zeichen, an der Tonne stehen zu bleiben, und schleicht selbst in Richtung des Sanddornstrauchs. Maja folgt ihm, sie lacht, offenbar hält sie das alles für ein Spiel. In diesem Moment bewegt sich der Strauch wieder, und Voss sieht die Umrisse von jemandem, der über den Zaun klettert und verschwindet. Diesmal wird er mir nicht entkommen, denkt er und läuft los. Aber als er den Zaun erklimmen will, rutschen seine mit Lehm verschmierten Sohlen immer wieder an den Metallstreben ab. Er schafft es nicht, über diesen beschissenen Zaun zu steigen! Maja lacht jetzt nicht mehr. »Entschuldigung, ich habe nicht verstanden«, sagt sie. Voss winkt ab, er muss nachdenken.

Das Abendessen nehmen sie zu dritt in der Küche ein. Es ist selten, dass die Mutter abends noch mal aufsteht, meistens lässt sie sich von Maja ein Butterbrot und ein paar Tomatenstückchen am Bett servieren. Aber an diesem Abend hat sie gute Laune und will noch ein bisschen was erleben. Es gelingt ihr sogar, die gedrückte Stimmung ihres Sohnes aufzuhellen, der noch immer an den Mann am Zaun denken muss. Die Mutter erzählt Maja, wie sie 1948 zum ersten Mal auf einem russischen Traktor gefahren ist. Die Männer dachten, sie würde die Maschine nicht mal angeworfen bekommen. Aber dann lief der Traktor, und sie saß obendrauf und fuhr einfach los, quer über den Acker.

»Das Problem war nur, dass ich keine Ahnung hatte, wie man das Ding wieder anhält. Das hatte ich vergessen zu fragen«, sagt die Mutter.

»Und wie haben Sie es geschafft?«, fragt Maja.

»Ein junger Traktorist ist zu mir auf die Maschine gesprungen, hat sich neben mich gesetzt, seinen Arm um mich gelegt, weil da der Bremshebel war, und schon standen wir.«

»Er hat Sie gerettet!«, ruft Maja.

»Allerdings«, sagt die Mutter. »Und dieser junge, fesche Traktorist war Daniels Vater. Ein halbes Jahr später waren wir verlobt.«

»Warum hast du mir solche Geschichten nie erzählt?«, fragt Voss.

Die Mutter schaut ihn überrascht an. »Habe ich das nie erzählt? Wahrscheinlich hatten wir andere Dinge zu tun. Jetzt, wo ich den ganzen Tag im Bett liege, muss ich ständig an solche Sachen denken.«

Voss fällt auf, dass die Mutter immer kleiner und ausgetrockneter aussieht, so als zöge sich das Leben langsam aus ihr zurück.

»Aber jetzt erzähl' du mal von deinen Mördergeschichten. Maja hat mir gesagt, den Grafen hat es auch erwischt?«

Voss blickt Maja an. Weiß sie eigentlich, dass sie alles, was er ihr erzählt, für sich behalten muss? Sie haben seltsamerweise nie darüber gesprochen. Er hatte das Gefühl, als sei das selbstverständlich.

»Ja, zwei Tote in wenigen Tagen, die geben sich wirklich Mühe hier, mich als neuen Chef der Mordkommission würdig zu empfangen.«

»Ach, die arme Heidlinde«, seufzt die Mutter.

»Wer?«, fragt Voss.

»Na, die Frau von Harro Probst, die Witwe, muss man ja wohl sagen. Jetzt hat sie ihren Mann und ihre Liebe verloren.«

»Du kennst Frau Probst?«

»Ja, die hat doch früher in Sternekorp gewohnt. Erst viel später ist sie dann nach Wölsingsdorf gezogen, dann haben wir uns kaum noch gesehen. Wir sind im selben Jahr geboren, wobei sie deutlich jünger aussieht, das muss ich zugeben. Die Heidlinde war immer eine Schönheit.«

»Wie hast du das gemeint, Mutter, dass sie ihre Liebe verloren hat?«, fragt Voss.

Die Mutter schaut unsicher von Voss zu Maja. »Ich weiß nicht, ob ich euch das erzählen soll, das sind alte, ganz schmuddelige Geschichten.« Ihre Augen glänzen dabei allerdings verräterisch, es ist klar, dass sie nur noch einen kleinen Schubs braucht, um alles haarklein vor ihnen auszubreiten.

»Erzählen Sie, Frau Voss, erzählen Sie«, ruft Maja.

»Na gut, aber versprecht mir, die Sache nicht weiterzutragen. Die Alten im Dorf wissen sowieso Bescheid, aber das geht ja sonst niemanden was an.«

Die Mutter macht eine Pause, trinkt einen Schluck Tee. Sie genießt die Spannung und die Neugier an ihrem Küchentisch. Man kann es sich gerade gar nicht vorstellen, denkt Voss, dass diese Frau ihr ganzes Leben lang geschwiegen hat.

»Also, nach dem Krieg waren ja sehr wenige Männer im Dorf. Die meisten waren tot oder irgendwo verschollen. Ich hatte Glück mit meinem Walter, aber ansonsten war es für Frauen in meinem Alter schwer, jemanden zu finden. Die Heidlinde war wie gesagt eine echte Schönheit, mit blonden, langen Haaren und einer schlanken Figur. Die wollte nicht irgendeinen nehmen, und dann hatte sie auf einmal gar keinen.«

»Weil sie zu wählerisch war«, sagt Maja.

»Allerdings«, sagt die Mutter. »Aber dann begann Heidlinde, sich mit den Knaben zu beschäftigen. Die 16- oder 17-jährigen Jungs, die hat sie ein bisschen angelernt. Hat ihnen gezeigt, wie das Leben funktioniert.«

Voss ist es peinlich, die eigene Mutter über solche Sachen reden zu hören. Maja dagegen gluckst beim Zuhören vor Vergnügen, und auch die Mutter scheint immer mehr Spaß am Erzählen zu haben.

»Das war zu dieser Zeit übrigens gar nicht so ungewöhnlich, dass es solche Frauen in den Dörfern gab. Man nannte sie die Anlernerinnen. Und die Heidlinde hat das offenbar richtig gut gemacht.«

Wieder gluckst Maja vor Vergnügen, ihre Wangen glühen, ihre Augen sind gebannt auf die Mutter gerichtet.

»Und dann kam der Sommer, ich meine, es war 1966, als Hubert von Feldenkirchen drei Wochen in Sternekorp war, in den Ferien. Die Eltern durften ja nicht kommen, aber bei den Kindern war das wohl kein Problem. Die Eltern wollten, dass er den Kontakt zur Heimat nicht verliert. Also verbrachte der junge Graf, der so 17 gewesen sein muss, seine Sommerferien im Dorf. Und ihr könnt euch wahrscheinlich schon denken, was passiert ist.«

»Frau Probst hat ihn angelernt«, sagt Voss, der auf einmal hoch konzentriert ist.

»Damals hieß sie noch Fräulein Weckendorf. Und ja, sie hat ihn angelernt, es scheint sogar so, als hätte sein Kurs etwas länger gedauert als der von den anderen«, sagt die Mutter und kichert auf einmal selbst los wie ein Mädchen. »Und das Problem war, dass sie sich verliebt hat, und zwar bis über beide Ohren. Und als der junge Graf wieder weg war, hat sie den ersten Mann genommen, der ihr über den Weg gelaufen ist.«

»Also Harro Probst«, sagt Voss.

»Ja, das muss traurig für sie gewesen sein, weil Harro ja kein schlechter Kerl war, aber natürlich neben der strahlenden Erscheinung des jungen Hubert von Feldenkirchen verblasste.«

»Und als der Graf nach dem Mauerfall herkam?«

»Da war sie doch schon Mitte 50, und Hubert von Feldenkirchen war verheiratet.«

»Wusste Harro Probst von dieser Geschichte?«, fragt Voss.

»Keine Ahnung, vielleicht hat Heidlinde es ihm irgendwann erzählt, war ja auch schon so lange her.«

Voss steht vom Küchentisch auf und geht rüber in sein Zimmer. Er muss in Ruhe nachdenken, seine Müdigkeit ist verflogen. Es ist kaum vorstellbar, dass Harro Probst nichts mitbekommen hat von der Liaison seiner späteren Frau mit dem Grafen. Wenn alle hier in Sternekorp im Bilde waren, dann wird das auch irgendwann bis Wölsingsdorf gedrungen sein. Seltsam, denkt Voss, dass sich Harro Probst später ausgerechnet mit dem Mann zusammentat, der mal der Liebhaber seiner Frau war. Wobei diese Geschichte ja schon lange her war, als der Graf nach Sternekorp zurückkam. Interessanter ist da schon Frau Probst selbst, weil sie mit beiden Opfern intim war, wenn auch zu unterschiedlichen Zeiten. Aber welchen Grund sollte sie haben, ihren Mann und ihren ehemaligen Liebhaber umzubringen? Ist die Beziehung zum Grafen noch mal aufgeflammt? Voss muss unbedingt noch mal mit der Gräfin sprechen, und mit Frau Probst. Erst gegen ein Uhr morgens geht er ins Bett und braucht dann ungewöhnlich lange um einzuschlafen.

FREITAG

Um halb neun Uhr kommt eine SMS von Frau Kaminski. »Treffpunkt am Buchenhorst. Gute Neuigkeiten!« Der Buchenhorst liegt auf der von Sternekorp abgewandten Seite des Waldes. Voss geht den Weg an diesem Morgen zu Fuß, einmal quer durch den Sternekorper Forst. So hat er Zeit zum Nachdenken. Wobei der Wald auch immer eine große Ablenkung ist. Er sieht einen Schwarzspecht und einen Kleiber. Außerdem scheint es, als habe am Waldrand ein Seeadler in der Krone einer Rotbuche genistet. Voss könnte jetzt immer weiter durch den Wald laufen, horchen, beobachten. Er kommt an einem kleinen Waldsee vorbei, in dessen schwarzer, glatter Oberfläche sich die hier schon nackten, grauverzweigten Buchen spiegeln, so als könnten sie sogar in die Tiefe wachsen. Neben dem See beginnt ein Moor, in dem es Toteislöcher geben soll. Tiefe mit Schlamm gefüllte Hohlräume, in die man besser nicht hineingerät. Der größte Luxus in diesem Wald, denkt Voss, ist diese völlige Menschenleere. Man ist allein mit sich und den Bäumen, in dieser von immer neuen Hügeln und Tälern durchzogenen Weite. Die Politiker sagen, es sei gefährlich, dass Brandenburg immer leerer werde. Aber eigentlich ist es doch wunderschön.

Als Voss am Buchenhorst ankommt, stehen Frau Kaminski und Neumann vor dem Hochstand, auf dem Hubert von Feldenkirchen offenbar am liebsten seine Gedanken schweifen ließ. Gute Wahl, denkt Voss, es gibt hier eine Wildkräuterwiese, auf der einzelne Büsche und ein paar niedrige Schwarztannen stehen. Hinter einem Birkengürtel scheint ein Wasserloch zu sein, er hört dort Blesshühner gurren. Der Bereich um den Hochstand herum ist mit rot-weißem Flatterband abgesperrt. Neumann erblickt ihn und eilt auf ihn zu. »Chef, wir haben das Projektil«, ruft er schon von Weitem. Frau Kaminski dreht sich nach Neumann um und schüttelt entgeistert den Kopf. Neumann ist mittlerweile bei Voss angekommen, außer Atem.

»Es war genau da, wo dieser Ameisenexperte es vermutet hat, in der Nähe eines alten Baumstumpfes«, sagt Neumann.

»Und Sie selbst haben das Projektil gefunden, Neumann? Gratulation!«

»Nein, das war Frau Kaminski mit ihren Leuten, ich wollte es Ihnen nur gleich sagen.«

»Aha«, sagt Voss. »Na dann.« Neumann senkt betroffen den Kopf, wie ein vorlautes Kind, das mal wieder einen Fehler gemacht hat.

»Okay, Neumann, wie weit sind Sie denn mit Ihrer eigenen Arbeit gekommen?«

»Wir werten immer noch aus, es gibt mehr als 100 Windflächen in der Region, und fast jede dieser Flächen wurde ein- oder mehrmals gekauft und wieder verkauft. Dieser Handel mit Wald scheint unglaublich lebhaft zu sein. Und die Käufer kommen aus der ganzen Welt. Aber eine Sache ist mir aufgefallen, als ich mir die Verträge von Harro Probst angeschaut habe: Da taucht immer wieder derselbe Notar auf, ein Benno Fleischer aus Mötzel. Der hat auch etliche andere Verträge ausgefertigt, in denen es um Flächen geht, die kurze Zeit später in Windgebiete umgewandelt wurden.«

»Na, das klingt doch gut, Neumann, versuchen Sie rauszubekommen, ob dieser Benno Fleischer noch jemand anderem Flächen verkauft hat. Ich kann mir nicht vorstellen, dass Harro

Probst der Einzige war, der immer wieder auf Windflächen gelandet ist.«

Voss geht rüber zu Frau Kaminski. Sie sieht blass aus, ihre Augen sind von dunklen Schatten umrandet, so als hätte sie lange nicht ordentlich geschlafen. Voss fragt sich, ob er ihr zu viel zumutet, einfach nur deshalb, weil er ein gutes Gefühl hat, wenn sie sich um etwas kümmert. Es ist ja oft so, dass Zuverlässigkeit mit noch mehr Arbeit belohnt wird, während man den faulen, unangenehmen Kollegen eher aus dem Weg geht.

»Also hat die Glänzendschwarze Holzameise uns geholfen?«, fragt Voss.

»Allerdings, kommen Sie mal mit, ich muss Ihnen was zeigen.« Frau Kaminski führt ihn zu einem verwitterten Baumstumpf, aus dem mehrere Triebe emporwachsen, auf dessen Blättern stark behaarte, schwarze Tierchen sitzen.

»Sehen Sie sich die Blattläuse an«, sagt Frau Kaminski. »Sie saugen den Saft aus den Blättern. Um diese Jahreszeit sind die meisten Blätter ja schon vertrocknet, da sind diese jungen Triebe hier ein seltenes Fressen.«

»Und warum sitzen die Ameisen so unanständig auf den Läusen drauf?«, fragt Voss.

»Die Ameisen melken die Blattläuse.«

»Wie geht denn das?«

»Die Ameisen berühren die Läuse mit ihren Antennen, und die geben eine Flüssigkeit ab, die vor allem aus Glukose und Wasser besteht. Darauf sind die Glänzendschwarzen Holzameisen ganz scharf. Und nun, Chef, wissen Sie endlich, was Honigtau ist.«

»Frau Kaminski, ich bin sprachlos.«

»Ach, ich erzähle Ihnen nur, was ich gerade von dem Ameisenmenschen gelernt habe. Wie Ihnen Neumann ja schon verkündet hat, haben wir das Projektil gefunden. Es steckte neben dem Baumstumpf in der Erde. Ich habe es gleich ins LKA-

Labor bringen lassen, dort wird es mit dem Geschoss verglichen, das wir in Harro Probsts Leiche gefunden haben, und ich hoffe, dass wir schon heute Nachmittag wissen, ob beide Opfer mit derselben Waffe getötet wurden.«

»Dann wurde von Feldenkirchen also hier, vor seinem Hochstand, getötet?«

»Ja, allerdings muss er woanders niedergeschlagen worden sein. Die Bodenanhaftungen an seinen Schuhen passen nicht zu diesem Ort hier. Außerdem gibt es Schleifspuren, die seltsamerweise etwa 100 Meter von hier mitten im Wald enden.«

»Also wurde von Feldenkirchen dort niedergeschlagen?«

»Möglich, aber vielleicht auch nicht. Wir haben dort Abdrücke von Pferdehufen gefunden. Das kann Zufall sein, aber die Größe stimmt mit den Abdrücken überein, die wir auf der Lichtung vor der Sternekorper Jagdhütte gesehen haben. Außerdem war auch dieses Pferd hier nicht beschlagen.«

»Das klingt viel zu kompliziert. Warum sollte der Täter den Grafen irgendwo niederschlagen, ihn auf einem Pferd bis hierher bringen, um ihn dann noch 100 Meter durch das Dickicht zu ziehen, ihn schließlich vor seinem Lieblingshochstand zu erschießen und ihn zu guter Letzt an die Stelle zu bringen, an der wir die Leiche gefunden haben?«

»Keine Ahnung, ich sage Ihnen nur, wie die Spurenlage ist.«

Voss lässt sich von Frau Kaminski die Schleifspuren zeigen. Sie sind deutlich im weichen Waldboden zu sehen, was nicht erstaunlich ist, weil der Graf mindestens 100 Kilo schwer war. Der Täter scheint sehr kräftig zu sein, die Schleifspur führt durch enge Baumreihen, die man selbst ohne Leiche in den Armen nur mit Mühe durchqueren kann. Außerdem war es dunkel, es gab noch nicht einmal Mondlicht. Warum diese Anstrengung? Was steckt dahinter?

»Die einzige Erklärung könnte sein«, sagt Voss schließlich nachdenklich, »dass diese Orte dem Täter etwas bedeuten. Oder dem Opfer. Oder beiden. Es war offenbar wichtig, den

Grafen hier zu erschießen. Vielleicht war es sogar ein Teil des Plans, dass von Feldenkirchen noch mal zu sich kommt und erfährt, wo und weshalb er getötet wird.«

»So wie Harro Probst«, sagt Frau Kaminski, »der ja offenbar auch bei Bewusstsein war, bevor er erschossen wurde.«

»Und bei dessen Tötung der Täter auch unnötig kompliziert vorgegangen ist, sogar Risiken einging, die rational nicht zu erklären sind.«

»Nur Auftragskiller handeln rational, alle anderen reagieren mit ihrer Tat auf etwas«, sagt Frau Kaminski.

Voss denkt daran, was Maja gesagt hat. Dass der Mörder in großer Traurigkeit gehandelt hat. »Es muss etwas Schlimmes passiert sein«, murmelt Voss.

»Das denke ich auch«, sagt Frau Kaminski und blickt ihn erstaunt an.

Sie gehen zum Waldrand zurück, langsam, schweigend. Voss versucht sich vorzustellen, was in dieser Nacht des zweiten Mordes passiert ist. Aber er findet keine schlüssige Erklärung. Wie hat der Mörder die Leiche transportiert, nachdem er den Grafen erschossen hat? Warum enden die Spuren im Nichts? Von den übrig gebliebenen Verdächtigen wäre nur Stibbe in der Lage, einen massigen Mann wie den Grafen durch den Wald zu ziehen. Frau Probst wäre dafür zu schwach. Und Stibbe war ja angeblich in Dresden, was gerade noch überprüft wird.

»Haben Sie Pferdehaare an der Leiche gefunden?«, fragt Voss.

»Nein, aber ich habe mir die Knoten angeschaut, mit denen die beiden Opfer an den Händen gefesselt waren«, sagt Frau Kaminski. »Sie hatten recht, es sind seltene Knoten, die weder von Seeleuten noch von Jägern verwendet werden. Es war auch eher ein Zufall, dass wir schließlich darauf gekommen sind.«

»Frau Kaminski, machen Sie es nicht so spannend.«

»Eine Kollegin im Labor kommt aus einer Schäferfamilie. Sie kannte den Knoten. Ich habe das überprüft, es ist in der Tat ein

Schäferknoten. Die Besonderheit ist, dass dieser Knoten selbst bei starkem Zug beweglich bleibt und trotzdem nicht aufgeht. So verhindern die Schäfer, dass die Tiere sich während des Klauenschneidens selbst verletzen.«

»Wir suchen also einen gelernten Schäfer, der eine Waffe und ein Pferd hat, womöglich sogar Jäger ist, ausgesprochen kräftig zu sein scheint und seinen Wohnsitz hier in der Nähe hat. Wenn wir so jemanden finden, dann stehen die Chancen nicht schlecht, dass es unser Täter ist.«

Je seltener Voss im Polizeipräsidium ist, desto genauer kann er bei seiner Rückkehr spüren, wie sich die Stimmung verändert hat. Neumann hat ihm gesagt, dass es jetzt eine Sonderkommission gibt und dass der Polizeidirektor gestern gegen 16 Uhr vor Wut sein Handy aus dem Fenster geworfen hat, weil er Voss nicht erreichen konnte. Es war auch Neumann, der Voss riet, das Funkloch für die mangelnde Kommunikation verantwortlich zu machen. »Sagen Sie nicht, dass Sie ihn weggedrückt haben, weil Sie beschäftigt waren, bitte nicht«, flehte Neumann, und die Angst in seinen Augen fand sogar Voss irgendwie überzeugend. Voss lässt die Tür am wenig benutzten Südeingang vorsichtig hinter sich zufallen und will gerade durch das Treppenhaus in sein Büro schleichen, als der Polizeidirektor plötzlich vor ihm steht. Er sieht aus, als hätte er Zahnschmerzen, denkt Voss. Aber wahrscheinlich ist das nur der Gegendruck, den der Polizeidirektor in sich erzeugen muss, um eine sofortige Explosion zu verhindern.

»Voss, wo waren Sie? Ich habe mehrmals versucht, Sie zu erreichen!«

»Ich war unterwegs, Sie wissen, die Mark Brandenburg ist ein einziges Funkloch, Herr Polizeidirektor. Ich habe auch versucht, Sie zu erreichen. Mehrmals sogar, leider vergeblich.«

Voss wundert sich, wie leicht ihm diese Lüge über die Lippen kommt. Wobei es eigentlich nur eine halbe Lüge ist, denkt er, weil es das Funkloch ja wirklich gibt, wenn es auch in den vergangenen Tagen erstaunlich wenig präsent war. Er sieht, wie die Spannung langsam aus dem Körper des Polizeidirektors entweicht. Der schmerzhafte Ausdruck seines Gesichts geht in ein gequältes Lächeln über.

»Was ist mit dem Graf von Feldenkirchen? Glauben Sie immer noch, dass er in irgendwelche Sachen verstrickt war?« Die Augen des Polizeidirektors betteln um Entlastung, sie flehen darum, dass Voss ihm sagen möge, es sei alles nur ein Irrtum gewesen. Er könnte dann gleich anrufen in der Staatskanzlei und Entwarnung geben. Womöglich würde sogar der Ministerpräsident unverzüglich informiert. Und er, der Polizeidirektor, wäre es, der diese ganze unschöne Geschichte zum Stillstand gebracht hätte.

»Ich bin mittlerweile sicher, dass Hubert von Feldenkirchen korrupt war. Es ist sogar anzunehmen, dass er derjenige war, der alles organisiert hat. Ich habe allerdings noch nicht genügend Beweise, weshalb ich Sie bitte, das alles äußerst vertraulich zu behandeln.«

Wieder muss der Polizeidirektor augenscheinlich stark gegen sich ankämpfen, um diese ganze furchtbare Energie, die er in sich trägt, nicht mit einem Schlag herausplatzen zu lassen.

»Sind Sie sicher, Voss, ganz sicher?«, fragt er tonlos.

Voss nickt und macht sich schnell über die Treppe davon.

Noch bevor er sein Büro im dritten Stock erreicht, rennt Neumann ihm hinterher. »Durchbruch, Chef, Durchbruch!«, ruft er und hat Mühe zu sprechen, so atemlos und aufgeregt ist er.

»Was gibt es denn, Neumann?«

»Probst hat mehrmals beträchtliche Geldsummen bar von seinem Konto abgehoben. In seinen Unterlagen haben die LKA-Kollegen Hinweise auf ein angemietetes Postfach in Bad Freienwalde gefunden, wo er das Geld vermutlich deponiert hat und wo es vom Empfänger unerkannt abgeholt werden konnte. Allerdings hat Probst einen Fehler gemacht: Er hat in dem Postfach eine Art Kassenbuch hinterlegt, in dem die Empfänger die erhaltenen Beträge quittierten. Wahrscheinlich ging es darum, den Überblick über die Geldströme zu behalten. Mindestens drei Personen hatten Zugang zu dem Postfach, das sieht man an den unterschiedlichen Handschriften.«

»Was haben die denn geschrieben?«

»Nur die Beträge und einen Buchstabencode, den ich nicht verstehe.«

»Ein Grafologe muss sofort das Kassenbuch mit einer Schriftprobe des Grafen vergleichen.«

»Habe ich bereits veranlasst. Der Grafologe ist gerade unterwegs zum Herrenhaus.«

»Sehr gut, Neumann! Sie haben höchstes Lob verdient. Deshalb dürfen Sie diese Neuigkeit selbst dem Polizeidirektor vortragen.«

Wenn Voss gewusst hätte, wie sich diese Auszeichnung auf Neumann auswirkt, hätte er sicher darauf verzichtet. Denn Neumann, vom Glück verwirrt, packt ihn mit beiden Händen am Arm, lächelt ihn selig an und lässt nicht mehr los.

»Ist gut, Neumann, jetzt gehen Sie schon«, sagt Voss nach ein paar schrecklich langen Sekunden des Körperkontakts. »Und suchen Sie nach diesem Schäfer, das ist im Moment das Wichtigste.« Neumann nickt und macht sich auf den Weg.

Der Notar Benno Fleischer wohnt und arbeitet in Mötzel, in der alten Brennerei, einem dreistöckigen, imposanten Feldsteinbau mit einem hohen Schornstein. Eine verwitterte Steintafel hängt am Eingang zur Brennerei, auf der darauf hingewiesen wird, dass hier seit 1895 im Auftrag des Königs ein Kornbrand höchster Qualität hergestellt wurde. Voss hat sich bereits ein wenig über Benno Fleischer erkundigt. Es heißt, er habe exzellente Kontakte und wisse immer genau, wer gerade welche Grundstücke verkaufen will. Fleischer ist Junggeselle und wurde vor Jahren polizeilich auffällig, weil er minderjährige polnische Straßenprostituierte bei sich untergebracht haben soll und sie angeblich zu seiner exklusiven Verfügung hielt. Da man ihm aber nichts Derartiges nachweisen konnte, wurde lediglich ein Ordnungsstrafverfahren gegen ihn eingeleitet, weil er seine Besucherinnen nicht ordnungsgemäß im Einwohneramt angemeldet hatte. Den Beschreibungen der Nachbarn zufolge, die damals zu Fleischer befragt worden sind, ist er ein dicker, launischer Mann, der jeden noch so kleinen Weg in einem silbergrauen Geländewagen zurücklegt und nachts gerne bei offenem Fenster Verdi-Opern hört.

Voss klingelt an der Eingangstür der Brennerei, aber nichts regt sich. Nach ein paar Minuten kommt eine hagere Frau herbei, die sich als Nachbarin von gegenüber vorstellt, Frau Große heißt und deren Name Voss schon beim Lesen der Ermittlungsakten aufgefallen ist, weil sie sich so ausgiebig über das Leben ihres Nachbarn geäußert hat. Frau Große sagt, Benno Fleischer habe heute Morgen um exakt 7.20 Uhr das Haus verlassen, was ungewöhnlich für ihn sei, da er normalerweise sogar in der Woche bis mindestens neun, manchmal sogar bis halb zehn schlafe. Voss denkt, solche Frauen wären doch der Stolz eines jeden Militärdiktators. Er hinterlässt Frau Große seine Karte und bittet sie, ihn anzurufen, sobald Fleischer wieder zu Hause ist. »Kein Wort zu Ihrem Nachbarn, das muss unter uns bleiben«, sagt Voss verschwörerisch, und er kann an Frau Großes Gesicht ablesen, dass er ihr mit seinem Auftrag eine große Freude bereitet hat.

Auf der Rückfahrt ruft Voss die Gräfin von Feldenkirchen an. »Wissen Sie schon, wer meinen Mann ermordet hat?«, fragt sie auf eine seltsam desinteressierte, eher höfliche Weise. Als würde es lediglich der gute Ton gebieten, sich nach seinen Ermittlungen zu erkundigen.

»Nein, so weit sind wir noch nicht«, sagt Voss, »aber ich habe eine Frage an Sie: Es sieht so aus, als hätte Ihr Mann eine Jagdhütte im Wald gehabt. Vielleicht hat diese Hütte ihm auch gar nicht gehört. Aber offenbar hat er sich dort von Zeit zu Zeit mit anderen getroffen. Wissen Sie, wo sich diese Hütte befindet?«

»Wie ich Ihnen schon sagte, Herr Kommissar, war mein Mann selbst mir gegenüber diskret. Aber es könnte sein, er hat mal so etwas erwähnt. Er sprach, glaube ich, von einem Schuppen.«

»Haben Sie eine Ahnung, wo dieser Schuppen sein könnte?«

Die Gräfin überlegt, Voss hört ihren gleichmäßigen Atem. »Üblicherweise hat mein Mann seine kleinen Geheimnisse auf die eine oder andere Weise in sein sonstiges Leben verpackt. Es würde mich also nicht wundern, wenn sich dieser Schuppen oder die Hütte in der Nähe eines Ortes befindet, an dem er ohnehin oft war.«

»Also zum Beispiel in der Nähe des Buchenhorstes.«

»Zum Beispiel.«

»Frau von Feldenkirchen, Sie sprachen von kleinen Geheimnissen. Was gab es denn da noch?«

»Ach, ich wusste, dass ich Ihnen das nicht hätte sagen dürfen …«

»Sie können sich auf meine Verschwiegenheit verlassen.«

»Das glaube ich Ihnen sogar, Herr Kommissar. Sie sind ein Mann, der ein Geheimnis wahren kann, das habe ich sofort gemerkt.« Sie macht eine Pause, scheint darüber nachzudenken, wie viel sie preisgeben soll. Schließlich sagt sie mit einer gewissen Amüsiertheit in der Stimme: »Wenn Sie mehr wissen wollen, kommen Sie mich besuchen, das sind weiß Gott keine Themen, die man am Telefon besprechen sollte.«

Eine halbe Stunde später kommt Voss am Sternekorper Herrenhaus an. Auf dem Kiesweg im Park trifft er den Grafologen, der gerade geht. »Und, wie sieht es aus?«, fragt Voss.

»Die Handschrift von Hubert von Feldenkirchen ist identisch mit einigen der Eintragungen im Kassenbuch, da gibt es keinen Zweifel«, sagt der Grafologe.

Ein paar Minuten später sitzt Voss in dem bequemen Ohrensessel im Wintergarten. Die Gräfin trägt Schwarz und lächelt. Was macht sie wohl den ganzen Tag, allein in diesem riesigen Haus, fragt sich Voss. Die Haushälterin serviert japanischen Tee und stellt einen kleinen Teller mit braunem Kandiszucker neben die Tassen. Die Gräfin blickt in den Garten und schaut dann zu Voss, der den Kandiszucker nicht in den Tee, sondern in den Mund gesteckt hat und jetzt den Brocken nicht klein bekommt.

»Als Kind habe ich auch immer Kandiszucker gelutscht«, sagt die Gräfin. »Meine Mutter hat gesagt, das schicke sich nicht für eine Dame. Nur Bauerstöchter lutschen Kandiszucker.«

Voss hält sofort inne mit dem Lutschen. Er beobachtet, wie die Gräfin ein kleines Stück mit der Hand aus der Zuckerdose fischt und ebenfalls in den Mund steckt.

»Herrlich«, sagt sie und lächelt ihn an. Er lächelt erleichtert zurück.

»Sie haben nach Huberts Geheimnissen gefragt«, sagt die Gräfin, »nun, er hatte zuweilen Gespielinnen, auch damit ist er der Tradition seiner Vorfahren gefolgt. Über seinen Großvater sagte man, er allein habe der Mark Brandenburg einen großen Nachwuchs geschenkt, der nur selten seinen Namen trug.«

»Das tut mir leid«, sagt Voss.

»Das wäre für mich vielleicht nicht so schlimm gewesen, wenn unsere eigenen Kinder noch am Leben wären. Wissen Sie, man sieht einen Mann mit anderen Augen, wenn man mit ihm die Elternschaft teilt. Haben Sie Kinder, Herr Kommissar?«

Voss schrickt zusammen.

»Nein, noch nicht«, sagt er. »Erst einmal bräuchte ich wohl auch eine Frau.«

Dieser zweite Satz ist ihm irgendwie rausgerutscht. Vielleicht liegt es daran, dass die Gräfin so offen mit ihm spricht.

»Aber das polnische Hausmädchen, das Sie engagiert haben, ist doch reizend, ich habe Sie neulich zusammen gesehen. Das ist doch heutzutage kein Problem mehr, sich mit dem Personal einzulassen, Herr Kommissar. Außerdem sieht sogar ein Blinder, dass dieses Mädchen Ihnen verfallen ist.«

Voss wird rot. »Also, ich weiß nicht, ob das jetzt wirklich unser Thema sein sollte«, bringt er hervor.

»Wahrscheinlich haben Sie recht«, sagt die Gräfin lächelnd. »Aber ich finde, ein Mann, der so nett errötet, hat eine Frau verdient.«

Erneut spürt Voss das Blut durch seinen Kopf wallen. Er muss schnell zurück auf sicheres Terrain.

»Hat Ihnen Ihr Mann mal erzählt, dass er im Sommer 1966 seine Ferien hier in Sternekorp verbracht hat?«, fragt Voss.

»Ja, die hat er oft erzählt, die Geschichte.«

»Auch das mit Frau Probst?«

»Das hat er nicht so oft erzählt, aber ich weiß Bescheid.«

Die Gräfin macht eine Pause.

»Erst viel später habe ich übrigens verstanden«, sagt sie, »wie wichtig dieses Kapitel für Hubert gewesen sein muss, als er nach dem Mauerfall unbedingt hierher zurückwollte.«

»Wegen Frau Probst?«

»Nein, ich bitte Sie, Hubert bevorzugte junge Damen. So wie Frau Probst, als sie noch aktiv war, wenn man das so sagen kann. Nein, ich spreche von dem Jungen, den Frau Probst großgezogen hat.«

»Hubert von Feldenkirchen und Frau Probst hatten ein Kind?«

»Er hat zufällig davon erfahren, in den 80er-Jahren erst. Hubert wollte nach Sternekorp fahren, aber er hat kein Visum bekommen. Und als dann unsere Zwillinge bei der Geburt starben, da hat er sich wohl daran erinnert, dass er ja noch einen Sohn hat. Einen Stammhalter.«

Voss setzt sich aufrecht hin, das sind entscheidende Neuigkeiten.

»Warum haben Sie mir nicht schon früher davon erzählt? Ich hatte Sie doch gefragt, welche Verbindungen es zwischen Ihrem Mann und Probst gab.«

Die Gräfin sieht ihn schweigend an. »Das ist eine berechtigte Frage, Herr Kommissar. Ich habe natürlich sofort daran gedacht, aber Hubert und ich haben versucht, das hinter uns zu lassen, diese Geschichte mit dem Jungen. Ich wollte nicht darüber sprechen.« Sie wirkt auf einmal müde und zerknirscht. Ihm kommt ein Gedanke: Könnte es sein, dass die Gräfin jemanden beauftragt hat, ihren Mann zu töten, diesen untreuen Gesellen, der anderen Frauen gesunde Kinder bescherte, aber eben nicht ihr? Aber warum musste dann auch Harro Probst sterben? Als Ablenkung vielleicht, um einen Serienmord vorzutäuschen? Ziemlich unwahrscheinlich, denkt Voss, aber er sieht die Gräfin nun doch mit anderen Augen.

»Was ist mit dem Sohn? Lebt er in Sternekorp?«, fragt er schließlich.

»Nein, er ist weggegangen, ein halbes Jahr, nachdem wir hergekommen sind. Er wusste nichts von seiner Geschichte, er hat es erst erfahren, als Hubert vor ihm stand. Das muss ein großer Schock für den Jungen gewesen sein.«

Voss überlegt. Wenn er richtig rechnet, dann müsste dieses Kind drei Jahre älter sein als er selbst.

»Wie heißt der Junge?«

»Hans Georg, so wie die meisten Vorfahren der von Feldenkirchens. Frau Probst hat an alles gedacht.«

Der Name sagt Voss nichts, was nicht verwunderlich ist, wenn dieser Hans Georg in Wölsingsdorf gelebt hat. Die Gräfin erhebt sich von ihrem Sessel, was für ihn wohl das Signal zum Gehen ist. Voss steht ebenfalls auf.

»Wissen Sie, wo der Sohn jetzt lebt?«

»Keine Ahnung, das müssen Sie wohl seine Mutter fragen.«

»Und Ihren Mann und Harro Probst hat diese Geschichte nicht auseinandergebracht?«

Die Gräfin überlegt. »Die beiden haben sich in diesem berühmten Sommer, den Hubert hier in Sternekorp verbracht hat, wohl sehr angefreundet. Das war, glaube ich, später wichtiger als diese alte Geschichte. Vor allem, als der Junge nicht mehr da war.«

Voss geht gedankenverloren durch den Park zu seinem Wagen. Er versucht, Neumann anzurufen, aber das Funkloch ist wieder da, womöglich als Bestrafung für seine Lüge dem Polizeidirektor gegenüber. Wir müssen diesen Jungen finden, denkt Voss.

Er fährt die Sternekorper Allee entlang. Die Sonne tritt hinter den Wolken hervor und taucht die Laubbäume, die am Straßenrand stehen, in ein warmes, gelbes Nachmittagslicht. Voss spürt, dass es seiner Laune nicht guttun würde, wenn er jetzt ins Präsidium zurückfährt. Viel besser wäre es doch, denkt er sich, ein wenig durch den Wald zu laufen und nach der Jagdhütte Ausschau zu halten. Wenn sich von Feldenkirchen dort wirklich mit seinen Partnern getroffen hat, dann gibt es womöglich Spuren oder Hinweise, die ihn weiterbringen. Jemand, der so leichtsinnig ist, ein Kassenbuch über illegale Gelder zu führen, macht auch noch andere Fehler. Es ist denkbar, dass der Mörder aus dem Kreis der Windmafia kommt. Vielleicht einer, der ursprünglich mit dabei war und später von Probst und dem Grafen ausgebootet wurde. Oder es war genau andersherum: Probst und der Graf wollten aufhören mit den krummen Geschäften und wurden von den anderen umgebracht, weil sie als Mitwisser zu gefährlich waren. Auf jeden Fall muss er diese Hütte finden.

Sein Handy klingelt, es ist Maja, die ihm von der Mutter ausrichten soll, sie würde heute gerne wieder »in Familie« Abendbrot essen. Das letzte Mal habe ihr so gut gefallen. Maja will wissen, ob er einen besonderen Wunsch hat, ansonsten würde sie Kohlrouladen machen. Voss mag es, dass er sich etwas zu essen wünschen darf. Das hat er schon lange nicht mehr gehabt.

»Kohlrouladen sind perfekt. Ich bin gerade an der Sternekorper Allee und gehe noch ein bisschen in den Wald, ich denke mal, in einer Stunde ist die Sonne weg, dann komme ich nach Hause«, sagt er.

»Was machst du schon wieder im Wald, Daniel?«, fragt Maja.

Jedes Mal, wenn sie »Daniel« sagt, durchzuckt ihn ein erstaunliches, aber nicht unangenehmes Gefühl.

»Ich suche die Jagdhütte, in der sich der Graf und Harro Probst wahrscheinlich mit ihren Partnern getroffen haben. Ich habe keine Ahnung, wo sie ist. Vielleicht in der Nähe vom Buchenhorst, aber das ist nur eine Vermutung.« Voss fühlt, dass es immer stärker wird, dieses Bedürfnis, Maja alles zu erzählen, was er macht. Er hat keine richtige Erklärung dafür. Womöglich liegt es daran, dass sie sich wirklich für seine Arbeit interessiert.

»Bis später«, sagt Maja. Ihre Stimme klingt beschwingt. »Ich habe schwarzes Bier gekauft.«

Voss parkt sein Auto an der Straße und macht sich auf den Weg Richtung Buchenhorst. Diesmal geht er eine andere Strecke als am Morgen, er orientiert sich an der Sonne, die schon wieder tief steht und ihr Licht fast horizontal an den hellen Buchenstämmen entlanggleiten lässt. Voss versteht nicht, warum die Leute ans Meer fahren, um Sonnenuntergänge zu beobachten. Er findet dieses Spektakel im Wald viel beeindruckender. Das tiefrote Abendlicht, das wie ein Scheinwerfer ins dunkle Dickicht fällt, sich in Streifen zerteilt und Schatten erzeugt, die im Rhythmus des Windes tanzen. Schön und unheimlich zugleich. Aber so ist es eigentlich immer im Wald, findet Voss. Selbst wenn man bei schönstem Sommersonnenschein spazieren geht, bleibt etwas Schwermütiges, Unergründliches.

Voss durchquert eine Tannenschonung, die Bäume stehen eng aneinandergedrängt in der ewigen Düsternis. Nur dort, wo mal ein Baum fehlt, weil er vielleicht vom Blitz gefällt wurde, dringt das Licht des Tages bis hinunter zum Boden. Die Bäume haben dünne, graue Zweige, die ineinandergreifen wie ein riesiges Spinnennetz. Voss bleibt stehen, er hört eine Nachtigall den Abendgesang anstimmen. Wie kann das sein, denkt er, dass diese Nachtigall noch da ist? Sie müsste doch längst Richtung Süden unterwegs sein. Sehr seltsam. Abgesehen davon hält er Nachtigallen für überschätzt. Sie singen zu laut und verharren die ganze Zeit in diesem monotonen Fortissimo. Sogar die Amsel singt schöner. Flötender, reiner, lyrischer. Irgendwann haben sich die Menschen darauf geeinigt, den Gesang der Nachtigall als unglaublich romantisch zu empfinden. Spätestens seit Romeo und Julia. Die anderen Vögel sind schwerer zu erkennen, weil sie nicht so penetrant und fantasielos sind. Die Nachtigall ist die Britney Spears des Waldes, findet Voss.

Er verlässt die Tannenschonung, erklimmt einen Höhenzug, der mit windschiefen Eichen bewachsen ist. Von hier oben hat man einen guten Rundblick. In welche Richtung soll er gehen? Jagdhütten stehen meist in der Nähe von Forstwegen. Sie werden aus dem Holz gezimmert, das beim Einschlag übrig bleibt. Hier in der Ecke gibt es nur einen Forstweg, und den ist er schon am Morgen gelaufen. Vielleicht ein ehemaliger Forstweg? Voss holt die Karte aus der Tasche, die Förster Engelhardt ihm gegeben hat. Nicht weit von hier, in einer Senke, verlief mal ein Ziehweg, auf dem das geschlagene Holz mit Pferdefuhrwerken zum Waldrand gebracht wurde. Engelhardt hat mit einem Bleistift die Zugänge markiert, die man mit den Pferden am besten erreichen konnte. Es ist enorm, wie sich die Technik verändert hat, denkt Voss. Engelhardt hat noch bis Ende der 80er-Jahre mit seinen Haflingern die gefällten Stämme aus dem Wald gezogen. Später kamen dann die Harvester, diese riesigen Maschinen, die mit ihren Greifarmen die Stämme packen, die Bäume aus der Erde reißen, entasten, das Holz auf Tiefladerlänge schneiden. Zwei bis drei Minuten braucht ein Harvester für einen Baum. Aber man sieht auch die Spur, die er hinterlässt. Ein Holzeinschlag mit Pferden ist gezielter und hinterlässt einen Wald, dem man nicht anmerkt, dass in ihm gearbeitet wurde.

Voss steigt in die Senke hinab, die sich nördlich vor ihm auftut, das Laub rutscht auf dem feuchten Boden. Die Höhenlinien auf Engelhardts Karte geben an, dass der Ziehweg recht weit unten beginnt. Man kann den Weg noch erahnen, wenn man genau hinschaut und sich die Bäume wegdenkt, die erst seit 20 Jahren hier stehen. Voss orientiert sich an den erwachsenen Rotbuchen, die wie ein Spalier besorgter Eltern die Jungbäume umrahmen. Er geht den alten Ziehweg entlang, der weiter kaum merklich abwärtsführt, was den Pferden die Arbeit erleichtert haben dürfte.

Nach vielleicht zehn Minuten sieht Voss die Hütte. Nicht wirklich versteckt, aber doch verborgen steht sie hinter einer ausladenden Kastanie. Die Hütte ist aus ungehobelten Brettern zusammengenagelt, mit Teerfarbe gestrichen und mit Dachpappe gedeckt. An der Außenwand liegt Brennholz gestapelt, das mit der Zeit grau geworden ist. Wahrscheinlich steht die Hütte seit Langem leer. Ein idealer Ort für geheime Besprechungen. Voss nähert sich vorsichtig, es ist unwahrscheinlich, dass gerade jetzt jemand dort ist, aber wer weiß? Die Tür ist verschlossen, es gibt keine Klinke, nur einen Griff aus Gussstahl und ein Schlüsselloch, in dem ein kupferfarbener Hochsicherheitszylinder von Zeiss Ikon steckt. Ein teures Schloss für so eine klapprige Jagdhütte. Voss geht um das Haus herum, er rüttelt an den Fensterläden, die fest in den Angeln sitzen.

Der Schlüssel wird hier irgendwo versteckt sein, überlegt er. So kann jeder, der das Versteck kennt, jederzeit herkommen. Voss lässt seine Hand hinter den Türrahmen gleiten, blickt unter die Dachschräge, untersucht den Brennholzstapel. Wo würde er selbst den Schlüssel verstecken? Nicht am Haus, wo jeder erst mal sucht. An der Kastanie vielleicht? Voss umrundet den Baum, er sieht ein Astloch, in das er hineingreifen kann, wenn er sich auf die Zehenspitzen stellt. Aber auch da ist nichts. Das Handy klingelt, es ist Maja.

»Ich kann jetzt die Kohlrouladen in den Ofen schieben, wie weit bist du?«, fragt sie.

»Oh, ich habe gerade erst die Jagdhütte gefunden.«

»Na, das hat ja gedauert ...«

Voss spürt eine leichte Verärgerung in ihrer Stimme.

»Ich beeile mich, ich suche den Schlüssel zur Jagdhütte. Wo würdest du so einen Schlüssel verstecken?«

»Daniel, wie soll ich das von hier aus sagen?

»Die einfachen Verstecke habe ich schon durch.«

»Wenn die sich dort regelmäßig treffen, wird das Versteck praktisch sein, in der Nähe der Tür. Es gibt ein polnisches Märchen, das von der Hexe Babaroga handelt, die den goldenen Schlüssel vor dem Mädchen Daschinka versteckt.«

»Ich bin mir nicht sicher, ob die Jungs hier polnische Märchen kennen.«

»Egal, die Hexe Babaroga hat jedenfalls den Schlüssel unter einer Holzlatte der Hauswand versteckt. Einer Holzlatte, die man drehen kann.«

»Okay, mal sehen, ob mir das weiterhilft. Ich rufe an, sobald ich hier fertig bin.«

Voss legt auf und tastet die Wand rund um die Tür ab. Aber die Bretter bewegen sich nicht. Als er gerade aufgeben will, fällt ihm ein Astloch in einem der Bretter auf, in dem ein Holzpfropfen steckt, der ein wenig herausragt. Voss zieht an dem Pfropfen, in dem Loch steckt ein Nagel und an dem hängt ein Schlüssel. »Danke, Maja Babaroga«, murmelt Voss. Er blickt sich vorsichtig um, er weiß, dass er eigentlich nicht so einfach in die Hütte spazieren darf. Der Schlüssel passt, die Tür springt auf. Feuchte, kalte Luft strömt ihm entgegen. Es ist dunkel in der Hütte, Voss geht zum Fenster, öffnet von innen die Läden und blickt sich um. Ein langer Tisch steht da, umgeben von mit rotem Schaumstoff gepolsterten original ostdeutschen Bürostühlen. Das Erbe, da ist es wieder, denkt Voss. Es riecht hier sogar nach Osten, wahrscheinlich ist das der Schaumstoff, der eben kein guter, wunderbarer West-Schaumstoff ist, sondern nur dieses verseuchte Zeug, das die Kommunisten vermutlich mit Katzenpisse getränkt haben. Voss mag den Geruch, wie er eigentlich auch den Geruch seines Kinderzimmer-Teppichs mag. Das ist der Vorteil von Leuten, die aus dem Osten kommen, sie können noch heute ihre Vergangenheit erschnuppern.

Ansonsten gibt es in der Hütte nur einen alten Dauerbrandofen, einen Schrank mit etwas Geschirr und eine Liege ohne Matratze. Voss öffnet die Ofentür, das verkohlte Deckblatt eines Leitz-Ordners und die Asche von verbranntem Papier sind zu sehen. Offenbar hat hier jemand noch vor Kurzem ein paar Sachen verschwinden lassen. Voss schließt die Ofentür, das muss sich Frau Kaminski genauer ansehen. Er zieht sein Handy aus der Tasche, wählt ihre Nummer, aber es gibt kein Netz. Voss beschließt, sich nicht zu ärgern, sondern es einfach draußen noch mal zu versuchen. Als er durch die Tür tritt, sieht er aus dem Augenwinkel eine Gestalt, er nimmt eine Bewegung wahr, aber noch bevor er irgendetwas tun kann, spürt er einen dumpfen Schmerz am Hinterkopf, der Wald verschwimmt vor seinen Augen – und versinkt in der Dunkelheit.

Voss sitzt an der Stirnseite eines langen Tisches. Ihm gegenüber sitzen seine Mutter, Nicole, Maja und Frau Kaminski. Sie tuscheln und lachen. Voss hat großen Durst, aber er schafft es nicht, den Mund zu öffnen. Er kann nicht mal den Arm heben oder den Kopf wenden. Er blickt die Frauen an, versucht all seine Kraft in seinen Blick zu legen. Eigentlich müssten sie das spüren, aber sie beachten ihn gar nicht. Voss schafft es schließlich, seinen Mund etwas zu öffnen. Er will schreien, aber mehr als ein mattes Gurgeln bringt er nicht hervor.

Er schlägt die Augen auf und sieht nichts. Voss ist allein in der Dunkelheit. Stück für Stück erwacht er aus der Bewusstlosigkeit, spürt seinen schmerzenden Körper. Er kann die Hände nicht bewegen. Sein Kopf dröhnt, seine rechte Wange liegt auf etwas Kühlem. Sein Mund ist trocken, die Zunge ist geschwollen, als hätte er eine ganze Nacht lang durchgesoffen. Seine Beine funktionieren, er kann sie strecken und wieder anwinkeln. Wo ist er? Was ist passiert? Offenbar hat ihn jemand niedergeschlagen. Jetzt liegt er auf dem Waldboden, seine Hände sind gefesselt. Und er liegt auf der rechten Seite. Wie die Leichen und die Tierkadaver, schießt es ihm durch den Kopf. Vielleicht steht der Mörder direkt neben ihm und wartet darauf, dass er wieder zu sich kommt, um ihn waidgerecht zu erlegen. Am besten ruhig bleiben, nicht bewegen, tot stellen.

Er muss wieder weggedämmert sein, irgendwann später schlägt er die Augen auf und sieht noch immer nichts. Sein Kopf schmerzt jetzt noch mehr, er dreht ihn etwas, berührt mit dem Mund die kühle, feuchte Erde, auf der nasses Laub liegt. Er leckt an dem Laub, schmeckt eine harzige, erdige Flüssigkeit in seinem Mund. Das tut gut. Auf einmal beginnt er am ganzen Körper zu zittern, er spürt die Kälte. Ich muss mich bewegen, denkt Voss alamiert. Aber wie? Er winkelt die Beine an, versucht sich aufzurichten, fällt wieder hin.

Es dauert, bis er auf den Beinen steht, mit weichem Kopf und schwankenden Knien. Sein Angreifer scheint verschwunden zu sein. Die Arme sind auf dem Rücken gefesselt, was das Aufstehen nicht einfacher macht. Das größte Problem aber ist die Dunkelheit. Voss sieht nichts, gar nichts. Nicht mal einen Meter entfernt kann er etwas erkennen, und es scheint auch nicht so, als würde es mit der Gewöhnung besser werden. Er hat keine Ahnung, ob er immer noch in der Nähe der Hütte ist oder ob man ihn irgendwo hingebracht hat. Voss läuft rückwärts, leicht gekrümmt, das ist die einzige Möglichkeit, wenn er sich nicht am nächsten Baum den Kopf rammen will. Schon die Idee daran, mit dem Kopf irgendwo anzustoßen, lässt ihn zusammenzucken. Er muss zur Hütte, nur so kann er seine Orientierung wiederfinden. Wahrscheinlich ist er nicht weit entfernt, warum sollte ihn derjenige, der ihn niedergeschlagen hat, noch irgendwo hingeschleift haben? Voss hat mal einen Film gesehen, in dem vier Männer mit verbundenen Augen in der Wüste ausgesetzt wurden. Sie sollten geradeaus laufen, aber alle vier liefen im Kreis, weil Rechtshänder mit dem rechten Bein längere Schritte machen als mit dem linken. Zwei Stunden lang liefen sie – und kamen immer wieder an ihren Ausgangspunkt zurück. Voss spürt seine Waffe im Halfter. Offenbar wurde er nicht durchsucht. Vielleicht liegt sogar noch irgendwo sein Handy herum. Er hatte es in der Hand, kurz bevor er zu Boden fiel.

Mit dem Hinterteil stößt Voss an einen Baum. Es scheint nicht die Kastanie zu sein, dafür ist der Stamm zu schmal. Also muss die Hütte woanders sein. Soweit sich Voss erinnert, standen keine anderen Bäume direkt um die Hütte herum. Er macht sich auf in die entgegengesetzte Richtung, wobei ihm klar ist, dass er das nur grob abschätzen kann. Er läuft, den Oberkörper nach vorn gesenkt, leicht in die Knie gebeugt, den Po rausgestreckt, nach hinten. Wie eine Ente im Rückwärtsgang. Voss muss an den Skilehrer aus Südtirol denken, der seinen Stil beim Abfahrtslauf mal als »Kackender Ritter« bezeichnet hat. So ähnlich fühlt sich das jetzt auch an. Es ist demütigend, in dieser Haltung durch den Wald zu irren, aber er hat keine Wahl. Mehrmals stößt er mit dem Hinterteil gegen Bäume, bleibt mit den Füßen im Gesträuch hängen, fällt hin, muss sich mühsam wieder aufrichten. Sein Rücken tut weh, sein Kopf schmerzt, ein paar Rippen scheinen geprellt zu sein und machen das Atmen schwer. Irgendwann lässt er sich erschöpft zu Boden fallen, sein heißer Atem schlägt von den kühlen, feuchten Blättern zurück, sein schweißnasser Rücken liegt frei. Er kann sich noch nicht mal das Hemd in die Hose stecken. Nach ein paar Minuten wird ihm kalt, muss er wieder aufstehen. Verzweiflung steigt in ihm auf.

Er vergisst kurz seinen Entenstil, vielleicht liegt es an dem trotzigen Selbstmitleid, das ihn umnebelt. Er läuft einfach los, zielstrebig, schnell, und rammt ein paar Sekunden später die Stirn gegen etwas Kantiges, Hartes. Der Schmerz ist heftig, Voss schreit auf. Und dann schreit er gleich noch mal, so laut er kann. Vor Schmerz und vor Wut und weil es auch ein bisschen guttut. Warmes Blut läuft ihm übers Gesicht.

Dieses Harte, Kantige, das ihm gerade die Stirn aufgerissen hat, könnte möglicherweise die Kastanie sein. Er tastet sich heran, befühlt die Borke, die grobrissig ist, in Schuppen abblättert und sich aufbiegen lässt. Er macht mehrere Versuche, um von dem Baum, den er für eine Kastanie hält, zur Hütte zu kommen, aber jedes Mal landet Voss irgendwo im Dickicht. Und wenn er doch nicht mehr in der Nähe der Hütte ist? Einen Versuch macht er noch, er geht vorsichtig im Entengang, Schritt für Schritt. Und irgendwann steht er mit dem Hintern an der Hüttenwand. Jetzt muss er noch die Tür finden, das geht leicht. Die Tür ist verschlossen. Voss muss jetzt vorwärts gehen, weil es rückwärts noch schwerer ist, einigermaßen gerade zu laufen. Er muss es bis zu den Rotbuchen schaffen, die den Ziehweg säumen. Er läuft langsam, hebt das Knie, um den

Raum vor sich abzutasten, macht einen Schritt, hebt erneut das Knie. Nach dem Entengang jetzt der Storchenschritt, denkt Voss. Wenn er nicht solche Schmerzen hätte, wäre es zum Lachen.

Er erreicht die erste Rotbuche, erfühlt mit den Füßen eine Erdkante, die den alten Ziehweg vom Waldboden zu trennen scheint. Wenn er an dieser Kante bleibt und sich von Buche zu Buche schiebt, dürfte er sich eigentlich nicht verlaufen. Also geht es weiter, mal im Storchenschritt, mal im Entengang. Zehn Minuten hat er vorhin für den Weg hier unten gebraucht, jetzt scheint sich die Zeit unendlich zu dehnen. Voss versucht, sich immer nur auf den nächsten Baum zu konzentrieren, nicht an den ganzen Weg zu denken. Irgendwann findet er keine Buche mehr, dafür beginnt rechter Hand die Böschung anzusteigen, die er vorhin hinuntergestiegen ist. Voss macht eine kleine Pause, denkt nach. Er kann sich jetzt am Gefälle des Hangs orientieren. Die Böschung ist, soweit er sich erinnert, auf dieser Seite unbewachsen. Er kann also vorwärts laufen ohne Storchschritte, er muss nur die Steigung schaffen, darf nicht umfallen, weil sonst die Orientierung wieder verloren ist. Er rammt die Schuhspitzen in das weiche Laub, arbeitet sich vor. Je höher er kommt, desto heller wird die Nacht. Voss kann jetzt schon wieder Baumstümpfe und Äste vor sich erkennen. Nicht viel, aber genug. Endlich erreicht er den Höhenzug, von dem aus er vorhin in alle Richtungen geschaut hat.

Voss tritt an eine der windschiefen Eichen heran. Er erinnert sich, dass die Bäume auf der Wetterseite bemoost waren. Das heißt, dass dort Norden ist. Sein Auto steht im Westen, ziemlich genau in der Linie, in der die Abendsonne versunken ist. Er muss sich also mit dem Hinterteil an die bemooste Seite des Baumes stellen, etwa 45 Grad nach links um den Baum herumrutschen und dann in einer möglichst geraden Linie loslaufen. Klingt einfacher, als es ist, zumal es wieder dunkler wird, sobald Voss die Anhöhe verlässt. Er muss schon bald wieder rückwärts laufen, stolpert, fällt hin. Voss hört eine Nachtigall. Er ist sich ziemlich sicher, dass es dasselbe Tier ist, das er vorhin in der düsteren Tannenschonung gehört hat. Jeder Vogel hat seinen eigenen Rhythmus, diese Nachtigall zum Beispiel wiederholt stets getreu die eigene Melodie und bricht vor dem letzten Ton ab, um erneut mit der Melodie zu beginnen. Das hat Voss vorhin schon ganz besonders gestört. »Wenn du mir mit deinem Gesang hilfst, aus diesem beschissenen Wald zu kommen, dann werde ich nie wieder etwas Schlechtes über Nachtigallen sagen«, murmelt er.

Er folgt im quälenden Entengang dem unüberhörbaren Gesang des Vogels, seine Oberschenkel zittern vor Anstrengung. Aber irgendwann ist er in der Tannenschonung angekommen, was er an den eng stehenden Bäumen bemerkt. Jetzt kann es nicht mehr weit zur Straße sein, vielleicht noch ein Kilometer. Er fasst wieder Mut, er wird es schaffen, aus dem Wald zu kommen. Leider findet er in der Tannenschonung keinerlei Orientierung mehr. Die Bäume haben keine Wetterseite, weil sie so dicht zusammenstehen, er erinnert sich auch an keine Besonderheiten, die er wiedererkennen könnte.

Nach etwa zwanzig Minuten tritt er aus der Schonung hinaus. Er kann nicht sagen, auf welcher Seite er nun steht. Voss sieht wieder etwas mehr, die Bäume scheinen Buchen zu sein. Aber das Gelände ist welliger, als er es vom Hinweg in Erinnerung hat. Er läuft einfach weiter, was soll er auch machen? Wenn er stehen bleibt, wird es zu kalt. Der Boden wird weicher, Voss' Schuhe sinken ein, er macht noch einen Schritt voran, aber das hätte er wohl nicht tun sollen, weil er nun schon bis zu den Knien in der Pampe steht. Er versucht, sich aus dem Schlamm zu befreien, aber je mehr er sich bewegt, umso tiefer sinkt er. Der Schlamm presst seine Beine zusammen, zieht ihn immer weiter nach unten. Ein Toteisloch, denkt Voss, und große Angst überkommt ihn. Er hängt jetzt schon bis zur Hüfte im

Morast. Nicht bewegen, nach hinten legen, ermahnt er sich. Seine Lageänderung zeigt Wirkung, er rutscht jetzt weniger schnell, aber stabil ist er immer noch nicht. Voss spürt, wie das Loch ihn einsaugt, und er liegt mit gefesselten Händen auf dem Rücken, kann nichts tun außer stillhalten.

Verdammt, wie konnte das passieren? Er versucht sich zu beruhigen, indem er sich daran erinnert, was er über Toteislöcher weiß. Nicht viel eigentlich. Sie entstanden am Ende der Eiszeit, als die großen Eismassen schon geschmolzen waren. Ein paar Eiskerne blieben in der Erde stecken, schmolzen viel langsamer und hinterließen, als sie irgendwann verschwunden waren, bis zu 20 Meter tiefe Schlammlöcher. Hier in der Gegend gibt es viele solcher Löcher, die selbst tagsüber gefährlich sein können, weil sie oft unter trockenem Laub verborgen sind und man sich kaum alleine befreien kann, wenn man einmal mit beiden Beinen drinsteckt.

Er erinnert sich an die Gruselgeschichten, die er sich früher mit seinen Kumpels erzählt hat. Die Geschichten handelten von Kindern, die sich im Moor verirrten und in die Tiefe sanken. Dem jüngsten Sohn der Schaluppkes soll das wirklich passiert sein. Er ist in den Wald gegangen und nie wiedergekommen. Tagelang haben sie ihn gesucht, und die einzige Erklärung, die es am Ende gab, war das Toteisloch. Voss' Herz schlägt schneller. Er hat keine Ahnung, wie lange man in so einem Loch überleben kann. Wie lange es dauert, bis es einen verschluckt. Er zwingt sich, völlig reglos zu bleiben, weil jede noch so kleine Bewegung ihn tiefer in den Schlamm rutschen lässt. Das ist nicht einfach, weil er gegen seinen Reflex handeln muss. Der Reflex befiehlt, sich dem Loch zu entwinden, aber das darf er nicht tun. Voss muss die Nerven behalten, darf nicht in Panik verfallen, das ist jetzt seine einzige Chance.

Eigentlich müssten Maja und die Mutter sich schon länger wundern, wo er bleibt. Voss weiß nicht, wie spät es ist, aber es muss mitten in der Nacht sein. Vielleicht hat Maja im Präsidium angerufen, die Kollegen könnten ihn finden, wenn sie sich gemerkt hat, was er vorhin am Telefon gesagt hat. Zumindest sein Auto müssten sie finden, und dann dürfte es für die Suchhunde kein Problem mehr sein, ihn hier aufzuspüren. Voss horcht in die Dunkelheit, aber nichts ist zu hören. Sogar die Nachtigall hat aufgehört zu singen. Dafür hört er ein Kolkrabenpaar, das ganz in der Nähe sein Nest haben muss. Er denkt an die Leiche des Grafen, an die herausgepickten Augen. Er will nicht in diesem Schlammloch sterben! Voss versucht, sich gegen die Gedanken zu wehren, aber sie holen ihn immer wieder ein. Die Gedanken, die darum kreisen, wie es wohl ist, im Schlamm zu ersticken. Wie lange dauert es, bis man tot ist? Drei, vier Minuten? Seine Leiche würde nie gefunden werden, er würde hier begraben bleiben, am Rande eines Tannenwaldes, in dem eine Nachtigall lebt, die noch nicht einmal einfachste Harmonien beherrscht.

Voss schreckt hoch und versinkt sofort ein Stückchen tiefer im Schlamm, er hat eine Stimme gehört! Oder bildet er sich das nur ein? Nein, das ist keine Einbildung, er hört jemanden seinen Namen rufen. »Daniel, Daniel!« Das ist Maja, und sie kann nicht mehr weit weg sein. Voss will auch etwas rufen, aber mehr als ein Krächzen bekommt er nicht heraus. Seine Zunge liegt wie ein Stück Holz im Mund. Er konzentriert sich, lässt die Zunge im Mund kreisen, will sie ein wenig geschmeidig machen. Dann versucht er es erneut, es geht schon besser. »Maja!« Sie scheint ihn nicht zu hören, er muss lauter rufen, aber seine Kehle ist so ausgedörrt, dass kein ordentlicher Ton herauszupressen ist. Voss dreht den Kopf zur Seite, benetzt seine Lippen mit der flüssigen Sumpferde. Er versucht, Wasser aus dem Schlamm zu saugen. Das funktioniert. Er schmeckt die kühle, modrige Suppe, muss husten, schluckt und schreit: »Maja!« Diesmal scheint sie ihn gehört zu haben. »Daniel, wo bist du?« Er sieht den Strahl einer Taschenlampe. Er ruft erneut, sie hört ihn. Maja kommt näher, aber sie darf nicht zu nahe kommen, sie darf nicht auch noch versinken.

Der Strahl der Taschenlampe tastet sich durch die Tannenschonung. Voss kann das gerade noch so aus den Augenwinkeln erkennen, weil er während des Horchens und Rufens nicht auf seine Bewegungen geachtet hat und noch tiefer in den Schlamm gesunken ist, der ihm jetzt bis zum Bauchnabel reicht. Noch eine falsche Bewegung und ich bin weg, denkt er. Er hört Majas Schritte im Dickicht. »Maja, komm nicht zu dicht heran!« Sie bleibt stehen. »Was hast du gesagt?« Sie kann nur noch wenige Meter entfernt sein. »Ich stecke in einem Schlammloch, du darfst nicht zu dicht herankommen, pass' auf, wo du hintrittst!« Maja hält ihre Lampe in seine Richtung, der Strahl blendet ihn. »Ich sehe dich, Daniel! Ich suche jetzt einen langen Ast und ziehe dich da raus.« Diese Frau ist fantastisch, denkt Voss. Sie ist alleine in den Wald gekommen, um ihn zu suchen. Sie hat ihn gefunden und weiß sofort, was sie tun muss. Dann fällt ihm ein, dass ihr Plan nicht funktionieren kann.

»Maja, meine Hände sind auf dem Rücken gefesselt, ich kann mich an keinem Ast festhalten.«

»Dann ziehe ich dich so raus«, sagt sie.

»Aber pass' auf, wenn deine Füße einsinken, dann geh' sofort zurück.«

Maja tritt von hinten an ihn heran, packt ihn unter den Armen, aber sie kann ihn nicht bewegen. Der Schlamm hält Voss fest. Als sie ihn loslässt, sinkt er bis zum Brustkorb ein. Kalte Todesangst umfängt ihn. »Ich bin gleich wieder da, nicht bewegen!«, ruft Maja alarmiert und stürmt davon. Es könnte jetzt wirklich passieren, denkt Voss. Es wäre möglich, in diesem brandenburgischen Wald zu sterben, nur weil ich ein paar Schritte in die falsche Richtung gelaufen bin. Dieser Gedanke erschüttert ihn fast noch mehr als seine furchtbare Lage.

Maja erlöst ihn aus der Gedankenqual. Sie hat einen dicken, etwa drei Meter langen Ast dabei, den sie Voss zwischen Arme und Rücken schiebt. »Der Ast hält dich, so versinkst du nicht weiter, und ich rufe deine Kollegen.« Voss spürt, dass der Ast ihn wirklich hält, weil die Enden auf festem Grund lagern und er an ihm hängt wie ein Brathähnchen am Spieß. Als Maja weg ist, fließen ihm Tränen über das Gesicht. Schon zum zweiten Mal in diesem Jahr, denkt Voss. Er ist dabei, eine richtige Heulsuse zu werden.

Irgendwann sind sie da. Neumann und zwei Kollegen aus dem Präsidium und vier Feuerwehrleute mit Leitern und Seilen. Sie ziehen ihn aus dem Loch, brechen ihm dabei fast die Arme, aber am Ende funktioniert es. Voss liegt schlammverschmiert und schwer atmend auf festem Waldboden, Maja stützt seinen Kopf und flößt ihm etwas zu trinken ein. Die Feuerwehrleute packen ihn in eine Wärmeschutzfolie. »Danke, Maja, danke«, murmelt Voss, dann wird es wieder dunkel um ihn.

SAMSTAG

Es ist 7.45 Uhr, als die Morgenvisite unter der Leitung von Professor Horst Munsberg im Krankenhaus von Bad Freienwalde das Zimmer 405 erreicht, in dem der Patient Voss, Daniel liegt, der in der Nacht stark unterkühlt, mit einer Gehirnerschütterung, Platzwunden an der Stirn und zwei geprellten Rippen in die Rettungsstelle eingeliefert worden ist. Laut Behandlungsakte wurde der Patient mit einer kreislaufstärkenden Infusion sowie einem Beruhigungsmittel behandelt, nachdem er von zwei Pflegern in einer Badewanne von einer Schlammschicht befreit worden war, die in Form einer faulig riechenden Kruste fast seinen gesamten Körper bedeckt hatte. Der Patient war laut Bericht des Pflegepersonals bei der Einlieferung nicht ansprechbar, sein Zustand sei aber die ganze Nacht über stabil gewesen.

»So, Herr Voss, wie geht's uns denn heute Morgen?«, fragt Professor Munsberg mit lauter, kein unnötiges Mitleid verströmender Arztstimme. Voss öffnet langsam die Augen.

»Herr Voss, können Sie mich hören?«, fragt der Professor. Voss nickt, was einen stromschlagartigen Schmerz in seinem Hinterkopf auslöst, der ihn zusammenzucken lässt.

»Vorsichtig mit den Kopfbewegungen, das dürfte aber im Laufe des Tages besser werden. Sie scheinen gestern Nacht ein kleines Schlammbad im Wald genommen zu haben. Können Sie sich daran erinnern?«

Voss schluckt, sein Mund ist heiß und trocken. Professor Munsberg gibt einer Krankenschwester ein Zeichen, die Voss ein Glas Wasser reicht. Er trinkt in vorsichtigen, kleinen Schlucken.

»Ja, ich kann mich daran erinnern. Es war übrigens weniger lustig, als es sich anhört«, sagt Voss und sieht Munsberg grimmig an, der mit breitem Chefarzt-Lächeln vor ihm steht.

»Ich wollte nur wissen, ob Ihre Gedächtnisfunktionen intakt sind. Sagen Sie mir bitte noch, an welchem Tag Sie geboren sind.«

»27. März 1970.«

»Das ist exakt, damit haben Sie unser kleines Ratespiel gewonnen und dürfen, wenn alles gut läuft, in ein bis zwei Tagen wieder nach Hause.«

Die Ärzte verlassen sein Zimmer, Voss schließt die Augen, er atmet tief ein und aus und ist nach ein paar Sekunden erneut eingeschlafen.

Um 14.30 Uhr betreten Neumann und Frau Kaminski das Zimmer 405. Frau Kaminski hat einen Strauß gelber Herbstastern mitgebracht, Neumann eine Schachtel Mokkabohnen. Außerdem haben sie ein neues Handy für ihn dabei. Voss ist wach, er hebt die Hand zum Gruß. Die beiden setzen sich an sein Bett.

»Wie geht es Ihnen, Chef?«, fragt Frau Kaminski und sieht ihn mit besorgten, man könnte fast meinen, mütterlichen Augen an.

»Alles okay, die übertreiben hier ein bisschen. Wahrscheinlich haben sie gerade nicht genug Kranke.«

»Was ich so von Ihren Abenteuern gehört habe, ist es allemal richtig, dass Sie jetzt im Krankenhaus liegen und nicht gleich wieder aufspringen.« Frau Kaminski klingt streng. Die Machtverhältnisse sind nicht mehr dieselben, wenn man mit einem

Kopfverband im Bett liegt, denkt Voss. Neumann sitzt schweigend dabei.

»Vielen Dank für die Mokkabohnen, Neumann, so was habe ich schon ewig nicht mehr gegessen.«

»Keine Ursache, ich hoffe, dass Sie sich schnell wieder erholen. Und beim nächsten Mal nehmen Sie mich mit, wenn Sie nachts durch den Wald laufen.«

»Mache ich«, sagt Voss. Er sieht seine Kollegen an und lächelt. »Ich muss Ihnen beiden etwas sagen. Wahrscheinlich musste mir erst jemand auf die Birne schlagen, damit ich darauf komme, aber ich bin wirklich froh, mit Ihnen zusammenzuarbeiten.« Voss macht eine Pause, blickt Neumann an. »Ich weiß, dass ich oft ungerecht bin, aber ich arbeite daran, ich schätze Sie sehr als Polizisten.«

Neumann ist sichtlich grührt. »Chef, ich weiß nicht, was ich sagen soll.«

Voss wendet sich zu Frau Kaminski. »Danke, dass Sie mich in Ihr Chef-Erziehungsprogramm aufgenommen haben.«

Frau Kaminski lächelt. »Sie dürfen Mutti zu mir sagen.«

Neumann holt Wasser für die Herbstastern, Frau Kaminski stellt die Blumen in eine Vase. Irgendwann blicken sie zu Voss, der schon wieder eingeschlafen ist.

Um 17.10 Uhr stehen Frau Kaminski und Neumann erneut im Zimmer. Voss hat sie angerufen und gefragt, warum sie denn einfach so gegangen seien. Er konnte sich nicht daran erinnern, eingeschlafen zu sein.

»Und jetzt erzählen Sie mal, was es Neues gibt«, sagt er.

»Ich weiß nicht, ob das gut für Sie ist, schon wieder über den Fall zu sprechen«, sagt Frau Kaminski. »Erholen Sie sich doch erst mal.«

»Frau Kaminski, ich finde das sehr nett, dass Sie mich schonen wollen. Aber im Krankenhaus liegen ist langweilig wie Bockwurstwasser. Deshalb bekommt man ja hier Besuch. Die wichtigste Aufgabe der Besucher besteht darin, die Kranken zu unterhalten. Also zieren Sie sich nicht. Die Fakten bitte.«

Neumann räuspert sich, er sieht fragend zu Frau Kaminski, die schließlich resigniert die Schultern hochzieht. »Okay, ich werde mich kurz fassen: Wir haben die Hütte im Wald untersucht und Fingerabdrücke von vier Personen sichergestellt. Zwei dieser Personen sind uns bekannt, es handelt sich um Harro Probst und Hubert von Feldenkirchen, die dort in letzter Zeit mehrmals gewesen sein müssen. In der Hütte ist ein Ofen, in dem offenbar kürzlich jemand Dokumente verbrannt hat. Einige Seiten sind teilweise erhalten, wir arbeiten daran, sie wiederherzustellen.«

»Also war diese Hütte der geheime Treffpunkt.«

»Wir haben vor der Hütte eine Dachlatte gefunden, mit der Sie offenbar niedergeschlagen wurden. Es gibt leider keine Fingerabdrücke am Holz.«

Als Frau Kaminski die Dachlatte erwähnt, spürt Voss seine Wunde am Hinterkopf. »Dann gab es also wirklich so eine Art Bande. Möglicherweise wurden Probst und von Feldenkirchen von ihren Kumpanen umgebracht?«, murmelt Voss.

»Oder es gibt jemanden, der sich aus irgendeinem Grund an an der ganzen Bande rächen will. In diesem Fall wären die, die noch leben, in Gefahr«, sagt Neumann.

»Die Person, die mich niederschlug, wollte mich also vielleicht gar nicht umbringen, sondern hatte nur Angst, selbst umgebracht zu werden.«

»Oder die Person hat erkannt, dass Sie der Falsche sind, weil Sie nicht zu der Bande gehören, und hat Sie deshalb leben lassen«, sagt Neumann.

»Haben Sie den Knoten untersucht, mit dem ich gefesselt wurde?«, fragt Voss.

»Kein Schäferknoten«, sagt Frau Kaminski.

»Das spricht dafür, dass es einer der Partner von Probst und dem Grafen war, der vielleicht etwas in der Hütte beseitigen wollte. Er kommt zur Hütte, sieht die geöffnete Tür und will verhindern, dass jemand ihm auf die Schliche kommt. Er wartet vor der Hütte, schlägt mich nieder und hat eigentlich nur das Ziel, so schnell wie möglich zu verschwinden. Er hat mich wahrscheinlich nicht mal durchsucht, sonst hätte er meine Dienstwaffe gefunden.«

»Aber warum schlägt er Sie dann überhaupt nieder? Er hätte doch auch so verschwinden können«, sagt Neumann. »Das ganze Vorgehen passt nicht zu einem Komplizen in einem Korruptionsfall, der zudem noch Angst davor hat, ermordet zu werden. So handelt eher einer, der schon zwei Menschen auf dem Gewissen hat. Der weiß, wie man jemanden niederschlägt und fesselt. Dann bemerkt er, dass er es mit einem Unbekannten zu tun hat, der zudem auch noch bewaffnet ist. Vielleicht hat er Sie durchsucht, hat Ihren Dienstausweis gesehen und will keinen Polizisten töten.«

»Das ist doch unlogisch«, sagt Voss. »Wie kann er sicher sein, dass ich ihn nicht erkannt habe? Und wenn er wirklich schon zwei Menschen umgebracht hat, warum soll er dann ein Problem damit haben, noch einen dritten zu beseitigen? Zumal einen Polizisten, der hinter ihm her ist?«

»Ich glaube, der Chef hat recht«, sagt Frau Kaminski. »Seltsamerweise gab es keine Fingerabdrücke am äußeren Türgriff, auch nicht an der Klinke innen oder am Knauf der Ofentür. Derjenige, der vor der Tür lauerte, hat die Spuren später weggewischt. Das war ihm wichtig. Deshalb ist er auch nicht abgehauen, als er bemerkte, dass jemand in der Hütte ist.«

»Und wenn es einer der Partner in der Korruptionssache war, der zwei seiner Komplizen umgebracht hat?«, sagt Neumann. »Dann hätte er doch sogar noch einen Grund mehr gehabt, die Spuren abzuwischen. Weil er weder als Betrüger noch als Mörder auffliegen will.«

Voss wird der Kopf schwummrig angesichts dieser vielen Möglichkeiten. Er spürt, dass er noch ganz schön angeschlagen ist, aber seine Kollegen dürfen das nicht merken. Es muss weitergehen, auch wenn er jetzt hier im Krankenhaus liegt, in dieser tristen Ruhezone, in der es nach Kantinenessen und Desinfektionsmitteln riecht. An den Wänden seines Zimmers hängen Kunstdrucke in randlosen Plexiglasrahmen. Picassos Sonnenblumen und van Goghs Mittagsrast. Voss stellt sich vor, es gebe irgendwo in Deutschland ein Büro, in dem ein Mann sitzt, der seine Tage damit verbringt, deutsche Krankenhauszimmer mit Kunstdrucken zu versorgen. Dieser Mann überlegt hin und her, welche Bilder einem kranken Menschen zuträglich wären. Er zieht die Botschaft der Bilder in Betracht, die farbliche Gestaltung, den Stil, die Bekanntheit des Motivs. Am Ende landet er immer wieder bei Picassos Sonnenblumen und van Goghs Mittagsrast. Vielleicht, weil diese Bilder so beruhigend sind. Weil man sie eigentlich gar nicht mehr sieht.

Sein Handy klingelt, Voss macht eine entschuldigende Geste in Richtung der Kollegen und nimmt den Anruf entgegen.

»Hier ist Johanna Krieger, spreche ich mit Hauptkommissar Voss?«

Voss braucht einen Moment, um zu begreifen, wen er da am Telefon hat. Die schwarze Witwe von der Pferdekoppel, um Himmels willen, denkt er.

»Ja, ich bin am Apparat.«

»Ich wollte wissen, verehrter Hauptkommissar Voss, ob ich eigentlich immer noch des Mordes verdächtig bin.«

»Warum wollen Sie das wissen?«, fragt Voss.

»Weil Sie mir versprochen hatten, mir alles über sich zu erzählen, sobald ich nicht mehr verdächtig bin, Sie erinnern sich?«

Voss muss schlucken. Diese Frau hat ihn schon wieder überrumpelt.

»Ja, ich erinnere mich. Aber, wissen Sie, ich glaube, es ging nur um das Verhältnis zu meiner Mutter und nicht um mein komplettes Privatleben, oder?«

Aus den Augenwinkeln registriert Voss, wie Neumann und Frau Kaminski aufmerksam werden.

»Wir könnten doch mit Ihrer Mutter beginnen und uns dann langsam vorarbeiten, Herr Hauptkommissar. Ich lade Sie morgen Abend zum Essen bei mir ein. Was sagen Sie?«

»Nun, es ist so, Frau Krieger, ich liege gerade im Krankenhaus und kann deshalb Ihre Einladung leider nicht annehmen.«

»Was ist denn passiert, hoffentlich nichts Schlimmes?«

»Nur eine Gehirnerschütterung und ein paar Kratzer. Ich melde mich, wenn ich hier raus bin.«

»Tun Sie das, Herr Hauptkommissar. Gute Besserung.«

Voss legt das Telefon zur Seite und sagt zu Frau Kaminski und Neumann gewandt:

»Das war die Frau von der Pferdekoppel, deren Familie bei der Gasexplosion gestorben ist.«

»Und die jetzt offenbar eine neue Familie sucht«, sagt Frau Kaminski.

»Ich glaube, sie wollte einfach nur wissen, wie der Ermittlungsstand ist«, sagt Voss. Neumann und Frau Kaminski grinsen.

»Wo waren wir stehen geblieben?«, fragt Voss.

»Bei der Motivlage«, sagt Neumann.

»Ja, richtig, wenn man vom Motiv her denkt, dann erscheint es in der Tat plausibel, dass der Mörder zunächst Teil der korrupten Gesellschaft war und diese aus welchen Gründen auch immer verlassen hat. Es ging um Geld oder um Verrat. Oder um beides. Welches Motiv könnte jemand haben, der nie zu der Bande gehört hat?«

»Nun, da würde mir schon was einfallen«, sagt Neumann. »Auf der Suche nach dem Mann, der Schäferknoten macht, sind wir auf einen Typen gestoßen, der Arne Schumann heißt und ein militanter Umweltschützer und Kapitalismusgegner ist. Er wurde zweimal wegen schwerer Körperverletzung verurteilt. Einmal, weil er einen Wachmann krankenhausreif geschlagen hat, der ihn am Betreten eines Versuchsfeldes für genetisch verändertes Saatgut hindern wollte. Der andere Zwischenfall ereignete sich im Wald, als er einen Hochstand umstieß, auf dem ein Jäger saß.«

»Sie meinen, dieser Typ erfährt irgendwie von den geheimen Geschäften mit Waldflächen und beschließt, die Leute umzubringen? Warum denn? Es wäre doch dem Umweltschutz und dem Kampf gegen den Kapitalismus viel dienlicher, das alles öffentlich zu machen. Stellen Sie sich den Skandal vor!«

»Solche Leute denken nicht logisch, Chef. Sie sind getrieben von einer Mission, und sie halten alle Mittel für angemessen, um solche korrupten Schweine wie den Grafen zu beseitigen.«

»Neumann, was für ein revolutionäres Vokabular.«

Neumann erschrickt. »Ich wollte nur klarmachen, wie dieser Mann tickt. Ich selbst würde doch so nicht sprechen!«

»Wie auch immer«, sagt Voss. »Wir sollten uns diesen Schäfer mal zusammen vornehmen. Frau Kaminski, was ist mit den Projektilen der beiden Leichen?«

»Die Projektile stimmen überein. Probst und von Feldenkirchen wurden zweifelsfrei mit derselben Waffe erschossen. Wir haben deshalb alle Waffen, die wir bei uns hatten, zurückgegeben. Bis auf die Doppelflinte von Jürgen Stibbe. Der hat das Gewehr verkauft. Wir haben das überprüft, das stimmt. Wie wir allerdings erfahren haben, hat Stibbe sich die Waffe manchmal ausgeliehen, angeblich weil er damit so gut auf Fuchsjagd gehen konnte. Ich habe die Waffe jetzt zur Untersuchung eingeschickt.«

»Allerdings stimmt Stibbes Alibi«, sagt Neumann. »Er war wirklich auf der Traktorenmesse in Dresden, als der Graf in der Nacht zum Mittwoch ermordet wurde, das haben uns die Kollegen gestern bestätigt.«

»Aber als Harro Probst umgebracht wurde, war er in der Nähe«, sagt Voss.

Er denkt nach. »Vielleicht sind es ja doch mehrere Mörder«, sagt er schließlich.

»Die sich eine Waffe geteilt haben, das wäre ziemlich schlau«, sagt Frau Kaminski, »weil jeder sich für eine der Taten mit einem Alibi absichern könnte.«

»Klingt interessant, halte ich aber für unwahrscheinlich«, muss Voss zugeben. »Noch eine letzte Sache, ich habe gestern erfahren, dass der Graf zusammen mit Frau Probst einen Sohn gezeugt hat, als er als 17-Jähriger mal in den Ferien in Sternekorp war. Neumann, sprechen Sie mit Frau Probst, wir müssen unbedingt wissen, wo dieser Sohn ist.«

Neumann und Frau Kaminski blicken Voss erstaunt an.

»Es gibt wahrscheinlich nichts, das es nicht gibt«, sagt Frau Kaminski.

»Meinen Sie, der Sohn könnte etwas mit unserem Fall zu tun haben?«, fragt Neumann.

»Die beiden Opfer waren der Stiefvater und der leibliche Vater dieses Jungen. Sie waren aber auch der Liebhaber und der Ehemann von Frau Probst. Also sind Frau Probst und ihr Sohn verdächtig, denn nirgendwo wird mehr gemordet als in der eigenen Familie.«

Eine Krankenschwester kommt ins Zimmer.

»So, Herr Voss, wann waren wir denn zuletzt auf Toilette?«, fragt sie und stellt eine Plastikflasche vor ihn auf den Tisch. Neumann und Frau Kaminski springen auf und verabschieden sich schnell. Voss winkt ihnen wortlos hinterher.

Am Abend kommt Maja ihn besuchen. Sie klopft, öffnet die Tür nur einen Spalt, steckt den Kopf ins Zimmer und lächelt, als sie ihn erblickt. Maja hat verschiedene Dinge mitgebracht:

eine Schüssel mit Buletten, damit er wieder zu Kräften kommt. Ein paar von den gelben Äpfeln aus dem Garten, weil die gesund sind. Zwei Hagebuttenäste, die das Krankenzimmer verschönern. Anziehsachen für die nächsten Tage. Drei große Stücke Apfelkuchen gegen Heimweh und einen Brief der Mutter in einem hellblauen Umschlag, der mit neckischen Lackbildern beklebt ist. Sie setzt sich an sein Bett und sieht ihn fragend an. Voss fühlt die vergangene Nacht in sich aufsteigen. Die Kälte, die Angst, die Erleichterung. »Maja, ich ...« Voss stockt, er weiß nicht, was er sagen soll, was womöglich daran liegt, dass es eigentlich viel zu viel zu sagen gäbe. Sie legt ihm beruhigend die Hand auf den Arm. »Nächstes Mal nimmst du mich mit.« Ihre Hand wird immer wärmer auf seinem Arm. Er nickt. Und dann muss er vor ihren Augen zwei Buletten, einen Apfel und ein Stück Kuchen essen. Er muss ihr versichern, dass er schon neue Kräfte spürt. Dabei spürt er nur die Kuchenkrümel, die auf das Laken gefallen sind.

SONNTAG

Am nächsten Morgen wacht Voss gegen sechs Uhr auf. Er fühlt sich viel besser, nicht einmal der Kopf tut ihm beim Aufstehen weh. Das sind die polnischen Wunderbuletten, denkt er und isst gleich noch zwei Stück davon. Dann schaltet er sein Handy ein. Um 3.30 Uhr kam ein Anruf, und jemand hat eine Nachricht hinterlassen. Voss hört die Nachricht ab, sie kommt von Frau Große, der Nachbarin des Notars Benno Fleischer. Sie sagt, Fleischer sei um exakt 3.24 Uhr nach Hause gekommen. Sie stellt verschiedene Vermutungen darüber an, wo Fleischer gewesen sein könnte, und sagt, sie gehe jetzt ins Bett, werde das Haus des Nachbarn aber spätestens ab neun Uhr wieder im Auge behalten und ihn auf dem Laufenden halten. Voss duscht, zieht sich an, holt sich aus dem Kaffeeautomaten auf dem Gang einen Espresso und verabschiedet sich von der Stationsschwester, die zeternd hinter ihm herläuft, weil nur der Chefarzt ihn aus der Klinik entlassen dürfe.

Als er vor dem Krankenhaus steht, fällt Voss ein, dass er gar kein Auto hat. Er erinnert sich, dass Frau Kaminski gestern während des Krankenbesuchs sagte, sie habe den Wagen nach Sternekorp gebracht. Er ruft Maja an, und eine Viertelstunde später kommt sie in seinem hellblauen Fiat Punto angerast. Voss will auf der Fahrerseite einsteigen, aber Maja deutet mit dem Daumen auf die Beifahrerseite. »Daniel, du bist der einzige Kommissar in ganz Brandenburg, der von jetzt an eine persönliche Fahrerin hat.«

Sie fahren nach Mötzel, zur alten Brennerei. Voss klingelt, Maja wartet im Auto. Persönliche Fahrerinnen warten immer im Auto, während die brandenburgischen Kommissare ihre Vernehmungen durchführen, hat er ihr erklärt, und sie hat kaum protestiert. Fleischer reagiert nicht, vielleicht schläft er noch und hört die Klingel nicht. Voss geht um die Brennerei herum, über einen Hof, in dem ein gemauerter Ziehbrunnen steht. Um den Brunnen herum sind vier Apfelbäume gepflanzt, jeder eine andere Sorte. Auf der Erde liegen mehr Äpfel, als am Baum hängen. Offenbar hatte Fleischer keine Zeit, sich um die Ernte zu kümmern. Eine gusseiserne Bank steht am Brunnen und ein runder Tisch, der aus Keramiksplittern gefertigt wurde. Das alles wirkt ziemlich romantisch. So sehen wahrscheinlich die Gärten der Menschen aus, die bei offenem Fenster Verdi-Opern hören, denkt Voss.

Die Hintertür ist nur angelehnt, Voss öffnet sie und betritt einen Raum, der mit dem Parkett einer alten Schulturnhalle ausgelegt zu sein scheint. Die bunten Linien, die in der Turnhalle die Spielfelder markieren, sind hier zu einem neuen, seltsamen Muster zusammengelegt. Voss kommt an eine Treppe, die in das obere Stockwerk führt. Er steigt die schmalen Stufen nach oben und überlegt, ob er irgendeine Oper von Verdi kennt. Plötzlich steht ihm ein dicker Mann mit einem Jagdgewehr im Anschlag gegenüber. Voss erschrickt, sammelt sich aber schnell wieder: »Ich bin Hauptkommissar Voss, nehmen Sie die Waffe runter!«

»Wer sagt mir, dass Sie wirklich Polizist sind?«, fragt der dicke Mann, der einen schwarzen Bademantel trägt und nervös in alle Richtungen schaut.

»Sehen Sie sich meinen Dienstausweis an, er steckt in der linken Innentasche meines Mantels.«

Der Mann, der ohne Zweifel Benno Fleischer ist, nähert sich

Voss. Er scheint zu überlegen, wie er gleichzeitig sein Gewehr auf Voss richten und dessen Ausweis kontrollieren kann. »Nehmen Sie Ihren Ausweis langsam aus der Tasche und legen Sie ihn vor sich hin.«

»Das kann ich gerne tun, Herr Fleischer«, sagt Voss. »Ich weise Sie nur darauf hin, dass ich meine Dienstwaffe in einem Holster trage, das sich unter meinem linken Arm befindet. Nicht, dass Sie auf die Idee kommen, ich wollte meine Waffe ziehen.«

Der Mann wird immer unsicherer, sein Gewehr zittert. Hoffentlich drückt er nicht aus Versehen ab, denkt Voss, der erstaunlicherweise überhaupt nicht nervös ist, was daran liegen könnte, dass dieser Mann so offensichtlich überfordert ist.

»Machen Sie schon, zeigen Sie mir Ihren Ausweis!«

Voss öffnet seinen Mantel, zeigt Fleischer seine Waffe und die über dem Pistolenknauf liegende Innentasche. Dann zieht er langsam seinen Ausweis aus der Tasche und hält ihn Fleischer hin. Der kommt näher und liest. Voss riecht sein Rasierwasser und stutzt. Er kennt diesen Duft, er hat ihn erst vor Kurzem gerochen, aber er weiß nicht mehr, wo und wann. Fleischer setzt mit einer schwungvollen Bewegung das Gewehr ab, sichert die Waffe und stellt sie in die Ecke. Voss hat plötzlich das Gefühl, es könnte dieser Mann sein, der ihn vor der Jagdhütte im Wald niedergeschlagen hat. Es ist die Art, wie er sich bewegt, die Kontur des Körpers, die er vor der Hütte nur kurz aus den Augenwinkeln sehen konnte.

Voss zieht seine Waffe, Fleischers Gesicht wird totenbleich.

»Sie haben mich doch erkannt, Herr Fleischer.«

»Ich weiß nicht, was Sie meinen«, stammelt Fleischer, aber es ist ihm anzumerken, dass er selbst nicht an das glaubt, was er gerade sagt.

»Sie wissen genau, was ich meine. Vorgestern Abend haben Sie mich vor der Jagdhütte im Wald niedergeschlagen.«

Fleischer steht wie versteinert da. »Ich wusste nicht, wer Sie sind. Ich dachte ...« Fleischer schlägt die Augen nieder, seine Hände zittern.

»Was dachten Sie?«

»Sind Sie wirklich Polizist?«

»Ja, Sie haben doch gerade meinen Ausweis gesehen. Ich leite die Mordkommission in Bad Freienwalde.«

Fleischer scheint sich etwas zu beruhigen.

»Könnten Sie bitte die Pistole runternehmen, ich kann so nicht sprechen«, sagt er. Voss steckt seine Waffe ins Holster und nimmt die Patronen aus Fleischers Jagdgewehr.

»Also erzählen Sie, was wollten Sie in der Jagdhütte?«

»Ich wollte nur sehen, ob alles in Ordnung ist.«

»Ob was in Ordnung ist?«

»Manchmal spielen da Kinder, oder die Wildschweine buddeln rum, man muss da immer mal vorbeischauen.«

»Herr Fleischer, wenn Sie mich weiter verarschen, bringe ich Sie wegen des tätlichen Angriffs auf mich in Untersuchungshaft. Vielleicht erinnern Sie sich dort besser daran, was Sie in der Hütte wollten.«

Fleischer schluckt, überlegt. »Ich war am Tag zuvor schon mal da. Es ging um vertrauliche Papiere, die ich dort lagern wollte.«

»Lagern oder verbrennen? Ging es zufällig um Papiere, die verraten, dass Sie seit Jahren zusammen mit Harro Probst und Hubert von Feldenkirchen betrügerische Geschäfte mit Wald- und Ackerflächen betreiben, die Sie billig kaufen und die dann später ganz zufällig in wertvolle Windgebiete umgewandelt werden?«

Fleischer sieht Voss völlig verdattert an.

»So, Herr Fleischer, letzte Gelegenheit, mir die Wahrheit zu erzählen. Wann ging das los mit Ihrer kleinen Windmafia?«

Fleischer führt Voss ins Wohnzimmer, lässt sich auf einem

roten Samtsofa nieder, tupft seine feuchte Stirn mit einem Taschentuch ab und beginnt leise, mit zum Boden gerichtetem Blick zu reden:

»Ich kannte Hubert von Feldenkirchen seit Beginn der 90er-Jahre. Er hat damals viel von dem Wald zurückgekauft, der einmal seiner Familie gehörte. Ich kannte mich mit den Verfahren aus, die meisten Flächen wurden ja vom Treuhand-Liegenschaftsfonds verkauft. So wurde ich sein Notar.«

»Und wann begannen die krummen Geschäfte?«

»Hubert hatte Geldprobleme, und wir überlegten, was man da machen kann. Damals wurden gerade die ersten Betriebsgenehmigungen für Windkraftanlagen erteilt, und außer dem Bundesemissionsschutzgesetz gab es keine Regeln dafür, wo die Anlagen gebaut werden dürfen und wo nicht. Es war klar, dass Hubert als Landrat auf seinen Flächen keine Anlagen bauen kann.«

»Das wäre zu durchsichtig gewesen. Deshalb brauchten Sie unverdächtige Leute, die als Strohpuppen die Flächen kaufen und den Gewinn mit Ihnen teilen.«

»Hubert kannte eine Menge Leute von der Jagd. Er sagte, denen könne er vertrauen, weil ein Jäger nicht den anderen verrät.«

»So kam Harro Probst ins Spiel?«

»Ich fand es keine gute Idee, das mit Harro zu machen, weil er von der Persönlichkeit her nicht passte.«

»Was passte denn nicht?«

»Harro war zu gierig. Seine kriminelle Energie war zu hoch. Für so eine Sache braucht man Leute, die entspannt sind, die abwarten können, die über Jahre unverdächtig bleiben, still genießen können.«

»Wer gehörte noch dazu?«

»Das werde ich Ihnen nicht sagen.«

»Warum nicht? Ich kriege das sowieso raus. Wir sind dabei, sämtliche Geschäfte zu überprüfen, die in den vergangenen

20 Jahren mit Flächen getätigt wurden, die später zu Windgebieten umgewandelt wurden.«

»Das wird Sie nicht weiterbringen.«

»Herr Fleischer, es könnte sein, dass jemand von Ihren Geschäften Wind bekommen hat und jetzt aus welchen Gründen auch immer diese Hinrichtungen durchzieht. Wenn Sie mir nicht sagen, wer da noch mit drinhängt und worum es überhaupt geht, wird es womöglich noch mehr Tote geben.«

Fleischer überlegt. Er scheint mit sich zu ringen, wie viel von seinem Wissen er preisgeben soll. Was ihm nutzen oder schaden könnte. Er wirkt jetzt schon wieder ein wenig gefasster, sein Körper strafft sich, er schlägt die Beine übereinander.

»Nachdem es mit Probst Probleme gab, haben sich unsere Methoden mit den Jahren verfeinert.«

»Besonders professionell erscheint mir Ihr System aber nicht. Wir haben ein Kassenbuch gefunden, in dem Empfänger allen Ernstes handschriftlich Geldbeträge quittierten.«

»Das sind Fehler, die wir am Anfang gemacht haben. Der größte Fehler war, dass Harro Probst dieses Buch aufgehoben hat. Aber wir haben dazugelernt.«

»In der Jagdhütte haben wir Fingerabdrücke von vier Personen gefunden. Wir kennen Probst, von Feldenkirchen, Sie. Aber wer war der Vierte, der ja offenbar auch zu den geheimen Treffen geladen wurde? Der auch von Anfang an dabei war?«

»Unwichtig.«

»Herr Fleischer, ich habe einen Mörder zu fassen, der Ihre Strukturen offenbar gut kennt. Kann es nicht sogar sein, dass es einer von Ihnen ist?«

Fleischer gießt Wodka in ein hohes Wasserglas und schaut fragend zu Voss, der abwinkt. Was trinkt der Mann abends, fragt sich Voss, wenn er schon morgens mit einem Wodka loslegt? Fleischer trinkt das Glas in einem Zug aus, stöhnt leise und vergräbt das Gesicht in den Händen.

»Das war natürlich auch meine erste Überlegung. Dass es einer aus dem Netz sein muss. Aber das Netz ist so gebaut, dass keiner vom anderen weiß. Die vier, die mehr wissen, haben sich in dieser Hütte getroffen. Davon sind zwei tot, und der Vierte macht sich gerade genauso ins Hemd wie ich.«

»Sagen Sie mir, wer der Vierte ist!«

»Okay, ich frage ihn, ob ich das darf. Es muss seine Entscheidung bleiben. Die Frage ist, ob er mehr Angst vor Ihnen oder vor diesem verrückten Mörder hat.«

»Haben Sie denn irgendeine Idee, wer hinter den Morden steckt? Vielleicht sind es sogar mehrere Personen?«

»Glauben Sie mir, Herr Voss, ich wüsste es genauso gerne wie Sie. Mein Leben hängt davon ab. Als Probst starb, dachte ich, da hätte sich eben einer von den vielen, die Harro in seinem Leben beschissen hat, gerächt. Als Hubert starb, war mir klar, dass da jemand einen Plan hat.«

Voss überlegt. Er hat das Gefühl, dass er gerade etwas übersieht. Etwas Wichtiges.

»Wer sagt mir eigentlich, Herr Fleischer, dass nicht Sie der Mörder sind? Sie kennen die Strukturen, Sie bekommen jetzt wahrscheinlich das Geld, das die anderen nicht mehr kriegen können. Und vor allem: Sie sind noch am Leben.«

Fleischer gießt sich einen weiteren Wodka ein: »Die Antwort gibt Ihnen Ihr messerscharfer Kommissarsverstand: Sie würden nicht mehr leben, wenn ich der Mörder wäre. Außerdem war ich in Frankfurt/Oder, als Harro Probst starb. Als Zeugen habe ich drei Richter und einen Staatsanwalt, vor denen ich zur Tatzeit ein Plädoyer zu halten hatte. In der Nacht, in der Hubert ermordet wurde, war ich in der Komischen Oper in Berlin. ›Tannhäuser‹, exzellente Inszenierung.«

Voss hat das Gefühl, dass Fleischer die Wahrheit sagt. Es gibt keinen vernünftigen Grund, warum Fleischer, dessen Name auf jedem der Kaufverträge steht und der somit am leichtesten als Beteiligter ermittelt werden kann, die eigenen Leute erledigen sollte. Trotzdem wird er Fleischers Jagdgewehr untersuchen lassen. Sicher ist sicher.

»Ich kann Ihnen nur helfen, wenn Sie mir helfen. Ich vergesse den Angriff auf mich, wenn Sie mir den Namen des vierten Mannes verraten. Und jetzt nehme ich Sie mit aufs Präsidium, Sie sind vorläufig festgenommen.«

»Welche Gründe haben Sie für die Festnahme?«

»Tätlicher Angriff auf einen Polizeibeamten, Verdacht der Zugehörigkeit zu einer kriminellen Organisation, Gefahr im Verzug.«

»Darf ich mich noch anziehen, oder wollen Sie mich im Morgenmantel ins Präsidium schleppen?«

»Wo ziehen Sie sich an?«

»In meinem Ankleidezimmer, ich zeige Ihnen das gerne«, sagt Fleischer in giftigem Ton.

Voss begleitet Fleischer in einen mit cremefarbenen Seidentapeten ausgeschlagenen Raum. An den Wänden hängen deckenhohe Spiegel, in riesigen Wandschränken lagert Fleischers Garderobe. Allein der Schuhschrank nimmt fast die Hälfte des Raumes ein. Fleischer mag offenbar Cowboystiefel. Sieben, acht Paar hängen in Stiefelhaltern an polierten Chromstangen. Hinzu kommen ein halbes Dutzend Reitstiefel, eine Reihe dunkelbrauner Lederslipper und erstaunlich viele Sportschuhe für jemanden mit Fleischers Statur. Voss lässt Fleischer allein und wartet vor der Tür. Er hört laute Opernmusik aus dem Ankleidezimmer, wahrscheinlich Verdi, denkt er.

Nach zehn Minuten klopft Voss an die Tür. »Ein bisschen Beeilung, Herr Fleischer, ich muss los!«, ruft er. Von drinnen kommt keine Antwort, Voss hört eine Pauke schlagen und Violinen jaulen, auch das eine oder andere Blasinstrument kann er erkennen. Er muss an den Musikunterricht bei Herrn Bösel denken, wo sie sich ein Stück anhören mussten und sagen sollten, welche Geschichte da gerade vom Komponisten erzählt wird. Voss mochte diese Art von Übungen eigentlich, aber es galt in der Klasse als uncool, so etwas zu mögen, weshalb auch er so tat, als wäre ihm dieses ganze Rumgefiedel zuwider. Später ist er nur ein einziges Mal in der Oper gewesen, am Abend der Verlobung mit Nicole. Es gab die »Zauberflöte«, aber Voss konnte die Musik nicht genießen, weil er die ganze Zeit das Gefühl hatte, sein Leben nähme gerade eine zu gefährliche Richtung.

Voss hört jemanden vom Hofeingang die Treppe heraufkommen. Er zieht seine Pistole und geht in Richtung der Treppe. Kurz darauf steht Maja atemlos vor ihm.

»Daniel, der dicke Mann ist weg!«, ruft sie.

»Was soll das heißen?« Voss hofft, dass er sich verhört hat.

»Er ist aus dem Fenster geklettert, über eine Leiter an der Fassade. Ich habe ihn erst gesehen, als er schon fast unten war. Dann ist er in sein Auto gesprungen und weggefahren.«

Voss reißt die Tür zu Fleischers Ankleidezimmer auf. Das Fenster steht offen, die Musik schallt durch den leeren Raum. »Schnell, wir müssen ihm hinterher!« Sie rennen zur Treppe, jagen die Stufen hinunter, Voss spürt einen schmerzhaften Nebel durch seinen Kopf ziehen. Er muss kurz innehalten.

»Alles klar, Daniel?«, fragt Maja.

»Ja, schnell zum Auto«, sagt Voss.

Er sieht Frau Große am Fenster stehen. Sie springen ins Auto, Maja fährt Richtung Prautzel, weil auch Fleischer in diese Richtung gefahren ist. Voss telefoniert mit dem Präsidium, fordert Funkwagen zur Verstärkung an. Maja fährt sehr schnell, was ihr offenbar Spaß macht.

»Daniel, hast du nicht ein Blaulicht, das man auf das Dach setzen kann, wie im Fernsehen?«

»Maja, das ist kein Spiel, das ist gerade verdammt ernst!«, schreit Voss.

Maja schweigt betroffen. Sie rasen die leere Straße entlang, kein einziges Auto ist zu sehen. An der Kreuzung, an der die Bundesstraße 158 nach Bad Freienwalde abzweigt, halten sie an. Wo sollen sie hin? Voss überlegt, schaut nach links und nach rechts.

»Lass uns zurückfahren, es hat keinen Sinn, die Kollegen werden ihn hoffentlich finden«, sagt er schließlich. Er fühlt sich schlapp, leer. Wie konnte er diesen Fleischer entkommen lassen? Warum hat er die Feuertreppe nicht gesehen, die doch um die gesamte Brennerei herumläuft? Und warum haut Fleischer überhaupt ab? Womöglich steckt er doch hinter den Morden, oder er muss noch ein paar Sachen verschwinden lassen? In jedem Fall hat Voss gerade die wichtigste Person verloren, die er bisher ermitteln konnte.

»Ich bin der dämlichste Kommissar der Welt«, sagt er.

Maja stellt den Motor ab, nimmt ihn in die Arme, küsst ihn auf die Wange.

»Du bist nicht dämlich, du hast nur ein bisschen Pech, aber es gibt ein polnisches Sprichwort, das sagt: Man braucht Pech, um später wieder Glück zu haben.«

Maja hat immer noch ihre Arme um ihn gelegt, ihr Mund ist nur Zentimeter von seinem entfernt. Er spürt ihren Atem, er könnte sie jetzt küssen. An diese Möglichkeit hat er, wenn er ehrlich ist, in den letzten Tagen schon ein paarmal gedacht. Auch wenn ihm dieser Gedanke immer recht gewagt erschien. Er war sich nicht sicher, ob Maja einfach nur nett zu ihm war oder ob es mehr bedeuten sollte. Aber jetzt? Hier? Er ist schließlich im Dienst, und er hat gerade einen Fehler gemacht. Einen sehr ärgerlichen Fehler. Maja zieht ihre Arme weg, Voss setzt sich wieder gerade hin. Sie fahren wortlos zurück.

Frau Große steht zusammen mit anderen Nachbarn vor Fleischers Haus, als Voss und Maja an der Brennerei in Mötzel eintreffen. »Herr Kommissar«, ruft sie und kommt auf ihn zu. »Haben Sie ihn gekriegt?«

Voss schüttelt den Kopf und geht wortlos an den Leuten vorbei. Er steigt am Hintereingang die Treppe hoch, geht durch das Haus, in Fleischers Arbeitszimmer, in dessen Mitte ein mächtiger Lehmofen steht, der in eine Ofenbank übergeht, die mit Lammfellen gepolstert ist. Es riecht nach Pfeifentabak, Fleischers Rasierwasser und altem Leder, was wohl mit den Pferdesätteln zu tun hat, die wie eine Trophäensammlung an der Wand hängen, neben barocken, in Öl gemalten Landschaftsgemälden, Hirschgeweihen und einem Wandschrank, in dem etliche Flaschen mit sicherlich exzellentem Wodka stehen.

Voss geht ins Schlafzimmer, in dem ein Wasserbett mit gusseisernem Gestell und einem roten Baldachin steht. Dieser Mann hat seinen Stil, das muss man ihm lassen, denkt Voss. Er kramt ein bisschen in den Schränken herum, findet eine noch verschlossene Packung Glückskekse, Rezepte zur Herstellung von Kirschkonfitüre, eine Bibel, zwei in Leder eingeschlagene Bände, die das Bürgerliche Gesetzbuch kommentieren. In der obersten Schublade einer Kommode liegt eine Mappe mit Gedichten, die Fleischer offenbar selbst mit Tinte auf Büttenpapier geschrieben hat. Die Gedichte sind sehr romantisch, handeln von der Jagd, von der Liebe und einem »Grafen mit zarten, bösen Händen«. Ob er damit von Feldenkirchen meint?

Unter dem Bett liegen drei Jagdgewehre. Und Bücher, die sich mit dem jagdlichen Brauchtum beschäftigen. Voss spürt eine lähmende Kälte in sich aufsteigen. Hat er wirklich gerade den Mörder entkommen lassen? Oder zumindest den Mann, der die Morde organisiert hat? Vielleicht zusammen mit ein paar anderen Jagdkumpels? Fleischer ist der Einzige, der das komplette Korruptionssystem kennt. Schafft er die anderen drei beiseite, funktioniert zwar das System nicht mehr, aber das Geld, das immer über seine Notarkonten fließt, kann er selbst einstreichen. Außerdem hätte er sich sämtlicher Mitwisser entledigt. Aber kann das wirklich alles sein? Sie müssen dringend überprüfen, ob die Sache mit dem Gerichtstermin in Frankfurt/Oder stimmt.

Voss ruft den Polizeidirektor an. Dessen Stimme klingt aufgeräumt, fröhlich. »Sind Sie schon wieder gesund, Voss? Ich habe extra Blumen gekauft und wollte Sie heute im Krankenhaus besuchen.«

»Das ist nett, Herr Polizeidirektor, aber ich bin wieder mittendrin. Wir brauchen sofort eine landesweite Fahndung nach Benno Fleischer, der ist mir gerade entwischt.«

»Was heißt denn entwischt, Voss? Wie ist das möglich?«

»Ich habe nicht aufgepasst, ich bin ein Idiot.«

»Ach, so was kommt vor, nun seien Sie mal nicht so streng mit sich.«

»Nun, wenn Fleischer morgen jemanden umbringt, dann werden auch Sie streng mit mir sein, und das völlig zu Recht.«

Der Polizeidirektor schweigt, nur das Rauschen in der Telefonleitung ist zu hören.

»Tja, das geht natürlich nicht. Wir können uns solche Fehler nicht erlauben, wir sind nicht die Stadtreinigung, wir sind die Mordkommission. Ich gebe die Fahndung raus, ich erwarte von Ihnen ein konsequentes Durchgreifen und einen ausführlichen Bericht, heute noch!«

Inzwischen sind auch Frau Kaminski und Neumann angekommen. Sie stehen vor dem Wasserbett mit dem gusseisernen Gestell und dem roten Baldachin und betrachten neugierig das exotische Ambiente.

»Chef, Sie sind kein Idiot, woher sollten Sie das mit der Feuerleiter wissen?«, sagt Neumann.

»Sie wissen schon Bescheid?«

»Die Nachbarin steht draußen und erzählt es sogar denen, die es nicht wissen wollen.«

Frau Kaminski gibt Voss eine Tablette.

»Langsam lutschen, das hilft gegen die Kopfschmerzen. Ich

finde es nicht gut, dass Sie aus dem Krankenhaus abgehauen sind. So passieren solche Fehler.«

»Nun hack doch mal nicht so auf ihm rum, das hätte jedem passieren können«, sagt Neumann zu Frau Kaminski. »Vielleicht ist Fleischer nur deshalb abgehauen, weil er noch Unterlagen zu vernichten hat.«

Voss zeigt den Kollegen die Gewehre und die Bücher, die unter dem Bett liegen. Neumann wird blass.

»Frau Kaminski, stellen Sie hier alles auf den Kopf, wir müssen endlich das Betrugssystem verstehen, das Fleischer organisiert hat. Wir müssen auch die Waffen untersuchen, und alles andere …«

»Und Sie, Chef, fahren jetzt nach Hause und ruhen sich aus. Sie haben hier nichts mehr zu tun. Nach Fleischer wird gefahndet, den Rest erledigen wir.«

Voss zögert. Er weiß, dass Frau Kaminski recht hat, aber er darf doch jetzt nicht nach Hause fahren, in dieser kritischen Situation.

»Ich kann mich später noch ausruhen«, sagt er.

Frau Kaminski schüttelt missbilligend den Kopf. »Wir haben übrigens die Ergebnisse der Untersuchung von Stibbes Gewehr«, sagt sie schließlich. »Es war nicht die Tatwaffe.«

Voss will etwas sagen, aber in dem Moment durchzuckt ein schneidender Schmerz seinen Schädel, er beißt die Zähne zusammen. Vielleicht sollte er doch nach Hause fahren.

Auf dem Weg nach Sternekorp hat Voss das Gefühl, Bleikugeln würden in seinem Kopf umherrollen. Selbst wenn er den Kopf nur minimal bewegt, kommen die Kugeln in Schwung und prallen von innen an die Schädeldecke. Vielleicht hat er doch zu schnell wieder angefangen? Oder ist das die Enttäuschung über sich selbst, über diesen dummen Fehler mit Fleischer?

Voss ist schlecht darin, sich selbst zu entschuldigen. Noch schlechter ist er darin, Fehler zu vergessen. Von manchen Fällen weiß er nach Jahren kaum noch etwas, aber an die Fehler kann er sich immer noch erinnern. Sie gehen ihm nach, sie beschäftigen ihn, wie eine Schuld, die nicht vergeht. Er fühlt sich niedergeschlagen, kraftlos.

Zum Glück fährt Maja, die die ganze Zeit kein Wort gesagt hat. Voss weiß nicht, ob sie eingeschnappt ist oder ihn in Ruhe lassen will. Sie kommen am Sternekorper Friedhof vorbei, und irgendetwas packt ihn, weshalb er Maja bittet, ihn hier abzusetzen. Sie legt ihm stumm die Hand auf die Schulter, ihre Blicke treffen sich kurz, und sie nickt ihm zu, so als wüsste sie genau, was er vorhat.

Voss geht den schmalen Schotterweg bis zu dem niedrigen grauen Holzzaun hoch. Es ist kein besonders schöner Friedhof, es gibt weder Blumenbeete noch Rabatten oder geharkte Wege. Nur ein paar alte Linden stehen im Halbkreis und haben mit ihren Wurzeln die Erde hochgedrückt, wodurch etliche Grabsteine zur Seite gerutscht sind und jetzt ein wenig krumm und unbeholfen in der Gegend rumstehen. Der Vater wollte immer einen Findling haben, einen aus rotem Granit. Er hat den Stein mal beim Pflügen auf dem Feld gefunden und mit dem Traktor nach Hause gebracht. Besonders alt kann der Vater da noch nicht gewesen sein, aber es war ihm wohl wichtig, dass die Sache mit dem Grabstein geklärt ist. Lange lag der Stein neben dem Schuppen. Wenn Voss dem Vater im Garten half und aus Versehen mit der Schubkarre an den Findling kam, konnte der Vater richtig sauer werden.

Jetzt steht dieser Stein hier auf dem Friedhof, unten bauchig, oben verjüngt, wie eine dicke Birne im Lindenlaub. Der Stein hat eine schöne, glatte Vorderseite, die von weißen Linien durchzogen ist. Den Grabspruch hat die Mutter ausgesucht. »Mühe und Arbeit war sein Leben / Ruhe hat ihm Gott gegeben«. Es war der Mutter nicht auszureden, diesen traurigen und, wie Voss findet, völlig dämlichen Spruch in den Findling gravieren zu lassen. Als wäre es eine tolle Sache, immer nur an die Arbeit und die Pflicht zu denken. Und sich die Ruhe und den Müßiggang für den Tod aufzuheben. Außerdem hat der Vater gar nicht an Gott geglaubt. Die Mutter übrigens auch nicht. Aber sie fand, auf einem Kirchfriedhof sei es sicherlich nicht von Nachteil, den Schöpfer irgendwie zu erwähnen. Falls es doch mal anders kommt. Hat sie wirklich so gesagt: »Falls es doch mal anders kommt.«

Der Vater ist nicht der Einzige, der so ein Zeug auf seinem Grabstein stehen hat. Links neben ihm liegt Frau Dietzel, die mal Verkäuferin im *Konsum* war. Ihr Spruch lautet: »Wer in Beruf und Pflicht wie du gestorben / Hat Leben sich durch seinen Tod erworben«. Rechts vom Vater liegt Herr Senfft, der die Mosterei in Hakenburg betrieben hat. Auch seine Familie scheint es richtig gut mit ihm gemeint zu haben: »Wer treu gewirkt, bis ihm die Kraft gebricht / Und liebend stirbt / Ach den vergisst man nicht«. Wenn sich Voss richtig erinnert, ist Herr Senfft nach der Wende wegen Betrugs verurteilt worden, weil er Zuckerwasser in den Apfelsaft gemischt hat. Nirgendwo, denkt Voss, wird mehr gelogen als auf Friedhöfen. Aber dann ärgert er sich auch, weil er sich mit diesen ganzen unwichtigen Gedanken davon abhält, an den Vater zu denken. Am liebsten würde er ihm erzählen, dass er jetzt in seinem Garten arbeitet. Zusammen mit Maja. Aber Voss traut sich nicht, es ist ihm unangenehm. Sogar jetzt noch, da der Vater tot ist, fällt es nicht leicht, mit ihm ins Gespräch zu kommen.

Das kleine Tor des Friedhofzauns knarrt, Voss dreht sich um. Er sieht seine alte Schulfreundin Corinna mit einem Strauß Blumen auf ein Grab zugehen, das gleich links neben dem Eingang liegt. Sie blickt zu Boden, scheint ganz in sich versunken zu sein. Voss geht langsam auf sie zu, bleibt hinter ihr stehen. Sie bemerkt ihn nicht, was sicher auch daran liegt, dass sie mit ihrem Hörgerät nicht alles mitbekommt. Voss sieht Tränen über ihr Gesicht laufen, er will sich vorsichtig zurückziehen, als sie sich umdreht und zusammenzuckt.

»Vossi, hast du mich erschreckt, was machst du denn hier?«

»Na ja, ich habe meinen Vater besucht ... wenn man das so sagen kann.«

»Das kann man so sagen, weil es so ist.«

Voss sieht den Namen von Corinnas Mutter auf dem blank polierten, schwarzen Grabstein. Er hat ganz vergessen, dass sie so früh gestorben ist, am 2. Dezember 1991. Da war er selbst schon nicht mehr in Sternekorp.

»Ich komme immer sonntags her«, sagt Corinna.

»Sprichst du mit ihr?«

»Klar, deswegen geht man doch jemanden besuchen, oder?«

Sie stehen eine Weile schweigend da. Corinna legt den Blumenstrauß vor den Grabstein, eine Windböe zieht über den Friedhof, wirbelt welke Blätter durch die Luft. Sie hält die Hand schützend an ihr Ohr, das Hörgerät pfeift.

»Was ist eigentlich passiert mit deinem Ohr?«, fragt Voss.

Corinna schaut ihn überrascht an, überlegt offenbar, was sie sagen soll.

»Ich habe mal ziemliches Pech gehabt«, sagt sie schließlich.

Voss nickt, verabschiedet sich und nimmt sich vor, bald wieder zu diesem Findling aus rotem Granit zu kommen.

MONTAG

Im Polizeipräsidium gibt es einen Raum im ersten Stock, dessen Wände komplett mit weißen Magnettafeln verkleidet sind. »Unseren Überblicksraum« hat der Polizeidirektor diesen Ort genannt, als er ihn mit Fördermitteln des Bundes einrichten ließ. Der Clou des Überblicksraums ist eine Kamera-Beamer-Anlage, die sämtliche Dokumente und auch handschriftliche Notizen auf den Magnettafeln dreimal täglich speichert und auf einem externen Server, der in einem speziell gesicherten Kellerraum steht, ablegt. Bei der Einweihung des Raumes hat der Polizeidirektor eine Rede gehalten, in der es um moderne Spurenanalyse, die Cyber-Polizeiarbeit im 21. Jahrhundert und das sogenannte Whiteboard-System ging. Ein Hauch von CSI New York wehte durch die Flure des Bad Freienwalder Präsidiums. Wobei der Polizeidirektor immer vom »Wittbord-System« sprach.

Nach der Einweihung, zu der auch der Staatssekretär im brandenburgischen Innenministerium erschienen war, blieb der Raum ungenutzt, was erst vor einer Woche auffiel, als der Server im Keller auf einmal seltsame Geräusche machte. Es stellte sich heraus, dass der Speicher voll war. Voll mit Aufnahmen von leeren, weißen Magnettafeln.

Deshalb gab der Polizeidirektor die strikte Anweisung, verdammt noch mal diesen Raum zu nutzen. Und der Fall des Serienmörders vom Sternekorper Forst bot sich irgendwie an, weshalb Neumann nun seit Tagen damit beschäftigt ist, Dokumente mit kleinen Magneten an die Wände zu pinnen, was ihn zwar in seiner Recherchearbeit massiv behindert, aber für gute Laune beim Polizeidirektor sorgt, der jetzt jeden Nachmittag vor Dienstschluss vorbeischaut und sich nach der Lage erkundigt. Zur Lage gehört auch, dass die »SOKO Treibjagd«, zwischenzeitlich mal auf fünf Leute angewachsen, etwas von ihrer Schlagkraft verloren hat, da zwei Leute krank sind und einer kurz vor der Gründung der Sonderkommission seinen Jahresurlaub antrat. Die zwei Leute vom LKA konnten nicht bleiben, weil sie dringend in Potsdam gebraucht wurden.

Voss geht es besser, er hat lange geschlafen, und die Bleikugeln sind aus seinem Kopf verschwunden. Er ist beeindruckt, als er Neumann nun in der Mitte dieses Magnettafel-Raumes erblickt. Sämtliche Spuren, sämtliche Verdächtige, topografische Karten, Kaufverträge und Grundbuchauszüge hängen an den Wänden. Voss kann hier in seinem eigenen Fall spazieren gehen.

»Neumann, haben Sie den Mörder schon? Das ist ja unglaublich.«

»Chef, ich dachte, Sie bleiben noch ein bisschen zu Hause!«

»Ach was, ist alles wieder in Ordnung. Wie weit sind Sie mit den Grundbuchauszügen der Flächen?«

»Ich habe längst nicht alles zusammen, es geht um mehrere Hundert Vorgänge. Dieser Handel mit Wald- und Ackerflächen ist das reinste Monopoly-Spiel. Aber es gibt außer Harro Probst keinen, der besonders auffällig wird. Ich habe das Gefühl, dass die ein System hatten, um häufige Flächenkäufe ein und derselben Person zu vermeiden. Anders ist es nicht zu erklären, dass Flächen innerhalb von wenigen Monaten mehrmals den Besitzer wechseln.«

»Benno Fleischer hat mir gesagt, es gebe ein großes Netz von Beteiligten. So eine Art Verwirrspiel.«

»Ja, so sieht es aus. Aber sie haben, glaube ich, Fehler gemacht. Ich habe eine Fläche gefunden, die in einem Zeitraum von vier Monaten von derselben Person gekauft, verkauft und wieder gekauft wurde. Immer zum selben Preis. Immer vom Notar Fleischer beurkundet.«

»Wie heißt die Person?«

»Matthias Kulicke, kommt aus Sternekorp.«

»Ich kenne die Familie Kulicke. Das sind einfache Leute, Bauern, denen die Felder nördlich von Sternekorp gehören. Das sind keine Geschäftemacher.«

»Vielleicht hat jemand sie zum Notar geschickt und ihnen eine kleine Prämie bezahlt.«

Voss überlegt. »Die Leute könnten Fleischer ihre Namen geliehen haben, die sind dann wahrscheinlich nicht mal beim Kauftermin erschienen. Und Fleischer hat Geschäfte beurkundet, die es nie gegeben hat. Soweit ich weiß, ist Matthias Kulicke Jäger. Steht er auf der Teilnehmerliste der Treibjagd?«

»Muss ich überprüfen«, sagt Neumann.

»Und was ist mit diesem kapitalismuskritischen Schäfer, von dem Sie mir erzählt haben?«

»Ja, Arne Schumann, zu dem muss ich auch noch. Wir pfeifen gerade auf dem letzten Loch. Aber ich habe mit Frau Probst gesprochen, wegen des Kindes, das sie mit dem Grafen hat. Sie war sehr überrascht, dass wir davon wissen. Scheint offenbar ein großes Geheimnis zu sein.«

»Haben Sie mit ihr am Telefon gesprochen?«

»Erst mal ja, aber dann bin ich zu ihr gefahren, weil ich dachte, solche persönlichen Dinge bespricht man besser von Angesicht zu Angesicht.«

»Sehr einfühlsam, Neumann.«

»Sie wollte auch nicht gleich darüber reden, hat ganz schön gedauert. Aber dann hat sie doch angefangen zu erzählen. Es war wohl so, dass Harro Probst die ganzen Jahre lang dachte, der Junge sei von ihm. Erst als der Graf nach dem Mauerfall herzog, kam die Sache ans Tageslicht.«

»Und wie hat Harro Probst reagiert?«

»Er hat gesagt, er wolle seine Frau und diesen Jungen nie wieder sehen.«

»Aber das kann doch nicht sein, der Junge muss doch schon Anfang 20 gewesen sein, das kann man doch nicht einfach so vergessen.«

»Probst schon. Er war drei Jahre lang weg, hat in seiner Firma gewohnt, war wohl ziemlich von der Rolle damals.«

»Und Hubert von Feldenkirchen, hat der sich um seinen Sohn gekümmert?«

»Anfangs wohl schon, aber der Junge hat sich gesperrt, er hat sehr darunter gelitten, dass Harro Probst ihn so von sich gewiesen hat. Irgendwann hat es der Junge dann offenbar eingesehen, dass Probst seine Haltung nicht ändern wird. Später hat er Kontakt zum Grafen gesucht, aber da hatte der schon das Interesse an seinem Sohn verloren.«

»Na, das ging aber schnell.«

»Frau Probst sagt, der Graf sei enttäuscht gewesen, weil der Junge ihm so gar nicht ähnlich war. Er hat ihr Geld gegeben, aber mehr wollte er nicht mit der Sache zu tun haben.«

»Das heißt, der Junge, der eben noch zwei Väter hatte, ist auf einmal ganz alleine. Er wird von beiden zurückgewiesen.«

»Und er verliert seine Mutter.«

»Das wird ja immer schlimmer, Neumann. Wie denn das?«

»Harro Probst hatte irgendwann keine Lust mehr, in seiner Werkstatt zu wohnen. Er wollte nach Hause zurück. Aber nur, wenn der Junge dann nicht mehr da ist.«

»Aber darauf hat sich doch Frau Probst nicht eingelassen?«

»Sie sagt, der Junge wollte sowieso eine zusätzliche Ausbildung machen, sie hat ihn mit dem Geld des Grafen nach Bayern auf eine Landwirtschafts-Fachschule geschickt. Der Junge ist dann dort geblieben.«

»Wir müssen rauskriegen, ob er immer noch in Bayern ist, überprüfen Sie das bitte.«

»Habe ich bereits auf den Weg gebracht, die Kollegen in

Nürnberg suchen ihn. Aber können Sie sich vorstellen, dass dieser Junge seinen Vater und seinen Stiefvater umbringt?«

»Ich weiß es nicht. Aber ich hätte mir ehrlich gesagt auch nicht vorstellen können, dass Frau Probst ihr Kind aufgibt, um ihre kaputte Ehe zu retten. Oder dass Herr Probst wieder mit dem Grafen jagen geht. Es gibt offenbar eine ganze Menge Dinge, die wir uns nicht vorstellen können und die trotzdem passieren.«

»Sie hat den Jungen zweimal heimlich getroffen, aber das sei schon länger her, sagt Frau Probst. Sie hatte den Eindruck, der Junge sei über die Sache hinweg.«

»Wir müssen diesen Hans Georg Probst finden, Neumann.«

Arne Schumann wohnt, wie es sich für einen Kapitalismusgegner gehört, in einem baufälligen, von wildem Holunder überwucherten Haus am Rande von Wölsingsdorf. Voss ist froh, dass Neumann mit dabei ist. Er hat sich vorgenommen, vorsichtiger zu werden und nicht mehr überall allein hinzurennen. Ein Hund kommt ihnen entgegen, aber statt zu bellen, wedelt er freudig mit dem Schwanz. Der Hund begleitet sie über den Hof, auf dem Traktorenwracks, geborstene Regentonnen, verrostete Betonmischer, ein kaputtes Gewächshaus und eine offenbar schon vor langer Zeit zusammengebrochene Hollywood-Schaukel stehen. Der Garten ist zugewachsen, nur um das Haus herum sind ein paar Wege freigeschnitten, die zum Schuppen, zum Plumpsklo und zur Feldkante führen.

Vor der Tür hängt eine Messingglocke, an deren Schlegel ein Seil angebunden ist. Neumann zieht an dem Seil, ein heller, sirrender Glockenklang hallt über den Hof. Der Hund beginnt zu jaulen. Sie hören es rumpeln im Haus, und dann dauert es noch eine ganze Weile, bis die Tür aufgeht und ein bulliger, durchtrainierter Mann zum Vorschein kommt, dessen Kopf von einem schwarzen Tuch umwickelt ist, auf dem weiße Totenköpfe aufgedruckt sind. Dazu trägt er ein blau-weiß gestreiftes Matrosenhemd, einen dunkelblauen Hosenrock und grüne Gummistiefel, die an den Zehen so große Löcher haben, dass man seine dreckigen Fußnägel sehen kann. Er sieht aus wie ein Pirat, der schon lange kein Schiff mehr erobert hat.

»Bullen?«

»Wie bitte?«, sagt Neumann.

»Seid ihr Bullen?«, fragt der Mann.

»Wir sind Polizisten, wir wollen ...«

»Okay, Jungs, kein Stress«, unterbricht ihn der Pirat, »ich habe die Marihuana-Pflanzen alle rausgenommen, obwohl es mir in der Seele wehgetan hat. Schaut es euch an, das Gewächshaus ist clean. Nur noch ein bisschen Wildkresse, etwas Pflücksalat und ein paar mickrige Lauchstangen. Ich hoffe, ihr könnt das alles überhaupt voneinander unterscheiden.«

»Wir kommen nicht wegen des Gewächshauses«, sagt Voss. »Wir sind von der Mordkommission und würden gerne wissen, ob Sie eine Jagdwaffe besitzen.«

»Eine Jagdwaffe? Na, ihr seid ja abgefahren. Mordkommission, ja? Abgefahrene Scheiße! Wen soll ich denn ermordet haben?«

»Sie beantworten unsere Fragen, Herr Schumann. Haben Sie eine Waffe?«

»Hey, sagt mal, wie seid ihr denn drauf? Ihr kommt hierher, macht einen auf dicke Hose und meint, dass ich jetzt Angst kriege und euch mein Leben erzähle, oder was?«

»Wir können uns auch auf dem Präsidium weiter unterhalten«, sagt Neumann.

»Oh Mann, das ist doch so ein verschissener Tatort-Kommissars-Satz. Fällt euch echt nichts Besseres ein? Macht mal hurtig die Biege, und wenn ihr was von mir wollt, dann besorgt euch einen Haftbefehl, ihr Pissnelken!«

Schumann wirft die Tür zu, schiebt innen einen Riegel vor,

ein Stangenschloss rastet ein. Neumann schaut Voss fragend an.

»Das ist die Freakshow von Brandenburg«, sagt Voss. »Wir brauchen so schnell wie möglich einen Durchsuchungsbefehl, Sie bleiben hier, Neumann, so lange, bis die Kollegen da sind. Stellen Sie sich irgendwohin, wo er Sie vom Haus aus weder sehen noch erschießen kann. Ich fahre ins Präsidium zurück.«

Auf dem Weg nach Bad Freienwalde muss Voss an einer Baustellenampel warten. Offenbar wird gerade eine Einfahrt gebaut zu diesem Gelände, das seit 20 Jahren brachliegt. »Acker der Träume« wird das Gelände in Sternekorp genannt, obwohl dort bisher eigentlich nur ein einziger Traum in Erfüllung gegangen ist, nämlich der vom Bauer Willeke, der einmal in seinem Leben die Skirennläuferin Rosi Mittermaier treffen wollte, was ihm tatsächlich auch gelang. Es war nämlich so, dass kurz nach dem Mauerfall just auf diesem Gelände, etwa zwei Kilometer nördlich von Sternekorp, ein Golfplatz gebaut werden sollte. Ein Investor aus Hamburg wollte das unbedingt machen, weil es ja keine Golfplätze gab in Brandenburg und viele Gäste aus Berlin erwartet wurden, die in dieser wunderschönen, leeren Landschaft ein wenig entspannen sollten. Deshalb wurde gleich auch noch ein ganzes Wellnesscenter mit dazugeplant, und ein Wohngebiet, in dem die vielen Angestellten leben sollten. Das einzige Problem war, dass der Bauer Willeke, dem das Land gehörte, gar keine Lust hatte, seinen Acker zu verkaufen. Obwohl ihm viel Geld geboten wurde. Willeke sagte dem Investor aus Hamburg, er mache es nur, wenn Rosi Mittermaier zur Eröffnung der Baustelle komme. Und so geschah es schließlich. Die Gold-Rosi kam, begleitet vom brandenburgischen Bauminister. Sie machten einen Hubschrauberrundflug – und ein Jahr später war das Projekt vergessen, weil es für Golfplätze keine Fördermittel gab.

So war das schon immer mit den Träumen hier, denkt Voss. Je größer eine Sache geplant wurde, desto schneller war sie wieder vorbei. Zwei Jahre später kaufte ein anderer Investor den Acker und wollte eine Anti-Stress-Klinik bauen. Man erwartete viele Patienten aus Berlin. Wieder kam der brandenburgische Bauminister, aber diesmal machte er nicht mal einen Hubschrauberrundflug, weshalb es in Sternekorp kaum jemanden wunderte, dass auch das Klinikprojekt schon bald vom Tisch war. Schließlich kam ein Mann aus der Gegend hier, er schlug vor, auf dem Gelände eine Müllhalde zu errichten. Diesmal kam der Minister nicht, aber die Müllhalde, die kam und sorgte dafür, dass vier Jahre lang die schweren, stinkenden Müllautos durch Sternekorp fuhren, bevor die Halde aus Umweltschutzgründen geschlossen wurde.

Die Baustellenampel springt auf Grün, Voss fährt los, er wüsste gerne, was diesmal hier entstehen soll. Oder vielleicht doch lieber nicht. Sein Handy klingelt, es ist Frau Kaminski, die mit ihren Leuten noch einmal in Fleischers Haus gefahren ist. Sie klingt müde.

»Die Waffen sind zur ballistischen Untersuchung eingeschickt. Aber wir haben bisher nichts gefunden, was die Betrugsgeschäfte erklären könnte. Ich vermute, dass Fleischer die Papiere nicht zu Hause gelagert hat. Wenn es überhaupt Papiere gibt.«

»Was haben Sie denn gefunden?«, fragt Voss.

»Jede Menge Opernpartituren, alte Bücher, Pornohefte, ungerahmte Ölgemälde, chinesische Horoskope, Peitschen, mehrere Dutzend Nachthemden aus Seide. Dieser Fleischer scheint ein vielseitig interessierter Mann zu sein.«

»Er hat auch Gedichte geschrieben, und in einem der Gedichte erwähnt er einen Grafen mit zarten, bösen Händen, es kann Zufall sein, aber wir glauben ja nicht an Zufälle.«

»Nein, das tun wir nicht. Übrigens, Kompliment, Chef, so wie sie neulich mit Neumann gesprochen haben, das fand ich gut. Er ist seitdem ein anderer Mensch, plustert sich nicht mehr ständig auf.«

»Das ist Teambuilding, liebe Frau Kaminski. Ich mache das, damit wir nicht irgendwann alle ein Floß bauen müssen.«

»Ich verstehe kein Wort.«

»Ist egal, danke für das Kompliment.«

Ein paar Stunden später, als Voss in seinem Büro im Präsidium sitzt und die Reaktionen auf die Fahndungsmeldung nach Fleischer auswertet, die noch nicht besonders hilfreich sind, ruft Neumann an, der noch immer beim Kapitalismusgegner Arne Schumann ist.

»Chef, wir haben ein Seil gefunden, das dem Seil verdammt ähnlich sieht, mit dem die Leichen gefesselt waren. Sonst ist hier eigentlich nur Müll.«

»Was mache ich mit Schumann?«

»Na ja, wir können den Mann ja nicht festnehmen, weil er ein Stück Seil zu Hause hat. Schon den Durchsuchungsbefehl habe ich nur bekommen, weil ich unsere Verdachtsmomente ein wenig ausgeschmückt habe. Aber Frau Kaminski soll so schnell wie möglich einen Abgleich des Seils machen. Wir treffen uns im Präsidium.«

Der Anruf des Revierförsters Hartmut Göllgen erreicht die Zentrale der Verkehrspolizei um 19.24 Uhr. Ein schwarz lackierter Jeep Grand Cherokee mit dem Kennzeichen MOL – BF 132 steht in einem Forstweg im Revier Sonnenburg. Der Motor des Geländewagens läuft, die Scheinwerfer sind eingeschaltet, die Fahrertür steht offen. Der Fahrer selbst ist nicht zu sehen. Eine Halterabfrage ergibt, dass der Wagen auf einen Herrn Benno Fleischer zugelassen ist, wohnhaft in 16467 Mötzel, Brennereigasse 1. Die Kollegen von der Verkehrspolizei übersehen zunächst die zu Fleischer vorliegende Fahndungsmeldung, weshalb erst einmal ein Streifenfahrzeug ins Revier Sonnenburg geschickt wird. Die Beamten untersuchen das Fahrzeug und fahren den Wagen anschließend an den Rand des Forstwegs, um den Verkehrsweg zu öffnen, wie sie später zu Protokoll geben werden. Dies ist einer der Gründe, warum die Leiterin der Kriminaltechnik der Polizeidirektion Bad Freienwalde, Frau Kaminski, an diesem Abend einen für ihre Verhältnisse recht ungewöhnlichen Wutanfall bekommen wird. Die Streifenpolizisten verschließen den Wagen mit dem im Zündschloss befindlichen Schlüssel und kehren zurück in die Zentrale. Dort hat man unterdessen die Fahndungsmeldung bemerkt. Um 21.17 Uhr klingelt das Handy von Kommissar Neumann. Da dessen Vorgesetzter, Hauptkommissar Daniel Voss, telefonisch nicht zu erreichen ist, fährt Neumann nach Sternekorp, wo er um 21.42 Uhr eintrifft.

Es klingelt, Maja öffnet die Tür. Neumann steht da.

»Frau Voss, nein, ich meine Frau ... ist Herr Voss zu Hause? Ich muss ihn dringend sprechen«, sagt Neumann, was Maja mit einem gurrenden Lachen quittiert.

»Nun, da wird die Frau Voss mal nachschauen, was er gerade wieder anstellt«, sagt Maja. »Ich habe ihm nämlich den Befehl gegeben, die Wäsche aufzuhängen.« Erneut bricht ein Lachen aus ihr heraus, das ohne Zweifel durch die Flasche Weißwein befördert wird, die sie nach dem Abendessen zusammen mit Voss getrunken hat, während er ihr die letzten Entwicklungen des Falls schilderte. Voss hört ihre viel zu laute Stimme bis ins Wohnzimmer, er eilt peinlich berührt zur Tür.

»Chef, das Auto von Benno Fleischer wurde im Sonnenburger Forst gefunden«, sagt Neumann. Maja verschwindet Richtung Küche, Neumann schildert die Lage.

»Wir brauchen Spürhunde und mindestens zwei Einsatzhundertschaften«, sagt Voss.

»Warum zwei Hundertschaften?«, fragt Neumann.

»Eine Einheit soll den Bereich rund um das Fahrzeug absuchen, die andere den Sternekorper Forst.«

»Sie meinen ...?«

»Ich hoffe, Neumann, dass wir nicht zu spät kommen.«

Eine Stunde später kreist ein Hubschrauber über dem Sternekorper Forst. Von vier Seiten nähern sich die Einsatzkräfte dem Waldstück, in dem die Leichen von Probst und dem Grafen gefunden wurden. Voss hat die Kollegen angewiesen, einen Kreis rund um das Gebiet zu bilden. Ein Kreis, der sich nun immer enger zusammenzieht. Die Polizisten haben Halogenlampen dabei, die Lichtkegel streifen durch das Unterholz. Aufgeschreckte Tiere springen davon, der Hubschrauber über ihren Köpfen dröhnt und taucht mit seinen Scheinwerfern die Baumkronen in ein flirrendes Geisterlicht. Voss hat ein Funkgerät dabei, um sich mit Neumann zu verständigen, der drüben im Sonnenburger Forst die Suche leitet. Weder dort noch hier gibt es bisher eine Spur von Fleischer. Was ist, fragt sich Voss, wenn Fleischer abgehauen ist? Vielleicht hatte er für den Notfall ein zweites Fahrzeug im Sonnenburger Forst versteckt, in das er umgestiegen ist und mit dem er seine Flucht nun unerkannt fortsetzen kann. Aber hätte er dann sein Auto mit laufendem Motor auf dem Forstweg stehen lassen? Der Polizeidirektor war nicht begeistert von diesem nächtlichen Großeinsatz. »Voss, wissen Sie, was das kostet?«, hat er am Telefon gestöhnt. »Sind Sie sicher bei dem, was Sie da tun?« Voss hat geantwortet, dass es ganz sicher ein Fehler wäre, diesen Einsatz nicht zu wagen und irgendwann einen dritten Toten zu finden. Das hat gereicht, um den Polizeidirektor zu überzeugen. Aber jetzt, hier im Wald, weiß Voss selbst nicht mehr so genau, ob es die richtige Entscheidung war.

Kurz vor Mitternacht finden sie die Leiche. Sie liegt am tiefsten Punkt eines alten Flussbettes, das zum Brunnental abfällt. Zu beiden Seiten steigt die Böschung steil an. Das Laub liegt hier so dicht, dass auf den ersten Blick keinerlei Fußspuren zu sehen sind. Der massige Körper von Benno Fleischer liegt auf der rechten Seite, seine Arme sind gefesselt, wie es aussieht mit dem gleichen Knoten wie die beiden anderen Opfer. Er hat einen Tannenzweig im Mund, aber keinen auf der todbringenden Einschusswunde, die im Übrigen diesmal nicht in der Herzgegend, sondern im Genitalbereich liegt. Es sieht so aus, als hätte der Mörder, anders als zuvor, Schrotmunition verwendet, der halbe Unterleib ist zerfetzt. Frau Kaminski schätzt, dass der Tod durch langsames Verbluten eingetreten ist, vermutlich unter ungeheuren Schmerzen. Und es gibt kein Bett aus Tannenzweigen, ganz offensichtlich hatte der Mörder wenig Zeit.

Voss kann den Anblick nicht lange ertragen. Waren die beiden anderen Morde eine fast kühle Inszenierung, so ist das hier ein wütender Blutrausch. Es scheint so, als hätte Fleischer besonders bestraft werden müssen, als hätte er keinen schnellen Tod verdient gehabt. Oder ist bei der Hinrichtung etwas schiefgegangen? Hat Fleischer sich gewehrt und musste unkontrolliert getötet werden? Ja, Kontrolle, das ist das Schlüsselwort, denkt Voss. Der Mörder hat sie aus irgendeinem Grund verloren. Entweder, weil ihm die Situation entglitten ist, oder weil er sich nicht mehr beherrschen konnte. Zeitnot kann nicht die Erklärung sein, weil man keine Zeit gewinnt, wenn man einem Mann mit Schrot die Hoden wegsprengt. Außerdem hat Fleischer wahrscheinlich wie verrückt geschrien. Der Mord muss passiert sein, als die Einsatzkräfte noch nicht in der Gegend waren.

Frau Kaminski kommt auf Voss zu. Auch sie sieht mitgenommen aus.

»Was denken Sie?«

»Was hat den Täter so wütend gemacht? Was hat Fleischer ihm getan? Das ist nicht mehr dasselbe Tatmuster. Wenn der Knoten und der Tannenzweig im Mund nicht wären, könnte man fast glauben, wir hätten es mit einem Nachahmer zu tun«, sagt Voss.

»Das Verwirrende ist, dass die Verwendung von Schrotmunition im Bereich der primären Geschlechtsorgane normalerweise ein Indiz für einen Sexualstraftäter ist. Ich kann mich nicht erinnern, davon je in einem anderen Kontext gehört zu haben.«

»Da ich nicht davon ausgehe, dass der Täter eine Frau ist, kann ich mir nicht vorstellen, um was für eine Sexualstraftat es hier gehen sollte.«

»Warum, verehrter Chef, sollte eine Frau denn nicht der Mörder sein können?«

»Nun, Fleischer wiegt bestimmt 150 Kilo, sein Körper ist selbst für einen gut trainierten Mann kaum zu bewegen, und erst recht für seine Frau. Außerdem geht es dem Mörder um Dominanz, um Kontrolle. Ich glaube nicht, dass Frauen so ticken.«

»Interessant, Chef, wie gut Sie Frauen kennen. Die meisten Männer fühlen sich nur deshalb dominant, weil sie die Kontrolle ihrer Frauen nicht bemerken. Außerdem geht es in unserem Fall, denke ich, vor allem um Rache. Und da sind Männer und Frauen gleich.«

»Frau Kaminski, ich bin grundsätzlich auch für Gleichberechtigung, aber ich glaube, das bringt uns in diesem Fall nicht wirklich weiter.«

»Wahrscheinlich haben sie recht, tut mir leid, Chef.«

»Ist okay, Frau Kaminski. Sie sehen, ich bin dominant und kontrolliere.«

»Sie sind ein Fels, Chef, das habe ich auf den ersten Blick gesehen«, sagt Frau Kaminski und geht davon. Voss blickt ihr fragend hinterher.

Gegen ein Uhr morgens kommt der Polizeidirektor in den Wald. Frau Kaminski hat gerade zwei Halogenfluter aufgestellt, die über einen Dieselgenerator betrieben werden. Die Scheinwerfer hüllen das alte Flussbett in ein kaltes Licht, der Generator knattert und stinkt. Der Polizeidirektor, der zu normalen Tageszeiten ein stets sorgfältig frisierter und elegant gekleideter Mann ist, steht mit zerzaustem Haar und in Bundeswehrkutte vor der Leiche.

»Voss, das kann doch jetzt nicht immer so weitergehen. Sie haben diesen Fall nicht im Griff, wie konnte das passieren?«

»Sie haben recht, ich hätte Fleischer nicht entkommen lassen dürfen, dann wäre das nicht passiert. Wenn Sie mich von dem Fall abziehen wollen, würde ich das verstehen«, sagt Voss zerknirscht.

Diese Vorstellung scheint den Polizeidirektor jedoch noch mehr zu erschrecken. »Nun mal langsam, Sie sind der Leiter der Mordkommission, ich kann Sie nicht abziehen. Und ich will das auch nicht.« Der Polizeidirektor blickt Voss flehend an. »Ich will einfach nur, dass wir diese ganze Sache vom Tisch bekommen. Sie haben doch einen Plan?«

Voss beginnt auf und ab zu laufen, ein paar Schritte hin, ein paar Schritte zurück. Dann bleibt er stehen, blickt den Polizeidirektor an: »Offensichtlich hat der Mörder Benno Fleischer die ganze Zeit beobachtet. Sonst hätte er ihn nicht so schnell gefunden. Der Mörder observiert also seine Opfer, er kennt ihre Gewohnheiten, er hat sicherlich mitbekommen, dass Fleischer mit uns in Kontakt war. Er wusste, dass er schnell handeln muss.«

Voss stockt, er muss an den Mann denken, der bei ihm im Garten herumgeschlichen ist und von dem er bislang niemandem erzählt hat. Den er, wenn er ehrlich ist, auch ein wenig vergessen wollte.

»Ja, gut, aber wie hilft uns das weiter?«, fragt der Polizeidirektor.

»Es gibt noch einen vierten Mann im engeren Kreis der Betrugsbande, das hat Fleischer mir bestätigt. Den müssen wir finden, bevor der Mörder ihn womöglich auch umbringt. Aber diesmal müssen wir so arbeiten, dass weder der vierte Mann noch der Mörder es mitbekommen. Sobald wir wissen, wer die Zielperson ist, wird sie rund um die Uhr von uns beschattet.«

»Sie wollen den letzten Mann als Lockvogel benutzen? Voss, das ist Wahnsinn! Was ist, wenn das schiefgeht? Dann haben wir noch einen Toten, für den wir verantwortlich sind! Wir verlieren alle unsere Jobs!«

»Ich weiß«, sagt Voss und blickt in das gleißende Licht der Fluter, »aber es ist unsere einzige Chance. Wenn wir mit der Zielperson offen in Kontakt treten, gefährden wir ihr Leben. Wenn wir sie verschwinden lassen, werden wir nie erfahren, wer die drei anderen umgebracht hat. Es kann sogar sein, dass die Zielperson der Täter ist.«

»Dafür kann ich nicht die Verantwortung übernehmen. Das geht nicht.« Der Polizeidirektor steht blass und verstört da. »Wir wissen ja nicht mal, wer der vierte Mann ist!«

»Okay, Sie haben recht, Herr Polizeidirektor. Lassen Sie mich erst mal den vierten Mann finden, dann sehen wir weiter.«

Voss geht durch den Wald zu seinem Auto zurück. Der Mond ist hinter den Wolken hervorgetreten und lässt die Bäume wie lang gezogene, schwarze Schatten erscheinen. Voss bleibt stehen, horcht in die Dunkelheit. Aber er hört nur das Brummen des Generators. Dort hinten, in dem alten Flussbett, liegt ein Toter. Ein Mensch, mit dem er vor Kurzem noch gesprochen hat. Dem er nicht helfen konnte. Sicher, Fleischer wollte sich auch nicht helfen lassen, aber das hätte er merken müssen. Wenn er konzentriert seinen Job gemacht hätte, wäre das nicht passiert. Er hätte jetzt einen wertvollen Zeugen mehr. Und einen Toten weniger.

DIENSTAG

Maja hat Kaffee gekocht und Brot getoastet. Sie steht in der Küche und schaut Voss fragend an, als der sich nach dieser fast schlaflosen Nacht noch ziemlich benommen an den Küchentisch setzt. Nach seiner Rückkehr aus dem Wald hat er noch lange schweigend zu Hause gesessen. Sie hat ihm die Hand auf die Schulter gelegt und gesagt, es sei nicht seine Schuld, dass dieser Fleischer abgehauen ist. Er hat ihre Hand auf seiner Schulter gespürt und sich nicht besser gefühlt.

»Wenn du schon nicht schläfst, Daniel, musst du wenigstens essen«, sagt Maja und stellt einen Teller mit Konfitüre-Toasts vor ihn hin. Aber Voss hat keinen Appetit, er schlürft seinen Kaffee und denkt nach.

»Ich brauche die Fingerabdrücke von Matthias Kulicke, diesem Bauern aus Sternekorp, den Fleischer wahrscheinlich als Strohmann benutzt hat. Vielleicht ist Kulicke der vierte Mann.«

Maja dreht sich zu ihm um, und ihr Blick verrät, dass sie eine Idee hat.

»Was macht dieser Matthias Kulicke so den ganzen Tag?«, fragt sie.

»Keine Ahnung, seine Felder bestellen, sein Vieh versorgen, sich um seinen Hof kümmern«, sagt Voss.

»Kulicke kennt mich nicht. Ich kann doch eine polnische Wanderin sein, die an seinem Hof vorbeikommt und etwas Wasser für ihre Trinkflasche braucht. Und wenn er mir meine Flasche zurückgibt, dann haben wir die Fingerabdrücke.«

Voss horcht auf. »Das ist ein schöner Plan, Maja, aber das geht nicht.«

»Warum nicht?«

»Das hat nichts mehr mit Polizeiarbeit zu tun, das wäre nicht nur illegal, sondern vielleicht sogar gefährlich für dich. Es kann sein, dass der Mörder diesen Kulicke bereits beobachtet. Und dass er dich mit mir zusammen gesehen hat.«

»Kein Problem, warte hier«, sagt Maja und läuft aus der Küche. Zehn Minuten später ist sie zurück. Sie trägt eine Regenjacke, einen Rucksack und Wanderschuhe. Die Kapuze der Jacke hat sie über den Kopf gezogen, außerdem trägt sie eine braune Hornbrille.

»Was ist das für eine Brille?«, fragt Voss.

»Das ist meine Brille, die ich trage, wenn ich keine Kontaktlinsen habe. Weil ich sonst blind bin wie eine Wühlmaus.«

»Wie ein Maulwurf.«

»Egal, du weißt, was ich meine. Gib zu, selbst du würdest mich so nicht erkennen.«

Sie sieht wirklich wie verwandelt aus, denkt Voss. Und es wäre verlockend, schnell zu wissen, ob Kulicke ihr Mann ist.

»Maja, wir lassen das sein, ich habe kein gutes Gefühl.«

»Ich mache nur eine kleine Wanderung, Daniel. Und du räumst jetzt den Tisch ab und bringst deiner Mutter in einer Viertelstunde ihren Tee.«

Er bleibt am Küchentisch sitzen, sieht ihr nach, tut nichts, um sie ernsthaft zurückzuhalten. Er muss von allen guten Geistern verlassen sein.

Als Maja nach einer Stunde nicht zurück ist, wird Voss unruhig. Er ist drauf und dran, zu Kulicke rüberzugehen, aber er weiß, dass das alles nur noch gefährlicher machen würde. Er muss warten. Zum Glück hält die Mutter ihn auf Trab, ständig will sie irgendwas gebracht bekommen. Den roten Nähkoffer, die Kiste mit den Stoffresten. Nein, nicht die mit den Baumwollstoffen, die Spitzenreste braucht sie. Außerdem hätte sie gern noch einen Joghurt, aber nur den mit den Passionsfrüchten. Und die Augentropfen, hat er nicht irgendwo die Augentropfen gesehen? Voss begreift zum ersten Mal, was für einen stressigen Job Maja bei ihm zu Hause hat. Oder macht die Mutter das nur mit ihm?

Nach fast zwei Stunden ist Maja endlich zurück. Sie erzählt, sie habe extra einen großen Bogen um das ganze Dorf gemacht, sei dann auf Umwegen hierher zurückgekommen, um mögliche Verfolger abzuschütteln. Sie lächelt, offenbar macht ihr das alles großen Spaß.

»Und Kulicke, hast du ihn gesehen?«

»Er ist sehr nett, hat mir Wasser gegeben und zwei Äpfel von seinem Baum, der Goldparmäne heißt.«

Maja hat die Wasserflasche und die Äpfel in eine Plastiktüte gewickelt, die sie Voss nun hinhält. »Bitte schön, Herr Hauptkommissar Voss, ich hoffe, wir haben Glück.«

Voss lächelt: »Du bist die Größte seit Mata Hari.«

»Wer ist das?«

»Das war eine schöne, raffinierte Frau, die leider hingerichtet wurde, weil sie als Doppelagentin gearbeitet hat.«

»Ich arbeite nur für dich. Ich bin Maja Hari.«

Voss lacht und schaut sie lange an, was Maja nicht mitbekommt, weil sie gerade im Küchenschrank nach einer Brottüte sucht. Er fragt sich, wie er diese illegal beschafften Beweismittel in die Untersuchungsakten schleusen kann, ohne Verdacht zu erregen. Er hat ein schlechtes Gewissen, weil er so etwas grundsätzlich nicht macht. Aber eigentlich fühlt er sich dabei gerade gar nicht so schlecht.

Wenig später legt Voss die zwei Äpfel und die Trinkflasche vor Frau Kaminski auf den Labortisch. Sie guckt ihn belustigt an.

»Oh, das ist ja reizend, dass Sie mir ein Picknick vorbeibringen.«

»Das sind Beweismittel, Frau Kaminski, ich möchte, dass Sie die Fingerabdrücke mit den noch nicht zugeordneten Spuren in der Jagdhütte vergleichen.«

»Ich vermute, Sie wollen mir nicht sagen, woher Sie Ihre Beweismittel haben.«

»Sie vermuten völlig richtig. Sie müssen auch niemandem sagen, dass Sie diese Beweismittel je gesehen haben. Aber ich brauche den Vergleich jetzt, sofort.«

Frau Kaminski steht seufzend auf, übergibt die Äpfel und die Trinkflasche an eine Kollegin im Nachbarraum, kommt zurück und sagt, in vier Stunden könne sie ein Ergebnis mitteilen.

»In vier Stunden? Ich dachte, so was geht schneller.«

»Und ich dachte, wir würden einander vertrauen«, sagt Frau Kaminski.

Voss braucht einen Moment, bis er begreift, was sie meint. Dann erzählt er ihr von der morgendlichen Aktion mit Maja und Kulickes Apfelbaum.

»Ich hatte ja schon von Neumann gehört, dass Sie jetzt eine Freundin haben«, sagt Frau Kaminski.

»Das ist keine Freundin, das ist eine Krankenschwester, die sich um meine Mutter kümmert.«

»Und die nebenbei dem Sohn ein wenig bei der Polizeiarbeit zur Hand geht, ihn gelegentlich nachts aus Schlammlöchern rettet und dabei noch blendend aussieht, scheint eine wirklich patente Person zu sein«, sagt Frau Kaminski lächelnd und fügt dann ernst hinzu: »Danke für Ihr Vertrauen, Chef, ich weiß das zu schätzen. In einer halben Stunde haben Sie Ihre Ergebnisse.«

Als Voss schon an der Tür ist, ruft Frau Kaminski ihn zurück.

»Warten Sie, ich habe doch noch was für Sie. Das Seil, das wir im Haus von diesem Arne Schumann gefunden haben, ähnelt sehr stark den Seilstücken, mit denen Probst und der Graf gefesselt wurden. Ich kann zwar keine hundertprozentige Übereinstimmung feststellen. Aber ich habe einen Spezialisten vom Institut für Materialforschung konsultiert, der mir erklärt hat, diese Art von Seilen werde aus Fasermischungen hergestellt. Auf einer 50-Meter-Rolle ist jeder Meter etwas anders zusammengesetzt.«

Voss spürt, dass er immer aufgeregter wird.

»Was heißt das nun konkret?«

»Das heißt, Arne Schumann könnte unser Mann sein. Aber das Ergebnis der Seiluntersuchung wird als Beweis nicht ausreichen. Wahrscheinlich würden wir damit nicht mal einen Haftbefehl gegen ihn bekommen.«

»Okay, Neumann muss sofort mit einem Kollegen zu Arne Schumann fahren und ihn ordentlich ausquetschen. Ich warte auf Ihren Anruf.«

Voss sitzt in seinem Büro, die Beine auf dem Tisch, die Hände an den Schläfen. So kann er sich am besten konzentrieren. Was bringt der dritte Tote für Veränderungen? Die Annahme, es könnte sich um ein Familiendrama handeln, ist nun deutlich weniger wahrscheinlich. Es sei denn, es gibt familiäre oder sonstige Verbindungen zwischen Fleischer, Probst und von Feldenkirchen, die sie bisher nicht entdeckt haben. Ansonsten würde ihm kein Grund einfallen, warum Hans Georg Probst oder dessen Mutter Benno Fleischer hätten umbringen sollen. Ernst zu nehmen ist dagegen Arne Schumann und sein Kampf gegen Spekulation und Umweltzerstörung. Ein korrupter Notar gibt für so jemanden ein ähnlich gutes Feindbild ab wie ein revanchistischer Graf und ein krimineller Gas-Wasser-Unternehmer. Am heißesten aber ist nach wie vor die Korruptionsspur, findet Voss. Sie müssen denjenigen oder diejenigen finden, die sich an der Bande des Grafen rächen wollen. Das kann der vierte Mann sein, das kann Stibbe sein, das kann jeder sein, der durch die dunklen Geschäfte geschädigt wurde.

Das Telefon klingelt, Voss nimmt den Hörer ab.

»Wenn es Kulicke war, der diese wunderbaren Äpfel gepflückt hat, dann war er auch zusammen mit den anderen in der Jagdhütte«, sagt Frau Kaminski.

»Danke, das war sehr wichtig«, sagt Voss.

»Ach Chef, noch eine Sache, ich dachte ja bisher, es wäre nichts mehr zu erkennen gewesen auf den verbrannten Seiten, die im Ofen der Jagdhütte lagen. Aber jetzt ist mir so, als hätte ich den Namen Matthias Kulicke entziffern können. Ich habe das auch in meinem Bericht vermerkt. Vielleicht hilft Ihnen das dabei, den Herrn Polizeidirektor zu überzeugen.«

»Frau Kaminski, Sie sind ... eine Wucht.«

»Sehr gerne«, sagt Frau Kaminski und legt auf.

Voss trinkt ein Glas Wasser und überlegt, wie er am besten vorgeht, als erneut das Telefon klingelt. Diesmal ist es Neumann, der schwer atmend hervorbringt, dass Arne Schumann verschwunden sei.

»Verdammt, Neumann! Jetzt rennt der uns auch noch davon! Sofort bundesweite Fahndung ausrufen, den kriegen wir, so auffällig, wie der sich benimmt.«

»Er hat einen Brief für uns hinterlassen.«

»Wie bitte? ... Was schreibt er denn?«

Voss hört Papier knistern, Neumann räuspert sich und beginnt zu lesen:

»Hey Pissnelken, ihr haltet mich offenbar für einen Mörder, nur weil ich die Handlanger der kapitalistischen Windindustrie und ihre Helfershelfer anklage. Ich gehe in den Untergrund, so lange, bis ihr euren Job erledigt habt. Rotfront, Arne Schumann«.

»Tja, Neumann, das Schreiben hört sich echt an. Wir müssen ihn finden, so schnell wie möglich.«

»Ich glaube übrigens, dass Sie recht haben mit Kulickes Rolle in der Bande, Chef, ich habe alle Verträge geprüft, die auf seinen Namen lauten. Es gibt auch Neuigkeiten vom Grafologen, aber das erzähle ich Ihnen gleich persönlich, ich muss Schluss machen.«

Voss geht in seinem Büro auf und ab. Er hat wie schon so oft bei diesem Fall das Gefühl, dass ihm alles unter den Händen zerrinnt. Sobald er jemanden im Visier hat, wie Schumann oder Fleischer, verschwinden die einfach. Es ist wie in dem Traum, den er schätzungsweise einmal im Monat träumt, in dem es immer wieder darum geht, dass er etwas greifen will, das sich vor seinen Augen in Luft auflöst. Letztes Mal war es dieses Fernglas, das sein Kumpel Malte in Stuttgart für den Kranichzug gekauft hat. Voss hat dieses wunderbare Fernglas schon in der Hand gehalten, hat das weiche Rindsleder gestreichelt, mit dem die Griffe bezogen sind. Und als er endlich durchschauen wollte, war nichts mehr da. Im Internet gibt es Seiten, auf denen man seine Träume deuten lassen kann. Offenbar ist sein Traum ein Klassiker, ähnlich häufig geträumt wie die Geschichte, dass man durch die Stadt geht und plötzlich bemerkt, dass man nackt ist. Die Deutung seines Traums, die im Internet angeboten wird, lautet: »Du hast Angst, etwas zu verlieren, das dir sehr wichtig ist.« Na ja, denkt Voss, um das zu kapieren, muss man kein Traumdeuter sein.

Um zwölf Uhr tritt im Büro des Polizeidirektors die »Soko Treibjagd« zusammen, oder besser das, was von ihr übrig ge-

denkt Voss und erhebt sich zusammen mit den anderen, um den Chefdiplomaten von Bad Freienwalde allein zu lassen.

Noch am selben Tag geschehen um den Hof der Bauernfamilie Kulicke herum ein paar Dinge, die einem aufmerksamen Beobachter ungewöhnlich erschienen wären. Da sind zum Beispiel die beiden Jäger, die seit dem Nachmittag auf den Hochständen am Waldrand sitzen, aber gar nicht zum Wildwechsel schauen, sondern immer nur über das Feld Richtung Dorf starren. Gänzlich unbürokratisch hat das Forstamt Eberswalde den beiden Waidmännern nur zwei Stunden zuvor eine Jagderlaubnis erteilt, die ihnen für den Zeitraum von zwei Wochen das alleinige Jagdrecht auf den Ansitzen rund um den Acker des Bauern Kulicke sichert.

Kurz vor 16 Uhr nähert sich von Westen ein Hubschrauber in großer Höhe, kreist über dem Gebiet von Sternekorp und dreht nach etwa zehn Minuten nach Westen ab.

Gegen 17 Uhr machen sich zwei Telefontechniker in blauen Overalls am Schaltverteilungskasten an der Sternekorper Allee zu schaffen. Sie wirken nicht so, als würden sie diesen Job jeden Tag machen. Da sie vergessen haben, eine Taschenlampe mitzunehmen, leuchtet einer von ihnen mit seinem Handy in den Schaltkasten. Um 17.35 Uhr ist ganz Sternekorp für etwa vier Minuten vom Telefonnetz getrennt, weil einer der Techniker aus Versehen die falsche Sicherung im Kasten gelöst hat.

MITTWOCH BIS SONNTAG

Zwei Tage vergehen, und es passiert nicht viel. Voss hat die Kollegen vom Mobilen Einsatzkommando gebeten, jede Auffälligkeit zu protokollieren, auch wenn sie ihnen selbst nicht von Bedeutung erscheint. Im Protokoll vom ersten Tag wird stehen, dass die Hähne der umliegenden Höfe den Tag zu höchst unterschiedlichen Zeiten beginnen lassen. Während Kulickes Hahn bereits um 6.34 Uhr einen ersten Schrei abgibt, lassen es die Hähne unten im Dorf etwas entspannter angehen und melden sich erst gegen sieben. Um 7.15 Uhr geht Kulicke die Schweine füttern, um neun bringt ihm seine Frau eine Tasse Kaffee. Um 9.10 Uhr pirschen hinter einem der Hochstände zwei Pilzsammler durch den feuchten Wald. Sie bemerken die Jäger nicht und rufen sich gegenseitig zu, was sie gerade so gefunden haben. Offenbar sind Rotfußmaronen momentan gut zu sammeln. Um 10.30 Uhr setzt sich Kulicke auf den Traktor und bringt eine Fuhre Stroh in den Schafstall. Um 14.02 Uhr passiert ein Servicefahrzeug des Energiebetreibers EWE den Feldweg, der von Sternekorp rüber nach Hakenburg führt. Um 14.07 Uhr steigt der Fahrer des Servicefahrzeugs auf der Höhe des dritten Strommastes aus und pinkelt an eine Kiefer. Um 14.30 Uhr spannt Kulicke einen Pflug hinter seinen Traktor. Er fährt zwei Stunden lang auf und ab. Die Kollegen vom Mobilen Einsatzkommando, die selbst nicht vom Land kommen, nehmen an, dass Kulicke so den Boden vor dem Winter noch mal lockert. Um 19 Uhr gräbt eine Wildschweinrotte ein paar Zuckerrüben an der Ackerkante aus. Um 21.34 Uhr verlöscht das letzte Licht im Hause Kulicke. Die Kollegen von der Nachtschicht, die gegen 22 Uhr übernehmen, protokollieren keine besonderen Vorkommnisse.

Ähnlich geht es auch am Tag danach zu. Viele Tiere, wenig Menschen. Am Abend des zweiten Tages meldet sich ein Kollege von der Nachtschicht krank. Er hat nach eigener Aussage eine schlimme Erkältung. Die Nächte sind frisch, zudem weht ein kräftiger Wind, der die Beamten auf den Hochständen frieren lässt. In der Nacht darauf werden Gasheizer in den Jagdkanzeln installiert. Matthias Kulicke bewegt sich lediglich in einem sehr engen Radius um seinen Hof herum. Sein Zeitplan ist an fast allen Tagen gleich. Vormittags kümmert er sich um die Tiere, nachmittags um die Felder. Er arbeitet von sieben bis sieben. Das Abendbrot dauert bis halb acht. Dann geht der Fernseher an. Schlag 21 Uhr liegen die Kulickes im Bett. Kurz danach geht das Licht aus.

Am vierten Tag, um 15.26 Uhr, wird es zum ersten Mal interessant. Kurz nachdem der Güllewagen Kulickes Abwassergrube leer gepumpt hat, fährt ein Mann mit einem Fahrrad am Hof vorbei. Der Mann trägt eine Mütze, die er tief in die Stirn gezogen hat, weshalb man sein Gesicht von den Hochständen aus nicht erkennen kann. Er verlangsamt seine Fahrt, als er auf der Höhe des Bauernhauses ist. Der Mann blickt um sich, hält kurz an, blickt noch einmal um sich und fährt dann langsam in Richtung der weiter entfernt liegenden Felder. Hinter einer Baumgruppe, die etwa einen halben Kilometer entfernt wie eine kleine Insel auf Kulickes Feld steht, verbirgt sich der Mann, holt ein Fernglas aus der Tasche und beobachtet. Die Kollegen informieren Voss, der darum bittet, sich absolut ruhig zu verhalten. Gegen 16 Uhr tritt der Mann wieder aus der Baumgruppe hervor, setzt sich auf sein Fahrrad und fährt erneut an Kulickes Haus vorbei, diesmal allerdings, ohne sein Tempo zu verringern. Voss' Anweisung, den Hubschrauber zu rufen, sobald der Mann seinen Beobachtungsposten verlässt, kann an diesem Nachmittag nicht umgesetzt werden, weil der Hubschrauberpilot nicht zu erreichen ist. Voss ist verzweifelt, der Polizeidirektor telefoniert mit den höchsten Kreisen, und es wird versprochen, es beim nächsten Mal besser zu machen. Außerdem werden nun zusätzlich zwei Kollegen in Bereitschaft versetzt, die in einem alten VW-Bus (den üblicherweise der Polizeidirektor benutzt, wenn er zum Angeln fährt) die Verfolgung auch am Boden unauffällig aufnehmen können.

Voss verbringt die Tage, sogar den Sonntag, in seinem Büro, das zu einer Art Kommandozentrale der »Aktion Lockvogel« geworden ist. An der Wand hängt eine topografische Karte der Gegend um Sternekorp. Außerdem hat er einen Apparat auf seinem Schreibtisch stehen, mit dem er direkt mithören kann, wenn Kulicke telefoniert. Das Problem ist nur, dass Kulicke offenbar kein großer Freund der Telekommunikation ist. In den vier Tagen hat er genau zwei Telefonate geführt, mit seiner Mutter und mit einem Vertreter für Gartenmaschinen. Beide Male wurde er angerufen, beide Gespräche dauerten nicht länger als 40 Sekunden. Kulickes Handy ist die ganze Zeit ausgeschaltet, wahrscheinlich benutzt er es überhaupt nicht. Voss fragt sich, ob Telefonüberwachung überhaupt etwas bringt, in dieser Gegend, in der die Menschen kaum sprechen.

Eigentlich wollte der Polizeidirektor, dass sich Voss im modernen Übersichtsraum im ersten Stock einrichtet. Aber die Idee, die ganze Zeit von weißen Magnettafeln umgeben zu sein, war Voss nicht geheuer. Außerdem gehört zu seiner Kommandozentrale auch das Feldbett, auf dem er jetzt schon mehrere Nächte verbracht hat. Maja hat ihm Bettzeug, seinen Schlafanzug und eine Büchse mit polnischen Wunder-Buletten vorbeigebracht. Sie hat sich beschwert, weil sie überhaupt nichts mehr über den Fall erfährt, seit Voss im Präsidium wohnt. Auch die Mutter hat sich beschwert, weil der Garten immer noch nicht für den Winter vorbereitet ist. Sie hat sogar damit gedroht, sich von ihrem Krankenlager zu erheben und die Sache selbst in die Hand zu nehmen.

An den Abenden im Präsidium spielt Voss Skat, zusammen mit Horst vom Sicherheitsdienst und Dietmar, dem Putzmann, die ihm geduldig das Spiel beigebracht haben. Voss schlägt sich mittlerweile ganz gut, am zweiten Abend hat er einen Grand mit nur einem Ass gewonnen. Eigentlich, denkt Voss, kann man sich doch an fast jedes Leben gewöhnen. Es ist nur eine Frage der Zeit, wann aus einer seltsamen Ausnahmesituation Normalität wird. Wenn er sich schon nach vier Tagen auf seinen Feierabendskat mit Horst und Dietmar freut – zwei Männer, von denen er vergangene Woche noch nicht mal wusste, dass es sie gibt –, was ist dann wohl noch möglich? Freundschaft, Ehe, Familie, alles funktioniert doch letztlich so. Die Leute reden von Liebe und anderen großen Gefühlen, dabei ist es die Gewöhnung, die das Leben so selbstverständlich erscheinen lässt. Aber das, denkt Voss, klingt natürlich lange nicht so gut.

MONTAG

Am sechsten Tag summt um 11.16 Uhr Voss' Handy. Es ist das Mobile Einsatzkommando. Sie sagen, der Mann, der Kulicke beobachtet, sei wieder da. Diesmal hat er sich von der anderen Seite genähert, über den Feldweg, der von Hakenburg nach Sternekorp führt. Der Mann trägt eine Wollmütze und einen Schal, den er bis zur Nase hochgezogen hat. Er ist mit seinem Fahrrad bis zur Bauminsel gefahren. Dort hat er sich niedergelassen und beobachtet nun mit seinem Fernglas die Gegend, was für die Kollegen auf den Hochständen bedeutet, dass sie sich hinter der Holzverkleidung verstecken müssen und kaum noch Sichtkontakt haben.

Voss ist so erleichtert, als er erfährt, dass der Mann wiedergekommen ist, dass er Neumann, der gerade neben ihm im Büro steht, kumpelhaft mit der Hand auf die Schulter schlägt, was für Voss selbst noch überraschender ist als für Neumann. Voss alarmiert die Kollegen mit dem VW-Bus, die in einem Waldweg an der Sternekorper Chaussee in Stellung gehen. Ein zweites Team hält sich, als Forstarbeiter getarnt, am Ortsausgang Richtung Schrankenfelde bereit.

»Wir müssen den Mann festnehmen, wenn er wieder wegfährt. Wahrscheinlich wird er den Feldweg zurück nehmen.« Voss fährt mit dem Finger über die Karte. »Es gibt einen Heckenweg, der den Feldweg kreuzt, dort können wir auf ihn warten.«

»Aber was haben wir gegen ihn in der Hand?«, fragt Neumann. »Wir können den Mann doch nicht festnehmen, nur weil er mit einem Fernglas auf dem Acker sitzt.«

»Wir können aber auch nicht warten, bis er versucht, Kulicke umzubringen. Außerdem bin ich mir sicher, dass wir es nicht schwer haben werden, den Mann zu überführen. Sobald wir wissen, wer es ist, werden wir auch herausfinden, was ihn antreibt. Wenn jemand drei Menschen umbringt und einem vierten nachstellt, dann ist er von etwas besessen.« Voss' Gedanken gehen sogar noch weiter, er hat seit Kurzem eine Vermutung, die ihm immer plausibler erscheint. Allerdings ist das alles so spekulativ, dass er darüber noch nicht mit seinen Kollegen sprechen will.

Als Neumann gegangen ist und Voss wieder allein in seinem Büro sitzt, beginnen jedoch auch an ihm die Zweifel zu nagen. Was ist, wenn sie den Mann verpassen? Wenn er bewaffnet ist und sich wehrt? Wenn sie ihn schnappen, aber nichts beweisen können? Oder wenn sie auf der völlig falschen Spur sind? Wie leicht es doch ist, anderen Mut einzuhauchen, denkt Voss. Sich selbst kann man nicht so schnell überzeugen. Aber dann versucht er, die zermürbenden Gedanken abzuschütteln. Er hat nicht viel Zeit, um die Aktion zu planen. Zusammen mit dem Polizeidirektor und dem Chef des Mobilen Einsatzkommandos gehen sie Schritt für Schritt alle Möglichkeiten durch. Sie beschließen, sowohl den Heckenweg abzuriegeln als auch den Weg, der an Kulickes Haus vorbeiführt. Sie werden 20 Kollegen im Einsatz haben an diesem Nachmittag. Dazu noch den Hubschrauber, der den Mann aus der Luft verfolgen kann, falls es ihm doch gelingen sollte, die Sperren zu durchbrechen. Das muss reichen gegen einen Mann mit einem Fahrrad, der auf einem Acker sitzt. Trotzdem hat Voss kein gutes Gefühl. Aber das muss nichts bedeuten, das gehört bei ihm eigentlich dazu.

Gegen Mittag ruft Maja an, der Mutter geht es wieder schlecht. Sie hat hohes Fieber und ruft ständig nach ihrem Sohn.

»Sie will wissen, ob du den Garten schon gemacht hast, das scheint ihr sehr wichtig zu sein.«

»Sag' ihr, dass ich den Garten tipptopp fertig habe. Alles gemacht, Kompost auf den Beeten, Laubdecke gegen den Frost, Werkzeug eingeölt.«

»Aber Daniel, man darf doch seine Mutter nicht belügen!«

»Doch, wenn es ihr hilft. Ich muss jetzt Schluss machen, ich werde die nächsten Stunden nicht erreichbar sein, wenn es Mutter schlechter geht, bring sie bitte ins Krankenhaus. Ich komme, sobald ich kann.«

Voss hört Maja am Telefon atmen. »Daniel«, sagt sie.

»Ja?«, sagt Voss.

»Pass bitte auf, dass dir nichts passiert ... Wir brauchen dich noch.«

»Mach' dir keine Sorgen«, sagt Voss, aber eigentlich findet er es wunderbar, dass sie sich um ihn sorgt.

Um 13.10 Uhr trifft Voss am Heckenweg ein, der quer über das Feld zum Wald führt. Etwa 200 Meter vor der Waldkante kreuzt der Heckenweg den Feldweg, den der Mann, der Kulickes Haus beobachtet, benutzt hat. Der Acker ist unbestellt, die schwere Lehmerde klebt an den Schuhen. Der Heckenweg ist nur etwa einen Kilometer von Kulickes Haus entfernt, das von hier nicht zu sehen ist, weil der Acker nach Sternekorp hin leicht ansteigt. Das hat den Vorteil, dass auch sie nicht von dem Mann gesehen werden können, der weiterhin unbewegt in seiner Bauminsel sitzt und beobachtet, wie die Kollegen von den Hochständen melden.

Voss läuft den Heckenweg hoch, bis kurz vor die Weggabelung. Dort stehen bereits sechs Kollegen vom Mobilen Einsatzkommando. Sie tragen Helme und schusssichere Westen. Auch für Voss haben sie eine Weste dabei. Die Stunden vergehen schleppend, die Männer vom Einsatzkommando rauchen und unterhalten sich mit gedämpften Stimmen. Voss schaut über das Feld und versucht sich irgendwie abzulenken. Aber er sieht nichts, keinen einzigen Vogel. Auch zu hören ist hier nichts. Ein unbestelltes Feld ist für Vögel wie eine Wüste, die sie einfach überfliegen. Nur Raubvögel lassen sich manchmal am Waldrand nieder und lauern auf Feldmäuse. Voss erkennt einen Bussard, der wie eingefroren auf einem ausladenden Kiefernast sitzt. Etwas weiter entfernt kauert ein Wanderfalke, der seine Beute im Sturzflug erjagt. Aber selbst den Mäusen scheint dieses Feld nicht attraktiv genug zu sein. Sie sind entweder gar nicht da oder sie zeigen sich nicht, deshalb bleiben auch die Raubvögel regungslos auf ihren Bäumen sitzen. Das ist das Los der Jäger, sie müssen warten, bis die Beute sich bewegt, denkt Voss. Genau wie er jetzt darauf wartet, dass dieser Typ mit dem Fernglas endlich nach Hause will. Und genau wie dieser Typ darauf wartet, dass Kulicke seinen Hof verlässt.

Aber der Mann mit dem Fernglas sitzt noch immer regungslos in seiner Deckung. Es ist kurz vor 16 Uhr, und es wird bereits dunkel. »Was will der Mann denn jetzt noch sehen?«, fragt sich Voss. Oder hat er ein Nachtsichtgerät dabei? Je dunkler es wird, desto schwieriger wird es sein, den Mann zu schnappen. Voss berät sich über Funk mit dem Chef des Einsatzkommandos. Sie sind sich einig, dass sie zuschlagen müssen, bevor die Dunkelheit endgültig hereinbricht.

»Wir geben ihm noch zehn Minuten«, sagt Voss. »Beim letzten Mal ist er auch erst kurz nach 16 Uhr aufgebrochen.«

Um 16.08 Uhr melden die Kollegen vom Hochstand, der Mann habe sich nun eine rote Mütze und eine helle Jacke angezogen und sei offenbar dabei aufzubrechen, Genaueres könne man in der beginnenden Dämmerung nicht sehen.

»Okay, wir warten noch mit dem Zugriff«, sagt Voss ins Funkgerät. Der ist wirklich umsichtig, denkt er, wechselt sogar die Kleidung für den Rückweg, damit ihn niemand wiedererkennen kann. Weitere zehn Minuten vergehen, die Dämmerung legt sich wie ein schwarzes Tuch auf das Land, man kann gerade noch die Umrisse des Waldrandes erkennen.

»Was ist los?«, fragt Voss über Funk.

»Keine Ahnung, er hat sich wieder hingesetzt, zum Glück hat er die helle Jacke angezogen, sonst könnten wir ihn schon nicht mehr sehen«, meldet der Kollege vom Hochstand.

Da durchfährt es Voss wie ein Stromschlag.

»Er will, dass wir ihn gut sehen, weil er wahrscheinlich gar nicht mehr da ist!«, schreit er ins Funkgerät. »Zugriff, sofort!«

Die Ersten, die an der Bauminsel ankommen, sind die beiden Kollegen von den Hochständen. Voss hört ihre atemlosen Stimmen im Funkgerät:

»Er ist weg, er hat aus Ästen eine Art Vogelscheuche gebaut, die er mit der roten Mütze und der hellen Jacke behängt hat«, keuchen die Kollegen.

»Zum Waldrand, alle zum Waldrand! Wir brauchen den Hubschrauber mit Scheinwerfer, sofort!«, schreit Voss ins Funkgerät. Sie laufen den Heckenweg hinunter, Voss vorneweg. Er hört über Funk die Kollegen, die von Sternekorp aus über das Feld laufen. Sie fluchen, weil sie im klebrigen Lehm stecken bleiben. Voss ist am Waldrand angekommen, er schaltet sein Funkgerät ab, weil er sonst nichts hören kann, und lauscht in den dunklen Wald. Aber da traben auch schon die Leute vom Einsatzkommando herbei und stören die Stille. Voss gibt ihnen ein Zeichen, sich ruhig zu verhalten. Er weiß, dass es keinen Sinn macht, jetzt ziellos in den Wald zu laufen. Selbst mit so vielen Leuten werden sie den Mann nicht finden, wenn er sich geschickt verbirgt. Und geschickt scheint er zu sein, daran besteht kein Zweifel.

Voss steht ganz still da. Nur wer sich selbst nicht bewegt,

kann die Bewegungen um sich herum wahrnehmen, hat Förster Engelhardt immer gesagt, wenn es darum ging, Vögel zu erspähen. Seine Augen gewöhnen sich langsam an die Dämmerung. Voss sieht einen Schatten, der sich von einem Baumstamm löst und langsam zurückweicht. Das ist er! Voss gibt den anderen Zeichen, eine Kette zu bilden, und auf sein Kommando rennen sie los. Der Mann springt auf, Voss kann die hellen Konturen seines Gesichts und den Umriss seines Körpers erkennen. Der Mann ist groß, aber nicht massig, er scheint gut trainiert zu sein, seine Bewegungen wirken mühelos, beinahe athletisch. Er bewegt sich wie der Mann, der in seinem Garten gestanden hat, dem er schon mal vergeblich hinterhergerannt ist. Jetzt müssen sie dranbleiben, ihn einkreisen.

Die anderen haben den Mann auch gesehen und schwärmen aus. Es ist ein dichter Mischwald, der sie hier umgibt. Unter hohen Blautannen und Kiefern wachsen kleine, aber schon recht buschige Buchen und Eichen heran. Sie bilden ein unruhiges, schwer zu durchblickendes Unterholz. Hoffentlich kommt der Hubschrauber bald! Mit etwas mehr Licht wäre das hier alles viel einfacher hinzukriegen, denkt Voss. Der Mann ist flink, Voss versucht ihm zu folgen, aber er kommt nicht so schnell voran. Seine Füße rutschen weg im nassen Laub, Zweige peitschen ihm ins Gesicht, der Schweiß läuft den Rücken herunter, das Herz schlägt ihm bis zum Kinn. Den anderen geht es nicht besser mit ihren schweren Monturen. Der Abstand wird größer, Voss sieht nur noch einen fernen Schatten zwischen den Bäumen tanzen. Der Wald ist hier anders als am Feldrand beschaffen, hochgewachsene Fichten und spärlicher Bodenbewuchs sorgen für mehr Übersichtlichkeit. Jede Bewegung zwischen den Stämmen ist ungleich besser auszumachen als vorne im Mischwald.

Da endlich kommt der Hubschrauber, das Licht der Scheinwerfer fällt wie ein kalter Schleier durch das Geäst. Voss sieht den Mann, er ist vielleicht 100 Meter von ihm entfernt. Aber warum bleibt er stehen? Da bemerkt Voss die Lichtpunkte, die sich aus der Dunkelheit des Waldes nähern. Das müssen die Kollegen sein, die von Sternekorp kommen und den Wald von der anderen Seite umrundet haben. »Wir haben ihn in der Zange«, flüstert Voss in sein Funkgerät. Voss gibt den Kollegen ein Zeichen, einen Halbkreis zu bilden und sich dem Mann von allen Seiten zu nähern. Er zieht seine Pistole, und auch die anderen pirschen sich mit vorgehaltenen Waffen vor.

Der Mann läuft weiter, zum Boden gebeugt, in einer seltsamen Zickzacklinie, wie ein Hase, der in Panik Haken schlägt. Oder wie einer, der irgendetwas sucht. Voss hört Neumann am Funkgerät, der von der anderen Seite kommt:

»Chef, wir sehen ihn, er läuft direkt auf uns zu.«

Der Ring zieht sich immer enger zusammen, der Hubschrauber sinkt weiter herab, der Wald wird heller. Voss erblickt Neumann und sechs, sieben Einsatzkräfte, die in einer Reihe aus einem Birkenwäldchen heraustreten.

»Wo ist er?«, fragt Neumann plötzlich über Funk.

»Ich sehe ihn auch nicht«, sagt Voss panisch. »Achtung, an alle: Hat jemand Sichtkontakt zur Zielperson?«

Niemand antwortet, und eigentlich brauchen sie jetzt auch keine Funkgeräte mehr, weil sie schon so dicht zusammen sind. Voss gibt die Anweisung, nochmals auszuschwärmen. Er kann nicht weit sein! Wie konnte er überhaupt durch die Kette rutschen? Sie standen doch nur wenige Meter voneinander entfernt, als sie den Mann zuletzt gesehen haben! Sie fächern sich auf, bilden erneut einen großen Kreis, ziehen sich wieder zusammen, aber der Mann ist verschwunden. »Das kann doch nicht wahr sein! Was ist denn hier los?«, schreit Voss verweifelt. Die anderen stehen schweigend um ihn herum. 20 schwer atmende, ratlose Männer im Wald.

Eine ganze Stunde brauchen sie, bis sie den Betondeckel finden, der vor dem Birkenwäldchen auf einer Lichtung in die Erde eingelassen ist. Der Deckel ist bemoost, nur zwei Rundgriffe aus braun angelaufenem Armierungsstahl verraten, dass es hier etwas gibt, das offensichtlich nicht im Wald gewachsen ist. Die verwitterte Betonscheibe sieht von oben aus wie die Abdeckung einer Wasserzisterne. Erst wenn man den Deckel öffnet, wird klar, dass dies etwas ganz anderes sein muss. Es ist Neumann, der den Öffnungsmechanismus entdeckt. Er drückt die beiden Rundgriffe zur Mitte und dreht die Betonscheibe. Nach einer halben Umdrehung schnappt der Deckel auf und klappt nach oben.

»Das muss ein Bunkerzugang sein«, sagt Neumann, der ein paar Jahre lang Offizier bei der Bundeswehr war, was ziemlich gut zu ihm passt, wie Voss mit noch nicht gänzlich verlorener Häme denkt. Neumann lässt durchblicken, welches riesige Glück es für alle hier Anwesenden sei, dass er sich mit solchen Anlagen auskenne. Ein Mann vom Mobilen Einsatzkommando zwängt sich durch die Luke, Neumann will ihn aufhalten, sagt, es müsse erst einmal Licht in den Schacht gebracht werden. Aber der Kollege sagt, er wisse schon, was er tue, hängt sich an die Leiter und beginnt den Abstieg. Nach einer Weile hört Voss einen Schrei, einen dumpfen Aufschlag und ein Wimmern, das aus großer Tiefe zu kommen scheint. Einer der Männer vom Einsatzkommando leuchtet mit einer Lampe in den Schacht.

»Sind Sie verletzt?«, ruft Voss nach unten.

»Ich bin abgerutscht, ich glaube, ich habe mir ein Bein gebrochen, vielleicht auch beide Beine!«

»Halten Sie durch, wir kommen runter!«

Voss sieht die in den Betonschacht eingelassene Leiter, die etwa zehn Meter in die Tiefe führt. Er zwängt sich in den Schacht und steigt langsam nach unten. Die Luft ist warm und feucht, die Leiter ist verrostet und glitschig, auch Voss rutscht zwei Mal weg und kann sich gerade noch festhalten. Der Mann vom Einsatzkommando liegt auf der linken Seite, sein rechtes Hosenbein ist am Knie gerissen, ein Knochen ragt aus dem blutenden Unterschenkel.

»Wir müssen Sie hier rausziehen, das kann noch eine Weile dauern. Aber ein Arzt ist unterwegs, der wird hoffentlich bald hier sein.«

Der Kollege bleibt stumm. Voss nickt ihm beruhigend zu. Dann ruft er nach oben, er brauche zwei Männer, mit denen er den Bunker durchsuchen kann. Die anderen sollen den verletzten Kollegen bergen und in den Wald ausschwärmen, weil es wahrscheinlich noch einen anderen Bunkereingang gibt.

Neumann und ein Kollege vom Einsatzkommando steigen zu Voss hinunter. Sie entdecken einen Gang, der vom Schacht abzweigt und durch den man leicht gebückt gehen kann. Es ist hier unten wärmer als oben, an der Erdoberfläche. »In dieser Tiefe ist die Erdtemperatur ganzjährig konstant«, sagt Neumann. »So um die zehn Grad.« Die Kollegen laufen mit Taschenlampen und gezogenen Waffen vor. Sie kommen an eine Stahltür, die mit einer Drehkreuz-Kurbel zu öffnen ist. Als sie geöffnet ist, sehen sie, dass die Tür mit mindestens 30 Zentimeter dickem Beton gefüllt ist. Hinter der Tür beginnt ein breiterer Gang, in dem Lüftungsrohre an der Decke hängen. Die Wände sind mit einer hellbraunen Ölfarbe gestrichen, auf dem Betonboden läuft Wasser durch eine Rinne ab.

»Was ist denn das für ein Bunker?«, fragt Voss.

»Wahrscheinlich der Atombunker von Harnebeck, das ist eine der größten Anlagen, die es in der DDR gab«, sagt Neumann. Voss erinnert sich, dass er schon mal von dem Bunker gehört hat.

»Über Jahre wurde der Bunker vor den amerikanischen Aufklärungssatelliten verborgen gebaut. Erst nach dem Mauerfall ist seine Existenz bekannt geworden, die Bundeswehr war ganz schön überrascht, wie modern diese Anlage hier ist«, sagt Neumann. Es klingt fast so, als wäre er selbst stolz auf diesen ostdeutschen Bunker. Neumann, der alte Brandenburger, denkt Voss.

Sie kommen an eine weitere, noch massivere Stahltür, die offen steht und in ein Treppenhaus führt. Sie steigen die Stufen hinab, ihre Schritte hallen. Sie steigen immer tiefer, und die Luft wird kälter. Hoffentlich fällt keine von diesen Türen zu, bis uns hier jemand rausholt, sind wir wahrscheinlich verfault, denkt Voss.

Die Treppe endet an einem Quergang. Im Schein der Taschenlampe erkennt Voss, dass auf beiden Seiten wiederum Gänge abzweigen. »Das ist ein verdammtes Labyrinth«, sagt er. Neumann stimmt brummend zu. Voss denkt an die Geschichte von Tom Sawyer, der mit seiner Freundin Becky in einer Berghöhle umherwandert und nur deshalb wieder herausfindet, weil er sich mit einem Faden orientiert. Wäre es übertrieben, so etwas hier auch zu machen? Neumann sagt, man müsse Orientierungszeichen an die Türen machen, offenbar hat er gerade ähnliche Gedanken wie Voss. Mit einem Schlüssel ritzen sie ein Zeichen in die Tür, die zum Treppenhaus führt. Voss hört ein dumpfes Geräusch, er gibt den anderen ein Zeichen, ruhig zu sein. Sie horchen regungslos, aber nur das gurgelnde Wasser am Boden stört die Stille.

Sie biegen nach rechts in den Gang ein. »Wir gehen erst einmal nur geradeaus, dann kann nichts passieren«, sagt Voss. Nach etwa 50 Metern kommen sie an einem Raum vorbei, dessen Tür offen steht. An den Wänden kleben grüne Blumentapeten. Eine brandenburgische Seenlandschaft in Öl gemalt erscheint im Lichtkegel der Lampen. Daneben hängt ein Porträt von Erich Honecker. Sie sehen eine Durchreiche, die zu einer Küche führt, in der Töpfe und Kessel auf gusseisernen Herden stehen.

Plötzlich schwankt der Boden, Voss zuckt zusammen, bis er merkt, dass das offenbar so sein soll. Bei jedem Schritt gibt der Boden nach, als wäre er auf Federn gelagert.

»Schutz gegen Explosionswellen«, sagt Neumann.

Voss sieht ihn fragend an.

»Na, wenn draußen eine Atombombe explodiert, dann kommt die Druckwelle auch unter der Erde an. Elektrische Geräte wie die Kühlschränke hier und der Dieselgenerator dahinten würden ausfallen, wenn der Boden den Druck nicht aufnehmen könnte und mitschwingen würde.«

»Das heißt, wir sind wirklich in diesem Atombunker?«, fragt Voss.

»Sieht so aus, wenn man sich allein anschaut, wie massiv das alles hier gebaut ist und wie tief wir jetzt schon unter der Erde sind.«

Voss geht durch die Küche, in der Suppenkellen und Schüsseln an der Wand hängen. In den Schränken stehen Gläser und Teller, die ihn an seine Kindheit erinnern. Teller von Kala, die mit dem einfachen, braunen Rand. Staunend läuft Voss durch diese ostdeutsche Unterwelt. Es scheint so, als hätte etwas von seinem verschwundenen Land hier unter der Erde überdauert. Als hätte er eine Zeitblase entdeckt, in der alles noch wie früher ist. Voss hätte nicht gedacht, dass er in seinem Leben noch mal Erich Honecker begegnen würde. Dass er diese Tapeten noch mal zu sehen bekäme, diese Farben, dieses Aluminiumbesteck.

Der Mann, den sie verfolgen, scheint sich hier auszukennen. Wahrscheinlich ist er längst durch einen anderen Ausgang geflüchtet. Da gibt es plötzlich einen Knall. Es klingt, als wäre eine Tür zugefallen. Das Geräusch kam von rechts, also laufen sie den Gang hinunter, so schnell das überhaupt möglich ist in dieser Dunkelheit. Sie kommen an eine verschlossene Tür, die sich nicht öffnen lässt. Voss schaltet sein Funkgerät ein, aber es funktioniert nicht hier unten. Sie müssen zurück. Aus einem Quergang weht ihnen ein leichter Wind entgegen. »Vielleicht ist da ein anderer Ausgang«, ruft Voss. Sie markieren die Ecke, an der sie abbiegen, und gehen der Luftströmung nach. Etwa zehn Minuten später kommen sie erneut an eine Treppe, die exakt so aussieht wie die, die sie ganz am Anfang benutzt haben. Sind sie im Kreis gelaufen? Sie steigen nach oben und stehen auf einmal in einem mit hellem Holz vertäfelten Büro. Auch hier hängt Erich Honecker an der Wand. Er lächelt sie an, wie auf dem Foto im Speiseraum. Er verfolgt uns, denkt Voss.

Sie gehen die Treppe wieder hinunter, eine Etage und noch eine Etage. Jetzt spüren sie den Luftstrom stärker werden. Sie kommen in einen Raum, der wohl mal die Befehlszentrale des Bunkers war. In langen Reihen hängen Bildschirme an den Wänden, es gibt Pulte mit vielen Knöpfen und Reglern. Auf einer Karte sind »Raketensilos und Panzerunterstände der NATO« verzeichnet. Über der Tür sind zwei Uhren angebracht. Die eine ist mit »Lokalzeit« beschriftet, die andere mit »Moskauer Zeit«. Von hier aus wäre vielleicht mal ein Krieg geführt worden, denkt Voss. 20 Meter unter seinem Zauberwald. Da oben hatte er sein Räuber-Hauptquartier, hier unten hatten die anderen ihren Gefechtsstand.

»Wir müssen zurück«, sagt Voss. »Unser Mann ist längst weg.«

Den Weg hinaus finden sie leichter als gedacht, auch wegen der Markierungen an den Türen. Oben erfährt Voss, dass der Hubschrauber den verletzten Kollegen ins Krankenhaus gebracht hat. Die anderen durchkämmen immer noch den Wald, aber keiner macht sich besonders große Hoffnungen, den Flüchtigen noch zu finden. Die Orte, an denen die Leichen von Probst, dem Grafen und Fleischer gefunden wurden, sind nicht weit entfernt, denkt Voss. Es kann sein, dass es auch dort Bunkereinstiege gibt. Wer sich hier auskennt, kann mal über und mal unter der Erde laufen, kann verschwinden und wieder auftauchen.

DIENSTAG

Am nächsten Morgen findet sich Voss zusammen mit Neumann, zwölf weiteren Kollegen und einem Durchsuchungsbeschluss am Haupteingang der Bunkeranlage ein. Inzwischen weiß er, dass der Bunker von Harnebeck zu DDR-Zeiten eines der bestgehüteten Staatsgeheimnisse war. Von hier aus sollte im Falle eines Atomkrieges die ostdeutsche Armeeführung den Gegenschlag einleiten. Seit ein paar Jahren ist der Bunker ein Museum, an den Wochenenden werden Führungen angeboten durch dieses Gruselkabinett des Kalten Krieges. Eine Panzerstraße führt durch den Wald und endet an einem Hochspannungszaun, der mit Stacheldraht gesichert ist. Voss steigt aus dem Auto, klingelt an einem Metalltor. Eine Kamera dreht sich, nimmt ihn ins Visier, aber das Tor bleibt verschlossen. Voss zieht seinen Dienstausweis aus der Tasche und hält ihn in die Kamera. Aus der Gegensprechanlage krächzt eine Stimme: »Den Weg 100 Meter weiter, links abbiegen, Sie werden erwartet.« Das Metalltor rollt langsam auf, Voss und seine Leute steigen in ihre Autos und fahren auf das Gelände.

Sie kommen an einer von Birken überwachsenen Tankstelle vorbei, in der alte DDR-Militärlaster geparkt stehen. Ein paar Männer mit Tarnfarbenhosen und Kapuzenpullovern putzen Motorräder, sie tragen schwarze Totenkopftücher und schauen schweigend dem Polizeikonvoi hinterher. Neben der alten Tankstelle befindet sich eine lang gezogene Halle. Blasse, schwarz gekleidete Jugendliche stehen mit Kleinkalibergewehren rauchend vor der Tür. Aus der Halle sind Schüsse zu hören. Etwa 50 Meter weiter kommt ein Parkplatz, auf dem ein Dutzend tiefergelegter Autos mit Chromauspuffen und schwarz getönten Scheiben steht. Ein Opel Corsa mit Rennspoilern, der wie ein riesiges Matchboxauto aussieht, steht quer mit offenen Türen an der Straße. Bässe, die in die Magengrube fahren, wummern aus dem Kofferraum des Wagens, um das Auto herum stehen etwa 30 junge Männer. Sie tragen Helme, Overalls Schutzbrillen und Waffen, die wie abgesägte Schrotflinten aussehen.

»Paintball«, sagt einer der Kollegen in Voss' Auto.

»Ist das dieses Spiel, bei dem man die anderen mit Farbpatronen beschießen muss?«, fragt Voss.

»Ja, genau das. Macht Laune«, sagt der Kollege.

Voss sieht das Kampfgelände, das hinter dem Parkplatz beginnt. Ein Waldstück, mit Tarnfarben-Netzen abgespannt, in dem Hausattrappen stehen, die mit Farbflecken übersät sind. Geborstene Betonpfeiler ragen aus der Erde, Birken und Kiefern brechen durch Betonflächen. Es ist irre, denkt Voss, dass hier an diesem Bunker, wo mal fast der Dritte Weltkrieg stattgefunden hat, jetzt diese brandenburgischen Freizeit-Kämpfer stehen und den Häuserkampf üben. Voss betrachtet den verrosteten Stacheldraht, die getunten Autos, die kaputten Kasernenfenster, die gegelten Krieger. Es hat etwas Dramatisches, Hilfloses.

Der Wald und das Militär, das hat hier schon immer zusammengehört. Voss muss an diese Buchten in den Kiefernschonungen denken, in denen er als Kind Verstecken gespielt hat. Zwei Meter tief waren die Buchten, schräg in den Boden eingeschnitten, und erst viel später hat er erfahren, dass es Panzerunterstände der Wehrmacht waren. Es gibt außerdem den Waldsee, in dem sie am Wochenende immer gebadet haben. Das Wasser roch nach Diesel und schimmerte wie ein Regenbogen, weil die Russen in der Woche ihre Panzer im See wuschen.

Und es gibt die alten Signalzäune und Plattenwege und Beobachtungstürme und Stromverteilerkästen der NVA, die in fast allen Wäldern stehen, so als gehörten sie hier zur Natur dazu.

Sie kommen zu einem Flachbau, an dem ein rotes Schild hängt, auf dem die unzerbrechliche Freundschaft mit der Sowjetunion beschworen wird. Vor dem Eingang steht ein hagerer Mann in einer schwarzen Lederjacke. Er stellt sich vor als Angestellter der landeseigenen Treuhandgesellschaft, die den Atombunker Harnebeck verwaltet. Er heißt Jürgen Kupfer. Der Mann spricht schnell und trägt eine dicke Brille, die seine Pupillen stark vergrößert. Er sieht dadurch aus wie ein Mensch, der permanent am Staunen ist.

»Drei Meter dicke Außenwände, 25 Meter unter der Erde, 450 Personen hätten hier ohne Versorgung von außen einen Monat lang überleben können. Nebenbei gesagt war dieser Bunker vergleichbaren NATO-Objekten technologisch mindestens zehn Jahre voraus. Also auch ein Beweis für die Überlegenheit der Ingenieurkunst der DDR«, sagt Kupfer.

»Interessant, Herr Kupfer, aber wir wollten eigentlich keine Führung, wir haben den Bunker schon letzte Nacht besichtigt.«

»Letzte Nacht? Wie denn das?«

»Wir haben einen Verdächtigen im Sternekorper Forst verfolgt und sind auf eine Luke gestoßen, die in den Bunker führte.«

»Unmöglich, die Luken der Notausgänge sind von außen nicht zu öffnen.«

»Nun, in diesem Fall war es kein Problem. Haben Sie einen Plan, auf dem man sehen kann, wo die anderen Notausgänge sind?«

Jürgen Kupfer betrachtet ihn misstrauisch. »Es ist Ihnen schon klar, was Sie da von mir verlangen? Das sind militärische Geheimnisse. Das ist Hochverrat. Dafür wäre ich früher an die Wand gestellt worden.«

»Herr Kupfer, es ist vorbei.«

»Es ist nie vorbei. Aber es war trotzdem nur ein Scherz.« Kupfer verzieht das Gesicht zu einem Grinsen, die vergrößerten Pupillen bleiben starr auf Voss gerichtet. »Sie kommen nicht von hier, oder?«

»Nein, ich komme aus Pullach«, sagt Voss.

»Pullach? Wo ist denn das?«

»Noch nie vom Hauptsitz des Bundesnachrichtendienstes gehört?«

Kupfer wird blass.

»War auch nur ein Scherz«, sagt Voss, »ich bin in Sternekorp groß geworden, haben Sie nun einen Plan des Bunkers?«

Kupfer schüttelt anerkennend den Kopf. »Das muss ich Ihnen lassen, da haben Sie mich wirklich kurz erwischt«, sagt er. »Kommen Sie mal mit.«

Sie steigen in den Bunker hinab. In der ersten Etage ist eine Tür, an der »Sperrzone. Betreten verboten« steht. »Mein Büro«, sagt Kupfer und öffnet die Tür. Der Raum ist vollgestopft mit Papieren, Büchern und alten Akten.

»Ich habe hier die Zielcodes der Pershing-Hangars in Rheinland-Pfalz, Stand 6. November 1989. Wollen Sie mal sehen?«

»Herr Kupfer, wir brauchen diesen Plan.«

»Ist ja gut, ist ja gut.«

Kupfer kramt in seinen Regalen herum, er zieht eine lange Rolle hervor und breitet das vergilbte Papier auf seinem Schreibtisch aus. Voss braucht eine Weile, um sich zu orientieren. Der Bunker ist kreisförmig angelegt, vom äußersten Ring gehen mehrere Notausgänge in verschiedene Richtungen.

»Wir sind, glaube ich, über diesen Eingang hier gekommen.«

»Das ist Schacht 17, ein Versorgungszugang, der mit einer Dekontaminationsschleuse gesichert ist. Im Ernstfall hätte man sogar noch nach der ersten Angriffswelle leichte Verbrauchsgüter über diesen Zugang einschleusen können. Aber dass die Luke innen entriegelt war, ist mir unerklärlich.«

Voss studiert die Karte, die äußerst detailliert ist und sogar kleinste Höhenzüge im Wald dokumentiert. Die Senke, an der die Esche steht, neben der sie Harro Probsts Leiche gefunden haben, befindet sich nur 15 Meter vom Notausgang B IV. Der Körper des Grafen lag unweit des Ausgangs A II. Das alte Flussbett, in dem Fleischers Leiche gefunden wurde, ist sogar von zwei Eingängen umgeben, der Schleuse 18 und dem Notausstieg B III.

»Dass unsere Spurensuche diese Zugänge nicht gesehen hat, ist mir unerklärlich«, sagt Voss.

»Gehen Sie mal raus und sehen sich die Luken an«, sagt Kupfer. »Selbst wenn Sie wissen, wo die sind, finden Sie die nicht. Das ist Profiarbeit und in gewisser Weise ...«

»...auch ein Beweis für die Überlegenheit der Ingenieurkunst der DDR, ja, das habe ich mir schon gedacht«, sagt Voss. Kupfer schweigt pikiert.

Voss überlegt, geht vor der Karte auf und ab wie ein Heerführer vor der entscheidenden Schlacht.

»Gibt es irgendeine Möglichkeit, einen schweren Gegenstand durch diese Schächte und Gänge zu transportieren, ohne ihn selbst tragen zu müssen?«, fragt er schließlich.

»Sie meinen, zum Beispiel eine Leiche?«, fragt Kupfer.

»Ja, zum Beispiel eine Leiche.«

»Es gibt Transport-Loren, wie im Bergwerk. In den Schächten werden die Loren in Flaschenzüge eingehängt.«

Langsam beginnt Voss zu begreifen. Warum die Spuren im Wald immer so plötzlich endeten. Warum die Hunde nichts gefunden haben. Warum der Täter sich Zeit lassen konnte und trotzdem unerkannt blieb.

»Herr Kupfer, wer hat Zugang zu diesem Bunker? Wer kann die Notausgänge entriegelt haben? Wer konnte in den letzten zwei Wochen hier kommen und gehen, ohne jemandem aufzufallen?«

»Ehrlich gesagt, frage ich mich das auch gerade. Eigentlich

niemand. Mir fällt auch niemand ein, der den Plan der Notausgänge kennt.«

»Kennen Sie einen Arne Schumann?«

Kupfer zögert. »Ja, klar kenne ich den Arne, aber was soll der mit dieser ganzen Sache zu tun haben?«

»War er manchmal hier?«

»Ja, er hat sich öfter draußen mit den Jungs an der Tankstelle getroffen. Er ist ein geschickter Schrauber, hat schon so manches Motorrad wieder hingekriegt.«

Voss hat genug gehört, er muss los. Die Kollegen lässt er da, sie sollen den Bunker nach Spuren absuchen und die Jungs an der Tankstelle befragen. Sie müssen diesen Schumann finden. Voss denkt an den Brief, den er ihnen hinterlassen hat. »Ich gehe in den Untergrund, so lange, bis ihr euren Job erledigt habt. Rotfront, Arne Schumann.« Voss weiß jetzt, was Schumann mit Untergrund gemeint hat.

Das Leben auf dem Hof der Bauernfamilie Kulicke ist unterdessen einfach weitergegangen. Niemand scheint hier etwas mitbekommen zu haben von dem, was nur ein paar 100 Meter weiter hinter der Ackerkuppe geschehen ist. Die Kollegen auf den Hochständen melden den üblichen Trott: Der Hahn kräht, Kulicke füttert die Schweine, seine Frau bring den Kaffee. Um halb elf setzt sich Kulicke auf den Traktor. Voss beschließt, den Mann aus dem Rhythmus zu bringen. Es muss etwas passieren, sie müssen endlich vorankommen. Noch spät am Abend, nachdem der Unbekannte im Bunkergang verschwunden war, hat der Polizeidirektor zu verstehen gegeben, dass er Voss nicht mehr lange den Rücken freihalten könne. Die Staatskanzlei in Potsdam, das Innenministerium, das LKA, alle machen Druck. Noch 24 Stunden, vielleicht auch weniger, wenn Voss es bis dahin nicht schafft, endlich Erfolge vorzuweisen, werden andere übernehmen. Voss ahnt, was es bedeutet, wenn der neue Chef einer Mordkommission gleich seinen ersten großen Fall abgeben muss. Es wäre vorbei hier mit ihm, bevor es überhaupt richtig begonnen hat.

Voss klingelt an Kulickes Haus. Er weiß, dass die Familie gerade beim Mittagessen sitzt. Matthias Kulicke, ein rundlicher Kerl Anfang 60 mit erstaunlich blonden Locken, die wie eine Engelsperücke auf seinem breiten Kopf sitzen, sieht ihn kaum an. Er kauert in der Küche, an der Stirnseite eines langen Holztisches. Rechts neben ihm sitzen sein erwachsener Sohn und seine Schwiegertochter, links seine Frau, hinter ihm der Hund, dem er von Zeit zu Zeit einen Hühnerknochen zuwirft. Voss kennt das Leben der Familie bisher nur aus den Überwachungsprotokollen, es ist seltsam, ihnen nun leibhaftig gegenüberzustehen. Kulicke greift sich ein frisches Hühnerbein aus einem großen, blauen Emailletopf und gibt Voss ein Zeichen, dass auch er sich bedienen könne. Aber Voss schüttelt entschlossen den Kopf.

»Herr Kulicke, wir wissen, dass ein Mann Ihren Hof beobachtet. Haben Sie eine Ahnung, was der von Ihnen will?«

Kulicke stutzt, setzt kurz den Ellenbogen ab, das Hühnerbein federt in seiner Hand, dann isst er weiter, schüttelt grunzend den Kopf, was wohl als Antwort gemeint sein soll.

»Sie haben sicher von den drei Mordfällen im Wald gehört. Sie kannten alle drei Ermordeten«, sagt Voss.

Mit der Hühnerbein-Hand macht Kulicke eine Bewegung, die zur Folge hat, dass die gesamte Familie umgehend aufsteht und schweigend die Küche verlässt. So viel Autorität würde ich auch gerne mal haben, denkt Voss. Kulicke wendet sich wieder seinem Essen zu.

»Ich glaube, dass Sie das nächste Opfer sein werden, Herr Kulicke.«

Kulicke kaut weiter, sieht ihn aus müden, öligen Augen an und wirft dann die gerade mal angebissene Keule dem Hund hin.

»Wie kommen Sie denn darauf?«, fragt er.

»Sie haben im Auftrag von Herrn Fleischer Wald- und Ackerflächen gekauft und verkauft. Allein in den letzten vier Jahren sind 21 Transaktionen unter Ihrem Namen gelaufen.«

»Ich habe keine Ahnung, wovon Sie sprechen.«

»Doch, das tun Sie. Vielleicht wissen Sie nicht, was da im Einzelnen so gelaufen ist. Und sicherlich waren Sie nicht bei allen Notarterminen dabei. Vielleicht waren Sie sogar bei keinem einzigen Termin und Fleischer hat Ihren Namen nur benutzt. Aber dieses Recht werden Sie ihm sicher eingeräumt haben, oder?«

Kulicke, der gerade versucht, mit dem Daumennagel ein Stück Hühnerfleisch zwischen seinen Zähnen hervorzuholen, erstarrt und blickt ihn entgeistert an.

»Herr Kulicke, ich habe nicht viel Zeit, es wäre schön, wenn Sie ein wenig schneller auf meine Fragen antworten könnten.«

»Der Benno hatte mich mal gebeten, ihm so eine Vollmacht auszustellen, aber ich wusste nicht, was er damit gemacht hat.«

»Das kann ich mir nicht vorstellen, Herr Kulicke, dass Sie das nicht wussten. Sie haben doch jedes Mal Steuerbelege bekommen.«

»Das habe ich alles an Benno weitergegeben.«

»Dann müssen Sie ihm ja blind vertraut haben. Was haben Sie denn von Fleischer im Gegenzug bekommen?«

»Geld.«

»Und was hatten Sie außer dieser Geschäftsbeziehung mit Fleischer zu tun?«

»Nicht viel, wir waren manchmal zusammen jagen.«

»Und mit den anderen beiden?«

»Die kenne ich auch nur von der Jagd.«

»Passen Sie jetzt gut auf, Herr Kulicke, Ihr Leben ist in Gefahr. Derselbe Täter, der Ihre drei Kumpane umgebracht hat, will auch Sie töten. Er hat Sie bereits ausgespäht, kennt Ihre Gewohnheiten. Bei der nächsten Gelegenheit wird er zuschlagen. Entweder Sie helfen uns, den Mann zu finden, oder Sie überleben womöglich den morgigen Tag nicht.«

Kulicke blickt schweigend vor sich hin. Zum ersten Mal seit Beginn des Gesprächs scheint er wirklich zu überlegen.

»Wie kann ich Ihnen denn helfen?«, fragt er leise.

»Indem Sie mir erklären, was Sie zusammen mit den anderen drei Männern getan haben. Wen Sie übers Ohr gehauen haben, wer durch Sie Schaden erlitten hat. Gab es irgendwann noch mehr Leute, die von den Geschäften wussten?«

Kulicke ist jetzt wirklich besorgt. Man sieht ihm an, wie sehr er sich bemüht, nach nützlichen Gedanken zu kramen. Voss hat das Gefühl, dass dieser Mann sich nicht verstellt. Dass Kulicke so ratlos ist wie er selbst.

»Wissen Sie, es war nicht richtig, dem Benno die Vollmacht zu geben. Aber warum soll uns denn deswegen jemand umbringen? Uns alle vier?«

Plötzlich scheint ein Gedanke in Kulickes Kopf angekommen zu sein, der ihn selbst überrascht. Ja, es scheint sogar, als würde dieser Gedanke ihm Angst machen, als hätte er gerade irgendetwas Wichtiges begriffen. Mit staunenden, ängstlichen Augen sitzt dieser blondgelockte Bauer auf seinem Schemel. Es ist klar, denkt Voss, dass Kulicke für Fleischer und von Feldenkirchen kein ernst zu nehmender Geschäftspartner war. Aber warum hat ihn der Täter dann im Visier? Vielleicht weiß nicht mal der Mörder, dass Kulicke nur ein Strohmann ist?

»Was haben Sie mit den anderen dreien in der Jagdhütte im Sternekorper Forst gemacht?«, fragt Voss.

Kulicke wirkt zerstreut, abgelenkt, als gäbe es etwas, das ihn auf einmal mehr beschäftigt als dieses Gespräch.

»Wir haben da manchmal gesessen, nach der Jagd. Wir haben was getrunken, ein bisschen Skat gespielt.«

»Und Dokumente vernichtet?«

»Herr Kommissar, ich kenne mich mit Schweinen und Wintergerste aus, von Dokumenten und Verträgen und solchen

Sachen habe ich keine Ahnung. Ich kann Ihnen leider nicht helfen.« Nach einer kleinen Pause sagt er: »Und mir wohl auch nicht.«

Nachdem Voss den Hof der Kulickes verlassen hat, ist dort nichts mehr, wie es vorher war. Der ganze Tagesablauf verändert sich, melden die Kollegen von den Hochständen. Statt wie gewohnt nach einer kurzen Mittagsruhe auf seinen Traktor zu steigen, bleibt Kulicke im Haus. Er macht noch nicht mal die Runde in den Schweinestall, das erledigt sein Sohn für ihn. Der alte Kulicke lässt sich nicht mehr blicken. Und er beginnt zu telefonieren. Sofort nachdem Voss weg ist, ruft er die Sparkasse in Bad Freienwalde an. Er will wissen, ob die Polizei da war und seine Konten eingesehen hat. Als der Sachbearbeiter von der Sparkasse das verneint, scheint Kulicke noch besorgter zu sein. Voss versteht nicht, was mit diesem Mann los ist. Es muss etwas geben, das er ihm verheimlicht. Aber was?

Arne Schumann, der nun als dringend mordverdächtig gilt, bleibt verschwunden. Die Befragung seiner Kumpels von der Bunker-Tankstelle hat nicht viel gebracht. Sie sagen, Schumann sei ein seltsamer, unberechenbarer Typ. Im Bunker haben die Kollegen in einem Verschlag hinter der Treppe einen luftbereiften Bollerwagen gefunden, mit dem offenbar die Leichen transportiert wurden. Die Fahndung nach Schumann wird intensiviert, sämtliche Polizeistreifen Brandenburgs suchen jetzt nach ihm. Sein Bild hängt an allen Bahnhöfen, Flughäfen, Automietstationen, Tankstellen. Auch die Zeitungen werden einen Tag später sein Foto drucken. Eine Belohnung von 7.000 Euro wird von der Polizeidirektion ausgesetzt. Es kommen viele Hinweise, aber nichts Nützliches.

Voss liegt in seinem Büro auf dem Feldbett und zermartert sich den Kopf. Sicherlich passt bei Schumann alles zusammen: Er hat das Seil im Haus, er ist gelernter Schäfer, er hat ein zwar wirres, aber doch mögliches Motiv, er hatte Zugang zum Bunker, ist kräftig genug, um schwere Leichen durch den Wald zu ziehen. Und er ist geflüchtet, was man als eine Art Geständnis ansehen könnte. Aber warum würde Schumann, statt erst mal abzutauchen, sofort auch noch Kulicke umbringen wollen? Das ist doch viel zu riskant! Voss hat das Gefühl, dass er etwas übersehen hat. Er spürt, dass er sich frei machen müsste von seinem Wissen über diesen Fall. Er sieht nichts mehr, er folgt nur noch der Logik seiner eigenen Annahmen. Aber was ist, wenn diese Annahmen nicht stimmen, wenn es bei den Morden um etwas ganz anderes geht? Kulicke lässt ihm keine Ruhe, das Erschrecken in seinem Gesicht. Woran musste er denken? Es klopft an Voss' Bürotür, Neumann kommt herein.

»Oh, Entschuldigung, ich wusste nicht, dass Sie sich hingelegt haben«, sagt Neumann.

»So kann ich besser denken, was gibt es?«

»Hans Georg Probst, der verstoßene Sohn, lebt schon seit zehn Jahren nicht mehr in Bayern. Die Kollegen dort haben alle Melderegister überprüft. Nach seinem Wegzug aus Bayern wohnte er in der Nähe von Hannover. Aber zwei Jahre später ist er da auch weg, niemand weiß, wohin. Er hat keine Krankenversicherung, zahlt keine Steuern. Er ist verschwunden.«

Voss schließt die Augen, überlegt.

»Und wenn er einen neuen Namen hat? Wenn er zwischenzeitlich geheiratet hat, und sei es nur, um den verhassten Namen seines Vaters loszuwerden?«

»Ich frage im Standesamt nach, es kann ja nicht so schwer sein, das herauszubekommen«, sagt Neumann.

Bevor Voss nach Hause fährt, schärft er den Kollegen auf den Hochständen ein, in dieser Nacht keinen Dienst nach Vorschrift zu machen. Sie dürfen sich nicht noch mal austricksen lassen. Alle zwei Stunden soll ein Beamter zum Hof schleichen und die Lage sondieren. Kulicke darf auf keinen Fall unerkannt sein Haus verlassen. Im Protokoll wird später stehen, Kulicke habe um 21 Uhr, zu einer Zeit also, zu der er sonst schon im Bett liegt, die Auskunft der Deutschen Bahn angerufen. Er habe nach Zügen Richtung Bad Schandau gefragt. Gegen 22 Uhr sei er noch mal aus dem Haus getreten, habe sich mit einer Mistgabel bewaffnet neben einen Schuppen gestellt und eine Zigarette geraucht. Seine Frau habe zu dieser Zeit bereits im Bett gelegen, die Nachttischlampe eingeschaltet. Die ganze Familie scheine in höchstem Maße beunruhigt zu sein.

Zu der Zeit, als Kulicke neben seinem Schuppen raucht, hat Voss bei sich zu Hause schon die zweite Weinflasche aufgemacht. Er spürt eine Spannung im Brustkorb. Der Wein macht Körper und Gedanken leicht. Das ist zwar ein typischer Alkoholikersatz, denkt Voss, aber deswegen muss er ja nicht falsch sein. Er betrachtet Maja, die ihm am Küchentisch gegenübersitzt. Ihre Wangen sind vom Wein gerötet, ihre Augen glänzen. Gerade hat sie ihm einen polnischen Witz erzählt, der von einem Bauern, einem Schwein und dem Vollmond handelt. Voss hat den Witz nicht verstanden, eigentlich hat er nicht mal richtig hingehört, weil er über Kulicke nachgedacht hat. Aber ein bisschen gelacht hat er trotzdem, weil Maja ein so komisches Gesicht gemacht hat, als sie den Vollmond spielte. Jetzt will sie, dass Voss von der Verfolgungsjagd berichtet. »Schön langsam und der Reihe nach«, sagt sie. Immer wenn Voss ein Detail oder etwas, das er für unwichtig hält, überspringen will, wird sie ärgerlich und sie sagt: »Daniel, erzähl' mir alles.« Voss liebt es mittlerweile, ihr alles zu erzählen. Nicht nur, weil es ihm dabei hilft, die Dinge besser zu verstehen. Er mag es, in ihre Augen zu sehen, wenn sie ihm zuhört. Sie hat die tiefsten, neugierigsten Augen, die man sich vorstellen kann. Nachdem Voss von dem Gespräch mit Kulicke erzählt hat, sagt sie: »Der Mann hat kein Geheimnis. Aber vielleicht ist ihm etwas wieder eingefallen, das er selbst noch gar nicht begreifen kann.«

Um vier Uhr morgens wacht Voss auf und kann nicht mehr einschlafen. Er steht auf, geht in die Küche, macht sich einen Kaffee. Dann zieht er seine gelben Gummistiefel an und läuft über das Feld zu den Hochständen. Die kalte Luft tut ihm gut. Als Voss an den Hochständen ankommt, kehrt gerade einer der Kollegen von einer Erkundungstour auf Kulickes Hof zurück. Alles ruhig, das Auto steht in der Garage, die Hoftore sind verschlossen, berichtet der Kollege. Den Rest der Nacht verbringt Voss schweigend auf dem Hochstand. Die kleine Heizung im Fußraum spendet angenehme Wärme. Bei Tagesanbruch hört er Kulickes Hahn, der wohl der Einzige auf dem Hof ist, der nichts an seinen Gewohnheiten geändert hat.

MITTWOCH

Um zehn Uhr stürmt der Polizeidirektor in Voss' Büro.

»Sie haben Arne Schumann geschnappt!«

»Wo?«

Der Polizeidirektor erzählt, Schumann habe sich in einer veganen Wohngemeinschaft in Berlin-Kreuzberg versteckt. Dort hätte ihn wahrscheinlich niemand entdeckt, wenn er nicht so leichtsinnig gewesen wäre, am Tag zuvor bei einer Demonstration gegen genverändertes Saatgut vor dem Bundeskanzleramt teilzunehmen. Die Überwachungskameras des Staatsschutzes, die auf Gesichtserkennung programmiert sind und einen automatischen Abgleich mit zur Fahndung ausgeschriebenen Personen vornehmen, haben ihn identifiziert.

»Da beim Staatsschutz nichts gegen Schumann vorliegt, wird er gerade in ein Untersuchungsgefängnis nach Frankfurt/Oder gebracht. Voss, wir haben ihn!«, jubelt der Polizeidirektor.

Voss ist weit weniger euphorisch. Das passt doch nicht zusammen, dass einer, den er hier gerade noch durch den Wald gejagt hat, wenig später an einer Demonstration in Berlin teilnimmt. »Mal sehen, wen wir da haben«, murmelt er.

Zwei Stunden später geht Voss durch die Sicherheitsschleuse des Untersuchungsgefängnisses in Frankfurt/Oder. Hinter ihm schließt sich ein Gitter, dann öffnet sich vor ihm eine

Stahltür. Voss mag Gefängnisse nicht so sehr, er hat immer Angst, dass man ihn dort aus irgendwelchen Gründen vergessen könnte, dass eine Tür zuschlägt und er gefangen ist. Bevor er zu Schumann in den Vernehmungsraum geht, ruft er die Kollegen vom Mobilen Einsatzkommando an. Die berichten, Kulicke sei heute Morgen gegen zehn aus seinem Haus getreten. Er habe sich vorsichtig umgesehen und auch einmal länger zu den Hochständen herübergeschaut, woraufhin sich die Beamten dort sofort geduckt hätten. Kulicke scheine sie aber nicht gesehen zu haben. Er habe das Garagentor geöffnet, sei in der Garage verschwunden und zehn Minuten später ins Haus zurückgekehrt. Die Arbeit im Stall hätten an diesem Morgen Kulickes Sohn und dessen Frau verrichtet. Um 10.20 Uhr habe Matthias Kulicke die Telefonauskunft angerufen und nach der Nummer und der Adresse des Imkerverbandes Märkisch Oderland gefragt. Um 11.34 Uhr habe er in einer Imkerei angerufen und sich nach dem Kilopreis für Akazienhonig erkundigt. Um 11.41 Uhr habe er einen Anschluss in Sternekorp angerufen. Das Gespräch konnte wegen einer technischen Störung nicht mitgehört werden, auch der Inhaber des Anschlusses war wegen dieser Störung nicht festzustellen.

Arne Schumann sitzt in einem grau gestrichenen Vernehmungsraum im zweiten Stock. Ohne seine Piratenkleidung sieht er ziemlich normal aus, findet Voss. Fast langweilig normal. Schumann wirkt erschöpft, sein ganzer klassenkämpferischer Mut scheint verschwunden zu sein. Voss nimmt sich vor, alle Zweifel, die er an Schumann als Mörder hat, erst mal zurückzustellen. Er will ihn hart und direkt angehen, nicht unsicher wirken.

»Erinnern Sie sich noch an mich? Voss, Mordkommission, Sie nannten mich vor ein paar Tagen Pissnelke.«

»So nenne ich alle Bullen«, sagt Schumann und blickt ihn feindselig an.

»Ich will es kurz machen: Wir haben in Ihrem Haus Seilreste

gefunden, mit denen drei Mordopfer gefesselt wurden. Mit einem Knoten, wie ihn nur gelernte Schäfer machen. Sie sind gelernter Schäfer. Die Leichen wurden in der Nähe des Bunkers Harnebeck gefunden, an dem Sie sich öfter aufgehalten haben. Wir haben Spuren im Bunker gefunden, die wir gerade auswerten. Es würde mich nicht wundern, wenn die Spuren von Ihnen stammen. Wenn Sie jetzt gleich ein Geständnis ablegen, wird das für Ihren Prozess nicht von Nachteil sein.«

Schumann senkt den Blick, stützt das Gesicht in beide Hände und bleibt so sitzen, ohne sich zu rühren.

»Herr Schumann, warum haben Sie Harro Probst, Hubert von Feldenkirchen und Benno Fleischer umgebracht?«

Schumann hebt den Kopf, blickt Voss ruhig an und sagt mit fester Stimme:

»Pass' gut auf, Pissnelke, weil ich es nur einmal sagen werde, danach sage ich gar nichts mehr: Ich habe keinen blassen Schimmer, was du da laberst. Die drei Typen kenne ich nicht. Und jetzt will ich in meine Zelle zurück, avanti!« Schumann steht auf und geht im Raum auf und ab, wie ein Tiger in einem Käfig.

Voss macht zwei, drei Versuche, Schumann noch den einen oder anderen Satz zu entlocken, aber der läuft nur stoisch hin und her, den Blick starr auf die grauen Wände gerichtet. Nach einer Viertelstunde gibt Voss auf, verwirrt und auch ein wenig beeindruckt. Er wird die Berliner Kollegen um Amtshilfe bitten. Die müssen so schnell wie möglich die Mitbewohner in der veganen Wohngemeinschaft befragen, wo Schumann in den letzten Tagen war. Sein Handy klingelt, es ist der Leiter des Mobilen Einsatzkommandos. Kulicke hat gerade sein Auto aus der Garage gefahren. Es geht los. Und er, Voss, sitzt in diesem grauen Vernehmungsraum im Untersuchungsgefängnis Frankfurt/Oder mit einem Mann, der schweigt.

Voss beschließt, sofort nach Sternekorp zu fahren, er muss bei der Observierung dabei sein, diesmal darf nichts schiefgehen. Er rennt durch die langen Gefängnisflure, muss quälend lange Minuten in der Sicherheitsschleuse warten, es dauert, bis er endlich auf dem Parkplatz steht, in sein Auto steigt und losfährt. Aber bevor Voss die Kollegen vom Mobilen Einsatzkommando anrufen kann, um zu erfahren, wohin Kulicke fährt, ist der Polizeidirektor am Telefon. Voss berichtet von dem Gespräch mit Schumann.

»Ach, das wäre ja auch zu schön gewesen, wenn das sofort geklappt hätte mit dem Geständnis«, sagt der Polizeidirektor. »Aber wir werden den schon weichklopfen. Ich habe der Staatskanzlei und dem Ministerium schon mal signalisiert, dass wir auf einem guten Weg sind. Auf einem sehr guten Weg. Nicht wahr, Voss?«

»Ich weiß es nicht«, sagt Voss. Er muss daran denken, wie Schumann in der Zelle auf und ab gegangen ist. Der Mann im Wald ist anders gelaufen. Voss hat ihn zwar schlecht erkennen können, aber seine Bewegungen, die waren irgendwie kraftvoll und leicht zugleich. Schumann hat keine Körperspannung, er wirkt nicht wie einer, der sich so bewegen kann. Aber womöglich täuscht sich Voss auch, vielleicht verhält sich Schumann im Wald anders als in so einer Zelle.

Voss rast die Bundesstraße 167 Richtung Seelow entlang. Mittlerweile hat er Kontakt zu Neumann. Er erfährt, dass Kulicke mit einem grünen Peugeot 407 zunächst auf der Landstraße Richtung Hakenburg unterwegs war und an der Kreuzung Richtung Bad Freienwalde abgebogen ist. Sie kommen sich also entgegen, aber Voss ist noch etwa eine halbe Autostunde vom Geschehen entfernt. Er hofft, dass sich Kulicke Zeit lässt, dass nichts passiert, während er nicht da ist. Neumann sitzt zusammen mit einem Kollegen vom Mobilen Einsatzkommando in dem alten VW-Bus, der in einigem Abstand hinter Kulicke fährt und Sichtkontakt hält. Dahinter folgt ein zweiter Wagen mit weiteren Kollegen.

Hinter Lebus biegt ein Holztransporter ein und zwingt Voss, im Schritttempo zu fahren. Der Transporter ist lang, es gibt viele Kurven, und der Fiat Punto lässt sich kaum beschleunigen. Das heißt, Voss muss hinter dem Transporter herschleichen und Ruhe bewahren, was in dieser Situation nicht einfach für ihn ist. Voss flucht, er schlägt auf das Lenkrad, das Auto schlingert. Er weiß, dass er sich jetzt dringend wieder beruhigen muss. Voss erinnert sich an das alte Telegrafenmastspiel, das er als Kind gespielt hat, wenn er hinten im Auto saß und mit den Eltern über Land fuhr. Das Spiel bestand darin, die Telegrafenmasten zu zählen, die am Straßenrand zu sehen waren. Bei 50 Masten hatte man gewonnen. Was für ein ödes Spiel, denkt Voss. Heutzutage lernen die Kinder Chinesisch oder nehmen an Debattierwettbewerben teil. Er hat Telegrafenmasten gezählt. Die Straße ist jetzt gerade und gut einsehbar, Voss schaltet in den zweiten Gang runter, drückt das Gaspedal durch und setzt zum Überholen an. Der Motor jault auf, der hellblaue Fiat Punto schiebt sich am Tieflader vorbei.

Während dieses mühevollen Überholvorgangs ruft Neumann an. Voss hört seine aufgeregte Stimme in der Freisprechanlage:

»Kulicke hat am alten Marktplatz von Bad Freienwalde gehalten. Er ist ausgestiegen, über die Straße gegangen und in der Sparkasse verschwunden. Einer der Beamten folgt ihm jetzt in die Schalterhalle.«

»Sehr gut. Haben Sie den Eindruck, dass Kulicke sich verfolgt fühlt?«

»Nein, er blickt recht stumpf vor sich hin und wirkt auch nicht besonders nervös.«

»Lassen Sie das zweite Observierungsfahrzeug zur Sicherheit am Hinterausgang der Sparkasse warten. Vielleicht hat Kulicke dort einen anderen Wagen stehen.«

»Okay, Chef, ich melde mich, wenn ich Neuigkeiten habe.«

Auf der Bundesstraße, die nach Seelow führt, kommt Voss an

einem Industriegebiet vorbei, in dem ein Autoverwerter seinen Sitz hat. Ausgeweidete Fahrzeugwracks stehen auf einem Parkplatz, noch fahrfähige Autos werden auf Lkws geladen. Die Autos werden nach Polen gebracht, und was dort nicht verkauft wird, rollt weiter nach Weißrussland. Straße der Armut wird diese Route von den Leuten hier genannt, sogar mit etwas Stolz, weil Brandenburg auf dieser Route zum reichen Ende gehört. Hinter dem Industriegebiet zweigt eine schmale Asphaltstraße ab. Eine Ampel springt auf Rot. Voss bremst, flucht. Zwei Baufahrzeuge biegen gemächlich in die Straße ein. Voss wird immer nervöser. Er hört nichts von Neumann, er weiß nicht, was Kulicke gerade macht. Er steht an dieser blöden Kreuzung und vertrödelt seine Zeit. Die Asphaltstraße ist offenbar die Zufahrt zu einem Spaßbad. Voss erkennt einen riesigen Glasquader, um den blaue Rutschröhren in gewagten Kurven herumführen. Von den Außenbecken steigt Dampf auf. Voss hat mal gelesen, dass Brandenburg die Gegend in Mitteleuropa mit der allerhöchsten Spaßbaddichte ist. Nirgendwo sonst wird so viel im warmen Wasser geplanscht, wird so oft gerutscht und sauniert. Vielleicht brauchen die Leute irgendwas, das ganz anders ist als ihr normales Leben, denkt Voss.

Neumann ruft an. Der Beamte, der Kulicke in die Schalterhalle der Sparkasse gefolgt ist, hält die Kollegen per Funk auf dem Laufenden.

»Kulicke musste eine Weile warten, bis er dran war, dann hat er am Schalter ein Formular ausgefüllt. Und gerade hat ihn eine Sparkassenangestellte in einen Nebenraum geführt«, sagt Neumann.

»Ist der Hinterausgang gesichert?«

»Ja, wir haben hier alles im Griff, keine Sorge. Jetzt kommt Kulicke aus der Sparkasse, er hat zwei dicke Umschläge dabei.«

»Vielleicht Bargeld?«, vermutet Voss.

»Das müsste dann aber ganz schön viel sein. Er läuft direkt zu seinem Auto, schaut sich nicht ein einziges Mal um.«

»Neumann, wenn Kulicke jetzt wieder losfährt, tauschen Sie die Positionen der Observierungsfahrzeuge. Aber das wissen Sie ja selbst.«

»Ja, Chef, das weiß ich selbst.«

»Entschuldigung, Neumann, ich weiß, ich nerve gerade ein bisschen, aber wenn man selbst so weit weg ist, dann fühlt man sich wie ...«

»Wie ein Papa, der seine Kinder zum ersten Mal allein über die Straße gehen lässt und von Weitem zuschaut«, sagt Neumann.

»Na ja, ganz so ist es nicht, aber so ähnlich vielleicht.«

»Chef, Kulicke bleibt vor seinem Auto stehen, ein weißer Kastenwagen hält neben ihm.«

»Fahrzeughalter überprüfen.«

»Der Fahrer des Kastenwagens dreht die Scheibe herunter, die beiden unterhalten sich.«

»Waren die verabredet?«

»Sieht so aus, als hätten die sich hier zufällig getroffen.«

»Was sagt die Halterabfrage?«

»Die Kollegen sind dabei.«

»Mein Gott«, schreit Voss, »warum dauert das so lange? Tschuldigung Neumann, nehmen Sie das bitte nicht persönlich.«

»Alles in Ordnung, der Fahrzeughalter wurde festgestellt. Er heißt, oh ...«

»Neumann?«

»Es ist Jürgen Stibbe.«

»Was hat denn Stibbe mit Kulicke zu tun?«

»Sie reden immer noch.«

»Okay, wir beobachten weiter, wir dürfen die beiden auf keinen Fall stören.«

»Schon klar, Chef.«

»Und hören Sie auf, mich ständig Chef zu nennen! ... Tschuldigung, Neumann ...«

»Kein Problem ... Kulicke schließt sein Auto auf, Stibbe fährt los. Und Kulicke hat, glaube ich, nur noch einen Umschlag.«

»Also waren die beiden doch verabredet. Neumann, Sie folgen Kulicke, das zweite Fahrzeug hängt sich an Stibbe.«

»Machen wir, ich melde mich gleich wieder.«

Voss biegt auf die Straße nach Neuhardenberg ein. Er gibt Gas, überholt einen Traktor, beschleunigt, so schnell er kann. Was ist in dem Umschlag? Haben Kulicke und Stibbe die ganze Zeit zusammengearbeitet? Eine große Unruhe ergreift Voss, er hat schon wieder das Gefühl, die Situation nicht zu beherrschen, den Ereignissen hinterherzuhetzen.

Neumann meldet, Kulicke sei in seinen Peugeot 407 gestiegen. Er verlässt Bad Freienwalde über die Wriezener Straße, fährt bis Altranft und biegt links zur Bundesstraße 167 ab. Er kommt direkt auf mich zu, denkt Voss, der in der Gegenrichtung auf der 167 fährt und gerade Bliesdorf passiert. Stibbes Verfolger melden hingegen, dieser sei durch die Innenstadt gefahren, habe auf dem *Kaufland*-Parkplatz gehalten und sei mit zwei leeren Tüten in der Hand im Einkaufszentrum verschwunden. Ein Beamter folgt Stibbe durch die langen Gänge. Den Umschlag hat er in die Innentasche seiner Jacke gesteckt.

Neumann wiederum folgt Kulicke, der mit hoher Geschwindigkeit Richtung Wriezen fährt. Neumann hat mit seinem VW-Bus Mühe mitzuhalten. In diesem Moment erreicht Voss auf der anderen Seite die Stadtgrenze von Wriezen. Sie sind jetzt so dicht zusammen, dass Voss Funkkontakt mit Neumann bekommt, was die Kommunikation wesentlich erleichtert.

»Neumann, ich wende in Wriezen gegenüber vom Rathaus, sagen Sie mir Bescheid, kurz bevor Sie hier vorbeikommen, dann hänge ich mich direkt hinter Kulicke, und Sie bleiben etwas auf Abstand.«

»In Ordnung, machen wir so. Wir müssten in ein paar Minuten da sein, dieser Kulicke rast wie ein Wahnsinniger.«

Unterdessen geht Jürgen Stibbe noch immer durch die Gänge des Einkaufszentrums in Bad Freienwalde. Der Kollege, der ihm folgt, berichtet per Telefon ausführlich über Stibbes Einkäufe. Es ging los mit Weichspüler, Dosenbier, Kartoffelchips, eingelegten Gurken und zwei Flaschen Gin. Momentan steuert Stibbe auf die Tiefkühltruhen zu.

Kulicke hat Wriezen erreicht, meldet Neumann. Er fährt langsam, hält ein paarmal an, so als wüsste er selbst nicht, wo er eigentlich hinwill. Schließlich parkt er an einer Scheune, vor der aller möglicher Trödel aufgebaut ist. Kulicke steigt aus, bleibt vor der Scheune stehen und telefoniert. Diesmal funktioniert die Fangleitung, der Telefonanschluss, den Kulicke anruft, ist besetzt. Die Kollegen im Präsidium lassen die Nummer überprüfen. Es ist der Festanschluss von Jürgen Stibbe.

Der fährt nach dem Kauf von einem halben Dutzend Tiefkühlpizzen zum Vorwerk nach Sternekorp zurück. Die Kollegen, die ihn observieren, parken in einer Feldschneise und verstecken sich in dem verlassenen Bushäuschen oben an der Straße, von dem aus man das Vorwerk gut überblicken kann. Stibbe verschwindet im Haus und taucht nicht mehr auf.

Bevor Kulicke wieder in sein Auto steigt, schaut er sich um. Sein Blick bleibt an dem VW-Bus hängen, der 100 Meter entfernt am Straßenrand steht. Hat er die Polizisten bemerkt? Zumindest lässt Kulicke sich nichts anmerken. Er fährt weiter. Neumann kontaktiert Voss über Funk:

»Chef, in etwa einer Minute müsste Kulicke bei Ihnen vorbeifahren. Ein grüner Peugeot 407, Kennzeichen MOL - BT 107.«

Voss schaut in den Rückspiegel, es dauert noch etwas, dann sieht er den Wagen. Sobald Kulicke an ihm vorbeigefahren ist, fährt auch Voss los.

»Ich habe ihn, Neumann, bin direkt hinter ihm.«

»Okay, wir lassen uns etwas zurückfallen.«

»Neumann, sagen Sie den Kollegen, die Stibbe überwachen, sie sollen zu seinem Haus fahren, ihn direkt nach dem Umschlag fragen und darauf achten, dass er nicht noch mal mit Kulicke telefonieren kann.«

»Wird erledigt.«

Voss fühlt sich jetzt wieder besser. Er ist da, wo er sein muss, mitten im Geschehen, in Sichtweite von Kulickes Wagen. Etwa einen Kilometer vor Letschin biegt Kulicke rechts in einen Feldweg ein, der leicht bergauf führt. Kulicke hält am höchsten Punkt des Weges, steigt aus und telefoniert. Das heißt, er versucht es, aber er scheint kein Netz zu haben. Kulicke lehnt sich an sein Auto und wartet. Voss hat vor der Einmündung des Feldwegs angehalten, sein Auto steht hinter Büschen verborgen und kann von Kulicke nicht gesehen werden. Die Kollegen im VW-Bus warten etwa 200 Meter entfernt hinter einer Kurve. Kulicke raucht eine Zigarette. Worauf wartet er? Was will er hier eigentlich?

Voss' Handy klingelt, aber auch er bekommt keine Verbindung zustande. Kurze Zeit darauf meldet sich Neumann per Funk:

»Die Kollegen sagen, in dem Umschlag waren 100.000 Euro, die Kulicke als Entschädigung gezahlt hat, wegen der Waldfläche im Sternekorper Forst, die sie Stibbe abgekauft hatten und die dann im Wert stieg.«

»Warum zahlt Kulicke eine Entschädigung an Stibbe? Es war doch Harro Probst, der Stibbe seinen Anteil abgekauft hat.«

»Offenbar versucht Kulicke alle zu besänftigen, von denen er denkt, dass sie hinter den Morden stecken könnten. Stibbe war offenbar selbst völlig überrascht von dieser kleinen Aufmerksamkeit«, sagt Neumann.

»Die Frage ist, wo Kulicke den zweiten Umschlag hinbringt. Ich sage Ihnen Bescheid, sobald er losfährt.«

Von seinem Auto aus kann Voss Kulicke erkennen, der gerade seine zweite Zigarette anzündet. Es wird langsam dunkel, Kulicke holt ein Fernglas aus dem Auto und beobachtet irgendetwas, das auf der anderen Seite des Feldwegs zu liegen scheint.

Dann fährt Kulicke los, ohne Scheinwerferlicht, obwohl die Dämmerung längst hereingebrochen ist. Er will offenbar nicht gesehen werden. Voss gibt Neumann Bescheid und fährt ebenfalls ohne Scheinwerferlicht den Weg hoch, weshalb er kaum etwas erkennen kann und mehrmals mit dem Unterboden aufsetzt. In einer Biegung bleibt er an einem Feldstein hängen, kommt aber wieder los. »Verdammte Scheiße!«, schreit Voss. Hinter ihm kommen die beiden Kollegen im VW-Bus an. Sie lassen Voss' Wagen am Wegrand stehen und fahren mit dem VW-Bus weiter.

Hinter der Bergkuppe kreuzen sich drei Wege, Kulickes Wagen ist nicht zu sehen. »Das kann nicht wahr sein, wo ist der hin?«, schreit Voss. Er schwitzt. Aber auf einmal hat er eine Idee, er erinnert sich, dass er hier schon mal gewesen ist, vor gar nicht so langer Zeit. »Wir fahren rechts um den Berg herum, da müssten wir an einen Bach kommen«, sagt Voss. Neumann sieht ihn überrascht an. Sein Erstaunen steigert sich noch, als sie zwei Minuten später wirklich an den Bach kommen. »Aussteigen, es ist nicht mehr weit«, sagt Voss. Vorsichtig pirschen sie voran. Das Fachwerkhaus mit seinen hellen Lehmfächern ist gut zu erkennen, die verfallene Scheune und die beiden Pferdekoppeln sind fast in der Dunkelheit verschwunden. Sie erkennen Kulickes Auto hinter der Scheune. Er selbst ist nicht zu sehen.

Sie schleichen zum Fachwerkhaus. Voss nähert sich der Tür, die beiden Kollegen kommen von den Seiten. Das Wohnzimmer, in dem Voss vor nicht allzu langer Zeit gesessen hat und von Corinna mit Honig bestrichene Weißbrotstücke gereicht bekam, ist hell erleuchtet. Voss stellt sich mit dem Rücken an die Hauswand und schiebt sich langsam zum Fenster vor. Er tritt auf einen trockenen Ast, der knallend zerbricht. Voss bleibt regungslos stehen, horcht. Alles bleibt still.

Voss ist am Fenster angekommen, das Fensterbrett befindet sich auf Brusthöhe. Das Zimmer scheint leer zu sein, im Kaminofen ein Feuer, auf dem Boden Schaffelle und ein aufgeschlagenes Buch, daneben stehen zwei Weingläser. Es ist ein schönes, friedliches Bild. So wie sich Stadtmenschen einen lauschigen Landhausabend vorstellen, denkt Voss. Da sieht er Kulicke mit einem Gewehr im Anschlag durch die Wohnzimmertür kommen, vor sich her treibt er Corinnas Verlobten Michael, der mit erhobenen Händen in der Mitte des Zimmers stehen bleibt. Kulicke sagt etwas, Michael schweigt und blickt Kulicke mit hasserfüllten Augen an.

Vorsichtig löst sich Voss vom Fenster und eilt um das Haus zu Neumann und dem Kollegen.

»Wir müssen eingreifen, bevor es zu spät ist«, flüstert er.

»Sollen wir nicht lieber auf Verstärkung warten? Der Mann ist bewaffnet«, sagt Neumann.

»Bis die da sind, haben wir den nächsten Toten. Ich gehe da jetzt rein, ich glaube nicht, dass Kulicke im Affekt schießt, der will etwas in Ordnung bringen, sonst hätte er kein Geld mitgebracht. Sie bleiben hinter mir.«

Die Eingangstür lässt sich leicht und lautlos öffnen. Mit gezogenen Dienstwaffen schleichen sie durch den dunklen Flur, der zur Küche führt. Voss erinnert sich, dass das Wohnzimmer rechts von der Küche abgeht. Sie hören Michael laut fluchen, Kulicke spricht leiser, ruhiger. Voss betritt die erleuchtete Küche. Auf dem Küchentisch steht ein Glas Gelee, daneben liegen ein Kanten Schwarzbrot und ein Brotmesser. Das Geleeglas ist bauchig, mit einem hellblauen Etikett, das mit runden, ordentlichen Mädchenbuchstaben beschriftet ist. Voss weiß, dass er genau diese Art von Etikett schon mal gesehen hat, aber er weiß nicht mehr, wo. Außerdem muss er sich jetzt konzentrieren, noch zwei Schritte, und er steht in der Wohnzimmertür. Er ergreift die Waffe mit beiden Händen, macht die zwei Schritte und eine halbe Körperdrehung und steht mit der Pistole im Anschlag etwa zwei Meter hinter Kulicke, der ihm den Rücken zugewandt hat. Michael schaut erschrocken zur Tür, in dem Moment dreht sich Kulicke um. Voss schreit »Hände hoch!«, hinter ihm stürmt Neumann ins Wohnzimmer.

Michael nutzt den Moment und greift nach Kulickes Jagdgewehr. Aber Kulicke lässt nicht los, ein Schuss löst sich und schlägt in einem Lehmfach in der Decke ein. Die beiden Männer ringen um das Gewehr, Voss steht mit der Pistole im Anschlag daneben. Wie soll er die beiden trennen? Neben ihm stehen Neumann und der Kollege, ebenfalls die Waffen im Anschlag.

»Lassen Sie beide das Gewehr los, oder wir müssen Ihnen in die Beine schießen«, schreit Voss. Kulicke und Michael halten inne. Keuchend und blass stehen sie da, beide mit beiden Händen an der Waffe, den Gewehrlauf zur Decke gerichtet.

»Bleiben Sie beide genau so stehen. Ich komme jetzt zu Ihnen und nehme die Waffe an mich. Wenn einer von Ihnen mich daran hindert, schießen meine Kollegen. Sind die Regeln so weit klar?«

Voss steckt seine Pistole ins Holster und geht langsam auf die beiden zu. Er macht einen letzten Schritt, will nach dem Gewehr greifen, als Kulicke loslässt und zur Seite taumelt. Michael stößt Voss weg, dreht blitzschnell den Gewehrlauf in Kulickes Richtung und feuert einen Schuss ab. Dann richtet er die Waffe auf Voss' Brust. Das alles geht so schnell, dass weder Neumann noch der andere Kollege etwas tun können.

Voss steht mit erhobenen Händen da, Michael steht ihm gegenüber, hält ihn mit dem Gewehr in Schach. Kulicke liegt auf der Seite und wimmert, sein Atem geht flach und schnell.

»Ich gehe jetzt mit Kommissar Voss raus, wenn mich keiner daran hindert, wird ihm nichts passieren. Wenn doch, knall' ich ihn ab, sind die Regeln so weit klar?«, fragt Michael.

Voss gibt Neumann ein Zeichen, Michael ziehen zu lassen. Neumann und der Kollege stecken ihre Waffen weg. Michael schiebt Voss mit dem Gewehrlauf im Rücken Richtung Küchentür. Als sie die Küche betreten, sieht Voss in der Fensterspiegelung, dass Michael das Gewehr auf Kulicke richtet. Der will das jetzt wirklich durchziehen, der will Kulicke töten, zuckt es Voss durch den Kopf. Er greift nach dem Brotmesser, das auf dem Küchentisch liegt, dreht sich um und rammt die Klinge in Michaels Schulter. Der schreit auf, lässt das Gewehr fallen und wird von Neumann und dem Kollegen überwältigt.

Ein paar Momente lang steht Voss regungslos da, er sieht Kulicke immer noch schwer atmend am Boden liegen, er sieht Neumann, der Michael Handschellen anlegt. Er sieht die Weingläser, die auf dem Fußboden stehen. Voss greift nach einem der halb vollen Gläser. Er trinkt den Wein in einem Zug, spürt den kühlen Strom durch seine Kehle laufen, spürt die Wärme in die Ohren steigen. Neumann sieht ihn verdutzt an. Voss setzt sich in einen Sessel, der neben dem Kaminofen steht. Aus der oberen Etage sind Geräusche zu hören.

»Ist da noch jemand?«, fragt Voss. Er sieht Michael an, der mit wutverzerrtem Gesicht zwischen Neumann und dem Kollegen vom Einsatzkommando steht. Sein Hemd ist blutig an der Stelle, an der Voss ihn mit dem Messer erwischt hat.

»Hallo, ist da oben noch jemand?«

»Corinna«, presst Michael hervor. »Sie hat wahrscheinlich ihr Hörgerät abgelegt, deshalb weiß sie noch nichts von dem überraschenden Besuch.«

Neumann hilft Kulicke, der am Oberschenkel getroffen wurde, sich aufzusetzen. Dann geht er nach oben. Der Kollege vom Einsatzkommando hält Michael fest.

»So, Herr Kulicke, erzählen Sie. Warum sind Sie hergekommen?«, fragt Voss.

Kulicke blickt ihn mit denselben öligen, ausdruckslosen Augen an wie bei ihrem ersten Gespräch. Sein Gesicht ist aschfahl. Er atmet tief durch, sieht Michael an.

»Ich will nicht sterben«, sagt Kulicke, »ich wollte zu ihm

kommen, bevor er zu mir kommt. Ich habe Geld, ich wollte alles in Ordnung bringen. Das ist doch schon so lange her, ich hatte selbst nicht mehr daran gedacht. Erst als Sie, Herr Kommissar, zu mir kamen ...«

Kulickes Stimme rutscht weg, er wiegt seinen blondgelockten Kopf hin und her und bewegt stumm seine Lippen.

»Ich verstehe gerade gar nichts. Warum sollte dieser Mann hier einen Grund haben, Sie zu töten?«

Kulicke schweigt, blickt zu Boden.

»Erzähl' doch mal, was du gemacht hast, du perverses Arschloch«, sagt Michael zu Kulicke gewandt. »Es tut mir leid, dass ich dich als Einzigen nicht erwischt habe, das kannst du mir glauben.«

Michael will auf Kulicke losgehen, wird aber vom Kollegen zurückgehalten. Kulicke sitzt blutend mit dem Rücken an der Wand, seine Mundwinkel zucken nervös.

»Erzähl' doch«, schreit Michael, »wie du damals mit den drei anderen zusammen das Mädchen durch den Sternekorper Forst gejagt hast. Wie ihr gelacht habt. Wie ihr euch vergnügt habt. Wie ihr sie so lange gehetzt habt, bis sie nicht mehr laufen konnte. Wie ihr sie gefickt habt. Wie ihr sie blutend liegen gelassen habt. Mit einem Tannenzweig zwischen den Beinen. Waidmannsheil!«

Kulicke schließt die Augen, hält sich die Fäuste vor das Gesicht. Voss sieht, dass Corinna oben am Treppenabsatz steht. Sie erstarrt, als sie Kulicke erblickt, ihre Augen sind weit aufgerissen.

Voss wendet sich Michael zu.

»Okay, Michael, oder sollte ich Sie lieber Hans Georg nennen?«

Michael zuckt zusammen. »Woher wissen Sie das?«, fragt er.

»Das Quittengelee mit dem hellblauen Etikett, Ihre Mutter hat mir auch ein Glas davon geschenkt.«

»Das ist gut, das Gelee.«

»Ja, das stimmt. Seit ich an diesem Fall arbeite, habe ich jeden Tag davon gegessen.« Die beiden Männer sehen sich schweigend an.

»Sie müssen mir etwas erklären, Michael. Ich kann ja vielleicht noch irgendwie kapieren, dass Sie Ihren Stiefvater und Ihren Vater umgebracht haben …«

»Sie können gar nichts kapieren!«, schreit Michael. »Gar nichts!«

»Dann erklären Sie es mir.«

Michael steht regungslos da, er scheint zu überlegen, ob es etwas bringt, noch etwas zu sagen. Aber er bleibt stumm.

»Michael, Sie werden mir doch nicht erzählen, dass Sie das alles ganz alleine durchgezogen haben.«

Michael blickt Voss direkt in die Augen.

»Die haben mich weggeworfen. Wie ein Stück Dreck. Für die war ich einfach nicht mehr da. Ich habe lange gebraucht, um das überhaupt mal zu verstehen. Später habe ich Corinna getroffen, wir haben hier auf dem Hof zusammengelebt, waren glücklich. Wir haben uns verlobt, ich dachte, ich könnte mir eine neue Familie aufbauen. Letztes Jahr habe ich sie gefragt, ob wir nicht ein Kind haben wollen …«

Michaels Stimme versagt, er ringt um Fassung.

»Sie hat mir von der Geschichte im Wald erzählt. Sie hat gesagt, sie kann keine Kinder bekommen. Die haben ihr alles zerrissen …«

Michael beginnt zu schluchzen. Oben auf der Treppe hat sich Corinna hingesetzt, sie blickt Michael mit Tränen in den Augen an.

»Ich bin fast wahnsinnig geworden«, sagt Michael, nachdem er sich wieder etwas beruhigt hat. Auch Voss kämpft mit seinen Gefühlen. Was für eine beschissene, traurige Geschichte, denkt er.

»Sie wollten Ihre Frau rächen?«, fragt Voss mit tonloser Stimme.

»Ich weiß es nicht, es kam alles zusammen. Die alte Wut, die neue Wut, das hat mich erst mal fertiggemacht, und dann hat es mir unglaublich viel Kraft gegeben.«

»Sie haben lange an Ihrem Plan gearbeitet.«

»Es durfte nicht schiefgehen, ich wollte nicht noch mal wie ein Idiot dastehen. Es war ... eine große Erleichterung. Diese Schweine sterben zu sehen, war wunderbar. Sie haben sich gewunden, haben geschrien, haben um Gnade gefleht. Ich hatte erst Angst davor, ich wusste nicht, ob ich es schaffen würde, einen Menschen zu töten. Aber es wurde jedes Mal leichter.«

Michael senkt den Blick. Corinna kommt die Treppe herunter. Sie geht zu Michael, streicht ihm über den Kopf.

»Ich hatte gehofft, dass du es nie erfährst«, sagt er.

Corinnas Augen füllen sich erneut mit Tränen, sie stellt sich auf die Zehenspitzen, küsst Michael auf die Stirn, dann rennt sie aus dem Haus.

Voss bleibt in dem Sessel neben dem Kaminofen sitzen, auch später noch, als um das Haus herum die Blaulichter blinken, als Michael in Handschellen abgeführt wird, als Sanitäter Kulicke wegtragen, als Frau Kaminski mit ihren Leuten ankommt, als der Polizeidirektor am Telefon gratuliert. Er kriegt nicht viel von alldem mit, in seinem Kopf sitzt zäher Nebel, der die Bilder verzerrt und die Töne verschluckt. Irgendwann hat er auch das zweite Weinglas ausgetrunken, das vor ihm auf dem Boden stand. Er hält das leere Glas in der Hand, sieht die Kaminflammen im geschliffenen Glasboden tanzen.

Als alle weg sind, kommt Corinna wieder ins Haus. Sie wirkt erstaunlich gefasst, wirft zwei Holzscheite in den Kamin, in dem noch etwas Glut glimmt, und setzt sich neben Voss auf eines der Schaffelle.

»Hier haben wir immer gelegen, Michael hat mir vorgelesen.

Er ist ein echt guter Vorleser, kann so ganz tief in einer Geschichte verschwinden.«

»Was waren das für Geschichten?«

»Meistens Märchen, ich weiß, ist ein bisschen peinlich, aber ich mag dieses Zeug. Peter Pan, Alice im Wunderland, so Geschichten eben.«

Voss atmet tief durch. »Corinna, es tut mir leid, ich ...«

»Es ist okay, Vossi, du scheinst leider ein guter Polizist zu sein. Ich hätte es ja auch vorher kapieren können. Ich dachte schon, Michael hätte irgendeine Tussi am Start, weil er so oft weg war.«

»Du hast nichts geahnt, als die drei einer nach dem anderen ermordet wurden?«

»Ich dachte, die hätten irgendeinen anderen Scheiß gemacht. Es war mir egal, dass sie tot waren.«

»Wie alt warst du damals?«

»Zwanzig.«

Die Holzscheite im Kamin fangen Feuer, Corinna holt eine Weinflasche und gießt die Gläser voll.

»Neulich auf dem Friedhof hast du mich gefragt, warum ich diesen bescheuerten Hörapparat trage. Das fing an, ein paar Wochen, nachdem es passiert ist. Ich weiß gar nicht, ob du noch da warst. Ich habe es keinem erzählt damals. Wem hätte ich es auch sagen sollen?«

»Na, deinen Eltern zum Beispiel.«

»Die hätten ein riesiges Fass aufgemacht, das ganze Dorf hätte darüber getratscht. Ich wollte nicht mehr daran denken.«

»Willst du mir erzählen, was damals im Wald passiert ist? Wir können das auch später besprechen, wenn du willst«, sagt Voss.

Corinna blickt in die Flammen des Kaminofens, ihr ist nicht anzusehen, wie sie sich gerade fühlt.

»Es war an einem Nachmittag nach einer Jagd, ich war im

Sternekorper Forst als Treiberin eingeteilt und sollte die Signalbänder von den Bäumen nehmen. Die anderen Jäger waren längst weg, da kamen die vier vorbei, sie hatten schon ziemlich einen sitzen. Kulicke und Probst machten blöde Bemerkungen, Fleischer hat mich angetatscht, wollte mich umarmen. Ich habe mich losgerissen, bin weggelaufen, Kulicke und Probst sind hinter mir her. Die haben mir den Weg abgeschnitten ... am Ende sind sie über mich hergefallen, haben mich einer nach dem anderen ...«

»Von Feldenkirchen auch?«

»Nein, der hat mich nicht angerührt. Aber Fleischer war wie besessen, dieser perverse Wichser.«

»Fleischer hat angefangen?«

»Der war der Schlimmste, und dann haben sich Probst und Kulicke auch getraut.«

»Und von Feldenkirchen?«

»Der hat sich die ganze Zeit im Hintergrund gehalten, hat hinter einem Baum gewartet, bis die anderen fertig waren.«

»Er hat dir nicht geholfen?«

»Der?« Corinnas bislang seltsam ausdrucksloses Gesicht verzieht sich wie unter starken Schmerzen. »Er kam zu mir, eine Woche später, hat mich heimlich an der Bushaltestelle abgepasst. Er sagte, es sei eben passiert, weil sie besoffen waren, und ich soll das alles nicht so wichtig nehmen und möglichst schnell vergessen. Wenn ich allerdings darüber sprechen sollte, würden sie mich fertigmachen. Dann hat er mir 200 Mark gegeben und ist abgehauen.« Corinna trinkt ihren Wein mit hastigen Schlucken aus, ihr Atem wird wieder ruhiger.

Auf einmal versteht Voss, wie es zur Gründung dieser seltsamen Bande gekommen ist. Warum diese vier so unterschiedlichen Männer nie wieder voneinander losgekommen sind. Das gemeinsame Verbrechen an diesem Nachmittag im Sternekorper Forst hat sie zusammengeschweißt. Sie wussten, dass sie ihr Geheimnis nur gemeinsam bewahren konnten. Sie mussten sich vertrauen – und wurden so zu idealen Partnern für die krummen Geschäfte, die sich später erst ergeben sollten. Man könnte sogar, denkt Voss, die Sache noch etwas zugespitzter betrachten. Man könnte sagen, dass Hubert von Feldenkirchen an diesem Nachmittag im Wald, als er seinen Jagdkumpanen ihre menschliche Beute ließ, drei Vertraute gefunden hatte, die ihm stets ergeben sein würden.

»Ich verstehe Michael nicht, angeblich hat er das ja alles für dich getan, aber jetzt geht er ins Gefängnis, und du bist allein«, sagt Voss schließlich.

Corinna sieht ihn mit traurigen Augen an.

»Michael ist so. Er beschützt mich. Er war ja auch immer dabei, wenn ich wieder Panik geschoben habe. Einmal hat er gesagt, die hätten etwas von mir getötet. Und eigentlich müsste man sie dafür bestrafen. Aber ich habe das nicht so ernst genommen. Er hat mir auch nie etwas von seiner Geschichte erzählt.«

»Wie? Du wusstest nicht, dass Hubert von Feldenkirchen sein Vater war und Harro Probst sein Stiefvater?«

Corinna schüttelt den Kopf.

»Wir haben uns kennengelernt, als ich mal einen Job in Hannover hatte, er hat da in der Nähe als Schäfer gearbeitet. Er erzählte, er käme aus Bayern, seine Eltern seien bei einem Autounfall gestorben, als er noch ein Kind war. Deshalb wollte er mit mir auch nie dorthin fahren. Er sagte, die Gegend hier tue ihm gut, er fühle sich hier wie zu Hause.«

»Und es hat ihn hier nie jemand erkannt? Ich meine, er ist 30 Kilometer entfernt von hier aufgewachsen.«

»Vor zwei Jahren etwa gab es mal eine seltsame Begegnung mit einem Mann, unten an der Oder. Der hat ihn angestarrt, und Michael ist abgehauen. Danach hat er nur noch sehr selten den Hof verlassen, hat auch den Job im Bunker aufgegeben.«

»Aber er hatte doch offenbar Kontakt zu seiner Mutter.«

»Auch davon hat er mir nichts erzählt. Tja, sieht so aus, als ob ich ihn gar nicht so gut kannte, meinen Verlobten.« Wieder steigen Tränen in Corinnas Augen.

»Was für einen Job hatte Michael im Bunker?«

»Ach, er hat da früher Führungen durch den Wald gemacht. Das Bunkergelände war ja militärisches Sperrgebiet, und da wachsen so besondere Pflanzen und Bäume. Da kennt sich Michael richtig gut aus.«

Voss sieht auf die Uhr. »Corinna, wenn du willst, kannst du mit zu mir kommen. Ich will dich jetzt hier nicht alleine lassen.«

Corinna lächelt. »Fahr' los, Vossi, ich möchte gerne ein bisschen alleine sein.«

»Wenn du irgendetwas brauchst, ruf mich an, ich bin sofort bei dir.«

Corinna nickt, zieht ihre Knie unter das Kinn und blickt in die Flammen.

Voss lässt das Auto am Ortseingang von Sternekorp stehen, auf dem kleinen Parkplatz, von dem die Wanderwege abgehen. Er muss noch ein bisschen laufen, den Kopf durchpusten, wie sein Vater immer gesagt hat. Von den Feldern weht ein kalter Wind herüber, Voss geht die Dorfstraße hoch. Die Häuser hocken im schummrigen Licht der Laternen. Auf dem schmalen Fußweg gehen zwei Katzen spazieren. Sie laufen hintereinander. Das ist zum Beispiel so eine Frage, denkt Voss: warum Katzen nie nebeneinanderlaufen. Sicher gibt es dafür eine Erklärung, irgendeine Erklärung gibt es ja immer. In Majas Fenster brennt Licht, obwohl es schon lange nach Mitternacht ist. Als Voss die Tür aufmacht, kommt sie die Treppe herunter.

»Daniel, warum hast du dein Handy ausgemacht? Soll ich vor Sorge sterben?«

»Kann man vor Sorge sterben?«, fragt Voss.

»Ich schon. Und jetzt erzähl' mir alles. Schön langsam und der Reihe nach.«